海底两万里

〔法〕儒勒·凡尔纳 著　郑克鲁 译

台海出版社

图书在版编目（CIP）数据

海底两万里 /（法）儒勒·凡尔纳著；郑克鲁译
. -- 北京：台海出版社，2022.5
ISBN 978-7-5168-3226-4

Ⅰ. ①海… Ⅱ. ①儒… ②郑… Ⅲ. ①幻想小说—法国—近代 Ⅳ. ①I565.44

中国版本图书馆CIP数据核字(2022)第025803号

海底两万里

著 者：〔法〕儒勒·凡尔纳　　译 者：郑克鲁

出 版 人：蔡 旭　　封面设计：侯茗轩
责任编辑：徐 玥　　策划编辑：李佳丽

出版发行：台海出版社
地 址：北京市东城区景山东街20号　邮政编码：100009
电 话：010-64041652（发行，邮购）
传 真：010-84045799（总编室）
网 址：http://www.taimeng.org.cn/thcbs/default.htm
E-mail：thcbs@126.com

经 销：全国各地新华书店
印 刷：衡水翔利印刷有限公司
本书如有破损、缺页、装订错误，请与本社联系调换

开 本：880mm × 1230mm　1/32
字 数：250千字　印 张：10
版 次：2022年5月第1版　印 次：2022年6月第1次印刷
书 号：ISBN 978-7-5168-3226-4
定 价：39.80元

版权所有　翻印必究

导 读

阅读，是学习语文、获取知识、认识世界、发展思维、提升审美、陶冶情操的主要方式和重要途径。广泛的阅读，不仅能提高学生的阅读能力，还能提高鉴赏能力、记忆能力、想象能力、表达能力以及创新能力。中小学语文教科书总主编温儒敏教授说："整个语文教育的改革，可以归纳为四个字——读书为要。培养学生读书的兴趣、读书的习惯，使之成为一种良性的生活方式，提升各方面素养。"由此可见，中小学生的课外阅读十分重要。像《七色花》《海底两万里》《小海蒂》《爱丽丝漫游奇境》《森林报》《童年》……这一本本经受了时间考验的文学经典，都是值得我们用心品读的。

阅读重点培养的是对语言文字的理解、感受、积累与初步运用能力，要学会读书、学会理解，弄清楚文章的脉络、人物关系、中心思想以及教育意义。古人云："读书百遍，其义自见。"北宋文学家黄庭坚也说："一日不读书，尘生其中；两日不读书，言语乏味；三日不读书，面目可憎。"

勤读书，多读书，无疑是求学的必由之路。在阅读的过程中，只要坚持做到以下几点，相信不仅你的阅读能力会提高，写作水平也会提升。

（1）积累词语。阅读时，对于文章中出现的生僻字、成语、形容词等进行标注或抄写，并通过查阅工具书了解字词的注音、含义、用法等。

（2）积累精彩语句。弄清楚句子的主语、谓语、宾语等成分，准确理解句子表达的语气，学会扩写、缩写、改写句子等。

（3）掌握句子使用的修辞手法。如比喻（暗喻、明喻、借喻）、排比、拟人、夸张、对比、对偶等。

（4）掌握句中关联词的使用方法以及标点符号的使用方法。

（5）识别中心句。通读全文，能从段首、段中、段尾寻找到中心句。

（6）学会划分段落（如类序法、地序法、时序法、事序法、总分法等），概括自然段段意，即归纳自然段主要内容（如归纳法、摘句法、提问法、小标题法等）。

（7）厘清故事情节，把握人物形象，理解故事蕴含的教育意义等。

当然，阅读也要讲究策略，我们可以根据自己的阅读兴趣和阅读目的，选择相应的阅读方法：泛读、精读、跳读……精读时，我们要做到：第一，仔细读，反复读，吃透内容；第二，边读边做标记或笔记，如摘录式笔记（摘录精彩语句、段落等，注明出处，包括题目、页码等）、批注式笔记（阅读过程中在重要的地方做上标记，如画线、写上分析或疑问、折页等）、心得式笔记（阅读过程中或阅读后，及时写出自己的某些认知、感想、体会等）；第三，在阅读过程中进行分析、对比或者联想，深化阅读思维。只有这样，才能让自己的阅读发现更加丰富、阅读鉴赏更加深入。

译者序

1865年7月25日，为了感谢凡尔纳赠送的两本书（《地心游记》《从地球到月球》），乔治·桑写信给他说："我期望您不久引导我们到海底，您会让您的人物在潜水器中旅行，您的学识和您的想象可以允许自己这样完善它。"这是《海底两万里》创作的渊源。凡尔纳那时创作刚刚起步，乔治·桑是他赞赏的作家。从他创作的整体构想来说，写海洋探险的小说确也是顺理成章的事。

《海底两万里》是凡尔纳的代表作品之一，当初是以连载形式发表在《教育与娱乐杂志》上的（1869年3月20日至1870年6月20日）。这本小说和《格兰特船长的儿女》《神秘岛》构成互有联系的三部曲，它属于第二部。这个三部曲以海洋为题材。海洋早就进入文学题材了，远在古希腊时期，荷马史诗《奥德赛》就描写了希腊英雄奥德修斯在海上漂流的神奇遭遇，但对海洋的描写多半是幻想式的。真正描绘海洋的文学作品恐怕到19世纪才出现，代表作家主要有浪漫派作家梅尔维尔和雨果。美国作家麦尔维尔（1819—1891）的《白鲸》（1851）以捕鲸工人的海上生活为背景，船长亚哈曾被一条通身白色的鲸鱼咬断一条腿，他发誓要与这条象征"恶"的化身的白鲸为对手，经过多次遭遇战，他最后在一场惊心动魄的浴血搏斗中把白鲸杀死。这是一部浪漫主义的杰作。雨果的《海上劳工》（1866）以汪洋恣肆的笔调描绘了海上来势汹汹的暴风雨，主人公吉利亚特为了战胜大自然，与恶魔般的巨大章鱼进行了殊死搏斗，最后战胜了它。这是一曲浪漫主义的颂歌。这两部小说表明了 19 世纪中叶，随着英法等国海外扩张的加强，海洋的重要性日益显现出来，读者对海洋产生了浓厚兴趣。凡尔纳显然也注意到海洋是个好题材，其早期发表的《哈特拉斯船长历险记》已描写过一个名叫阿尔塔蒙的船长远至北极的历险。不久，他就着手创作这个三部曲了。虽然《格兰特船长的儿女》发表在先，但《海底两万里》的写作恐怕与它是同时开始的，因为这部小说包含的海洋知识极其丰富，凡尔纳无法一蹴而就，要花很多时间去准备。

凡尔纳是一个严肃、认真的小说家。他做了长期准备工作：他阅读和研究与海洋、各类船舶、水手相关的著作；为此，他还坐在一艘横越大洋的轮船上做长途旅行。在横渡到美国期间，他写下笔记，画了许多素描，询问船长、高级船员和水手关于海洋和航船的知识。1859 年，有个美国人名叫德洛奈，提交了一份“潜航机器”的图案和专利证。正是在这个基础上，凡尔纳设想出奈莫艇长的潜水艇，不过，第一艘真正的潜水艇要到 17 年后才制造出来。而“鹦鹉螺号”的水手所穿的潜水服要到 1946 年才真正得到运用，也就是说相隔了七八十年！奈莫艇长已懂得从海洋中摄取他所需要的许多东西，除了氧气、电力、食品、衣服以外，甚至还有海藻雪茄。据说，直到 1970 年，人们才认真地考虑如何利用海洋资源。

《海底两万里》中如数家珍地列举了数以百计的海洋动物和海洋植物，又详尽地介绍了太平洋、印度洋、大西洋、南极海的海流和大小海岛以及各地的风土人情。这些知识是从哪里来的？其实，小说已经提供了部分答案，奈莫艇长的图书室有一大批科学著作，包括机械学、弹道学、水道测量学、气象学、地理学、地质学、天文学、博物学等方面，还包括科学院的论文集。另外，这个图书室收藏了许多著名人物的著作，如德国科学家洪堡、物理学家贝特曼，法国化学家贝特洛、地质学家阿加西、数学家贝特朗和沙勒，英国物理学家法拉第，美国水文学家莫里船长，比利时生理学家米尔恩－爱德华兹等，可以说集中了到那时为止最重要的科学家的著作。这些书也都是凡尔纳的案头书。他的科学知识当然还来自报纸、杂志，凡尔纳说过：“至于我描绘得准确，来自我远在写作小说之前，长期以来就习惯从书籍、报纸、各种各样的科学杂志中搜集许多摘录。这些摘录分门别类，给我提供了价值无可估量的材料宝库。我长期以来订阅 20 来份报纸。我是一个坚持不懈的科学著作的读者，自然而然就了解各个科学领域，包括天文学、生理学、气象学、物理学和化学。”这个勤奋的自学者是个饱学之士，他把自己学到的知识巧妙地运用到小说中。这些知识不仅对孩子们是有用的，而且成年人也未必知道。就说盐吧，盐具有防止海水过度蒸发等作用；鱼类超过 13000 种，而淡水中的鱼只占十分之一；一条鳕鱼产卵有 1000 多万只；一条墨角藻长达 500 米；等等。

小说中重点介绍的海洋生物有分布在各个大洋中的海蜘蛛、纤毛虫（能将海水变成乳白色）、枪乌贼、大翡翠极乐鸟、左旋斧蛤、船艄、海绵、儒艮、棱皮龟、唇形水蛭、抹香鲸、海猪、海豹、海象、剑鱼、箭鱼、水母、伞电鳐（发出的电能击倒人）、海牛、卡库阿纳海龟、星形贝、菌状贝等，无奇不有。其中有的是人们只知道名字，而不知道实际情况的海洋动物；有的闻所未闻，十分珍奇。

“鹦鹉螺号”的艇身两侧在客厅装有玻璃舷窗，护窗板打开以后，能观察到海底的奇妙景象。艇中人还能穿上潜水服，带上特制的氧气容器和灯具，走出潜艇，在海底进行长途跋涉，观看坐在潜艇里看不到的海底奇观。小说作者带领读者游历和观看了美丽且神奇的珊瑚王国、海底森林、珊瑚墓地、采珠场、海中火山口、海底煤矿、墨西哥湾暖流、古代和新近的沉船、维戈湾沉在海底的几百万黄金、价值上千万的硕大珍珠、海底电缆、在托尔斯海峡的搁浅、迈尔大旋涡、大浮冰下面的冰层，还有传说中的大西洋岛、苏伊士海底隧道。尤其是最后在南极海的冰层里，几乎是九死一生，差一点被困在冰层里，那就永远也出不来，被冰挤压成齑粉了。

人们也许在意小说中有些不合实际的描写，如对海底深度的估计。其实，这并非凡尔纳的过错，而是当年科学还达不到这样的精确度。诚然，这么大一艘潜艇直至今日，恐怕还未能到达几千米深的海底。也许，这是需要多少年后才能实现的科学幻想了。

目 录

第一部分

第二部分

第一部分

一　飞逝的礁石

1866年出现了一件怪事，这是一个难以解释也不可理解的现象，毫无疑问，没有人会忘记它。流言蜚语使所有的人都兴奋不已、啧啧称奇。商人、船主、轮船船长、欧洲和美洲的船老大、各国的海军军官、两大陆[①]各国政府，对这件事都表示了最高度的关注。

确实，曾几何时，有些轮船在海上遇到过一个“庞然大物”，这是个长条形的梭状物体，有时像磷火闪闪发光，比鲸鱼大得多，游动也快得多，似乎具有特别的生命力。如果这是一种鲸类，那么它比迄今为止科学上加以分类的所有鲸鱼，体积都要大得多。博物学家们都没有承认过这种庞然大物的存在——除非他们亲眼见过。

事实上，1866年7月20日，加尔各答－伯纳克轮船航运公司的汽船“希金森总督号”，在澳大利亚海岸以东5海里[②]处遇上了这个正在活动的大家伙。起先，巴克船长以为是一块未见过的礁石，突然之间，这个物体喷出两根水柱，呼啸着冲上空中。除非这块礁石上有间歇性喷泉，否则，他们遇到的就是某种至今不为人知的水栖哺乳动物，通过鼻孔喷出水柱。同年7月23日，西印度－太平洋轮船航运公司

---

① 指欧洲和美洲。

② 国际度量单位，1海里≈1.85千米。

的“克里斯托巴尔·柯朗号”汽船，也在太平洋上看到了类似的东西。15天以后，国家轮船公司的“爱尔维修号”和王家邮船公司的“沙农号”，在美国与欧洲的大西洋海域迎面对开时，在北纬42度15分、西经60度35分的地方同时示意看到了这个怪物。在这次共同观察中，可以估计这个哺乳动物身长在350英尺[①]以上。可是，经常通过阿留申群岛海域的最大的鲸鱼，身长从来没有超过56米。

这样的报告相继而来，深深引起公众舆论的激动和一些国家，像英国、美国和德国的强烈关注。一时间，咖啡馆里、报纸上、舞台上无不在谈论它。甚至在学术团体和科学杂志上，信和不信者爆发了没完没了的笔战。论战持续了半年，双方各有胜负。最后，在一张十分犀利的讽刺报发表的文章中，最受读者喜爱的编辑之一加上一笔，给怪物最后一击，才在哄笑声中把它结果。才智战胜了科学。

在1867年的头几个月里，这个问题似乎已终结，然而这时，公众又知道了一些新事实：怪物不过是个能飞逝而去、难以确定和理解的礁石。

1867年3月5日，蒙特利尔大洋公司的“莫拉维扬号”夜里行驶到北纬27度30分、西经72度15分的海域，右舷尾部碰上一块岩石，而任何地图都没有在这片海域标明这块岩石。这艘汽船在风力和400马力的共同推动下，以每小时13节[②]的速度行进。毫无疑问，要不是船体质量上乘，“莫拉维扬号”在撞击中就会裂开，连同从加拿大运来的237名乘客一起沉没。

事故发生在清晨5点钟左右，正是破晓时分。值班的高级船员冲

---

① 英制长度单位，1英尺=30.48厘米。

② 节是航海速率单位，1节为每小时1海里，即约每秒0.5144米。

向船尾，聚精会神地观察海面。他们一无所见，只在3链[1]处发现有碎成浪花的强烈漩涡。准确测量了此处的位置后，船继续航行，表面看来没有损坏。可是，在干船坞检查了船的吃水线以下部位以后，发现部分龙骨被撞碎了。这件事虽然就其本身来说极其严重，但要不是三个星期以后，同样情况再次发生的话，它会像其他许多事件一样被遗忘。仅仅由于新的一次相撞中受害船只的国籍以及这艘船所属的公司声誉显赫，事件才引起巨大反响。

无人不知大名鼎鼎的英国船主卡纳德。这个精明的实业家在1840年创办了一项邮递业务，拥有三艘400马力、1162吨转轮式的木体船，来往于利物浦和哈利法克斯[2]之间。8年后，公司的装备增加了四艘650马力、1820吨的船。再过两年，又增加了两艘马力和吨位更大的船。1853年，公司运送急件的特权刚得到延期，又相继增加了装备，都是速度一流，也是“伟大的东方人号”之后在海上乘风破浪最大的船。1867年，公司已拥有十二艘船。26年来，卡纳德公司的轮船横渡大西洋2000次，没有耽误过一次航行，没有一次晚点，没有丢失过一封信、一个人，也没有毁掉一艘船。由此看来，该公司最好的一艘轮船出事引起轰动，就不足为奇了。

1867年4月13日，大海美如画，和风适于航行，“斯科蒂亚号”行驶到西经15度12分、北纬45度37分的海域。在1000马力的推动下，航速是13.43节。当时的吃水线是6.7米，排水量是6624立方米。下午4点17分，乘客们集中在大厅里吃饭，“斯科蒂亚号”船侧后半部和左舷转轮后面一点的船体被锐利的或者钻孔的工具撞击了，撞击看来很轻，船上没有人感到恐慌。实际上，危险也不会迫在眉睫。

---

① 链是计量海洋上距离的长度单位，1链等于1/10海里，合185.2米。

② 哈利法克斯，加拿大港口，工业城市。

“斯科蒂亚号”由防水舱壁隔成七个舱，可以无虞地抵挡进水。安德森船长去了货舱。他确认五号舱进水了，进水速度表明洞很大。万幸的是，这个舱没有锅炉，所以火没有立即熄灭。

安德森船长下令立即停航，一个水手潜入水里确认损坏情况。不多久，证实轮船吃水线下方有一个 2 米宽的洞。这样多的进水是无法堵得住的，因此，“斯科蒂亚号”只好在它的转轮被淹到一半的情况下，继续航行着。当时离克利尔海岬有 300 海里，所以船晚了三天才回到利物浦，进入公司的船坞。这令利物浦的人强烈不安。

于是工程师们开始检查“斯科蒂亚号”，将船放在干船坞上。工程师们简直不敢相信自己的眼睛。在吃水线下 2.5 米处，开了一个很规则的裂口，是个等腰三角形。钢板的开裂非常干净利落，即使冲头也不会钻得这样稳当。因此，这个工具应该是通过了不同寻常的淬火——而且这工具以惊人的力量冲击，把 4 厘米厚的钢板穿透以后，还得以一个真正无法理解的倒退动作撤离。

这个最近发生的事就是如此，结果是重新使公众舆论激动起来。打这时起，原因不明的海难就被算在怪物头上。这个怪物承担了所有这些海难的责任，其数目巨大，因为在维里塔斯局[①]里每年登记失去的 3000 艘船中，因失去消息而被当作连人和货物都葬送了的汽船和帆船，数目不低于 200 艘！

可是不管公道不公道，正是这个怪物为它们的消失顶罪，由于它，各大陆之间的通道变得越来越危险。公众说话了，明确地要求不惜一切代价，将这个可怖的鲸类动物最终从海洋里清除出去。

---

① 维里塔斯局，法国技术监督机构。

二 赞成和反对

这些事件发生时，我刚在美国内布拉斯加州的劣质土地上进行过一次科学考察后归来。我是作为巴黎自然史博物馆的编外教授，由法国政府派我来参加这项考察的。我在内布拉斯加州待了 6 个月之后，约在 3 月底来到纽约。动身回法国定在 5 月初。在此期间，发生了"斯科蒂亚号"事件。这个秘密令我困惑，其中定有缘由，这是不容怀疑的，怀疑者受到邀请，去亲自触摸"斯科蒂亚号"的伤口。

我到达纽约时，这个问题正闹得热火朝天。因为移动速度太快，浮岛、难以觉察的暗礁以及存在一个巨大的漂浮物的假设都被抛弃了。于是，只剩下两个可能的答案，由此产生了两派截然不同的拥护者：一方认为这是一个力大无穷的怪物，另一方认为这是动力异常强大的"潜水艇"。不过，后一种假设抵挡不住在两大陆进行的调查。单个人掌握这样一部机械装置，很少可能。但是有个国家瞒着其他国家研制这种可怕的武器倒是可能的。沙斯波枪[①]之后是鱼雷，鱼雷之后是潜水撞锤，然后是对抗。至少，我想是如此。然而，一种战争武器的假设，在各国政府的声明面前不攻自破。由于关系到公众利益，各国政府的坦率不能受到怀疑。再说，各国的一切行动都受到强大对

① 沙斯波枪，19 世纪下半叶法军使用的一种后膛步枪，发明人是沙斯波。

手坚持不懈的监视，也断然做不到。于是，怪物重新浮上水面。

我到达纽约以后，好些人向我咨询这个现象。我在法国发表过一部著作——《大洋深底的秘密》。这本书学界深为看重，我成了博物史这个领域里的专家。只要我能否认此事的真实性，我便保持绝对的否定态度。但不久，《纽约先驱论坛报》开始催促我发表一下看法。因此，我不能沉默了。这里我将4月30日发表在《纽约先驱论坛报》上的一篇内容充实的文章摘录如下：

"因此，"我写道，"在所有其他设想都加以排除后，就必然承认存在一种力量极其强大的海洋动物。探测器达不到大洋深处，人们几乎不能推测。但是，要想解决这个问题，可以运用两难推理的形式。要么我们了解生活在我们星球上千殊万类的生物，要么我们并不了解。如果我们不全了解，那么，承认存在新种甚至新属类的鱼或鲸鱼，就可以欣然接受了。它们待在探测器测不到的底层中，一时兴起，回到大洋的表面。相反，如果我们了解所有的生物，那就必须在已经分类编目的海洋生物中，寻找到它，在这种情况下，我可以承认存在一种巨大的独角鲸。

"普通的独角鲸或者独角豚，身长往往达到60英尺。把它增大5倍，甚至增大10倍，给这种鲸类与它体形相应的力量，扩大它的进攻武器，你就得到所要的动物。实际上，独角鲸配备有一种象牙质的长剑，按某些博物学家的说法是一把戟（jǐ）。这是一颗主牙，坚硬如钢，已经发现过这种插入鲸鱼体内的牙齿。还有一些牙齿是从船体吃水线以下费劲地拔出来的，船体被穿透了。巴黎医学院的博物馆拥有这样一颗自卫武器，长达2.25米，根部宽48厘米！

"那么，把这种武器设想得强大10倍，把这种动物的力量再扩大10倍，让它以每小时20海里的速度出击，以它的速度乘以体重，就能得到造成灾难的冲击。因此，按我意，那是一头独角兽，武器是像装甲的大型驱逐舰或者战争中的撞锤那样，它既有体积，也有驱动力。”

说白了，我承认有“怪物”。

我的文章引起激烈争论，并争取到一定数量的支持者。再说，它提供的答案给想象自由驰骋的天地。人类头脑喜欢这种超自然生物的宏伟设想，而海洋恰好是它们最好的载体，海洋承载着已知的最大哺乳动物，也许还隐藏着大得无与伦比的软体动物、看起来可怕的甲壳类动物。为什么没有呢？物种的年份以世纪核算，而世纪数以千计。当时，公众毫无异议地同意存在一种惊人的生物。但是，即便有些人从中只看到一个有待解决的纯粹科学的问题，而另外一些人，尤其是更讲实际的美国人和英国人，则主张把这可怕的怪物从大洋中清除出去，以保证顺利越洋。

公众舆论表示过以后，美利坚合众国首先做好了准备，要进行一次追逐独角鲸的远征。一艘高速驱逐舰“亚伯拉罕·林肯号”可以尽早起航。武器库向法拉格特舰长打开，他正积极地武装自己的驱逐舰。然而，怪物却不再出现了。准备好了的驱逐舰不知驶向何方，焦躁情绪日益增长。

7 月 3 日，终于又有了消息。从加利福尼亚的旧金山开往上海航线的一艘轮船，三个星期之前，在北太平洋上又看到了这头动物。这个消息引起极大的激动。给养已经装上船，燃料舱里堆满了煤，船员名册上的人一个不缺，只消点燃锅炉，加热，起航了！

“亚伯拉罕·林肯号”离开布鲁克林的“pier”[①]之前 3 小时，我收到一封信，内容如下：

---

① 每艘船的专用码头。

纽约第五大街饭店

巴黎博物馆阿罗纳克斯先生

先生：

如果您愿意和“亚伯拉罕·林肯号”一起远征，合众国政府将欣然看到您代表法国参加这次活动。法拉格特舰长已为您准备好一间舱室。

顺致

亲切的敬意！

海军部秘书

J.B. 霍布森

三　听先生的吩咐

在信到达之前不久，我更多想的是要穿越美国西北部，而不是追捕独角鲸。可是现在，我终于明白，我此生的唯一目的，是捕获这令人不安的怪物，把它从世界上清除出去。虽然我刚从一次艰苦的旅行中归来，十分渴望休息，但现在我忘了一切，出于对独角鲸的好奇，不假思索地接受了这个邀请。只是这与回到法国正好走相反的道路。

“贡塞伊[①]！”我用焦急的声音喊道。贡塞伊是我的仆人，一个忠诚的小伙子，在我所有的旅行中都陪伴着我；他是一个正直的佛兰德人，我喜欢他，他对我也投桃报李；他本性冷静，原则上有节制，对人热情，对生活中的意外不会大惊小怪，心灵手巧，精明能干，尽管名字叫贡塞伊，却从不给人建议——别人也不向他讨建议。由于经常跟着我，贡塞伊最终也学到一点东西。我把他当成一个专家，他在自然史分类上很内行，能灵巧地把门、纲、亚纲、目、科、属、亚属、种、变种的等级数个遍。不过，他的学问到此为止。他精通分类理论，实践上却知道得很少，我想，他会分不清抹香鲸和鲸鱼！但这是个正直和高尚的小伙子！

贡塞伊跟着我到处去进行科学考察，至今已有10年。他从不考虑

---

① 贡塞伊（Conseil），法语意为“建议”。

旅行多长时间，或者多么劳累。不管去哪儿，扣好箱子就走，不提异议。另外，他身强体壮，百病不惧，没有神经质，没有这种迹象——可以理解为是精神上没有。小伙子30岁，同我年龄之比是15∶20。因此我说我是40岁，还请读者原谅。他有一个缺点：过分拘泥于礼节，到了让人恼火的地步——他对我说话从来都用第三人称。

“贡塞伊！”我又喊了一声，一面兴奋地开始做动身的准备。“贡塞伊！”我第三次喊道。贡塞伊露面了。“先生叫我吗？”他进来时说。“是的，小伙子。给我准备一下，你自己也准备一下。过2小时我们动身。”“听先生的吩咐。”贡塞伊平静地回答。

“一分钟也不要耽误。把我旅行中的所有用品都塞进我的箱子里，快点！”“先生的收藏品呢？”贡塞伊问。“以后再说吧。”“什么！先生的那些原始兽类、蹄兔目动物、羚羊属动物和其他动物骨骼的标本怎么办呢？”“都寄存在饭店里。”“先生那头活鹿豚[①]呢？”“我们不在的时候会有人喂。另外，我会吩咐别人把笼子里的动物运到法国去。”“那么我们不回巴黎喽？”“当然回……”我模棱两可地回答，“但要绕个弯。不费什么事！路不那么笔直，如此而已。”“先生觉得合适就行。”贡塞伊平静地回答。

“我的朋友，关系到怪物……那有名的独角鲸……我们要把它从海洋清除出去！……《大洋深底的秘密》的作者不能回避同法拉格特舰长一起上船。使命光荣，但是……也危险！这类动物可能反复无常！但我们仍然要去！我们的舰长有胆有识。”

“先生做什么，我就跟着做。”贡塞伊回答。

“你好好考虑一下！这种旅行，不是一定能回来的！”

“听先生的吩咐。”

---

① 鹿豚是一种有犬齿的猪。

一刻钟以后，我们的几个箱子准备好了。我确信什么也不缺，因为这个小伙子将衬衫和衣服分了类，恰如将鸟类和哺乳动物分类一样好。之后，我来到柜台结了账。我吩咐他们把一包包填满麦草的动物标本和干枯植物寄往巴黎（法国），还开出了一笔足够养鹿豚的费用。然后我和贡塞伊一起上了一辆马车。

马车跑这一趟是20法郎[①]。我们经过百老汇大街，来到合众国广场，再沿着第四大街，到达和鲍厄里大街相交的路口，拐进卡特琳大街，到第三十四号码头停下。“卡特琳号”渡轮把我们连同人、马和车运到布鲁克林。布鲁克林属于纽约大区，位于埃斯特河左岸。几分钟后，我们来到“亚伯拉罕·林肯号”停泊的码头。我急忙上舰，见到了一个面目和蔼的军官，他把手伸给我。

“是皮埃尔·阿罗纳克斯先生吗？”他问我。

“正是在下，”我回答，“您是法拉格特舰长吗？”

“是我本人。欢迎您，教授先生。您的客舱为您准备好了。”

我被带到为我准备的客舱，位于船尾，面对高级船员的休息室，我很满意。这是一艘高速驱逐舰，配备有高热装置，能使蒸汽达到7个大气压。在这样的气压下，它的平均时速达到18.3海里，这是高速，但和那头巨大的鲸类动物相搏，还不够。

我让贡塞伊把我们的箱子固定住，我登上甲板。这时，法拉格特舰长叫人把拴在码头上的缆绳解开。因此，如果迟到一刻钟，甚至不到一刻钟，我便错过这次不同凡响的、难以置信的远征了。

“压力够了吗？”法拉格特舰长问工程师。“够了，先生。”工程师回答。“走吧，出发！”法拉格特舰长喊道。命令通过压缩空气装置传到机舱。蒸汽呼啸着冲进半开的进气阀。水平排列的长活塞咿呀

---

① 法郎，2002年前法国的法定货币单位。

作响，推动主轴的连杆。螺旋桨的叶片越来越快地拍打着水面。“亚伯拉罕·林肯号”在上百条渡轮和载满看客的小汽艇的簇拥下，庄严地行进。

布鲁克林码头和埃斯特河岸上挤满了送行的人。成千上万条手帕在密集的人群上面挥动，向“亚伯拉罕·林肯号”致意，一直送它到哈得孙河口，直至构成纽约城长形半岛的顶端。驱逐舰沿着新泽西州海岸行驶，经过要塞时，要塞都以最大口径的大炮向它致意。“亚伯拉罕·林肯号”在后桅斜桁（héng）上的美国国旗来回升起三次，作为答礼。然后，驱逐舰改变航向，驶过沙滩形成的长舌形岬角，几千名看客再一次向它欢呼。护行的渡轮和小汽艇始终尾随着驱逐舰，直到信号船那里才离开。信号船上有两盏灯，标明那里是纽约水道的入口。

这时3点钟的钟声敲响了。领航员上了自己的小艇，朝停在下风等待的小双桅纵帆船驶去。火烧旺了，螺旋桨更快地拍打着水面，驱逐舰沿着长岛黄色的低海岸行驶。晚8点，火岛的灯光被甩在西北方以后，驱逐舰开足马力，在大西洋阴暗的海面上全速前进。

四　内德·兰德

法拉格特舰长是一个优秀的水手，无愧于他指挥的驱逐舰。他和驱逐舰形成一体，是它的灵魂。关于鲸类动物的问题，他的脑海里没有升起任何怀疑，他不允许在舰上谈论这头动物的存在。他要把怪物从大海里清除出去，他为此发过誓。他像罗德岛那个骑士[①]，像迎上前去和在岛上肆虐的巨蟒搏斗的迪厄多内·德·戈宗。要么法拉格特舰长杀死独角鲸，要么独角鲸杀死法拉格特舰长。没有折中余地。

舰上的军官同意他们头儿的意见，不止一个人争着到顶桅杆上去值班。只要太阳还没有西沉，桅杆上就会爬满水手！但是，"亚伯拉罕·林肯号"离太平洋令人可疑的海面还远着呢。至于水手，他们只求遇到独角鲸，捕获它，把它吊到船上。况且，法拉格特舰长说过，定下为数2000美元的奖金，奖给发现那头动物的人，不管是谁。"亚伯拉罕·林肯号"上人人的眼睛扫来扫去，聚精会神地监视着海面。至于我，我不会受惠于别人，我不让任何人每天去做那份观察。驱逐舰有百倍理由叫作阿耳戈斯[②]。所有人中只有贡塞伊唱反调，他对使我

① 罗德岛是希腊在爱琴海中的一个岛，从1309年至1522年，罗德岛的骑士保护岛上的贸易。

② 阿耳戈斯是希腊神话中的百眼巨人，其中50只眼睛总是睁开的。

们激动的问题无动于衷，和舰上普遍的热情很不协调。

我说过，法拉格特舰长仔细地给他的驱逐舰装备了能够捕捉巨大鲸类的设备。我们拥有一切已知的设备，从用手投射的鱼叉，到喇叭口大炮发射的带倒刺的箭、打野鸭的猎枪用的爆炸弹。艏（shǒu）楼上架着一尊经过改进的大炮，从炮栓装弹，管壁很厚，炮膛很窄。这尊炮的原型应该出现在 1867 年的世博会上。这件珍贵的武器是由美国造的，能毫不费劲地发射 4 千克重的锥形炮弹，平均射程为 16 千米。因此，“亚伯拉罕·林肯号”不缺少任何一种毁灭性武器。更有甚者，它拥有捕鲸之王内德·兰德。

内德·兰德是个加拿大人，身手不凡，在他险阻重重的生涯中，他还没有遇到过势均力敌的对手。他灵活冷静，有勇有谋，鲸鱼必须非常狡猾，或者抹香鲸异常狡诈，才能逃脱他那把带刺鱼叉的攻击。他约莫 40 岁，身材伟岸——超过 6 英尺——孔武有力，气宇轩昂，不好打交道，有时暴跳如雷、勃然大怒。他引人注目，尤其他的目光犀利，奇异地突出他的脸容。法拉格特舰长招聘这个人到船上是明智之举。就眼力和臂力来说，他一个人抵得上全员。他好似一架高性能望远镜，同时又是一门准备好发射的大炮。

说他是加拿大人，就等于说他是法国人。即使他多么难打交道，我还是应该承认，他对我有某种好感。我的国籍可能吸引了他。对他来说，有说拉伯雷[①]时代的古老法语的机会；对我来说，则有听这种法语的机会。这个捕鲸手的家乡在魁北克，这个地区还属于法国的时候，已经出了一批勇敢的捕鲸手。

内德逐渐有了谈话的兴趣，而我也喜欢听他讲在极地海洋里的冒险故事。他的故事具有史诗的形式，我就好像在听加拿大的荷马在咏

---

① 拉伯雷（1483—1553），法国人文主义小说家，著有《巨人传》。

唱极北地区的《伊利亚特》。我像眼下认识的他那样，描绘这个胆大的同伴。因为我们已经被在艰苦卓绝的环境下产生和结成的牢不可破的友谊连在一起！但内德·兰德并不怎么相信有独角鲸。舰上只有他一个人不赞同大家的观点。他甚至回避谈论这个话题。

7 月 30 日，就是说我们动身后三个星期，驱逐舰来到布朗角同一纬度的海域，在巴塔哥尼亚[①] 海岸下风 30 海里处。我们超过了南回归线，离南面的麦哲伦海峡不到 700 海里。不出一星期，“亚伯拉罕·林肯号”就要在太平洋上乘风破浪了。

内德·兰德和我坐在艉楼甲板上，海阔天空地闲聊。我自然而然地将话题扯到巨大的独角鲸上，分析这次远征成功或失败的各种可能。随后，看到内德听我说话，却不吭声，我就单刀直入地问他。

“内德，您不相信那头鲸类动物是存在的，您这样怀疑，有特别的理由吗？”捕鲸手看了我一会儿，做了一个习惯的动作，用手拍了拍宽敞的脑门，闭上眼睛，仿佛要凝思，终于说：“兴许有吧，阿罗纳克斯先生。”“可是，内德，您是一个职业捕鲸手，您的想象力应该很容易接受巨大的鲸类动物的假设，您不应该怀疑啊！”

“教授先生，这您可就错了，”内德回答，“庸夫俗子相信有奇异的彗星穿过宇宙，或者相信地球内部有古老的怪物存在，可是，天文学家、地质学家都不承认这样异想天开的东西。同样，作为捕鲸手，我追捕过许多鲸类动物，可是不管它们多么强大有力，武器多么厉害，无论是用尾巴还是用牙齿，都不可能损坏一艘轮船的钢板。”

“但是，内德，有人证明过独角鲸的牙齿穿透了船板。”“木船有可能，”加拿大人回答，“而我从来没有见过这种情况。因此，我否认长须鲸、抹香鲸，或者独角鲸能造成这样的结果。兴许是一只巨大的

---

① 巴塔哥尼亚，阿根廷南部地区。

章鱼？……”“内德，那更不可能了。章鱼只是一种软体动物，哪怕章鱼有500英尺长，它也绝不属于脊椎动物门，对‘斯科蒂亚号’或者‘亚伯拉罕·林肯号’那样的舰只，完全造不成伤害。”

“那么，博物学家先生，”内德用揶揄的口吻说，“您坚持承认存在这样巨大的鲸类动物喽？”“是的，内德，我是有事实逻辑支持的。我相信存在一种哺乳动物，身体强有力，属于脊椎动物门，拥有一颗角质的牙齿，穿透力异常巨大。”

“哼！”捕鲸手说，像一个没被说服的人那样摇着头。“请注意，我可敬的加拿大人，”我又说，“如果它居住在大洋深处，如果它经常在海面之下几千米的水层活动，它就必然具有坚实无比的体格。”

“为什么要有这样强大的体格呢？”“因为它要待在深水层，顶住水的压力。”“当真？”内德说，眨巴着眼睛望着我。“当真，几个数字就能毫无困难地向您证明这一点。”“噢！数字！”内德反驳说，“用数字可以随心所欲地做想做的事！”

“做生意行，内德，但不是在数学上。假定一根32英尺高的水柱的压力，代表1个大气压。实际上，水柱不会有那么高，因为这是海水，海水密度比淡水高。那么，您潜到海里去，深度是32英尺的若干倍，您的身体就要承受同样倍数的大气压，就是说每平方厘米的身体就要承受同样倍数的压力。由此得出，在320英尺的深处，压力是10个大气压；在3200英尺的深处，压力是100个大气压；在32000英尺的深处，压力是1000个大气压。这就等于说，如果您能到达大洋的这个深度，您身体的每平方厘米将要承受1吨的压力。可是，我正直的内德，您知道您身体表面有多少平方厘米吗？”

“我没有考虑过，阿罗纳克斯先生。”

“17000平方厘米左右。”

“有这么多吗？”

“由于实际上气压略高于每平方厘米 1 千克的重量，您身上 17000 厘米此刻所承受的压力，就是 17568 千克。”

“我感觉不到。”

“您没有被这样的重量压垮，是因为空气以相等的压力进入您的体内。这样，内外压力保持平衡。可是，在水里就是另一回事了。”

“是这样，我明白了，”内德回答，变得更加聚精会神，“因为水包围住我，而不进入我的体内。”

“正是，内德。因此，在海面下 32 英尺的地方，您将遇到 17568 千克的压力；在海面下 320 英尺的地方，这种压力增加 10 倍，即 175680 千克；在海面以下 3200 英尺的地方，这种压力增加 100 倍，即 1756800 千克；在海面以下 32000 英尺的地方，这种压力增加 1000 倍，即 17568000 千克了。就是说，您将被压扁了，仿佛把您从水压机的平台上拉出来似的！”

“见鬼了！”内德叫了一声。

“那么，可敬的捕鲸手，如果那些长几百米、体形巨大的脊椎动物待在这样深的地方，它们身体表面的面积有几百万平方厘米，所受的压力就必须估到几百万吨。您计算一下，要承受这样大的压力，它们的骨架得有多大的抗拒力，它们的身体得有多强的结构了！”

“它们非得像铁甲驱逐舰那样，”内德回答，“用 8 英寸[①]厚的钢板制造了。”“正如您说的那样，那就请设想，这样一个大家伙，以快车的速度冲向船体，会造成多大的破坏。”“是的……确实……兴许是这样。”加拿大人回答，虽受到这些数字的震撼，但是仍然不愿服输。

“那么，我说服了您吧？”

“博物学家先生，有一点您说服了我，那就是，如果海底存在这

① 长度单位，1 英寸 =2.54 厘米。

样的动物，它们一定像您所说的那样强大。"

"但是，固执的捕鲸手，如果它们不存在，您怎么解释'斯科蒂亚号'遇到的事件呢？"

"兴许是……"内德迟疑着说，"因为……这是莫须有的！"他不知不觉重复了阿拉戈[1]的一句名言。

不过这个回答只说明了捕鲸手的固执，说明不了别的什么。那天，我没有进一步逼他。"斯科蒂亚号"遇到的事件是不可否认的。那个窟窿确实存在，需要填补，但我也不认为这个窟窿的存在能不容置疑地把什么都说清楚。可是这个窟窿不是独立生成的，它如果不是由海底礁石或者海底武器造成的，就必然是由动物的穿甲工具凿穿的。

但是，据我看来，从上述的所有理由可以得出，这头动物属于脊椎动物门，哺乳动物纲，鱼目，亦即鲸类动物。至于属于什么科，长须鲸科、抹香鲸科，还是海豚科，放在哪个种里合适，那是日后需要弄清的问题了。为了解决这个问题，必须解剖这未知的动物，要解剖就得捕获它，要捕获它就必须有捕鲸手——这是内德·兰德的事——这是水手的事，还必须遇上它——这就得凭运气了。

---

① 阿拉戈（1790—1855），法国作家，著有《环球旅行》。

五 瞎 闯

6 月 30 日，在马卢伊纳群岛外海，驱逐舰和多艘美国捕鲸船联络，我们得知，他们根本不知道有独角鲸。但是其中一艘名为“门罗号”的船长，知道内德·兰德在“亚伯拉罕·林肯号”上，请他帮忙追捕一条被发现的鲸鱼。法拉格特舰长想看内德·兰德如何操作，同意让他上了“门罗号”。我们的加拿大人运气特别好，他一连两炮击中两头鲸鱼，一炮击中右边那头的心脏，另一头追了几分钟后也被击中了！

驱逐舰沿着美洲东南海岸飞速驶行。7 月 3 日，我们来到麦哲伦海峡入口，和贞女岬角位于同一纬度。但是法拉格特舰长不愿意走弯道，操作驱逐舰绕过合恩角。船员一致赞成他的做法，认为怪物不可能通过那里。7 月 6 日，下午 3 点钟左右，“亚伯拉罕·林肯号”在南边 15 海里处绕过这块在美洲大陆顶端的偏僻岩石，荷兰水手把自己家乡的城市合恩这个名字给了它，称其为合恩角。驱逐舰朝西北方向而去，第二天，驱逐舰的螺旋桨终于拍击太平洋的海水了。

“睁大眼睛！睁大眼睛！”“亚伯拉罕·林肯号”的水手一再喊道。2000 美元的奖金弄得大家一刻也不安宁。大家夜以继日地观察着洋面，那些患有昼盲症的人在黑暗中的视力增加了 50%，这对拿到奖金大为有利。

我呢，金钱的诱惑对我不太起作用，但我并非舰上最不注意观察的人。我只花了几分钟时间吃饭，花了几小时睡觉，不管日晒雨淋，不再离开甲板。我时而俯向艏楼舷墙上，时而倚在艉楼的护栏上，用贪婪的目光注视海水中洁白的航迹！多少次一头任性的鲸鱼将黑乎乎的背脊拱出水面时，我与军官和水手们一起激动。驱逐舰的甲板霎时挤满了人。个个气喘吁吁，眼睛模糊，观察着鲸鱼的游动。我看得视网膜生疼，而贡塞伊始终很冷静，他用平静的语气一再对我说："如果先生乐意不把眼睛睁得那么大，会看得更清楚的！"

但是，白白激动一番！"亚伯拉罕·林肯号"改变航路，追逐被发现的动物，结果不是普通的长须鲸就是普通的抹香鲸。

内德·兰德始终表示怀疑，12 小时里有 8 小时，这个固执的加拿大人睡在他的舱室里。我多少次责备他无动于衷。

"啊！"他回答，"阿罗纳克斯先生，什么也没有。难道我们不是在瞎闯吗？说是有人又在太平洋的洋面上看到了这难觅的畜生，我愿意相信这件事。但是，自从这次相遇之后，两个月已经过去了，独角鲸根本不喜欢长期滞留在同一片海域！它具有惊人的游动能力。教授先生，您清楚，大自然不做自相矛盾的事，如果不需要以极快的速度移动，大自然就不会把快速游动的能力赋予天性缓慢的动物。因此，即便那畜生存在，它也已经走得远远的了！"

对此，我不知道回答什么。显然，我们是在瞎闯。

7 月 20 日，我们从西经 105 度线上越过南回归线，同月 27 日，我们又从西经 110 度线上超过了赤道。方位测定之后，驱逐舰更加坚定地向西方驶去，开往太平洋的中心海域。法拉格特舰长想得对，不如出没于深水区域，远离大陆或者海岛。于是驱逐舰穿过波莫图群岛、马尔吉斯群岛和桑威奇群岛的海面，从东经 132 度线上超过了北

回归线，朝中国海[①]驶去。

我们终于来到怪物最近嬉戏的地方！全体船员得了神经过度兴奋症，大家不吃不睡，一天有无数次，待在舵轮上的水手估计错误，出现幻觉，引起难以忍受的恐惧。这种激动过于强烈，以致引起接下来的反应。

在三个月里，每天都是度日如年！“亚伯拉罕·林肯号”跑遍了北太平洋，追逐被发现的鲸鱼，突然偏离航线，猛然掉过头来，忽然停航，又全速航行，或者反向行驶，一次接一次，冒着损坏机器的危险，从日本海岸到美国海岸都搜了个遍。但什么都没有！

于是反应出现了。先是泄气占据了大家的头脑，给怀疑打开了缺口；后来舰上出现了一种新情绪，含有三分羞愧、七分恼怒。一年来积累起来的山一样高的论据，一下子土崩瓦解。现在，每个人想的只是吃饭和休息，要把傻乎乎地牺牲的时间补回来。

人的头脑天生变幻无常。对一件事最热衷的支持者不可避免地变成了最激烈的反对者。反应从驱逐舰底层开始，从司炉补助工一直升到高级船员。要不是法拉格特舰长坚如磐石，驱逐舰一准儿掉头向南了。但是，不能再这么无效地寻找了。“亚伯拉罕·林肯号”为了成功做了一切，没有什么要自责的。从来没有哪一艘美国海军舰艇的船员表现出这么多的耐心和这么大的热情。不成功不会带来惩罚。眼下该返航了。

一份关于这方面的提议交给了舰长。但舰长坚持己见。水手们不再掩饰他们的不满，干活受到影响。法拉格特舰长像从前的哥伦布一样，要求耐心地等三天。如果在三天的时间之内，怪物没有出现，舵手就将舵轮转3圈，驱逐舰将朝欧洲海域驶去。

---

① 泛指中国濒临的海。

这个许诺是在11月2日做出的。大家又重新专心观察海面，每个人都想朝海洋看上最后一眼。望远镜用个没完。这是对巨大的独角鲸最后的挑战。从情理上说，它不能不理“出庭”的传票!

两天过去了。驱逐舰低速行驶着。它的后面拖着大块的肥肉——应该说，这是为了最大限度地满足鲨鱼。“亚伯拉罕·林肯号”停航时，小艇朝四面八方划出去，不留下一处海面未被探索。但在11月4日夜幕降临时，海底怪物的神秘面纱还没有被揭开。

11月5日，中午，严格规定的期限满了。过了这一刻，法拉格特舰长信守诺言，最终放弃太平洋的北部海域。此刻，驱逐舰位于北纬31度15分、东经136度42分的海域。日本列岛在离我们不到200海里的下风处。黑夜临近，8点钟的钟声刚刚敲过。大块乌云遮住了上弦月。大海在驱逐舰的艏柱下静悄悄地起伏着。当时，我正在驱逐舰的前部，倚在右舷的舷墙上。贡塞伊守候在我身边，注视着前方。水手们待在横缆上，观察逐渐缩小和变暗的天际。军官们手里拿着夜间使用的望远镜，搜索着越来越暗的海面。月亮不时从云缝中射出一注光芒，使昏暗的海面闪烁着。随后，整片光亮又消失在黑暗中。

我观察贡塞伊，看到这个正直的小伙子多少受到大家的影响。也许他的神经第一次在好奇心的作用下震颤起来。“喂，贡塞伊，”我对他说，“要拿到2000美元，这是最后一次机会了。”“请允许我告诉先生，”贡塞伊回答，“我从来不指望拿到这笔奖金，即使合众国政府许下100000美元，它也不会变穷。”“你说得对。这是一件蠢事，我们太轻率了。我们要是回到法国，已经有半年了……”

这时，在一片静寂中，只听有个声音在喊，这是内德·兰德的声音，内德·兰德在喊：“嗨！是那个家伙，在下风处，就在我们附近！”

六　全速前进

听到这喊声，全体船员都朝捕鲸手跑过去。因为已经下达停航的命令，驱逐舰只是靠余速向前移动。这时天已经漆黑了，我就纳闷了，他怎么能看见东西。我的心跳得都要炸开了。但是内德·兰德没有搞错，我们大家都看到了他用手指着的那个东西。

在离“亚伯拉罕·林肯号”右舷后面 2 链处，海水似乎从下面被照亮了，这不是普通的磷光现象，是怪物露出水面几图瓦兹①，射出这种很强的、难以名状的光。这种美妙的辐射光应是从具有强光的原动力产生的。海上被照亮部分映出一个极大的狭长椭圆形，中心凝聚成一个灼热的焦点，那里难以抵挡的光亮向外逐级减弱。

“这只不过是一种磷分子的堆积！”有个军官大声说。“不是，先生，”我有把握地反驳，“海笋或海鞘产生不了这样的强光。这种光在性质上基本是电……你们看！它在移动！它向我们冲过来了！”驱逐舰上发出一片喊声。“安静！”法拉格特舰长说，“迎风，满舵！倒车！”水手们冲向舵轮，机械师们冲向机器。舰马上来了个急刹车，然后向左转，在海面上画了个半圆。“右满舵！向前！”法拉格特舰长喊道。命令得到执行，驱逐舰迅速离开光源。但是，那神奇的动物

① 图瓦兹，法国旧长度单位，1 图瓦兹相当于 1.949 米。

以比驱逐舰快 1 倍的速度靠近过来。

我们气喘吁吁，惊呆远远超过恐惧。这头动物戏弄着追上我们。它绕着驱逐舰转了一圈，当时它以每小时 14 海里的速度前进，以一种像发光的粉尘那样的一片电光包住驱逐舰。然后，它离开两三海里，拖出一条发出磷光的航迹，赛过快车的火车头喷出的汽团。怪物在天际昏暗处蓄势待发，突然以惊人的速度冲向“亚伯拉罕·林肯号”，又在离驱逐舰腰外板 20 英尺处忽地停下来，光也熄灭了——并非沉到水下，因为它的光不是逐渐减弱的——而是陡地熄灭的！然后，它又在驱逐舰另一侧出现，要么是绕过去的，要么是从驱逐舰船壳底下滑过去的。相撞随时都可能发生，这对我们会是致命的。

但是，我对驱逐舰的操作感到惊讶。它逃跑了，没有攻击。它被追逐，而它应该去追逐啊，我对法拉格特舰长指出这一点。他的脸平常是不动声色的，眼下却露出难以形容的惊愕。“阿罗纳克斯先生，”他回答我说，“我不知道在和一头有多么可怕的动物打交道。我不愿意在黑暗中不谨慎地拿我的驱逐舰去冒险。等天亮吧。”

“舰长，您对动物的属性再没有疑惑了吧？”“没有了，这显然是一头巨大的、会放电的独角鲸。”“也许是的，”我又说一句，“我们不能离它太近！”“确实是，”舰长回答，“如果它体内具有雷电般的力量，这无疑是出自造物主之手的最可怕的动物。因此，我得保持谨慎。”

全体官兵整宿严阵以待，没有人想去睡觉。“亚伯拉罕·林肯号”在速度上无法与怪物比拼，索性减低速度，慢慢行驶。至于独角鲸，也模仿驱逐舰，任凭海浪荡漾，似乎绝不放弃搏斗的舞台。但是将近午夜，它消失了，或者更确切地说，它像一只巨大的萤火虫一样“熄灭”了。它逃走了吗？可是，凌晨差 7 分 1 点时，突然传来震耳欲聋的呼啸声，酷似以极大力量排出的水柱产生的声音。

“内德·兰德，您时常听到鲸鱼吼叫吗？”舰长问。

“经常听到，但绝不是看到了能获得2000美元那样的鲸鱼。”

“确实，您有权获得这笔奖金。但是，告诉我，这声音难道是鲸类动物通过鼻孔喷水的声音吗？”

“是同样的声音，先生，但是刚才的声音无可比拟地大得多。因此不会搞错，待在我们附近水中的确实是一头鲸类动物。请原谅，先生，”捕鲸手补充说，“明天黎明时，我们得向它说上两句。”

“可是，为了接近它，”舰长又说，“我要给您准备一条捕鲸小艇吗？”“当然，先生。”“这是要拿我手下人的生命去冒险啊！”“还有我的生命！”捕鲸手仅仅这样回答。

将近凌晨2点钟，光源在“亚伯拉罕·林肯号”上风5海里处重新出现。尽管有这段距离，尽管有风声和海浪声，但仍可以清晰地听到动物尾巴击水的巨大响声，甚至它的喘气声。似乎是当巨大的独角鲸游到海面上透气时，空气涌进它的肺部，如同蒸汽涌进2000马力机器的宽大汽缸里一样。

直到天亮，大家一直在戒备，准备进入战斗。捕鱼器械沿舷墙都摆放好了。大副吩咐将喇叭口短筒炮和打野鸭的长筒猎枪装上火药。喇叭口短筒炮能把捕鲸叉射出1海里远，而打野鸭的长筒猎枪的开花弹有致命的杀伤力，即使异常有力的动物也无法幸免。内德·兰德只满足于磨快捕鲸叉，那是他手里的可怕武器。

6点钟，天开始拂晓，随着晨曦刚出现，独角鲸的电光便熄灭了。7点钟，天已大亮，但很浓的晨雾把天际缩小了，最好的望远镜也穿不透这雾。我一直爬到后桅杆上，有几个军官已经待在桅杆顶上了。8点钟，大团的螺旋状浓雾逐渐消散。天际开阔了。

蓦地，像昨天一样，内德·兰德的声音传来了。“那家伙在左舷后面！”捕鲸手喊道。

所有的目光都转向他所指的地方。

那边，离驱逐舰1.5海里处，一个黑乎乎的长条形物体高出海面1米。它的尾巴激烈地甩动，产生巨大的漩涡。那头动物经过的路线，画出了一个长弧形。驱逐舰靠近鲸类动物。我非常从容地观察它。我估摸它身长只有250英尺。至于它有多大，我很难估计。但总的说来，我觉得这头动物的长、宽、高比例非常协调。

正当我观察这庞然大物时，从它的鼻孔喷出两股蒸汽和水柱，升到40米高，这使我专注起它的呼吸方式来。我最终确定它属于脊椎动物门，哺乳动物纲，单子宫哺乳动物亚纲，鱼形动物中的鲸类动物目，至于属于哪个科……这里，我还不能说清楚。鲸类动物目包括三个科：须鲸科、抹香鲸科和海豚科，独角鲸被分在海豚科。每一科又各自分成几个属，属再分成种，每个种又有变种。独角鲸属于什么，我还不能确定，但是我不怀疑，靠着上天和法拉格特舰长的帮助，我能把分类补全。

官兵们焦急地等待舰长下令。舰长仔细观察过这头动物以后，叫人把机械师喊来。机械师跑来了。“先生，”舰长说，“压力够吗？”“够，先生。”机械师回答。“很好。加大火力，全速前进！”三下欢呼声迎接这个命令。战斗打响了。

“亚伯拉罕·林肯号”在强大的螺旋桨的推动下，笔直地朝那头动物驶去。动物不以为然地让驱逐舰接近到半链远的地方，然后，不屑于下沉，摆出慢慢逃的姿态，只满足于保持这段距离。这场追逐持续了三刻钟左右，驱逐舰就是追不上与鲸类动物2图瓦兹的距离。法拉格特舰长气急败坏地捻着下巴底下那撮浓密的胡子。

“喂，兰德师傅，您还建议我把小艇放到海里去吗？”“不，先生，这头畜生只有甘愿被擒，才会被抓住。”“那怎么办？”“先生，如有可能，就全速前进。至于我，我要到艏斜桅的支索上去，当驶到捕鲸叉够得到的地方，我就投出叉去。”

内德·兰德到他的岗位上去。火烧得更旺了，螺旋桨每分钟转43圈，蒸汽通过阀门喷出来。航速表测出，此时，“亚伯拉罕·林肯号”按照每小时18.5海里的速度行驶。可是这头该死的动物也是以每小时18.5海里的速度疾行。驱逐舰保持这个速度又行驶了1小时，却赶不上1图瓦兹距离！对于美国海军速度最快的舰只来说，这是很丢脸的。

机械师又被叫来。“压力达到最大限度了吗？”舰长问他。“是的，先生。”机械师回答。“阀门充满蒸汽了吗？……”“6.5个大气压。”“到10个大气压！”这算得上一道美国式命令。即使在密西西比河上，为了甩开“竞争者”，大概也不会做得比这个更好！

“贡塞伊，”我对待在我身边的忠仆说，“你知道我们的驱逐舰可能爆炸吗？”“炸就炸吧，先生！”贡塞伊回答。我承认，碰上这样的机会，冒着爆炸的危险，我也愿意。

“亚伯拉罕·林肯号”速度加快了。桅杆连同基座都颤动着，滚滚的浓烟几乎不能通过太狭窄的烟囱排出去。又测量了一次航速。“怎样，舵手？”法拉格特舰长问。“19.3海里，先生。”“把火烧得更旺！”

机械师执行命令。压力表显示10个大气压。但是，鲸类动物却毫无困难地每小时也疾行19.3海里。何等紧张的追捕啊！我无法描述我的激动。内德·兰德守在他的岗位上，手里拿着捕鲸叉。有好几次，那头动物让我们接近了一点。可待到他准备投掷时，鲸类动物又飞速逃掉，我估计速度不低于每小时30海里。甚至在我们达到最高速度时，它竟然围着驱逐舰绕了一圈，嘲笑我们！人人都被气得嗷嗷叫！

中午时，我们与它相距仍然和早晨8点钟时一样远。法拉格特舰长于是决定运用更直接的方法。艏楼的那门炮立刻被装上炮弹，炮弹发射出去，但是从离我们半海里的鲸类动物几英尺的上方飞过去了。

随后，一个胡子花白的老炮手——我还历历在目——目光平静，面容冷漠，走近大炮，调整炮位，轰隆一声，官兵们发出了欢呼声。炮弹打中目标，可是打得不正，从它滚圆的身体上滑了过去。

追逐重新开始，法拉格特舰长俯身对我说："我要追到底，直到我的驱逐舰爆炸。"

我们盼望这头动物筋疲力尽，但是几个小时过去了，它却没有一点疲惫不堪的迹象。不过，"亚伯拉罕·林肯号"坚持不懈地斗争，倒是应该表彰的。我估计，在11月6日这个倒霉的日子里，它跑了不止500千米！

夜幕降临，这时我认为我们的远征已经结束，我们再也看不到不可思议的动物了。但我搞错了。晚上10点50分，在驱逐舰上风3海里处，电光又出现了。独角鲸似乎一动不动。也许，累了一天，它睡着了。这是个机会，法拉格特舰长决定好好利用。

他下了命令。"亚伯拉罕·林肯号"放慢速度，谨慎地前进。加拿大人又到艏斜桅的支索他的岗位那里去。驱逐舰无声无息地靠近，在离动物2链处停了下来，靠余速前进。舰上的人屏息静气。我们离灼热的光源不到100英尺，光越来越强，令人炫目。

这时，我倚在艏楼的栏杆上，望着下方的内德·兰德，他一只手抓住大衣后腰带，另一只手挥动着可怕的捕鲸叉。他和纹丝不动的动物之间还不到20英尺。突然，他的手臂猛地伸开，捕鲸叉被抛了出去。我听到武器响亮的撞击声。电光倏地熄灭，两股像龙卷风掀起的巨大水柱落在驱逐舰的甲板上，掀翻了人群，冲断了缆绳。我来不及稳定自己，从栏杆上被抛了出去，落到大海中。

七　一头种类闻所未闻的鲸鱼

我被拖下约 20 英尺深的海水中。因为我是游泳好手，这样沉下去一点儿没有使我昏头，我后脚跟使劲蹬了两下，便浮出了海面。我努力用目光寻找驱逐舰。我瞥见一团黑黢（qū）黢的东西朝东消失了，上面的航行灯在远方逝去。这是驱逐舰。我感到自己完蛋了。

“救命啊！救命啊！”我喊叫着，绝望地划动手臂，朝“亚伯拉罕·林肯号”游去。水使衣服粘在我身上，使我动弹不得。我往下沉！我感到窒息！我的嘴里灌满了水。我在挣扎，被拖向深渊……

突然，我的衣服被一只有力的手抓住，我感到被猛地拉回水面，我听到耳畔响起话语声：“如果先生肯乐意趴在我的肩膀上，游起来就轻松多了。”“是你！”我说，“是你！”“是我，”贡塞伊回答，“听先生吩咐。”“这下撞击把你和我同时抛进海里了吗？”“才不是呢，我是跟着先生下来的。”可敬的小伙子感到这一切很自然！

“驱逐舰呢？”我问。贡塞伊翻身仰游，回答说：“最好还是别太指望驱逐舰！在我往海里跳的时候，我听到掌舵的那些人在喊：‘螺旋桨和舵都被撞碎了……’”“那么，我们完蛋了！”“也许吧，”贡塞伊平静地回答，“我们还有几小时可以支配，几小时里能做许多事！”

贡塞伊的沉着冷静使我的精神为之一振。我更有力地游起来，可是，衣服像一件铅斗篷缚住我，我感到支持下去极其困难。贡塞伊把

刀伸进我的衣服，从上到下迅速一刀划开，灵巧地帮我脱掉衣服，我也帮贡塞伊脱了衣服。我们继续并排“航行”。但是局面仍然可怕。

我们唯一的得救机会是被“亚伯拉罕·林肯号”的救生艇搜索到。于是我决定把我们的力气分开来用，不要同时用尽。我们两人中的一个，仰卧水面，一动不动，两臂交叉，双腿伸直，另一个游泳，推着仰卧者向前。这种“拖轮”的角色不应该超过 10 分钟。这样倒换，我们能漂浮几小时，也许能一直漂浮到天亮。希望微乎其微！

驱逐舰和鲸类相撞发生在夜里 11 点左右。因此，到日出我估算要游 8 小时。两个人倒换着游，是完全可行的。可是将近凌晨 1 点钟，我感到极度疲惫。我的四肢剧烈痉挛，变得僵硬。贡塞伊不得不扶住我。不久，我听到可怜的小伙子气喘吁吁，我明白，他也支持不了很久。“放开我！放开我！”我对他说。“抛弃先生！决不！”他回答，“我打算在先生前面沉下去。”

这时，月亮从云缝中露出脸来。明亮的月光使我们的精神振奋起来。我挺起头，向四面八方张望。我看见了驱逐舰，在离我们 5 海里的地方，但是根本没有救生艇！我想喊叫，可是距离太远，我肿胀的嘴唇发不出一个音来。贡塞伊还能嘟噜几个字，我听见他好几次说：“救救我们！救救我们！”我们的动作停止了一会儿，我们在侧耳细听。虽然耳朵因充血而嗡嗡作响，我还是觉得有人对贡塞伊的呼喊做出了回应。一个人的声音在回答我们的呼救！贡塞伊使出最大的努力，撑着我的肩膀，而我在最后一次痉挛中硬撑着，他半个身子探出水面，又筋疲力尽地倒了下去。

“你看见什么了？”他嗫嚅着说：“我看见了……但是别说话……保存我们所有的力气吧！……”这时，我不知怎么回事，我的脑海里第一次想起了那个怪物！……可是这个声音呢？……

贡塞伊还往前推着我。我的力气用尽了；我的手指收不拢；我的手再也支撑不住了；我的嘴痉挛地张开，灌满了咸涩的海水；寒冷侵入我体内。我最后一次抬起头来，然后，我沉了下去……这时，一样坚硬的物体撞上了我，我抓住它。我感到有人在拽我，我昏厥过去了……

显而易见，由于有人给我摩擦身体，我很快恢复了知觉。我微微睁开眼睛……凭着月亮最后的几缕光线，我看到一张脸。“内德！”我叫道。“正是我，先生，想得到奖金的那个人！”加拿大人回答。“您是在驱逐舰受到撞击时被抛到海里的吗？”“是的，教授先生，但是我比您幸运，我几乎立刻站在了一个浮动的小岛上。”

“一个小岛？”

“或者说得更确切些，是在我们巨大的独角鲸上。我现在明白了，为什么我的捕鲸叉不能叉住它，在它的皮肤上磨钝了。因为这头畜生是钢板制造的，教授先生！”

内德的话使我的想法突然改变。那个此刻成了我们的避难之地的动物或者物体，一半露在海面上，我很快爬到它的顶部。这显然是一个穿不透的坚硬物体，不是形成巨大的海洋哺乳动物的软体。托住我的黑乎乎的脊背，平坦，光滑，没有鳞状花纹。敲击之下，它发出金属的响声，好像它是由螺栓固定在一起的金属板制造的。

不可能怀疑了！那个使大家感到困惑、琢磨不透的怪物，竟是一种人造奇观。太震撼了！但用不着犹豫。我们躺在一种潜水艇的背上，它呈现出一条钢铁巨鱼的形状。内德对此提出自己的看法，贡塞伊和我只能赞成。“那么，”我说，“这个装置内部有动力器械和操作它的船员了？”“显然是，”捕鲸手回答，“不过，我待在这个浮岛上已经有 3 个小时，它还没有显出生命迹象呢。”

“这艘船没有动过？”“没有，阿罗纳克斯先生。它任凭海浪颠簸，也一动不动。”“可是，它航速极快，这一点不容置疑。不过，产生这

样的速度，要有一台机器，这台机器得有一个机械师操纵，我得出结论……我们得救了。”

这时，仿佛要给我的结论提供证据似的，这奇特装置的后面掀起了浪花，它的螺旋桨开始运作了。我们只来得及抓住它露出水面约80厘米的顶部。幸亏它的速度不是很快。因此，当务之急是要和待在这部机器里随便哪一个人取得联系。我在机器表面寻找一个开口、舱盖，或者一个“人员出入口”——这是专业用语，但是，在钢板连接处，有一排螺栓牢牢地钉死，排列清楚而整齐。再说，这时月亮也隐没了，我们处在一片漆黑中。必须等到天亮，才能想办法进入这部机器里面。所以，我们的得救只能靠操纵这部装置的神秘舵手们兴之所至了。而且，我不怀疑有可能和他们联系上。如果他们不是自己制造空气，他们就必须时不时浮出海面，更新他们呼吸的空气。因此，必须有一个开口，使内部与空气连通。

我们被带往西边，速度相对平稳，每小时达到12海里。早上4点钟左右，这部装置的速度加快了。幸而内德的手碰到一个很大的系缆环，环固定在钢板船脊的顶端，我们牢牢地抓住了它。

漫漫长夜终于过去，拂晓了。晨雾很快就散去了。这艘船的顶部像个平台。我正要仔细观察船体，这时我感到它逐渐下沉。“唉！见鬼了！”内德·兰德喊道，用脚把钢板跺得咚咚响。可是，在螺旋桨震耳欲聋的拍打声中，很难让人听到声音。幸亏下沉停止了。

突然，从船里传出猛烈推动铁板的声音。一块钢板被掀了起来，一个人出现了，怪叫一声，立即消失。过了一会儿，八个身板结实的蒙面壮汉静悄悄地出现，把我们拖进可怕的机器里。

八　动中之动

这起绑架干得如此粗暴，以闪电的速度完成。我的两个同伴和我来不及搞清怎么回事。狭窄的舱盖刚在我身后关上，浓重的黑暗便笼罩着我。我的眼睛之前被外面的光照射，如今什么也看不见。我感到我赤裸的双脚踩在铁梯子上。内德·兰德和贡塞伊被牢牢地抓住，跟在我后面。在梯子底下，一道门打开了，马上又咣当一声在我们身后关上。只剩下我们三个人。周围漆黑一团，伸手不见五指。内德·兰德气不过他们以这样的方式行事，大发雷霆。

我摸索着走动起来。走了五步之后，我撞到一面铁墙，这墙是用螺栓钉起来的。然后，我回过身来，撞上了一张木桌，桌子旁边摆着几张凳子。这间牢房的地板上，铺着用新西兰麻编织的厚席子，能消除脚步声。光秃秃的墙上根本没有门窗的痕迹。贡塞伊朝反方向转了一圈，赶上了我，我们又回到这个舱室的中央，房间大约有 20 英尺长、10 英尺宽。至于高度，内德·兰德是高个子，也摸不到顶。

半小时已经过去，局面却没有发生变化。突然，我们的牢房蓦地大放光明，起初明亮得我忍受不了。从光线亮如白昼，强烈得刺眼情况来看，它就是那种电光，在潜水艇周围产生磷光的壮观现象。我不由自主地闭上眼睛，然后又睁开，我看到光源是从房顶上部一个圆鼓鼓的磨砂半球体中发出来的。

舱室突然大放光明，使我能够观察最细小的部位。这里只有一张桌子和五张凳子。看不见门，大概是密封的。任何响声都传不到我们的耳鼓里。这艘船的内部一片死寂。可是，发光的球不会无缘无故地亮起来。我没有搞错。只听见门闩一响，门打开了，有两个人出现了。

一个是小个子，肌肉发达，宽肩熊背，脑袋很大，头发浓黑，髭须密集，目光活跃锐利，整个人有着法国普罗旺斯那种南方人的活力。狄德罗正确地认为，人的动作有隐喻性，这个小个子无疑是这种论断的一个生动证明。我觉得，在他习惯的语言中，他要大量使用拟人、换喻和换置[①]等修辞方法。不过，这一点我从来没能印证过，因为在我面前，他总是使用一种古怪的、绝对不可理解的方言。

第二个陌生人值得更详细地描述。格拉蒂奥莱[②]或者恩格尔的弟子能从他的脸上看出很多东西来，就像看一本打开的书那样。我毫不迟疑地认出他的主要品质：自信，因为他的脑袋在由肩膀曲线构成的弧形上高傲地昂着，他的黑眼睛冷静而又坚定地望着；冷静，因为他的皮肤白皙而不带其他颜色，表明他的血流平稳；有毅力，他眉毛间的肌肉快速收缩将这种性格显现出来；勇敢，因为他深沉的呼吸体现了其生命力旺盛。我要补充的是，这个人很高傲，他那坚定而冷静的目光似乎反映了高深的思想；从他整个人身上，从他的举止和表情的一致中，按照生理学家的观察，得出的是无可争辩的坦率。

面对他在场，我感到放心了，我预料我们的会面结果会很好。

这个人在35岁到50岁之间，他的个子很高，天庭宽广，鼻子挺直，嘴巴轮廓鲜明，一口皓齿，双手皮肤细洁、手指修长，套用手相学的术语，非常“通灵”，就是说能为一个高尚而有热情的心灵效

---

① 换置，修辞方法，如将直接宾语和间接宾语的位置对换。

② 格拉蒂奥莱（1815—1865），法国生理学家，比较解剖学教授。

力。这个人一准儿是我见过的人中最杰出的典范。特别的地方是他的眼睛，互相有点分开，能够同时看到近四分之一的地平线。这个功能——后来我证实了——使他的视力比内德·兰德的还要高出1倍。当这个陌生人盯住一样东西时，他的眉毛便皱起来，使宽宽的上下眼皮互相接近，让瞳孔缩小，这样，视野就扩大了！他能把因远离而缩小的事物放大！他能一直穿透别人的心灵！他能透视我们的眼睛看不清的海水，看到海洋的最深处！……

两个陌生人，头戴海獭皮贝雷帽，脚上穿着海豹皮防水靴，身上穿的衣服用的是特殊面料，让人行动极其自由。那个大个子——显然是船长——极其仔细地观察我们，一言不发。然后，他转向同伴，用一种我听不懂的语言和同伴交谈。另一位以点头来回答，偶尔说上两三个完全不可理解的字。然后，他用目光直接询问我。我用纯正的法语回答，说我听不懂他的话，但是他似乎不理解我的话，局面变得相当尴尬。

我又讲了一遍我们的历险，每个音节发音都很清楚，不遗漏一个细节。我还说出我们的名字和身份。目光柔和沉静的那个人静静地听我说话，但是他的表情丝毫没有显示他听懂了我的叙述。还有个办法，说英语。这种语言几乎是世界性的。我懂英语，也懂德语，能够流利地阅读，但是说得不太地道。

“来吧，轮到您了，”我对捕鲸手说，“兰德师傅，请把盎格鲁-撒克逊人讲得最好的英语搬出来。”

内德不等人请第二遍，就把我们的故事又讲了一遍，我几乎听懂了。内容一样，但形式不同。他强烈地抱怨被关了起来，质问他们根据什么法律这样监禁他，他援引“人身保护法”，威胁说要追究非法监禁他的人。他异常激动，喊叫起来，最后，以一个明白无误的动作使人明白，我们饿得要命。

使捕鲸手惊讶的是，他的话和我的一样不被理解。显然，他们既不懂阿拉戈的语言，也不懂法拉第[①]的语言。

贡塞伊只好用德语第三次叙述我们曲折的经历。但尽管讲述者用词讲究，音调铿锵，还是没有获得成功。末了，被逼无奈，我只好把当初学的东西集中起来，竭力用拉丁语讲述我们的经历。西塞罗[②]会塞住自己的耳朵，把我打发到厨房去。这最后的努力终于失败，两个陌生人用他们难以理解的语言交换了几句，抽身走了，门重新关上。

“无耻至极！”内德·兰德嚷道，他又一次怒气冲天。“朋友们，”我说，“用不着绝望。更糟糕的情况我们也遇到过。因此，最好还是等一下。我敢确定，他们生在低纬度地区。他们身上有南方人的特征。至于他们的语言，绝对不可理解。”“这就是不懂得所有语言的麻烦所在，”贡塞伊回答，“也可以是没有一种统一语言的不利之处……”

忽然，门又打开了。一个侍者给我们送来了海上穿的衣服，是用一种我不认识的料子做的。我赶紧穿上，我的两个同伴也模仿我。侍者摆好了桌子，放上三副餐具。菜盘上扣着银罩子，对称地摆在台布上，我们入了席。水是清纯的，但这只是水——不合内德·兰德的口味。在给我们上的几道菜中，我认出烹调精美的各种鱼，但有些菜虽然非常好，我却叫不出名字，甚至不知道它们的性质是属于动物界的还是植物界的。至于服务，高雅而完美。每样器皿，勺子、叉子、刀、碟子，都带着一个字母，上面围着一行半圆形的字，准确的复原如下：

---

① 法拉第（1791—1867），英国物理学家、化学家。

② 西塞罗（前106—前43），古罗马政治家、演说家。

MOBILIS IN MOBILE

N

动中之动！这句话贴切地用在这部潜水机器上，其中的介词用的是英语的“IN”，表示“在……之中”，而不是“在……之上”。“N”无疑是在海底指挥的神秘人物名字的第一个字母！

内德和贡塞伊狼吞虎咽，我很快也学他们的样子。显而易见，我们的主人并不想让我们饿死。人间的一切都会过去，甚至15个小时没吃饭的饥饿感也过去了。肚子满足了，睡觉的需要就迫切地感觉到了。我们在和死神搏斗了无休无止的一宿之后，这是非常自然的反应。

我的两个同伴躺在船舱的地毯上，马上沉沉入睡。至于我，我不那么容易向强烈的睡眠感让步。我的脑海里积聚了太多的想法，有太多得不到解决的问题挤在那里！我们在哪儿？什么样神奇的力量承载着我们？我感到——说得更准确点，我仿佛感到——这部机器正潜入海底最深处。噩梦般的骇人想象纠缠着我。在这个神秘的栖身之所，我隐约看到黑压压一群闻所未闻的动物，这艘海底船仿佛是它们的同类，像它们一样可怕！……随后，我的脑子平静下来，我的想象融于蒙眬的睡意里，不一会儿，我酣然入睡。

九　内德·兰德怒气冲天

这一觉睡了很长时间，因为我们的倦意全消。我头一个醒来。我的两个同伴还一动不动，躺在角落里。此时，我感到头脑清醒，思路通畅。于是我又开始仔细观察我们这间牢房。里面的陈设一点没变。牢房还是牢房，囚徒还是囚徒。但那个侍者利用我们沉睡之际，撤走了桌上的东西。

我认真地自问，我们是不是注定要无限期地待在这个牢笼里。尤其因为我的脑海摆脱了昨天的乱象纠缠，这幅前景对我来说就更加难受了。我的呼吸困难，沉浊的空气已不够我的肺部呼吸。虽然牢房很大，显然我们已经消耗完里面的大部分氧气。事实上，每个人在1小时内要消耗100升空气中所含的氧气，而空气中一旦含有几乎等量的二氧化碳时，就无法呼吸了。因此，当务之急是更新我们牢房里的空气，无疑也就是潜艇的空气。

那这个浮动居所的指挥是怎样进行换气的呢？他是用化学方法，通过加热把钾碱氯酸盐中的氧气释放出来，并用苛性钾把碳酸吸收掉，这样获得空气的吗？在这种情况下，他就得和大陆保持某种联系，以便获得这种化合操作所必需的物质。还是他仅仅局限于用高压储存空气，再根据船员的需要，把空气释放出来吗？或者，采取更方便、更经济因而也是更可行的办法，隔24个小时浮出水面换一次气？

不管怎样，我不得不加快呼吸频率，以便吸取这个牢房里少得可怜的一点氧气。这时，突然吹进一股清新而带有盐味的空气，这是海风，沁人肺腑，带着碘味！我张大嘴巴，我的肺部充满清新的氧气分子。同时，我也感到一次幅度不大的倾斜。显然，这个钢铁怪物浮上了水面，像鲸鱼那样呼吸。这只船的换气方式也就完全得到确认了。

我一面大口地呼吸新鲜空气，一面寻找通气道，或者说"呼吸道"，我很快就找到了。门上方有一个通气孔。我正在观察，这时内德和贡塞伊在使人充满活力的空气刺激下，几乎同时醒过来。他们揉了揉眼睛，伸了伸胳膊，转眼间站了起来。

"先生睡得好吗？"贡塞伊像往常那样有礼貌地问我。"非常好，小伙子，"我回答，"您呢，内德·兰德师傅？""睡得深沉，教授先生。但是，我觉得我呼吸到一股海风？"一个水手在这方面不可能搞错，我告诉加拿大人刚刚发生的事。"好！"他说，"我们在'亚伯拉罕·林肯号'上看到那头所谓的独角鲸时，听到吼声，现在就真相大白了。""一点不假，兰德师傅，这是它的呼吸！"

"不过，阿罗纳克斯先生，我摸不清眼下是什么时间，莫非要吃晚饭了？""至少说要吃午饭了，因为我们一准儿是从昨天睡到第二天。""这表明，"贡塞伊回答，"我们睡了24小时。""我根本不反驳你们，"内德·兰德回嘴说，"但是，不管晚饭还是午饭，侍者是受欢迎的，他端来哪一种都行。我们有吃这两顿饭的权利。"

"那么，咱们等吧，"我回答，"显然，这些陌生人无意让我们饿死，否则，昨天那顿晚饭就毫无意义了。""除非是要喂肥我们！"内德反驳说。"我反对，"我回答，"我们绝对没有落在食人肉的野蛮人手里！""一顿饭不能作数，"加拿大人严肃地回答，"谁知道这些人是不是很久没吃到新鲜的肉呀……"

“要排除这种想法，内德师傅，”我回答捕鲸手，“尤其不要因此而对我们的主人们动怒，那只能使局面变得糟糕。必须适应船上的规矩。”“那么，就让厨师准时吧。”贡塞伊说。

“我算认得您，贡塞伊老弟，”加拿大人不耐烦地反驳，“您从来不着急发火！总是那么冷静！”“着急发火有什么用呢？”贡塞伊问。“但可以出出气！如果这些海盗以为，把我关在这个叫我憋气的闷罐子里而不挨骂，他们就搞错了！阿罗纳克斯先生，您以为他们会长期把我们关在这个铁盒子里吗？”

“我认为，我们凑巧知道了一个重大的秘密。如果这艘潜艇的船员想保守这个秘密，而且这个利益比我们三个人的生命还重要，我认为我们就命悬一线了。在相反的情况下，一有机会，这个把我们吞噬了的怪物，就会把我们送回我们的同类居住的世界。”

“要不就是把我们编入船员之中，”贡塞伊说，“把我们这样扣住……”

“一直到有一天，”内德·兰德接过话头，“有一艘比‘亚伯拉罕·林肯号’更快的、更灵活的驱逐舰占据这个海盗巢穴，把船员和我们赶到主桁顶端去，做最后一次呼吸。”

“推论得真妙，兰德师傅，”我反驳说，“但就我所知，他们还没有向我们提出过建议。因此，研究这些没有用，咱们看情况来决定，什么也别干。”

“相反！教授先生，”捕鲸手回答，他不想松口，“必须干点事。”

“那么，干什么事呢，兰德师傅？”

“咱们逃走。”

“从‘陆地上’的监狱逃出去已经很困难，而从海底监狱逃出去，我觉得绝对办不到。”

“兰德老兄，您对先生的反驳怎么回答？”贡塞伊问，“我无法相

信，一个美洲人会理屈词穷！”捕鲸手显然很尴尬，沉默不语。

在如今的处境下，逃走是绝对不可能的。但一个加拿大人是半个法国人，兰德师傅以自己的回答让人清楚地看到了这一点。

“因此，阿罗纳克斯先生，”他沉吟了一下，然后又说，“您猜不出不能从监狱逃出去的人该怎样做吗？”“猜不出，我的朋友。”“非常简单，那就必须想办法待在里面。”“当然！”贡塞伊说，“待在里面比待在上面或下面好！”

“但是，得先把狱卒、看守和卫兵都扔出去。”兰德补充说。

“这不可能。”

“为什么不可能，先生？指不定会出现有利时机。如果他们在船上只有 20 来个人，就抵挡不了两个法国人和一个加拿大人！”

接受捕鲸手的建议比进行争论好。因此，我仅仅回答：“咱们让机会来临吧，看看再说。但是，迄今为止，还是耐心点。咱们只能智取，不可动怒。”“我答应您，教授先生，”内德·兰德回答，语调不怎么令人放心，“哪怕伺候饭食不像所希望的那样准时，我也不会说一句粗话，不会做出一个粗鲁的举动。”

谈话中断了，我们每个人开始在心里琢磨。我要承认，尽管捕鲸手做出保证，我仍然不抱任何幻想。我不认为会出现有利的机会。为了确保运作，潜艇需要很多船员，因此，一旦交起手来，我们要和非常强大的对手打交道。况且，首先必须获得自由，而我们没有自由。我甚至看不到有任何方法可以逃出如此密封的钢铁牢房。只要这个奇怪的艇长有一点点秘密需要保守，他就不会让我们在这里自由行动。现在，他要用暴力摆脱我们呢，还是有一天要把我们抛在地球的某个地方？我觉得所有这些假设都非常合情合理，只有捕鲸手这样的人才会盼望重新获得自由。

此外我明白，内德·兰德的想法，会随着占据他头脑的思考而

变得激烈起来。我渐渐听到在他的喉咙里发出低沉的咒骂声，他站起来，对着墙拳打脚踢。再说，饥饿越来越令人难受，这一回，侍者没有出现。即使他们对我们确有善意，可是对我们遭遇的处境也忘得太久了。

内德·兰德受到他强健的胃不断痉挛的折磨，情绪越来越激动。过了 2 个小时，内德·兰德的怒火终于爆发了。加拿大人大喊大叫，可都是徒劳。钢板墙是隔音的。我甚至听不到船里有任何声音，只是一片死寂。

在我们和艇长见面之后，我抱有的希望逐渐烟消云散了。那个人温柔的目光、宽容的表情、高贵的举止，一切都从我的记忆中消失了。他必定是无情的，残忍的。

可是，这个人难道就这样把我们关在这间狭窄的牢房里，让我们在饿得发昏中产生可怕的意图，直至饿死吗？这个恐怖的想法在我的脑子里变本加厉，我觉得自己吓得要发狂了。贡塞伊仍保持平静，而内德·兰德咆哮如雷。

这当儿，外面有了响动。门打开了，侍者出现。

加拿大人向这个倒霉的家伙扑过去，我来不及举手阻挡他。他把侍者推翻在地，掐住他的喉咙。侍者在他有力的手下透不过气来。贡塞伊竭力从捕鲸手的手中拽出憋得半死的倒霉鬼，我正要助贡塞伊一臂之力，这时，我突然听到几句法语，惊得呆在原地：

“消消气，兰德师傅，您呢，教授先生，请听我说！”

十　驰骋海上的人

说这话的人正是艇长。

听到这话，内德·兰德腾地站了起来。侍者几近窒息，看到他的主人的手势后，踉踉跄跄地走了出去。艇长威信非常高，以致侍者对加拿大人没有流露出一点本应有的怨恨。我们一言不发地等着这个场面如何结束。

艇长倚在桌子角上，手臂交叉抱着，聚精会神地观察我们。

过了一会儿，我们中间没有人想打破沉默。

“先生们，”他用平静而给人深刻印象的声音说，“我能说法语、英语、德语和拉丁语。因此，我本来可以在我们第一次见面时就和你们交谈，但是我想先了解你们。你们几经印证的故事，本质上绝对相同，使我确信了你们的身份。如今我知道，凑巧来到我跟前的是巴黎博物馆博物史教授皮埃尔·阿罗纳克斯先生，他的仆人贡塞伊，还有美利坚合众国国家海军驱逐舰‘亚伯拉罕·林肯号’的捕鲸手、加拿大人内德·兰德。”

我带着赞同的神态欠了欠身。这个人表达起来十分自如，不带一点口音。他的句子明晰，用词准确，讲话异常流利。但我“感觉”不出他是我的同胞。接着他说了这番话：“先生，您可能感到，与您第二次见面姗姗来迟。这是因为你们的身份得到确认以后，我想掂量一

下要对你们采取的措施。我非常犹豫不决。你们的到来扰乱了我的生活……”

“那是无意的。”我说。

“无意的？”陌生人略微提高了声音，“‘亚伯拉罕·林肯号’在各大洋追逐我是无意的？你们登上那艘驱逐舰是无意的？你们的炮弹打到我的艇上是无意的？内德·兰德用捕鲸叉攻击我是无意的？”这番话中饱含着一股怒气。

“先生，”我说，“无疑，您不知道在美洲和欧洲对您有过的议论。由您这艘潜水机器的撞击引起的多起事故，使两大陆的公众舆论激动不安。人们寻求解释无法解释的现象，只有您一个人掌握这个现象的秘密。而人们做了无数的假设，我就不一一对您细说了。可是要知道，‘亚伯拉罕·林肯号’追逐您，一直到太平洋的浩瀚洋面上，还以为是在追逐一头强大的海洋怪物，所以想把它从海洋里清除出去呢！”

艇长的嘴绽出一点微笑，然后，用更加平静的声调回答：“阿罗纳克斯先生，您敢确定你们的驱逐舰不会像对付一头怪物那样，追逐和炮轰一艘潜水艇吗？”这个问题把我难住了，因为法拉格特舰长准定不会犹豫的。

“先生，所以您明白，”陌生人继续说，“我有权把你们当敌人看待。”我无言以对，当强权能够摧毁出色的议论时，何必讨论这样的主张呢？“我犹豫了很久，”艇长继续说，“没有什么非要我款待你们。我将你们放回平台上，然后潜入海里去，忘掉你们曾经存在过。难道这不是我的权利吗？”

“这也许是一个野蛮人的权利。”我回答。

“教授先生，”艇长旋即反驳，“我和整个社会已经决绝，其理由只有我一个人有权评判。因此，我决不服从社会的准则，而且我奉劝您永远不要在我面前提起这些准则！”

话说得斩钉截铁。愤怒和蔑视的光照亮了陌生人的眼睛，我隐隐约约地感觉到，这个人有着非同寻常的经历。他不仅把人类法律置之度外，而且特立独行！既然在海面上他能使攻击他的企图败北，那么还有谁敢在海底追逐他呢？什么样的船只抵挡得住这艘潜艇的撞击呢？什么样的铁甲，不管有多厚，能经受得住它的冲角呢？世人不能要求他交代他的所作所为。如果他相信上帝，如果他有良心，那么只有上帝和良心是他能依附的法官。

经过相当长的沉默之后，艇长又说话了。“因此我犹豫，”他说，“但是我想，既然命运把你们抛到我的艇上，你们就待在这里吧。你们会是自由的，但我要你们答应一个条件。”

“说吧，先生，”我回答，“我想，这个条件是一个正直的人都能接受的吧？”“是的，先生，条件是：有可能出现一些意料不到的事件，迫使我把你们关在这个舱室里几小时或者几天，视情况而定。我期望你们在任何情况下都要无条件服从。这样做的话，保护你们的责任由我包了。您接受这个条件吗？”

所以，艇上至少要发生一些怪事，是尚未置身法律之外的人绝不应该看到的！“我们接受，”我回答，“不过，先生，请允许我提一个问题。您说过我们在您的艇上是自由的吧？”“完全自由。”“那您所说的自由是怎么回事？”“走来走去、看看的自由，甚至观察在这里发生的一切的自由——除了几个很少的例外——总之是我的同伴和我，我们享受的自由。”

很明显，我们说的不是一回事。

“对不起，先生，”我又说，“但这样的自由，不过是囚徒在监狱里转悠的自由吧！难道我们要永远放弃重见我们的祖国、我们的朋友、我们的亲人？”

“是的，先生。但是，人们以为陆地上难以承受的枷锁是自由，放弃这样的枷锁，说不定并不像你们想象的那么艰难！”

“啊，”内德·兰德嚷道，“我永远不会做出承诺的！”“我没有要您做出承诺，兰德师傅。”艇长冷冷地回答。“先生，”我不由自主地生起气来，“您这是滥用自己的有利局面来对待我们！”“不，先生，这是仁慈！我一句话就可以把你们重新沉入海底，我却把你们留了下来！你们发现了一个世上任何人都不应该探到的秘密，我全部生活的秘密！你们以为我会把你们送回到不应再知道我的陆地上？绝不！”

“因此，先生，”我又说，“您是仅仅让我们做出生死的抉择？”“仅仅如此。”“我的朋友们，”我说，“对提出这样的问题，没有什么可回答的。我们也用不着向这位艇长做出任何承诺。”

“不用做出任何承诺，先生。”陌生人回答。

然后，他用更为温柔的声音又说：“我认识您，阿罗纳克斯先生。您和您的两个同伴不一样，对于把您和我的命运联系在一起的偶然事件，您也许不会抱怨。关于海底您发表过一部著作，我经常阅读它。您把您的著作推到陆地科学所能达到的深度。但是您并非知道一切。因此，教授先生，您不会遗憾在我的船上度过的时间。您会到奇妙之境去漫游。您会百看不厌目不暇接的景致。您将是我的研究工作伙伴。从今天起，您将进入一个新环境，您会看到还没有任何人——我和我的同伴不算在内——看见过的东西。”

艇长这番话对我产生强烈的效果。我被自己的弱点抓住了，我一时间忘了，为了观赏这些妙不可言的东西，失去自由是不值得的。因此，我回答：“先生，虽然您已和人类决绝，但我仍然愿意相信，您并没有拒绝一切人类情感。我们被您仁慈地收留在您的艇上，我们会矢志不忘。至于我，倘若对科学的兴趣压倒了对自由的需要，我们的相遇给我带来的好处，会对我做出巨大的补偿。”我想，艇长会向我伸出手来，表示缔结这项协议。可是他没有任何动作。

“最后一个问题。”我说，这时，那个难以理解的人似乎想抽身走掉，“我该怎么称呼您的名字？”艇长回答：“对您而言，我只是奈莫[①]艇长；对我来说，您的同伴和您只是‘鹦鹉螺[②]号’的乘客。”

奈莫艇长喊了一声，一个侍者出现。艇长用一种我无法理解的陌生语言吩咐侍者做事。然后，他回过身来对加拿大人和贡塞伊说：“在你们的舱室里已为你们准备好一顿饭。请跟着这个人走。”贡塞伊和加拿大人终于走出这间牢房，他们在里面已被关了三十多个小时。

“现在，阿罗纳克斯先生，我们的午餐已经准备好了。请允许我走在您前面。”我跟在奈莫艇长后面，一出舱门就踏入一条被照得亮晃晃的过道。走了十来米，第二扇门在我面前打开。于是我走进一间餐厅，装潢和家具高雅、朴素。橡木的高靠背椅镶嵌着乌木装饰，耸立在餐厅两端；在餐具柜的格子里，呈波浪形摆放的价值不菲的陶器、瓷器和玻璃器皿闪闪发光；明亮的天花板上有一些精美的画，将投下来的光过筛，使之变得柔和；平底餐具在光照中闪烁。

餐厅中间的桌子上摆着丰盛的食物。

奈莫艇长指给我该坐的位子。“请坐，”他对我说，“大概饿得够呛吧，多吃点。”午餐由一定数量的菜肴组成，都是海里的东西，有几道菜我不知道是什么和产自哪里。我得承认，很好吃，但有一股特别的味道。各类菜我觉得都带有磷质，我寻思应该是来自海里的。奈莫艇长望着我。我什么也没问他，但是他猜出了我的想法，主动回答了我迫切想向他提的问题。

“大部分菜您都不了解，”他对我说，“不过您大可放心。它们很

---

① 奈莫（Nemo），拉丁文，意为“不存在的人”。

② 鹦鹉螺，远古生物，现已绝迹。它的壳极为罕见而珍贵。

卫生，又有营养。我早就不吃陆地上的食物了，而我并没有身体不好。我的船员也身强力壮，他们吃的跟我没有两样。”

“如此说来，所有这些食物都是海产品喽？”

“是的，教授先生，海洋提供给我所有的需要。有时，我放下拖网，到快要被撑破时才拉上来。有时我到似乎人类无法接近的海水中去捕猎，制服潜伏在我的海底森林中的猎物。我的畜群毫无恐惧地啃食海洋广阔牧场的青草。我有广大的海洋产业。”

我带着一点惊讶望着奈莫艇长，回答他说：“先生，我非常理解，您的拖网为您的餐桌提供了美味的鱼；我不太理解的是，您怎么在您的海底森林追捕水生猎物；我完全不理解的是，您的菜里怎么有一块肉，尽管很小。”

“先生，”奈莫艇长回答我，“我从来不用陆地动物的肉。您以为是肉的东西，只是海豚的脊肉。这儿同样是海豚肝，您大概当成炖猪肉了。我的厨师做菜灵巧，善于保存各种各样的海产品。尝尝所有这些菜吧。这儿是保存下来的海参，这儿是奶油，奶是鲸类动物的乳房提供的，糖是从北海的大墨角藻提取的。最后，请允许我给您一点海藻酱，能与最美味的果酱媲美。”

我都尝了尝，好奇多于嘴馋，奈莫艇长则一直给我讲述他那些令人难以置信的故事。

“这大海啊，”他对我说，“这神奇的、取之不尽的乳母，她不仅养育我，还提供给我穿着。您身上这件衣服，是用某种贝壳动物的足丝织成的，用古人的大红染的色，我又用从地中海的海兔身上提取的紫色变化了一下色调。您在舱室卫生间里会找到的香水，是从海洋植物中提取的产品。您的床是用海洋里最柔软的大叶藻铺成的。您的笔是鲸须，您的墨水则是乌贼或者枪乌贼分泌的汁液。眼下我的一切都来自大海，有朝一日，一切都会返回大海！”

“艇长，您热爱大海。”

“是的，我热爱它。大海是一切！它覆盖着地球的十分之七。它的呼吸是纯净和健康的。它茫茫无边，但人在里面从来不孤独，因为人能感到生命在他身边搏动。大海只是超自然而又神奇的生命载体，它只是运动和爱，就像你们的一位诗人所说的，是无限大的生命体。教授先生，说白了，大自然的三大界，矿物界、植物界和动物界都展现在其中。动物界由四个植形动物类，三个纲的节肢动物，五个纲的软体动物，三个纲的脊椎动物，即哺乳动物、爬行动物和无数的鱼类，得以充分地表现。鱼是动物中种类最多的，超过 13000 种，可只有十分之一出现在淡水中。大海是大自然广阔的水库。可以说，地球先是以大海开始，谁知道是不是最终以大海结束呢！那里是最高程度的平静。大海不属于暴君。在海面上，暴君们还能行使极不公平的权利，在那里搏斗，互相吞噬，把陆地上的各种恐怖转移到海上来。但是在海面下 30 英尺的地方，他们的权利就中止了，他们的影响力消失了，他们的力量消失得无影无踪了！啊！先生，在大海的怀抱里生活吧！我在这里是自由的！”

在从内心迸发的激情之中，奈莫艇长戛然而止。有好一阵，他非常激动地走来走去。然后他的神经平静下来，他的表情恢复平时的冷漠，转身对着我说：“教授先生，现在，如果您想参观‘鹦鹉螺号’，我听从您吩咐。”

十一 “鹦鹉螺号”

奈莫艇长站了起来。我跟随着他。设在餐厅后部的一道双扇门打开了，我走进一个和餐厅大小相等的房间。

这是一间图书室。黑色檀木的高书架镶嵌着铜件，在宽宽的格子上摆着许多精装的书。书架沿墙围了一圈，底下是宽大的沙发，栗色皮面，坐上去非常舒适。轻巧的活动小桌，能自如地分开和合拢，让人摆放阅读的书籍。房间中央有一张大桌子，上面摆满了小册子，几张旧报纸散放其中。电灯光将整体照得十分和谐，光线是从四个在天花板上半嵌入涡形装置里的磨砂玻璃球形灯射下来的。我简直不能相信自己的眼睛。

“奈莫艇长，”我对我的主人说，他刚刚靠在沙发上，“这间图书室能使大陆不止一个巨宅增光呢。想到这间图书室能随您来到最深的海底，我当真吃惊。”“教授先生，在什么地方能找到更多的清静和安宁呢？”奈莫艇长说，“您的博物馆工作室能给您提供更加完美的休息吗？”“不能，先生，比起您的图书室，它过于简陋了。您这里拥有六七千册书……”

“阿罗纳克斯先生，是12000册。这是我和大陆的唯一联系。可是，从我的‘鹦鹉螺号’第一次下水那天起，对我来说，世界已经不存在了。那一天，我买下最后一批书、最后一批小册子、最后几张报纸，从此，我宁愿认为人类不再思索，不再写作。教授先生，这些书归您使用，您可以自由支配。”

我谢过奈莫艇长，走近书架。科学著作、伦理学著作和文学著作十分丰富，可是，没有一本政治经济学著作，而且所有的书都没有明确分类。可见，“鹦鹉螺号”的艇长随便抽出一本书来，就能流利地阅读。

在这些著作中，我注意到一些人类在历史、诗歌、小说和科学方面创作的所有最美作品，从荷马到维克多·雨果，从拉伯雷到乔治·桑夫人……不过，这间图书室花钱最多的是科学著作，机械学、弹道学、水道测量学、气象学、地理学、地质学的书等，它们形成艇长的主要研究方面。我看到整套洪堡全集、阿拉戈全集……还有科学院的论文集，各家地理学会的通报，等等。我的两本著作摆在显眼位置，也许正是如此才博得了奈莫艇长对我相对宽厚的接待。

在约瑟夫·贝特朗的著作中，《天文学的奠基者》一书给我提供了一个确切的日期。由于我知道此书是1865年出版的，所以“鹦鹉螺号”的安装不可能早于这一年。所以，奈莫艇长在海底生活至多只有三年。另外，我期望发现更近的著作，让我能准确地确定这个时间。但是，我有时间来做这个研究，现在我不愿意再耽搁，只想去看看“鹦鹉螺号”上的神奇设施。

“先生，”我对艇长说，“感谢您让我使用这间图书室。这里有科学的瑰宝，我会好好利用的。”

“其实，这个房间也是一间吸烟室。”奈莫艇长说。

我嚷道：“这么说艇上可以吸烟喽？先生，我不得不相信，您和哈瓦那保持过联系。”“毫无联系，”艇长回答，“阿罗纳克斯先生，请接受这支雪茄烟，虽然不是来自哈瓦那的，如果您是内行，您会感到满意的。”

我接过他递给我的雪茄烟，它的形状令人想起专销英国的那种雪茄烟，但仿佛是用金箔卷成的。我在一个安装着高雅的青铜支架的小火盆上点燃了雪茄烟，像一个喜欢抽烟的人两天没抽到烟那样，美滋滋地吸了几口。

“好烟，”我说，“不过，这不是烟草。”“不错，”艇长回答，“这是一种藻类，含有丰富的尼古丁，是大海给我提供的，但并非不需要精打细算。先生，您留恋专销英国的那种雪茄烟吧？”“艇长，从今天起，我对那种烟嗤之以鼻。”“那您就随心所欲地抽吧。任何专卖局不会加以检验，但是我想质量仍然是上乘的。”

这时，奈莫艇长推开一扇门，它正对着我走进图书室的那扇门。我走进一间宽敞的客厅，里面灯火辉煌。这是一间四边形大厅，长10米，宽6米，高5米，隅（yú）角是斜面的。亮晃晃的天花板上装饰着轻巧的阿拉伯图案，向积聚在这个博物馆中的所有珍宝投射出明亮而柔和的光。看上去像一个画室。

30来幅大师的油画，统一样式的画框，由闪闪发光的全副甲胄隔开，装饰着蒙上严肃图案挂毯的板壁。我看到一些价值不菲的画，大部分我在欧洲的私人收藏和画展中欣赏过。以往不同流派的大师都有代表作：拉斐尔的圣母像，达·芬奇的圣母像，科雷奇[①]的仙女，提香[②]的女人……现代画家的作品中，有署名德康[③]、特罗瓦荣[④]、多比尼等画家的油画。这个出色的博物馆的角落里，有几座大理石或青铜的塑像，是根据古代最美的典范制作的缩小仿作，十分华美，耸立在

① 科雷奇（1494—1534），意大利画家，擅长宗教与神话题材。

② 提香（1490—1576），意大利画家，属于威尼斯画派，善画美女。

③ 德康（1803—1860），法国画家，作品有《土耳其小学放学》。

④ 特罗瓦荣（1813—1865），法国画家，善画风景、母牛。

基座之上。“鹦鹉螺号”的艇长预言我看了会惊讶不已，这种状态已经开始占据我的头脑。

“先生，”我说，“我不想探究底细，能允许我把您看作一个艺术家吗？”“至多是个艺术爱好者。从前我喜欢搜集这些由人的手创作出来的杰作。我能够以高价搜罗一些作品。对我来说，陆地已经消亡，这些是最后的纪念品。在我看来，你们现代的艺术家已经是古人，存在了两三千年，大师是没有年龄的。”

“那这些音乐家呢？”我问，指着莫扎特、贝多芬、奥伯①等许多音乐家的乐谱。

“这些音乐家，”奈莫艇长回答我说，“是俄耳甫斯②的同时代人，因为时代的差别在死人的记忆里已经消失——教授先生，我是死人，和您那些长眠地下的朋友们一样！”奈莫艇长打住了，仿佛陷入深沉的遐想中。我尊重他的沉思，继续浏览满屋子的收藏品。

在这些艺术品旁边，天然的珍品占据一个重要位置。主要是植物、贝壳和其他海洋产物，它们应是奈莫艇长个人搜集的。大厅中间有一个喷水池，被电光照亮，水回落到只由一只砗磲③（chē qú）做成的承水盆里。这是最大的无头软体动物的贝壳，边缘经过加工，精细地做成齿形，周长约有 6 米，因此它的个头超过威尼斯共和国送给法国国王弗朗索瓦一世的那些美丽砗磲。

这个承水盆周围，在青铜架固定住的精美玻璃柜下面，分门别类，并贴上标签的是最宝贵的海产品，这些珍品从未映入过一个博物

① 奥伯（1782—1871），法国作曲家，曾任巴黎音乐学院院长。

② 俄耳甫斯，希腊神话人物，他的演奏能使草木点头、石头移动、猛兽驯服。

③ 砗磲，热带海底的软体动物，介壳呈三角形，较大的长达1米，肉能吃。

学家的眼帘。我作为博物学教授，喜悦之情可想而知。

植形动物门的两种奇特标本，分属珊瑚虫和棘皮动物两个群。在珊瑚虫群中，有笙珊瑚、扇状的柳珊瑚、海鸡冠珊瑚……还有一系列石珊瑚，我的老师米纳－爱德华对这些珊瑚有远见地分过类。在外表多刺的棘皮动物群中，有海盘车、海星、海胆、海参等，代表这个群的个体的完整搜集。

更多的玻璃柜里陈列的是软体动物标本。我看到的是价值难以估计的收藏，来不及全部描述出来。有印度洋美妙的 T 型双贝壳；颜色鲜艳的上等海菊蛤，在欧洲的博物馆里是罕见的标本，我估计值 20000 法郎；塞内加尔富有异国情调的唇贝，双瓣的白色贝壳容易碎裂，似乎一口气就能把它像肥皂泡一样吹破；最罕见的是新荷兰[①]绝美的马刺状贝；中国海的绿色鹦鹉螺……

除此以外，在一些特别的格子里，摆着一串串美不胜收的珍珠，电灯光一点又一点地落在上面。有几个价值难以估计的标本，以最罕见的珠母精制而成。这些珍珠中有几颗大小超过了鸽子蛋，它们甚至超过旅行家塔维尼埃以 300 万法郎卖给波斯国王的那颗珍珠，我认为这颗珍珠是举世无双的。

因此，可以说，这项收藏的价值无法估计。奈莫艇长不得不花费百万钱财才搞到这些不同的标本，我在寻思他有什么来源敛财，这样满足他的收藏家的兴致，这时我被这些话打断了思路：“教授先生，您在观看我的贝类标本。它们确实能引起博物学家的兴趣。但对我来说，它们另有一种魅力，因为是我亲手搜集的，地球上没有一个海洋漏过我的搜寻。”

“艇长，我明白在这样丰富的收藏中漫步是多么快乐。欧洲任何

---

① 新荷兰，澳大利亚的第一个名字，17 世纪荷兰航海家仍然使用。

一个博物馆都没有这样多的海洋产品收藏。我根本不想洞悉您的秘密！但我承认，这艘‘鹦鹉螺号’潜艇，它本身拥有的原动力，能使它运转的机械，推动它的如此强大的动能，这一切激起了我最大的好奇心。我看到大厅墙上挂着一些工具，我不知道它们的用途……”

“阿罗纳克斯先生，”奈莫艇长回答，“我对您说过，您在我的艇上是自由的，因此，‘鹦鹉螺号’上的任何部分对您都不是禁区，我很乐意当您的向导。”

“先生，我不知道怎么感谢您，但我不会滥用您的好意。我只想问您，这些仪表的功能是什么？”

“教授先生，我的房间里也有同样的仪表，到那里我会给您解释的。现在您来看一下给您准备的舱室。您必须知道您是怎样安顿在‘鹦鹉螺号’上的。”

我跟随着奈莫艇长，他通过开在大厅每面墙的几扇门中的一扇，把我带回到纵向通道。然后我来到的不是一间舱室，而是一个雅致的房间，有床、洗漱用具和各种家具。

“您的房间和我的房间相连，”他一面对我说，一面打开一扇门，“我的房间就通向我们刚才离开的那个大厅。”我走进艇长的房间。它看起来很朴素，一张小铁床、一张办公桌、几件洗漱用具。房间里的光线半明半暗。没有任何讲究舒适的东西，仅仅是严格地必不可少的。

奈莫艇长指给我一个座位。“请坐。”他对我说。我坐下来，他说了下面的这番话。

十二　一切都用电

“先生，”奈莫艇长指着挂在他房间墙上的那些仪表说，“这是‘鹦鹉螺号’航行所需要的仪器。它们向我指出我在海洋中的准确位置和方向。有些仪器您知道，如指示‘鹦鹉螺号’内部温度的温度计，测出空气重量和预报天气变化的气压计，指明大气干湿度的湿度计，风暴预测计——那个玻璃瓶里面的混合物一分解，就预示风暴要来临，测量航向的罗盘，通过测出太阳高度使我知道纬度的六分仪，测量经度的经线仪，最后是白天和黑夜使用的望远镜，‘鹦鹉螺号’浮出水面后，我要用望远镜搜索洋面。”

“这是航海家的常用仪器，”我回答，“我知道怎样使用。但这里还有几种仪器，无疑是满足‘鹦鹉螺号’特殊需要的。我看到的这个表盘有个活动的指针，是不是压力计？”

“确实是压力计。它和水通连，指出水的压力，由此也告诉我潜艇所处的深度。”

“这是新型探测器吗？”

“这是温度探测器，报告不同水层的温度。”

“其他仪表呢？我琢磨不出是什么用途。”

“教授先生，”奈莫艇长说，“请听我说。在我的艇上有一种动力，强大、听指挥、快速、方便，怎样使用都行。通过它可以实现一切。

它为我提供光和热，是我所有机械的灵魂。这个动力就是电。”

“电！可是，艇长，您拥有极快的前进速度，这和电能不相称呀。迄今为止，电的动能十分有限，只能产生很小的力量！”

“教授先生，”奈莫艇长回答，“我用的电不是大家所用的电，我能告诉您的也就是这些了。”

“先生，我仅仅对这样的结果感到惊讶。只提一个问题，您可以不回答。为了产生这神奇的动力，您使用的元素应该消耗得很快。例如锌，既然您和陆地再没有任何联系，您用什么来代替它呢？”

“您的问题不难回答，”奈莫艇长答道，“海底有锌矿、铁矿、银矿、金矿这些陆地上的金属，开采肯定是办得到的。但我只向大海寻求产生电的方法。”

“向大海寻求？”

“是的，教授先生，我不缺少办法。事实上，我把沉到不同深度的金属线连接成电路，可以通过金属线感到不同温度产生电，但是我愿意采取一种更为实用的办法。”

“什么办法？”

“您了解海水的成分。从1千克海水里可以提取96.5%的水，大约2.66%的氯化钠，另外是少量的氯化镁、氯化钾、溴化钠、硫酸钠、硫酸盐和碳酸盐。因此您看到，氯化钠占有明显的比例。我从海水里提取的正是这种氯化钠，我把它分解成我使用的元素。”

“那元素是钠吗？”

“是的，先生。和汞（gǒng）混在一起，就构成了汞合金，能够代替本生灯[①]电池里的锌。汞永远用不完，只有钠会消耗掉，而大海

---

① 本生灯，由德国化学家本生（1811—1899）所发明，是一种煤气灯，利用硝酸和不能极化的电池制成。

为我提供钠。我还可以告诉您，钠电池应被看作能量最强的电池，它的电动能是锌电池的2倍。”

“艇长，我明白在您的处境中钠是最管用的。大海中有钠，很好。可是，还必须制造钠，您是怎么提取的呢？您的电池显然可以用作这种提取。但是，如果我没有搞错，那些电器所消耗的钠，超过了提取的数量。因此就出现了为了提取钠而消耗的钠超过了提取的数量！”

“所以，教授先生，我不通过电池去提取钠，我仅仅利用地下的煤的热能，也就是海里的煤。”奈莫艇长回答。

“您能够开采海底煤矿吗？”

“阿罗纳克斯先生，您会看到我们开采的。我只请您耐心一点，因为您有时间保持耐心。只要记住这一点：我的一切有赖于大洋，它产出电，电给‘鹦鹉螺号’热量、光、动力，一句话，生命。”

“不过没有你们呼吸的空气吧？”

“噢！我能制造我需要消耗的空气，但是用不着，因为我乐意的话，就浮上水面。虽然电不给我提供呼吸的空气，但至少它能启动强大的泵，把空气储存在特殊的储气舱中，使我能够在需要时延长在深水中的时间。”“艇长，”我回答，“我实在赞赏，很明显，您已经找到人类有朝一日无疑会获得的真正电动能量。”

“我不知道别人会不会找到，”奈莫艇长冷冷地回答，“无论如何，您已经了解我首先应用了这种珍贵的动力。它均匀地、持续地提供给我们，这是阳光做不到的。现在请您看看这座钟，它是电动的，走得很准，可以和最好的精密计时器媲美。我把它分成24小时，像意大利的钟那样，因为对我来说，不存在白天与黑夜、太阳与月亮，而只有我带到海底的人造光！您看，现在是上午10点钟。电还有其他用途。挂在您眼前的这个仪表，用来指出‘鹦鹉螺号’的速度。一条电线把它和航速计连在一起，它的指针向我指明潜艇的真正速度。您看，我们现在正以中速行驶，每小时15海里。”

“太妙了，”我回答，“艇长，我明白了，您用这种动力来代替风、水和蒸汽，做得真对。”奈莫艇长站起来，说：“如果您愿意跟我走，我们就去参观‘鹦鹉螺号’的后部。”

确实，我已经了解了潜艇的整个前部，从中间到艇艏，准确地分为：5米长的餐厅，被一堵密封的，即不透水的墙和图书室隔开；5米长的图书室；10米长的大厅，被第二堵密封的墙和艇长的房间隔开；5米长的艇长房间；我那个2.5米长的房间；最后是7.5米长的储气舱，一直延伸到艇艏。总长35米。密封防水隔板墙上开有门，用橡胶条密封着。万一出现漏水，这些隔板墙能保证“鹦鹉螺号”安然无恙。

我跟随着奈莫艇长，来到潜艇的中心部位。那里有个井一样的设置，展现在两道防水隔板墙中间。墙上固定着一架铁梯，通到顶端。我问艇长，这架梯子有什么用途。“它通到小艇。”他回答。“什么！您有一条小艇？”我相当惊讶地反问。“当然。一条出色的小艇，很轻，不会沉没，用来兜风和钓鱼。”“这么说，您想坐小艇的时候，就不得不回到海面？”

“绝对用不着。小艇附在‘鹦鹉螺号’艇身的上部，占据一个安放它的穴。小艇用甲板完全封没，绝对防水，用结实的螺钉固定住。这架梯子通到开在‘鹦鹉螺号’艇身的出入口。正是通过这双重的开口，我登上小艇。别人替我关上‘鹦鹉螺号’的开口，我用气压螺丝刀关上另一个开口，即小艇的开口；我松开螺钉，小艇就飞速升到海面。于是我打开直到此刻仍然密封着的甲板舱盖，支起桅杆，升起船帆，或者拿起桨来，开始兜风。”

“但是，您怎样回到潜艇上来呢？”

“阿罗纳克斯先生，我不回来，是‘鹦鹉螺号’回到我身边。”

“听从您的命令？”

“是的。有根电线让我和潜艇相连。我发出电报，这就够了。”

穿过通到平台的梯井之后，我看到一间2米长的舱室，贡塞伊和内德·兰德正在里面大快朵颐，吃得津津有味。随后，一扇门打开了，面前是一个3米长的厨房，位于偌大的食品贮藏室中间。在这里，烹调都用电，电比煤气能量大，好调节。电线引到炉灶下，把热传递给铂绒，这种热散发均匀，很有规律。它同样加热蒸馏器，通过蒸馏，提供优质饮用水。厨房旁边是一间浴室，布置得非常舒适，水龙头随意提供冷热水。紧靠着厨房的是船员舱室，长5米。但门关着，我看不到里面的设置，要不然我也许能确定操作“鹦鹉螺号”所需要的人数。最靠里耸立着第四道防水墙，它把这个位置和机舱隔开。一扇门打开了，我来到奈莫艇长安置他的动力机械的房间——他无疑是个一流的工程师。

这个机舱被照得通明，长不少于20米，自然地分成两部分：第一部分安置发电设备，第二部分安置把动力传送到螺旋桨的设备。我首先对充满这个房间的特殊的气味感到吃惊。“这是由于使用钠时逸出了气体，但只不过是轻微的弊端，”奈莫艇长对我说，“再说，每天早上，我们都用强风扫除，净化艇上的空气。”

“您看到了，”奈莫艇长又说，“我使用的是本生发电装置，而不是鲁姆科夫[①]发电装置。后者可能功率不够大。本生装置件数不多，但功率强大，经过试验证明更好。产生的电送到后面，通过大块的电磁铁，作用于由杠杆和齿轮组成的特殊装置，再由这个装置给螺旋桨的轴传送动力。螺旋桨的直径是6米，桨距为7.5米，每秒钟的转速可以达到120转。”

---

① 鲁姆科夫（1803—1877），德国机械师、电力专家。

“那么，您的航速呢？”

“每小时50海里。”

这里有一个秘密，但是我没有坚持了解。电怎么能够以这样大的能量去作用呢？这个几乎无限大的力量来自哪里呢？是来自新式线圈产生的高压里吗？是来自一个不为人知的杠杆体系[①]能够无限增大的传送中吗？

“奈莫艇长，”我说，“我看到了结果，我不寻求解释。我见过‘鹦鹉螺号’在‘亚伯拉罕·林肯号’面前是怎么运转的，现在我知道它的速度快是怎么回事了。但是，能行驶还不够。必须看怎么行驶！它必须能右能左，能上能下！您是怎么到达海底，是怎么能够承受越来越大的压力，一直到几百个大气压呢？您是怎么升到洋面的？最后，您是怎么保持在适合您的地方呢？我这样问您是不是唐突了？”

“丝毫没有，教授先生，”艇长稍为迟疑一下以后，回答我，“既然您永远不会离开这艘潜艇，那么请您到客厅里去。那里才是我们真正的工作室，在那里，关于‘鹦鹉螺号’，您会获得您应知道的一切！”

---

① 恰好有人谈到这种发现，新式的杠杆传动产生巨大的力量。发明家难道和奈莫艇长见过面吗？——原注

十三　几组数据

不久，我们坐在客厅的一张沙发上，嘴里叼着雪茄。艇长把一张图放在我面前，那是“鹦鹉螺号”的平面图、剖面图和立视图。然后他开始描述：

“阿罗纳克斯先生，这是承载您的潜艇的各种尺寸。一个很长的圆柱体，末端呈锥形。它明显具有雪茄的形状，这种形状已经在伦敦好几艘同类船舶的建造上被采用过。这个圆柱体的长度，从这头到那头，正好 70 米，它的宽度在最宽处是 8 米。所以，它不完全像你们的快艇那样，是按照 1：10 的比例建造的，但它的长度已经足够，铸造得十分狭长，水流很容易滑过去，绝对不会妨碍它行驶。

“这两个尺寸能使您通过简单计算，得出‘鹦鹉螺号’的面积和体积。它的面积是 1011.45 平方米，体积是 1502 立方米——这等于说，完全潜入海里后，它的排水量或者说重量，是 1500 立方米或者 1500 吨。

“我画草图时，想让它在水中保持平衡，下潜十分之九，仅仅有十分之一浮出水面。因此，它的排水量只有体积的十分之九，即 1356.48 立方米，就是说，它的重量只有同样数目的吨数。所以，在按照上述尺寸建造时，我必须不让它超过这个重量。

“‘鹦鹉螺号’由两层艇壳组成，一在里，一在外，用工形钢连

接，给潜艇极大的牢固度。实际上，由于这种蜂窝状设计，它就像一整块那样有抗拒力，仿佛是实心似的。艇壳不会裂开，它靠的是自身的附着力，而不是靠铆钉拧得紧。由于部件组装得好，建造比例均匀，使它能经得住最猛烈的狂风恶浪。

“这两层艇壳都是用钢板制造的，钢板密度是水密度的十分之七到十分之八。第一层壳的厚度不低于 5 厘米，重 394.96 吨。第二层壳，龙骨高 50 厘米，宽 25 厘米，本身重量 62 吨，加上机器、压舱物、各种附属设备、装备、隔板和内部支撑物，重 961.62 吨，加上 394.96 吨，就达到所要求的总重 1356.48[①] 吨。明白吗？”

“明白。”我回答。

“因此，”艇长继续说，“在这种条件下，‘鹦鹉螺号’待在水中时，只露出十分之一。可是，如果我设置一些相当于这十分之一容积的储水容器，即容量为 150.72 吨，然后我在储水罐中装满水，于是潜水艇的排水量就是 1507 吨，或者有这么重，潜艇就会完全沉没。实际情况就是这样，教授先生。这些储水罐放在‘鹦鹉螺号’底层的侧翼。我打开水龙头，这些容器就会灌满水，潜艇就会沉到和海面同一水平。”

“很好，艇长，但我们遇到真正的困难了。您可以沉没到和海面同一水平，但沉到水平面以下，您的潜艇不就要遇到压力吗？还要遇到自下而上的浮力，水下大约每 30 英尺 1 个大气压，亦即每平方厘米大约经受 1 千克的压力吧？”

“完全正解，先生。”

“除非您把‘鹦鹉螺号’完全装满水，我看不出您怎么能把它带到海面下。”

---

① 数字相加后的结果有小的出入，原文如此。

“教授先生，”奈莫艇长回答，“不要把静态和动态混为一谈，否则，我们会犯严重错误。要沉到大洋的下层，并不困难，因为物体有一种‘沉到底’的倾向。为了让‘鹦鹉螺号’下沉，我想确定必须增加的重量时，我只需要关注海水的体积要随着加大深度而缩小就行了。然而，如果水不是绝对不能压缩的，至少也压缩得很少。实际上，根据最新的计算，在1个大气压下，或者深度每增加30英尺，水的压缩是百万分之四百三十六。如果下潜1000米，那么我考虑海水的压缩如同受到1000米水柱的压力一样，就是100个大气压。这时，压缩将是万分之四百三十六。因此我要增加的重量是使潜艇的总重达到1513.77吨，而不是1507.2吨。结果，只增加6.57吨就可以了。”

“就这些？”

“就这些，这个计算结果很容易验证。我又增加了几个储水罐，能装100吨水。这样，我就能下潜到一定的深度。当我想浮上水面并和水面保持同一水平时，我只需放掉附加的水；如果我想让‘鹦鹉螺号’露出十分之一，就得把储水罐的水排净。”

“我同意您的计算，艇长，”我回答，“但是眼下我面对一个真正的难题。”

“先生，什么难题？”

“您在深度1000米的时候，‘鹦鹉螺号’的板壁承受的压力是100个大气压。如果这时您将附加的储水罐里的水排净，以减轻潜艇重量，使潜艇浮出水面，您的水泵就必须能够克服这100个大气压的压力，即每平方厘米100千克。因此需要的力量……”

“只有电能够给我提供，”奈莫艇长急着说，“我再说一遍，我的机器的动力几乎是无限的。‘鹦鹉螺号’的水泵有惊人的力量，您看到过的，水柱像急流一样向‘亚伯拉罕·林肯号’冲去。再说，我只

在潜到1500米到2000米时才动用附加储水罐，这是为了爱惜设备。因此，我想去大洋深处时，我会使用更慢的操作方法，并非不可靠。”

“艇长，什么方法？”我问。

“这就很自然地导致我告诉您‘鹦鹉螺号’是怎样操作的。为了控制潜艇左转、右转和掉头，我用通常固定在船艉柱上，以轮子和复滑车启动的宽板舵，沿着水平面行驶。但是我也能让‘鹦鹉螺号’从下到上、从上到下地垂直运动，其方法是利用附在艇身两侧吃水线中央的两个斜面板。斜面板很灵活，能够变换各种位置，并以强有力的杠杆从艇内操纵。斜面板和潜艇保持平行的时候，潜艇便以水平方向行驶；斜面板倾斜时，‘鹦鹉螺号’依据倾斜度和螺旋桨推进的程度，要么沿着由我控制长度的对角线下沉，要么沿着这对角线上升。如果我想更快地回到水面，我甚至可以接通螺旋桨，水压就会使‘鹦鹉螺号’垂直上升，如同一个充满氢气的气球迅速飞上天空。”

“妙极了！艇长，”我大声说，“但是，舵手怎么能按照您在水中指给他的路线前进呢？”

“舵手待在一个玻璃驾驶室里，驾驶室突出于‘鹦鹉螺号’艇身的上部，装着透镜玻璃。”

“玻璃能抵挡得住这样大的压力吗？”

“完全能够。水晶容易被撞碎，但具有巨大的抗压力。1864年，有人在北海进行过一次电灯光下捕鱼的试验，人们看到过这种水晶片，厚度只有7毫米，却能抵挡得住13个大气压，同时能让不均匀地发出热量的强大炙热光线通过。我使用的玻璃中心部位不少于21厘米，就是说是那种水晶片厚度的30倍。”

“奈莫艇长，没有异议。但是，为了观看，毕竟要让亮光驱散黑暗吧，我纳闷，在水的一片黑暗中，怎么……”“在驾驶室后面，安放了一个强大的电光反射器，能把半海里距离的海面照亮。”

“啊！妙不可言！艇长。我现在明白了那头所谓的独角鲸发出的磷光是怎么回事了，它曾使学者们大惑不解！对了，‘鹦鹉螺号’和‘斯科蒂亚号’相撞，当时反响巨大，是偶然相遇的结果吗？”

“先生，纯粹是偶然的。相撞发生时，我正在水面下2米的地方航行。不过，我看到并没有任何麻烦的后果。”

“绝对没有，先生。那你们和‘亚伯拉罕·林肯号’的相遇呢？……”

“教授先生，我很遗憾，这是英勇的美国海军优秀的军舰之一，但它攻击我，我不得不自卫！可是我只不过是使驱逐舰处于不能损害我的地步——它到最近的港口修补一下，并不费事。”

“啊！艇长，”我自信地大声说，“您的‘鹦鹉螺号’确实是一艘神奇的潜艇！”

“是的，教授先生，”奈莫艇长兴奋地回答，“我爱它就像爱我的亲生骨肉一样！待在你们那些在大洋里听天由命的船上，到处都是危险，荷兰人詹森说得真对，来到海上的第一个感觉是如临深渊，但在‘鹦鹉螺号’上，人的心里的恐惧就荡然无存了。不用担心艇身变形，因为这艘潜艇的双层艇身坚硬如铁；没有帆缆绳索，因此不用担心摇晃和颠簸会使之老化；没有风帆，因此不用担心被暴风刮走；没有锅炉，蒸汽不会使之爆炸；不用担心火灾，因为潜艇是由钢板而不是木材制造的；不怕耗尽了煤，因为电是它的机械动力；不用担心相撞，因为只有它在深水中航行；不用和暴风雨搏斗，因为它在水底下几米的地方可以找到绝对的平静！这是美轮美奂的船！如果说，在对船的信任程度方面，设计师超过造船者，造船者又超过船长本人，那么您就会明白，我是艇长、建造者和设计师三位一体！”

奈莫艇长口若悬河。他目光如火，举止冲动，使他变了个人。但有一个问题，也许是鲁莽的，我忍不住向他提出来。

“那么，您是设计师喽，奈莫艇长？”

“是的，教授先生，”他回答我，“当我还是个陆地居民的时候，我在伦敦、巴黎和纽约学习过。”

“可是，您怎么能秘密地制造出这艘出色的‘鹦鹉螺号’呢？”

“阿罗纳克斯先生，这艘潜艇的每个部件，我都是从地球的不同地方弄来的，而且隐瞒了用途。龙骨是在法国的克勒索铸造的，螺旋桨轴是在伦敦的庞尼公司制造的，艇体钢板是在利物浦利尔德厂生产的，螺旋桨是在格拉斯哥的斯科特厂生产的，储水罐是巴黎的卡伊有限公司的产品，主机是在普鲁士的克虏伯厂生产的，艇艏冲角是在瑞典的莫塔拉厂生产的，精密仪器是纽约的哈特兄弟工厂的产品，等等。每一位供应商都收到我不同署名的图纸。”

“但是，”我又说，“这样生产的部件，必须安装、调试吧？”

“教授先生，我在大洋的一个荒岛上建立了我的车间。在那里，我的工人们，也就是我经过培训的忠实伙伴，和我一起安装好‘鹦鹉螺号’。工程结束以后，我一把火销毁了我们在这个小岛上待过的一切痕迹，要是能炸掉，我会让人炸掉这个小岛。”

“那么，我可得相信，这艘潜艇的成本是天价吧？”

“阿罗纳克斯先生，一艘由钢铁造的船造价是每吨 1125 法郎。‘鹦鹉螺号’的吨位是 1500 吨。因此，成本应该是 1687000 法郎，加上装修费一共是 200 万法郎，连同艇上的艺术品和收藏品，统共是四五百万法郎。”

“那么您很富有喽？”

“富可敌国，先生，我可以毫无困难地支付法国的 100 亿欠债！”

我死死盯住这个如此对我说话的怪人。他是不是滥用了我的信任？未来会告诉我，这是怎么回事的。

十四 黑 河

地球被水占去的部分，超过3800万公顷。海水的体积为22.5亿立方海里，可以形成一个直径为60法里[①]、重300亿亿吨的球体。而海水的总量，差不多是陆地上所有河流在四万年中流到海里全部的水。

在漫长的地质年代里，火纪之后是水纪，逐渐地，到了志留纪[②]，山顶露了出来，一些岛也浮出水面。洪水时期，山顶和岛消失后又再露出来，连成一片，形成大陆。大陆的形状把海洋分成五大部分：北冰洋、南冰洋[③]、印度洋、大西洋、太平洋。

太平洋从北极圈伸展到南极圈，从西到东是在亚洲和美洲之间，横跨经度145度。它是最平静的海洋，水流宽广、缓慢，浪潮平缓，雨水丰沛。命运首先召唤我在最奇特的条件下游历的就是这个大洋。

“教授先生，”奈莫艇长对我说，“如果您愿意，我把我们的方位准确记下来，定为这次旅行的起点。现在是中午12点差一刻。我就要升到海面了。”艇长按了三次电铃。水泵开始排出储水罐里的水，气压计

---

① 指古法里，法国古时长度单位，1法里约合4千米。

② 志留纪，古生代的第三纪，在这个纪中，地壳相当稳定，但末期有强烈的造山运动。海中的无脊椎动物很发达。

③ 南极地区其实是陆地，只不过上面覆盖着冰层，当时并未发现真相。

的指针由于压力不同，表明“鹦鹉螺号”在上升，然后止住不动。

“我们到达水面了。”艇长说。

我走向通到平台的中央梯子，爬上金属梯，通过打开的舱盖，来到顶部。平台只浮出 80 厘米。“鹦鹉螺号”呈纺锤形，正好比作一支长长的雪茄。我发现潜艇的钢板有点呈鳞状，酷似陆地大型爬行动物的身体。因此我自然明白了，尽管望远镜再好，这艘潜艇总是被看作一头海兽。

约在平台中部，半插进艇身的小艇形成一个小鼓包。前后升起两个不高的外罩，壁面倾斜，部分由厚厚的透镜玻璃封闭：一个用作舵手操纵“鹦鹉螺号”，另一个里面闪耀着电灯光很强的导航灯。大海波平浪静，天空清澈澄明。长条形的潜艇仅仅感受到大洋宽阔的涌动。东面吹来的和风使海面泛起涟漪。云开雾散，能极目远望到天际。

我们什么也望不到。浩瀚无边，茫茫一片。奈莫艇长手里拿着六分仪，在测量太阳的高度，太阳应能指出纬度。他等了几分钟，让太阳与水平线垂直相交。他观测时，肌肉毫不颤动，即令仪器在一只大理石的手上，也不会这样一动不动。

“正好中午，”他说，“教授先生，您想不想……”

我最后看了一眼靠日本那边有点发黄的大海，重新回到大客厅里。在那里，艇长测定位置，精密地计算了所处纬度，通过刚观测到的时角进行调整。然后他对我说："阿罗纳克斯先生，我们眼下位于西经 37 度 15 分……"

"以哪条子午线为准？"我紧接着问，期待艇长的回答也许能给我指明他的国籍。

"先生，"他回答我，"我有好几架经线仪，分别以巴黎、格林尼治和华盛顿的子午线为准。出于对您的敬意，我会使用以巴黎的子午线为准的经线仪。"这个回答没有透露给我任何信息，艇长又说，"在巴黎子午线以西的西经 37 度 15 分、北纬 30 度 7 分，就是说，在距离日本海岸约 300 海里的地方。今天是 11 月 8 日正午，我们在海下的探险旅行正式开始。现在，教授先生，我先走一步，您做您的研究吧。我确定的航向是东北偏东，下潜 50 米。这里有大体的航海图，您在图上可以看到我们的航线。客厅供您使用，恕我失陪。"

我独自留下，全神贯注地思索。所有想法都是投向这个"鹦鹉螺号"的艇长。这个怪人自诩不属于任何国家，他对人类的仇恨，也许正在寻求可怕的报复，是谁激起这种仇恨的呢？他是个被埋没的学者吗？照贡塞伊的说法，是那种"被搞得伤心欲绝的"天才之一，或者是一个像美国人莫里那样的科学家，一生的事业被政治革命断送了？

整整 1 小时，我沉浸在这样的思索中，想洞悉这个对我来说如此有兴味的秘密。然后，我的目光盯住摊在桌上那一大张地球平面球形图，我把手指放在观测得到的经纬度交叉点上。

大海像陆地一样也有河流。这是一些特别的水流，可以根据温度和颜色来识别，其中最值得注意的是众所周知的墨西哥湾暖流。在地球上，科学研究确定了五条主要水流的流向：第一条在北大西洋，第二条在南大西洋，第三条在北太平洋，第四条在南太平洋，第五条在南印度洋。甚至有可能有第六条水流以前存在于北印度洋，那里的里海和咸海还和亚洲的大湖连在一起，形成一片汪洋。

在地球平面球形图上标出的那个点，有其中一条水流经过，日本人称为黑河。黑河发源于孟加拉湾，被回归线垂直的阳光晒热，穿过马六甲海峡，沿着亚洲海岸延伸，绕北太平洋一圈，直到阿留申群岛，卷着樟木和其他原地的产物，以温热的水的纯湛蓝和太平洋的波浪截然不同。“鹦鹉螺号”走的就是这条水流。

这时内德·兰德和贡塞伊出现在客厅门口。他们看到眼前堆积的珍宝时都惊呆了，不确定自己是在什么地方。“朋友们，”我打手势让他们进来，说，“你们现在是在‘鹦鹉螺号’上，在海平面之下50米的地方。”

正直的小伙子贡塞伊已经俯向玻璃橱窗，用博物学家的语言念念有词了：腹足纲，蛾螺科，宝贝属，等等。不太懂贝类学的内德·兰德问我和奈莫艇长会面的情况。我把自己所知道的情况，或者说得更确切点，我所不知道的情况也都告诉他，并且问他，他听到什么和见到什么了。

“什么也没有听到，什么也没有看到！”加拿大人回答，“我甚至没有看到船员。难道那么巧，船员也会是通电的？但是，阿罗纳克斯先生，您能说艇上有多少人啊？10个，20个，50个，100个？”

“我无法回答您，兰德师傅。请相信我，眼下夺取‘鹦鹉螺号’，或者逃走的想法都要抛弃。这艘潜艇是现代工业的杰作，要是没有见到它，我会遗憾的！因此，冷静下来，尽量看看您周围发生的事。”

这时，黑暗突然降临，天花板上的光熄灭了，是那样迅速，我的眼睛感到一阵难受，有如从漆黑中突然转到耀眼的强光中产生的感受一样。我们缄默无声，一动不动，不知道等待着我们的是喜是悲。传来了滑动的声音，好像是“鹦鹉螺号”的艇侧板在活动。

倏地，光从客厅的每一侧，通过椭圆形的开口射进来。海水被电光照得通明透亮。双层水晶玻璃把我们和海水隔开。我先是瑟瑟发抖，想到这易碎的玻璃可能爆裂，但是坚固的青铜支架支撑着玻璃，给玻璃几乎无限的抗力。在“鹦鹉螺号”周围1海里的范围内，大海的情形清晰可见。多么瑰丽的景色啊！笔墨无法描绘！

众所周知，海水的清澈超过岩缝里冒出来的清泉。海水里悬浮着的矿物质和有机物，甚至增加了海水的透明度。在大洋的某些部分，如安的列斯群岛，145米以下的水里，沙床清晰可见，阳光的穿透力可以到达300米的深处。不过，在“鹦鹉螺号”穿越的这片海域，电灯光是从水中产生的。这不再是发光的水，而是流动的光。

客厅的每一边都有一扇舷窗，对着这未曾探测过的深渊。客厅的暗反而使外面更亮，我们望出去，仿佛这纯净的水晶是一个巨大水族馆的玻璃。我们惊诧莫名，倚在舷窗前，愣住了，谁也不打破这静默。

“稀奇！真稀奇！”加拿大人说，他受到无法抗拒的吸引，把愤怒和逃跑计划都扔到九霄云外，“为了欣赏这幅奇景，就是再远也要来！”

“啊！”我嚷道，“我明白这个人的生活了！他为自己开辟了另外一个世界，把最惊人的奇迹留给自己！”“可是鱼呢？”加拿大人指出，“我看不到鱼。”“这有什么关系，内德兄弟，”贡塞伊回答，“因为您分不清鱼。”“我呀！一个捕鱼的会分不清啊！”内德·兰德嚷道。

对此，两个朋友掀起一番争论，因为他们虽然都知道鱼，但每人的认识方式迥然不同。

大家知道，鱼类构成脊椎动物的第四纲，也就是最后一个纲。对鱼类的界定非常准确：“双循环的冷血水生脊椎动物，用鳃呼吸。”鱼包括两个不同的系列：一系列是硬骨鱼，就是说脊椎是硬骨的；另一系列是软骨鱼。加拿大人也许知道这个分类，但贡塞伊知道得更多。因此他说：“内德兄弟，您是个捕鱼能手。您捕到过大量这种有意思的动物。但是，我敢打赌，您不知道怎么给鱼分类。”

“知道，”捕鲸手严肃地回答，“人们把鱼分成可以吃的鱼和不可以吃的鱼！”“这是馋鬼的分法，”贡塞伊说，“请告诉我，您知道硬骨鱼和软骨鱼之间的区别吗？”

“兴许知道，贡塞伊。”

“这两大类鱼再细分呢？”

“我拿不准。”加拿大人回答。

“那好！内德兄弟，听好了，硬骨鱼分为六个目：第一，棘鳍目，上颌完整，能活动，两鳃像梳子的形状。这一目包括十五个科，就是说包括四分之三已知的鱼。典型代表是河鲈。”

“相当好吃。”内德回答。

“第二，腹肌目，腹下悬有肚鳍，在胸鳍后面，不附着在肩胛骨上。这一目又分五个科，包括大部分淡水鱼。典型代表是鲤鱼、白斑狗鱼。”“呸！”加拿大人有点轻蔑地啐了一口。

“第三，短鳍目，腹鳍附着在胸鳍下面，紧挨肩胛骨悬着。这一目包括四个科。典型代表是鲽、黄盖鲽等。”“味道好极了！味道好极了！”捕鲸手大声说，他只想从食用的角度来看待鱼。

“第四，无鳍目，体长，无腹鳍，皮厚，往往是黏糊糊的——这一目只有一个科。典型代表是鳗、电鳗。”“一般！”内德·兰德说。

“第五，总鳃目，上下颌完整，能活动，但鳃是由一小束一小束组成的，沿着鳃弓成对分布。这一目只有一个科。典型代表是海马、海天狗。”“蹩脚！”捕鲸手说。

“最后是第六，固颌目，颌骨牢牢地固定在颚间骨一侧，形成上颌，但是，腭骨的弓和头骨啮合，使颌不能动。这类鱼没有真正的腹鳍，分为两个科。典型代表是单鼻豚、翻车豚。内德兄弟，您明白了吗？”

“一丁点都不明白，”捕鲸手回答，“不过您继续说吧，因为您说得挺有意思的。”

“至于软骨鱼，”贡塞伊沉着地又说，“只有三个目。第一，圆口目，颌连成一个活动的环，几个鳃有许多窟窿张开来。这个目只有一个科，典型代表是七鳃鳗。”“应该喜欢这种鱼。”内德·兰德回答。

“第二，横口亚目，鳃与圆口鱼的鳃相像，但下颌是活动的。这是软骨鱼里最重要的一个目，包括两个科。典型代表是鳐鱼、鲨鱼。”“什么！”内德·兰德嚷道，“鳐鱼和鲨鱼在同一个目！那么，贡塞伊兄弟，为鳐鱼着想，我劝您不要把它们放在同一个鱼缸里！”

“第三，鲟鱼目，鳃旁长着鳃盖骨，鳃通常只张开一条缝。这个目分四个科。典型代表是鲟鱼。”“啊！贡塞伊兄弟，您把最好的东西放到最后——至少我这么看。就这些？”

“是的，高尚的内德，”贡塞伊回答，“知道了这些，还是什么也不知道，因为科要分成属，亚属，种，变种……”“那么，贡塞伊兄弟，”捕鲸手说，俯向舷窗，“游过去的就是一些变种！”“是啊！都是鱼，”贡塞伊大声说，“真以为是在水族馆前面呢！”

“不是的，”我回答，“因为水族馆像个鱼篓子，而这些鱼自由来去，就像鸟儿在空中飞翔。”

“那么，贡塞伊兄弟，说出它们的名字吧！”内德·兰德说。

“我呀，”贡塞伊回答，“我做不到！这是我主人的事！”正直的贡塞伊确实是个分类迷，但绝不是一个博物学家，我不知道他是否能分清金枪鱼和地中海舵鲣。总之，他和加拿大人相反，内德·兰德能毫不犹豫地叫出所有这些鱼的名字。

“这是一条鳞豚。”我说。

“一条中国鳞豚。”内德·兰德回答。

“鳞豚种，硬皮马勃属，固颌科。”贡塞伊小声说。

内德和贡塞伊结合起来，一准能造就一个杰出的博物学家。

加拿大人没有搞错。一群金枪鱼，身体压得扁平，皮肤像鸡皮疙瘩，背上长着一根刺，在“鹦鹉螺号”周围嬉戏，摆动着尾巴两侧竖起的四行刺。它们的皮肤上面是灰色的，下面是白色的，金色斑点在昏暗的漩涡中闪闪发光，没有什么比这更加好看的了。它们中间有一些鳐鱼在起伏游动，好像迎风招展的一面桌布。在这些鳐鱼中，令我高兴的是，我看到一条中国鳐鱼，上半身是淡黄色，肚皮底下是浅玫瑰色，眼睛后面长着三根刺，这是一种稀有的鱼。

2 个小时里，一整支水族大军给“鹦鹉螺号”护航。它们在嬉戏和跳跃中比美丽，比闪光，比速度。

我们的赞赏始终保持在最高点，惊叹持续不断。内德报出鱼名，贡塞伊给以分类，我呢，面对这些性情活泼、形状美丽的鱼十分着迷。我从来没有见过在自然环境中生活的自由自在的生物。日本海和中国海的各种鱼都在游动，这些鱼比天上的鸟还多，无疑受到电灯光闪亮的光源吸引，追逐而来，我不能一一列举。

蓦地，客厅里大放光明。钢护板重新合上了，迷人的景致消失。但我仍然在长久地遐想，直至我的目光盯住墙上挂着的那些仪器。罗盘始终指着东北偏北方向，气压计表明有 5 个大气压，与 50 米的深度相应，电航速表标明每小时行驶 15 海里。时钟指着 5 点。

内德·兰德和贡塞伊回到他们的舱室。我回到自己房间。晚餐已经放在那里。汤是用最嫩的海鳖做的；一盘稍稍抹了点黄油的白色羊鱼；单独做的羊鱼肝味道鲜美；金鲷（diāo）鱼的脊肉，我觉得味道比三文鱼好。

晚上的时间我用来阅读、写东西和思索。然后，我困了，就躺在铺着大叶藻的床上，酣然入睡。其时，“鹦鹉螺号”穿过黑河的激流前行着。

十五 邀请信

第二天，11 月 9 日，我睡了 12 个小时的长觉才醒过来。贡塞伊来了，按照他的习惯，想知道“先生晚上睡得怎样”，然后伺候先生。他把他的加拿大朋友留在舱室，让内德像一辈子只会这样睡觉那样待在那里。昨晚我们观赏海景时艇长没有露面，我希望今天能看到他。

我很快就穿好用牡蛎足丝做的衣服。我告诉贡塞伊，这衣服是用“江珧”吐在岩石上又细又亮的丝做的。“江珧”是一种贝类，在地中海沿岸多如牛毛，从前用它们来织漂亮的袜子、手套等，这种丝十分柔软、保暖。穿好衣服后，我来到大客厅。里面空无一人。于是我沉迷在研究堆积在玻璃柜里的贝类珍宝之中。我也看大本的植物标本集，里面都是最珍贵的海洋植物，如轮生海苔、孔雀团扇藻、葡萄叶藻、猩红色的细洁海草和压得很扁的蘑菇状菌盖——很长时间以来被列入植形动物，最后是一系列海藻。

整个白天过去了，奈莫艇长不肯赏光来看我。“鹦鹉螺号”的航向保持在东北偏东，航速是每小时 12 海里，深度在五六十米之间。

11 月 10 日，同样的置之不理。我没有见到任何一个船员。内德、贡塞伊对艇长难以解释的不露面感到诧异。这一天，我开始写日记，我细致、准确地把这些经历记录下来。有意思的是，我是写在由大叶藻制作的纸上的。

11月11日，一大清早，“鹦鹉螺号”中弥漫的新鲜空气告诉我，我们又回到洋面上更新储存的氧气了。我朝中央梯子走去，登上平台。这时是6点。我看到的是阴天，大海灰蒙蒙的，但风平浪静。我期待能在这里遇到奈莫艇长，可我只看见被困在玻璃驾驶室里的舵手。

我坐在小艇的突出处，惬意地呼吸着有海腥味的空气。灿烂的太阳突破东方的天际。大海在阳光的照射下迅速地燃烧起来。分散在高空的浮云，色彩绚丽，千变万化，许多“猫舌云”[①]预示着整个白天都会刮风。我欣赏起这日出的美景，那么喜气洋洋，那么充满生机，这时，我听到有人登上平台。

我准备向奈莫艇长致意，但出现的是他的大副——我已经在艇长的第一次拜访时见过他了。他朝平台走来，好似没发觉我的存在。他把高倍望远镜放在眼睛上，聚精会神地探索天际的四面八方。察看完毕，他走近舱盖，说了一句话。我记住了这句话，因为每天早晨他都在同样的情况下重复一遍。话是这么说的：“Nautron respoc lorni virch.”但话的意思，我说不出来。

五天就这样过去了，每天早上，我登上平台，同样的人说出同样的句子。奈莫艇长始终不露面。我打定主意，不再想着见他。11月16日，我同内德和贡塞伊回到我的房间，我看到桌上有一张写给我的便条。字写得潇洒、清晰，但有点哥特体风格，使人想起德语文体[②]。

这张便条用这几句话写成：

阿罗纳克斯教授先生：

兹订于明晨在克雷斯波岛的森林举行打猎，奈莫艇长

---

① 猫舌云，小块白云，轻盈，四周呈锯齿状。——原注

② 这里接触到奈莫的原籍，他可能是波兰的贵族。

邀请阿罗纳克斯先生参加。他希望教授先生排除干扰出席，并期望他的两个同伴一同前往。

"鹦鹉螺号"指挥官奈莫艇长

1867年11月16日于"鹦鹉螺号"

我没有考虑怎样调和奈莫艇长讨厌陆地和海岛与邀请我们到森林打猎的矛盾，仅仅说："咱们先看看克雷斯波岛在哪儿吧。"我去看地球平面球形图，在北纬32度40分和西经167度50分的地方，找到一个小岛，是克雷斯波船长于1801年发现的，以前的西班牙地图上标的名字是罗卡·德·拉普拉塔，就是说"银礁"，距离我们的出发点约有1800海里。"鹦鹉螺号"航向稍有改变，正朝东南方向行驶。

11月17日，我醒来时觉得"鹦鹉螺号"纹丝不动。我敏捷地穿好衣服，走进大客厅。奈莫艇长在那里。他在等我，并且问我陪伴他是否合适。由于他绝口不提这一星期为何消失不见，我也避免和他谈起，仅仅回答他，我的同伴们和我，我们跟着他走。

"只不过，先生，"我加上一句，"我能向您提一个问题吗？""说吧，阿罗纳克斯先生，如果我能回答，就会回答的。""那好，艇长，您已经和陆地断绝一切关系，您怎么在克雷斯波岛拥有森林呢？""教授先生，"艇长回答我，"我拥有的森林不需要阳光和热量，既没有狮子、老虎、豹子，也没有任何四条腿的动物光顾。这片森林只有我一个人知道，只为我一个人生长。这绝不是陆地森林，而是海底森林。"

"海底森林？"我大声说。

"是的，教授先生。"

"走路去？"

"甚至连鞋都不会湿。"

"去打猎？"

“去打猎。”

“手里拿着枪？”

“手里拿着枪。”

我认为奈莫艇长发疯了，这个想法清晰地流露在我的脸上，可是奈莫艇长仅仅请我跟着他。我们来到餐厅，早饭已经准备好了。

“阿罗纳克斯先生，”艇长对我说，“我请您和我共进早餐，我们边吃边谈。我答应了您到森林里漫步，但我并没有向您保证在森林里会遇到饭馆。所以您得饱餐一顿，可能要很晚才吃晚饭呢。”

我津津有味地吃起饭来。起先，奈莫艇长光吃饭，一声不响。后来他对我说：“教授先生，我请您到我的克雷斯波森林去打猎，您会以为我做事自相矛盾吧？等我告诉您那是海底森林以后，您会以为我疯了吧？教授先生，绝对不应该轻率地判断一个人。”

“但是，艇长，请相信……”

“请听我说，您就知道是否要指责我发疯还是做事自相矛盾了。”

“我听您说就是。”

“教授先生，您和我都一样清楚，人带着氧气设备，能在水下生活。工人在海底作业时，身穿防水服，头戴金属罩，通过压力泵和送气控制器获得外界的空气。”

“这是潜水服。”我说。

“确实是，但在这样的条件下，人不自由。他和通过橡皮管给他供气的泵连在一起，这条真正的链子把人和陆地相连。如果我们要这样被拴在‘鹦鹉螺号’上，我们就走不了很远。”

“有办法自由行动吗？”我问。

“用卢凯罗尔－德奈鲁兹的装置就可以，但我使用时做了改进，它能让您在新的重量条件下去探险，而您的肌体不受任何伤害。它有一个厚钢板制作的罐，我用 50 个大气压输入空气。这个罐用带子固定在背上，就像士兵的背包一样。罐的上部是个匣子，在送气机械的控制下，空气只能在正常压力下才从匣子里逸出。在卢凯罗尔原来的装置中，有两根橡皮管从匣子里伸出，一直通到把使用者的鼻子和嘴都封住的喇叭罩里；一根管子用来吸气，另一根用来排气，根据呼吸的需要，舌头堵住这一根或那一根管子。但我面对的是海底的巨大压力，不得不把我的头封闭在潜水服那样的青铜头盔里，就是说把那两根吸气和呼气的管子通到头盔里。"

"好极了，奈莫艇长，不过，您带着的空气应该很快就会被用完，一旦空气中只剩下15%的氧气，就不能呼吸了。""毫无疑问，但我对您说过，'鹦鹉螺号'的泵能使我在巨大的压力下往罐里装气，在这种条件下，装置的罐能够供应9至10个小时的可呼吸空气。"

"我再提不出什么异议了，"我回答，"艇长，我只问您，在海底您怎样能够照亮道路呢？"

"阿罗纳克斯先生，用鲁姆科夫的装置。把气罐背在背上，第二种装置挂在腰间，用的是本生电池，但我不是用重铬酸钠，而是用重铬酸钾来起作用。一个感应线圈接收发出来的电，把电输送到一盏特制的灯里。在这灯里有一根蛇形玻璃管，管里只容纳一点煤气。灯一开，煤气就亮起来，发出持续不断的白光。这样我既能呼吸，又能看路。"

"奈莫艇长，对我提出的问题，您都做了不容置疑的回答。虽然我不得不接受卢凯罗尔和鲁姆科夫的装置，但我对您要把我武装起来的那支枪，我仍然要做些保留。"

"但这根本不是一支火药枪。"艇长回答。

"这么说是一支气枪了？"

"当然。我既没有硝石，没有硫黄，也没有碳，您让我怎么在艇上制造火药啊？"

"况且，"我说，"在水里射击，在比空气密度大850倍的水里射击，需要克服巨大的抗力。”

“这不能成为理由。有些枪，在富尔顿①改进之后，又经过英国人菲利普·科尔和伯利、法国人菲尔西、意大利人兰蒂改进，具有一套特别的封闭装置，能够在水中射击。但是，由于没有火药，我用高压空气代替，‘鹦鹉螺号’的泵给我提供大量的压缩空气。”

“但是这种压缩空气很快就要用完。”

“是啊！我不是有卢凯罗尔罐，需要时给我提供压缩空气吗？为此，只消有一只专门的阀门即可。阿罗纳克斯先生，您会亲自看到，在海底打猎时，费不了多少压缩空气和子弹。”

“但是我觉得，在这种半明半暗中，在比空气密度更大的密度中，枪不能打得很远，也很难有杀伤力吧？”

“先生，正相反，用这种枪，枪枪都是致命的，这种枪射出去的不是平常的子弹，而是玻璃小雷管——这是奥地利化学家莱尼布罗克发明的——我得到充足的供应。这种玻璃雷管，覆盖着一层钢套，有一层铅底加重，是真正的小莱顿瓶②，里面的电压非常高。轻轻一碰，就会爆炸。我还要补充一点，这些雷管不比四号子弹大，一支普通的枪，能装10粒。”

“我不再有疑问了，”我回答，并从桌旁站起来，“我拿枪就是。您去哪儿，我跟着去。”奈莫艇长带着我朝“鹦鹉螺号”的后面走去，我叫上我的两个同伴，我们来到一个侧室，靠近机房，我们要在那里穿上在水中行走的衣服。

① 富尔顿（1765—1815），美国机械师，1799年，他在法国建造了第一艘螺旋桨潜艇（“鹦鹉螺号”由此而来），后来又研究了蒸汽船。

② 莱顿瓶，初期的静电器，由荷兰莱顿大学的教授发明。

十六　漫步海底平原

确切地说，这间屋子是“鹦鹉螺号”的弹药库和更衣室。一打潜水装备挂在墙上，等着到海底漫步的人。内德·兰德看到这些装备时，表现出明显的反感。他知道去的是海底森林，吃鲜肉的梦想破灭了，十分沮丧。

捕鲸手耸耸肩说：“除非强迫我穿，否则我绝不钻到里面去。”

“没有人强迫您，内德师傅。”奈莫艇长说。

“贡塞伊要冒险试试吗？”内德问。

“先生去哪儿，我跟着去。”贡塞伊回答。

在艇长的招呼下，两名水手过来帮我们穿上这沉重的防水服。防水服是用橡胶做的，不是缝制的，能够承受巨大的压力，穿上好像是既灵活又有抗力的骨架。裤子和上衣连在一起。裤子底下是厚底鞋，装上沉重的铅鞋底。上衣有铜片支撑，构成护胸甲，保护胸部抵抗水压，让肺自由呼吸；袖子底端是柔软的手套，绝不妨碍手的动作。

奈莫艇长、他的一个赫拉克勒斯[①]式的大力士同伴、贡塞伊和我很快穿好了潜水服，就剩下将脑袋伸进金属头盔里。但在此之前，我请艇长允许我看看要发给我们的枪。“鹦鹉螺号”上的一个人递给我

① 赫拉克勒斯，希腊神话中最伟大的英雄，力大无穷。

一支普通的枪，枪托用钢板制作，是空心的，规格很大，用来储存压缩空气；由扳机操纵的阀门，把压缩空气送进金属的枪管里，能装20来粒电力弹；利用弹簧，子弹自动上膛；打出一发之后，另一发子弹便准备好就位。

奈莫艇长把头伸进球形帽子里。贡塞伊和我也那样做，只听到加拿大人对我们抛出一句讽刺意味的“打猎快乐”。潜水服的上端是带螺丝的铜衣领，金属头盔就用螺丝固定在上面。头盔上的三个洞由厚玻璃护住，只要在帽子里转动头，便可以朝四面八方观看。头盔一戴上，安装在背上的卢凯罗尔设备便开始运转了，我觉得呼吸自如。

我的腰上挂着鲁姆科夫灯，手里拿着枪，准备出发。但是，坦率地说，被囚禁在这身沉重的衣服里，脚下被铅底鞋钉在甲板上，我寸步难移。这种情况是意料之中的。有人把我推到和更衣室相连的小房间去。我的同伴同样被人推着，跟随着我。我听到一扇密封的门关上了，周围一片漆黑。几分钟后，一声尖厉的哨声传到我耳朵里。我感到一阵凉意从脚底升到胸部。很明显，阀门正在被打开，外面的水漫进来，这个房间很快被灌满水。开在“鹦鹉螺号”侧面的第二道门打开了。微光照射着我们。一刹那间，我们的脚踏上了海底。

奈莫艇长走在前面，他的同伴在我们后面几步紧跟着。贡塞伊和我紧挨着，仿佛通过我们的金属外罩，可以交流话语。我已经感觉不到衣服、鞋子、空气罐和厚头盔的沉重，我的脑袋在头盔里像杏仁在核里一样晃动。所有这些东西，在水里失去了一部分重量，正相当于排水量。我清楚地体会到阿基米德发现的这条物理定律。我再不是惰性物体，我活动的自由度相对大了。

阳光能够照到水面下30英尺的地方，其强度令我吃惊。它很容易地穿过这片海水，使海水失去颜色。我清晰地分辨出与我相距100米的东西。再远，海底就产生了像天青石色彩的细微减弱那样的变

化，在远处呈现出蓝色，然后消失在一片朦胧的黑暗中。我周围这片水，确实只是一种空气，比陆地上的空气更稠密，但几乎是一样的清澈。在我头顶上，我看到了平静的海面。

我们行走在一片细沙上，细沙不像海滩那样保留波浪的痕迹。这耀眼的地毯，以令人吃惊的强度把阳光折射回去。这广袤的反射由此深入到所有的液体分子中。我看东西像在大白天一样清楚。我们一直在走，沙地的广阔平原似乎无边无际。我用手分开水帘，水帘又在我身后合拢，我的脚印在水的压力下迅速消失。不久，远处有什么东西朦朦胧胧地映入我的眼帘。走近了，原来是嶙峋的岩石，上面长满一层最美的植形动物，这个地方首先给我留下一个特殊印象。

这时是上午 10 点钟。阳光斜照在海面上，被折射分解，就像穿过棱镜，花、岩石、胚芽、贝壳和珊瑚虫，在边沿上产生阳光的七彩变化。这种色彩的混合，构成真正的万花筒。总之，这是一个入迷的画家的整块调色板，这是一幅奇景！

面对这美景，贡塞伊和我一样停下来。显然，这个小伙子看到这些植形动物和软体动物的样品，一直不停地分类。满地都是珊瑚虫和棘皮动物……踩在我脚下真叫我心疼，但必须往前走。一路上，成群的僧帽水母在我们头上漂游；白色或淡红色伞膜、天蓝色边饰的水母，遮住了我们头上的阳光；暗处的浮游生物，在路上洒满磷光。

在四分之一海里内，我观赏着所有这些奇妙的生物，几乎没有停下来。不久，地上的自然景况变了。在沙地平原之后，是一层黏稠的淤泥，美洲人称之为“奥阿兹”，完全是由硅质和石灰质的贝壳构成。然后我们走过一片海藻地，这种深海植物还没有被海水冲掉，生长得很快。但绿茵在我们脚下伸展的同时，并没有忘掉我们的脑袋。一道由海洋植物形成的绿廊在海面上搭成，这类海洋植物属于生长繁盛的海藻科，已知的超过 2000 种。

海藻真是造物的奇迹，是植物世界的奇观之一。这个科既有地球上最小的植物，同时也有最大的植物。因为我们可以在 5 平方毫米的地方，数出 40000 个难以觉察的胚芽，也可以采集到长度超过 500 米的黑角藻。

我们离开“鹦鹉螺号”已经有 1.5 个小时左右。时间快近中午。我发觉阳光是直射的，不再反射。

色彩的变幻逐渐消失，绿宝石和蓝宝石的细微差别在我们穹顶也消去了。我们步履均匀地走着，脚步在地上发出惊人的轰响。最小的声音飞速地传出去，让在陆地上待久了的耳朵不习惯。确实，对声音来说，水是比空气更好的载体，水里传播要快 4 倍。

这时，地面出现明显的坡度，光线的色彩变得单调。我们到达了 100 米的深度，要忍受 10 个大气压的压力。但我的潜水服适应这种情况，我丝毫不感到有压力。我只感到手指关节有些不太灵活，但这种不适很快就消失了。至于走 2 个小时的路，我穿着这么重的衣服，本应该疲倦，却一点没有。我的动作在水的帮助之下惊人地自如。

到达 300 英尺的深度时，我还看见了微弱的阳光，从耀眼转成了淡红色的黄昏，介于白天与夜晚的中间。但我们足以看清前行的路，还不需要启用鲁姆科夫装置。这时，奈莫艇长停住脚步。他等我赶上他，用手指给我看一片黑乎乎的东西，在不远处的黑暗中显现出来。

“这就是克雷斯波岛的森林。”我想，我没有搞错。

十七　海底森林

我们终于到达森林边缘，这无疑是奈莫艇长无边领地中最美的产业。这片森林由巨大的乔木组成，一走进去，我的目光马上被枝叶的排列方式吸引——我至今还没有见过那样的排列。

地面上根本没有铺着草，灌木枝条既不在地上蔓延，没有下垂，也不向水平方向伸展。每一根都升向海面。没有细枝条，没有带状的枝叶，灌木不管多么细，都像铁丝一样笔直。墨角藻和藤本植物，受到海水密度控制，都垂直地向上生长。这些植物一动不动，我用手一拨，枝干就马上恢复原状。这里是垂直线的王国。

森林的土地布满尖石块，很难躲开。我觉得这里的海底植物相当全。但是，在几分钟里，我无意中混淆了它们之间所属的“界”，将植形动物看作水生植物，将动物看作植物。

我观察到，所有这些植物界的产物，它们没有根，只要是固体，如沙子、贝壳等，都可以支撑它们。它们存在的要素是在支持并给它们营养的水中。大部分没有叶子，长出奇形怪状的薄片，颜色只有玫瑰色、胭脂红、绿色、橄榄色、浅黄褐色和棕色。这里还有“鹦鹉螺号”的样品，但不是干枯的标本……还有许多深海植物，全都不开花。一位风趣的博物学家说过：“古怪的反常现象，奇特的环境，那里动物开花，植物不开花！”

在这些大如温带地区树木的各种灌木中，在其潮湿阴影下，麇（qún）集着开的生意盎然的鲜花的真正灌木，一排排植形动物。植形动物上面绽放着布满弯曲条纹的脑珊瑚，触角透明的淡黄色石竹珊瑚，长成丛草一样的石花珊瑚……将近 1 点钟，奈莫艇长示意休息。我对此相当满意，我们躺在海藻的绿廊下，我把偌大的铜头盔靠近贡塞伊，我看到他高兴得眼睛放着光。

这样走了 4 个小时以后，我很惊讶没有感到强烈的吃东西的需要。相反，我感到难以克服的睡意，所有的潜水者大抵如此。因此我的眼睛不久就在厚玻璃后面闭上了，堕入不可克服的假寐中。奈莫艇长和他强壮的同伴躺在这水晶般透明的水中，给我们做出睡觉的示范。

我陷入这种半睡中待了多长时间，我无法估计，但是，我醒来时，我觉得太阳沉向地平线。奈莫艇长已经起来，我开始伸展四肢，这时，出现了一样意料不到的东西，使我猛然翻身，站了起来。

几步以外，一只可怕的海蜘蛛，高 1 米，斜着眼睛看我，准备向我扑来。虽然我的潜水服相当厚，可以抵挡它的咬，我还是禁不住做了一个惊恐的动作。奈莫艇长向他的同伴指了指可怕的甲壳动物，马上一枪就把它撂倒，我看到怪物吓人的爪子在剧烈的痉挛中抽搐。

我开始有所戒备。大胆的旅行还在继续，地面始终下斜，坡度更为明显，把我们引向更深处。眼下差不多 3 点钟，我们来到一个峡谷，位于海底 150 米。靠着我们装备的完善，我们对大自然至今给人类设下的海底旅行深度的极限，超越了 90 米。

恰在这时，海水变得黑咕隆咚了，于是我摸索着前行。这时，我看见一股相当强烈的白光陡地出现，是奈莫艇长打开了电灯。他的同伴模仿他。贡塞伊和我也把灯打开了。在 25 米的圆周内，海洋被我们四盏灯照亮。我们继续深入昏暗的森林深处，林中的灌木越来越少。我观察到，植物的生命消逝得比动物快。深海植物已经放弃变得贫瘠的土地，而多得惊人的动物，却还在这里大量繁殖。

我一边走一边想，我们的鲁姆科夫设备必然会吸引这些阴暗水层的某些动物。有好几次，我看到奈莫艇长停下来，举枪瞄准。将近4点钟，这次神奇的旅行结束了。一堵壮观的、巍然耸立的墙矗立在我们面前，有巨大的石块堆积，巨大的花岗岩峭壁，黑森森的岩洞，却没有任何可以攀登的斜坡。这是克雷斯波岛的暗礁。这是陆地。到这里，艇长的领地终止了。

我们开始返回。奈莫艇长又走在这支小小队伍的前头。我们没有按原路返回。这条新路很陡峭，很难走，不过很快把我们带回海面。但回到水的上层不是很快，水的减压并不太快，否则会给我们的肌体带来严重损害，造成致命内伤。光亮立即重新出现，由于太阳已经落到天际之上，折射重新给各种物体罩上一圈七色光环。

在10米深的地方，我们行走在一群各类小鱼中间，鱼比空中飞鸟还多，也更灵活，但我们眼前还没有出现一只值得我们开枪的水生野味。这时，我看到艇长急忙端起枪瞄准，枪响了，我听到一声微弱的呼啸，一只动物在几步远的地方倒毙了。

这是一只出色的海獭，是唯一专门生活在海里的四足动物。长1.5米，皮上面是栗褐色，下面是银白色，在俄罗斯和中国的市场上，是非常抢手的珍贵毛皮之一。它的毛细密有光泽，价值至少是2000法郎。圆头，短耳，圆眼，白胡子，蹼足带趾，尾巴的毛浓密，我非常赞赏这种珍奇的哺乳动物。可是由于被围捕，变得极其罕见，主要跑到太平洋的北极圈内躲藏起来，但在那里确实也会很快灭绝的。

奈莫艇长的同伴走过去把猎物捡起来，扛到肩上，大家重新上路。

在1个小时后，我们前面展开一片平坦的沙地，往往高出海面2米，于是我看到了我们清晰的倒影。另外一种现象也值得记下来，就是厚厚的云层掠过，形成一团，又很快消失。我明白了，这只不过是不同厚度的大浪。我甚至发现起泡沫的“白帽浪”。

我有机会目睹了能打动猎人心弦的好枪法。一只大鸟，展开宽阔的双翼，飞了过来。奈莫艇长的同伴瞄准后开枪。大鸟被击毙了，坠落下来，正好经过灵巧的猎人伸手可及的地方，他一把抓住。这是一只品种最美的信天翁，是能飞越重洋的、令人赞叹的一种鸟。

我们的行走没有因为这件事而停下来。在2个小时内，我们时而走在平坦的沙地上，时而走在海藻地上，我走不动了，这时我看到半海里处有朦胧的光，这是“鹦鹉螺号”的舷灯。

我落在后面有20来步，奈莫艇长突然转过来。他用有力的手把我按倒在地，而他的同伴也这样对待贡塞伊。起先我对这突然袭击不知道怎么回事，但我看到艇长也躺在我身边，便放下心来。我被一丛海藻挡住，抬头时看到几个庞然大物，身上放着磷光，哗啦啦而过。

我的血在血管里冻住了！我认出这是可怕的角鲨，尾巴很大，目光暗淡、呆滞，口鼻周围的一些孔里散发出带磷的物质。它们的样子就像怪物般的小火轮，张开血盆大口，能把整个人嚼碎！我在观察它们银白色的肚子，可怕的嘴中牙齿颗颗竖起，这种观察缺少科学性，因为观察者与其说作为博物学家，不如说作为受害者。

万幸的是，这些贪婪的畜生看不清东西。只用淡褐色的鳍扫到我们一点。这种危险准定比在森林里遇到老虎大得多。

半小时后，在电灯光的指引下，我们到达“鹦鹉螺号”。潜艇外侧的门始终是打开的，在我们走进第一间小屋后，奈莫艇长把这门关上，然后他按了一个按钮。我听到潜艇内水泵操作的声音，感觉到周围的水在下降，不一会儿，小屋的水完全排干了。这时里面的门打开，我们走进更衣室，脱下了潜水服，确实费了一些劲。我筋疲力尽，又饿又困，回到自己的房间，对这次海底惊人的旅行称羡不已。

十八　太平洋水下4000海里

11月18日早上，我从前一天的疲劳中完全恢复过来，正当“鹦鹉螺号”的大副说出平日那句话时，我登上平台。这时我偶然想到，这句话与海面情况有关，或者不如说意味着：“我们一无所见。”

洋面上确实空空荡荡。克雷斯波岛的高处在夜间已经消失不见。大海吸收了棱镜折射出来的色彩，除了蓝光。浪花闪闪，波纹很宽，在起伏的波浪上规则地呈现。这时奈莫艇长出现了。他似乎没有看到我，开始进行一系列的天文观测。观测完以后，他走过去倚着舷灯罩，目光消失在洋面上。

“鹦鹉螺号”上的20来个水手，个个孔武有力，体格健壮，登上了平台。他们是来拉起夜里放下水的渔网的。这些水手显然来自各个国家，虽然看起来都是欧洲人。我认出有爱尔兰人、法国人、斯拉夫人，有一个希腊人或者克里特岛人。此外，这些人少言寡语，他们之间用的是那种奇怪的方言，我甚至猜不出是哪里的话。因此，我不得不放弃询问他们。

这一天，他们网到这片渔区一些有意思的鱼。我估计，这一网鱼有1000多磅，十分可观，不过并不令人吃惊。“鹦鹉螺号”的快速和它的电灯光的吸引力，能够不断更新，我们应该不会缺乏高质量的食物。捕鱼结束，空气更新，我想，“鹦鹉螺号”要重新进行海底航行

了。我准备返回房间，这时，奈莫艇长转向我，开门见山地对我说："教授先生，请看这片大洋，难道它不具有真正的生命吗？没有愤怒和温柔吗？昨天，它像我们一样沉睡，过了平静的一夜，现在又醒过来了！"

既不道早安，也不道晚安！

"您看，"他又说，"在太阳的温存照射下，它醒过来了！追踪它的机体活动，是很有意思的研究。它有脉搏、动脉、痉挛，我认为那位学者莫里说得对，他在大洋那里发现一个循环系统，像动物身上的血液循环一样真实。"显然，奈莫艇长并没等待从我那里得到任何回答。

"是的，"他说，"大洋具有真正的循环系统，为了让它运作起来，创造万物的造物主只需在大洋里增加热量、盐和微小生物。热量确实产生不同的密度，带来海流和逆向海流。蒸发在北极地区不存在，在赤道地区却很活跃，造成热带地区和极地地区海水的不断交流。另外，我发现这些自上而下和自下而上的海流，形成海洋真正的呼吸。我看到海水分子在表面被晒热以后，回落到海底，一直落到零下2摄氏度、密度最大的地方，然后冷却，变得更轻，随后又上升。在极地，您会看到这种现象造成的结果，您便会明白，通过有先见之明的大自然这条规律，结冰从来只在水的表面产生！"

奈莫艇长说完这句话时，我心想："极地！难道这个大胆的人想把我们带到那里去吗？"

但是艇长沉默了，望着被他彻底地、不间断地研究过的元素。然后又说："教授先生，海里有大量的盐，如果您把溶解在海水里的盐都提取出来，就能够堆成一座450万立方法里的山，铺在地球上，会形成10多米高的一层。不要以为存在这么多盐是大自然任意造成的。不是。盐使海水不易蒸发，使风不能把太多的海水的水蒸气带走，太

多的水蒸气会化成水把温带地区淹没。盐的作用巨大，在地球的总体协调中，盐起着制衡作用呢！”

奈莫艇长止住了，在平台上走了几步，又回到我身边说：“至于纤毛虫，这些几十亿的微生物，一滴水里就有几百万个，而 80 万个才有 1 毫克重，它们的作用并非微不足道。它们吸收海水的盐分，吸取水里的固体物质，是石灰质大陆的真正制造者，它们生产珊瑚和石珊瑚！水滴要是缺乏矿物养料，就会变轻，升上海面，在那里吸收蒸发后留下的盐，变重后又沉下去，给微生物带去可以吸收的新元素。由此产生了双重的水流升降，不断运动，不断创造生命！生命比在大陆更加紧密，更加旺盛，更加无穷无尽，在大洋的所有地方都生意盎然。有人说，海洋是人的死亡因素，却对不可胜数的动物是生命因素——对我来说，也是这样！”

奈莫艇长这样说话的时候，大为变样，引起我内心异乎寻常的激动。

“因此，”他又说，“这里才是真正的生活！我将设计建立一些海洋城市，一些海底居民区。它们像‘鹦鹉螺号’一样每天早上回到海面上换空气。如果可能，就建立一些自由城市，独立的城市！不过，谁知道是否有个暴君……”奈莫艇长以一个激烈的手势结束了自己的话。然后，他直接对我说，仿佛要驱散一个不祥的想法似的：“阿罗纳克斯先生，您知道大洋有多深吗？”

“艇长，至少我知道几次重大的测量为我们提供的数据。”

“您能给我列举吗？让我在必要时核对一下。”

“有些我还记得，”我回答，“如果我没有搞错，北大西洋的平均深度是 8200 米，地中海的平均深度是 2500 米。最精确的几次测量是在南纬 35 度的南大西洋进行的，测到的深度分别是 12000 米、14092 米和 16049 米。总之，有人估计，如果海底被拉平，海的平均深度约为7000米。”

“教授先生，很好，”奈莫艇长回答，“我希望我们会给您提供更确切的数据。至于太平洋这部分地区的平均深度，我要告诉您，只有4000米。”说完，奈莫艇长就朝舱盖走去，消失在梯子下面。我跟随着他，回到大客厅。螺旋桨马上运转起来，航速表指出速度为每小时20海里。在以后的日子里，一连几个星期，奈莫艇长都很少来拜访。他的大副有规律地观测方位，我在航海图上能找到这个方位，所以我能准确指出“鹦鹉螺号”的航线。

贡塞伊向他的朋友叙述了我们那次跋涉见到的奇景。加拿大人后悔没有跟我们一起去。客厅的舷窗几乎每天都打开几小时，我们目不交睫，想洞悉海底世界的秘密。“鹦鹉螺号”的大方向是东南，深度维持在100到150米之间。但有一天，不知怎么，是心血来潮吧，“鹦鹉螺号”依靠侧翼斜面板，沿着对角线沉下海去，一直到达2000米深的水层。温度计指出的温度是4.25摄氏度。在这样的深度，看来所有纬度的水温都是相同的。

11月26日，凌晨3点钟，“鹦鹉螺号”从东经172度处越过北回归线。27日，望见了桑威奇群岛①，1779年2月14日，大名鼎鼎的库克②就是在那里遇害的。此时，我们从起点开始已经航行了4860海里。早上，当我来到平台时，在下风2海里处看到了夏威夷，那是夏威夷群岛七个岛中最大的岛。孔雀扇状珊瑚为这片海域所特有。

“鹦鹉螺号”维持在东南航向。12月1日，从东经142度处穿过赤道。同月4日，我们望见了马克萨斯群岛。我看到，离我们3海里处，南纬8度57分、西经139度32分，是奴库希瓦的马丁角，这是

---

① 桑威奇群岛，夏威夷群岛的旧称。

② 库克（1728—1779），英国航海家，他的航行促进了人们对太平洋的了解。

法属群岛中的主要海岛。因为奈莫艇长不喜欢离陆地太近，我只看到地平线上呈现的、树木葱郁的群山。

离开这些迷人的法属海岛以后，从 12 月 4 日到 11 日，“鹦鹉螺号”航行了大约 2000 海里。在 12 月 9 日和 10 日的夜里，“鹦鹉螺号”遇到一群特别爱在夜间出没的软体动物——枪乌贼，归类为头足纲，双鳃科。这些软体动物数以百万计，从温带地区向更热的地方迁移。我们透过厚水晶玻璃，观看它们利用动力唧管活动，倒着游，速度极快。“鹦鹉螺号”尽管速度很快，在这群动物中却航行了几个小时。

可以看到，穿越这段航程期间，大海不断展示最奇妙的景观，让我们赏心悦目，不仅吸引我们欣赏造物主在海洋中的杰作，而且还让我们洞悉大洋中最可怕的秘密。

12 月 11 日的白天，我一直在大客厅里埋头看书。内德·兰德和贡塞伊通过半打开的舷窗板，观看被照亮的水。“鹦鹉螺号”一动不动。它的储水罐装满了水，潜艇停在 1000 米的深处。我这时看的是让·马塞[①]吸引人的一本书《胃的奴仆》，贡塞伊过来打断了我的阅读。

“先生能过来一下吗？”他用一种古怪的声音对我说。

“有什么事，贡塞伊？”

我站起来，走去靠在舷窗前，往外看去。在明亮的电灯光中，一个黑黢黢的庞然大物一动不动，悬在水中。一个想法突然掠过我的脑际。“一条船！”我嚷道。“是的，”加拿大人回答，“一条失去控制、笔直沉没的船！”

内德·兰德没有搞错。我们面对的是一条船。断了的帆索还挂在铁柱上。船身看来完好无损，沉没应该只有几小时。三根桅杆在甲板

① 让·马塞（1815—1894），法国教育家、出版家。

上面 2 英尺的地方被砍断，表明这艘船在倾斜时被迫放弃了桅杆。但是，已经侧倒的船灌满了水，还在向左舷倾斜。甲板上有几具尸体，被绳索缠绕着，还躺在那里！我数了数有四具——四个男人，其中一个在舵旁站着——还有一个女人，一半露出在艉楼甲板天窗之外，怀里抱着一个孩子。这个女人很年轻。我能看清她的脸容被“鹦鹉螺号”的灯光照得雪亮，海水还没有使之腐烂。她使出最大的力气，把她的孩子高举过头，可怜的小家伙用手臂抱住母亲的脖子！水手们在痉挛中扭成一团，做出最后的努力。唯有舵手更为沉静，面容清晰而严肃，花白的头发贴在额头上，痉挛的手紧握舵轮，似乎依然驾驶着沉没了的三桅帆船，穿过大洋的深处！

多么悲惨的景象啊！我们默默无言，心房怦然乱跳，面对这海难现场，可以说，是在最后一刻拍摄下来的！我已经看到，在人肉诱饵的吸引下，红了眼的巨大鲨鱼游过来了！

“鹦鹉螺号”围着沉船绕了一圈，往前驶去，刹那间，我看到船后面的牌子：

森德兰，佛罗里达。

十九 瓦尼可罗岛[①]

12 月 11 日，我们看到了波莫图群岛，从前叫布干维尔，是个“危险的群岛”，在南纬 13 度 30 分到 23 度 50 分、西经 125 度 30 分到 151 度 30 分之间，从东南偏东延伸到西北偏西，有 500 海里的范围。这个群岛的面积有 370 平方法里，由六十来座海岛组成。这些海岛都是石灰质珊瑚岛。在珊瑚虫的作用下，海岛缓慢而不断地隆起，有朝一日会连成一片。新岛以后又和附近的群岛连成一块，第五个大陆就会从新西兰和新喀里多尼亚延伸到马克萨斯群岛。

那天，我在奈莫艇长面前大谈这个理论时，他冷冷地回答我：“地球上需要的不是新大陆，而是新人！”巧的是，“鹦鹉螺号”正好驶往克莱蒙特－托内尔岛，这是群岛中最有意思的一个岛，1822 年由“密涅瓦女神号”的船长贝尔发现。

于是我可以对产生大洋这些海岛的石珊瑚体系进行研究。必须小心，不要把石珊瑚和一般珊瑚混淆起来，石珊瑚有一层石灰硬壳的质地，其结构变化使我的名师米尔纳－爱德华先生把它们分为五种。给珊瑚骨分泌液体的微生物，数以十亿计地生活在它们的细胞中。正是石灰质的沉淀物变成了岩石、暗礁、小岛和海岛。

---

① 瓦尼可罗岛，即美拉尼西亚岛，在大洋洲，属于所罗门群岛。

“鹦鹉螺号”重新回到海面以后，我可以全景饱览这个低矮的、树木苍翠的克莱蒙特－托尔内岛。很明显，珊瑚石在龙卷风和风暴作用下变成沃土。土里混有腐烂的鱼和海草，形成腐殖质，某一天，被风暴从邻近地区刮来的种子落在上面。一只椰子随波逐流，来到这个新海岸。胚芽生了根。小树长大了，可阻止水汽蒸发。小溪诞生。植物越来越茂盛。攀附在被拔起的树干上的微生物、虫子、昆虫，从上风处的海岛上飘来。海龟到这里来产卵。鸟儿到树上来筑巢。这样，动物的生活发展起来，人受到绿树和沃土的吸引，也出现了。这些海岛是这样形成的，它们是微生物浩大的作品。

将近傍晚，克莱蒙特－托尔内岛消失在远方，“鹦鹉螺号”的航线也发生明显变化。在东经135度处抵达南回归线以后，潜艇朝西北偏北方向驶去，又回到热带地区。尽管夏天烈日炎炎，我们却一点不热，因为是在水下三四十米，温度不超过10至12摄氏度。

12月15日，我们从东面掠过诱人的社会群岛和太平洋上的王后、妩媚迷人的塔希提岛。早上，我在下风几海里处看到这个岛高耸的顶峰。

“鹦鹉螺号”已航行了8100海里。汤加－塔布群岛是“阿尔戈号”“亲王港号”和“波特兰公爵号”的船员遇难的地方，航海家群岛是拉彼鲁兹[①]的朋友朗格勒船长被害之处。“鹦鹉螺号”从这两个群岛之间驶过时，计程仪显示的数字是9720海里。随后看到维提群岛，那里的土著人杀死了“聪明号”的水手和“可爱的约瑟芬号”的船长、南特人比罗。塔斯曼[②]是在1643年发现这个群岛的，同一年，托里切利发明了气压计，路易十四登上了王位。随后，库克在1714年，

① 拉彼鲁兹（1741—1788），法国航海家。

② 塔斯曼（1603—1659），荷兰航海家。

昂特勒卡斯托在1793年，杜蒙·杜维尔在1827年，搞清了这个群岛混乱的地理状况。

“鹦鹉螺号”驶近怀莱亚湾，这是迪荣船长进行可怕冒险的舞台，他第一个搞清拉彼鲁兹遇难的秘密。这个海湾盛产上好的牡蛎，我们捕捞了好几次，在桌子上打开牡蛎就吃，毫无节制。如果不是遭到多次破坏，牡蛎将会充满海湾，因为有人计算，一只牡蛎就能产200万颗卵。

12月25日，“鹦鹉螺号”在新赫布里底群岛[①]中航行，盖罗在1606年发现了这个群岛，布干维尔在1768年进行开发，库克给了它现在这个名字。这个群岛由九个岛组成，构成一条从西北偏北到东南偏南的120法里长的带子。我们从奥鲁岛附近经过，这时正是中午，我觉得这个岛看起来像一大片翠绿的树林，一座高山屹立其上。这一天是圣诞节。

12月27日早上，奈莫艇长走进大客厅，我已经有一星期没有见到他了，他的神态总是像刚刚离开你5分钟的样子。我正在地球平面球形图上确认“鹦鹉螺号”的航行路线。艇长走到近前，将一只手指按在地图的一个点上，只说了一句：“瓦尼可罗。”

这个名字有魔力。这是拉彼鲁兹的船队失事处的一些小岛的名字。我登时站起来，说：“‘鹦鹉螺号’把我们载到瓦尼可罗岛了吗？”“是的，教授先生。”艇长回答。“我能看看这些有名的海岛喽？‘罗盘号’和‘星盘号’就是在那里撞毁的。”“随您高兴，教授先生。”“我们什么时候到达瓦尼可罗岛？”“我们已经到了，教授先生。”

我登上了平台，奈莫艇长跟在后面。东北方向有两个大小不等的火山岛，被周长40海里的珊瑚礁环绕着。我们正对着那个瓦尼可罗

---

① 新赫布里底群岛，今称瓦努阿图群岛。

岛，杜蒙·杜维尔硬要将它称为探索岛。我们恰好面对瓦努小港湾，它处于南纬 16 度 4 分、东经 164 度 32 分。岛上好像披上了绿装，从海滩到岛内的山顶，高达 476 图瓦兹的卡波戈峰凌驾其上。

“鹦鹉螺号”经由一条狭窄航道，穿过岩石组成的外环带，来到防波堤内。在葱绿的红树的树荫下，我看到几个土著人，在我们靠近时显出大为吃惊的表情。这时，奈莫艇长问我是否知道拉彼鲁兹遇难的情况。

“只是人所共知的事，艇长。”我回答他。

“您能告诉我人所共知的那些事吗？”他用带点讥讽的口吻问我。

我把杜蒙·杜维尔最后的著作所披露的情况告诉他，简略说来如下：拉彼鲁兹、他的大副、兰格尔船长，于 1785 年受路易十六派遣，完成一次环球航行。他们登上“罗盘号”和“星盘号”三桅帆船，一去不复返了。

1791 年，法国政府对两条三桅帆船的命运感到担忧，装备了两条大补给舰“探索号”和“希望号”，在布吕尼·德·昂特勒卡斯托的指挥下，9 月 28 日，离开了布雷斯特。两个月后，从“阿伯马尔号”舰长，名叫鲍恩的这个人的陈述得知，沉船的残骸在新乔治亚海岸被发现了。但是德·昂特勒卡斯托不知道这个消息——况且也不可靠——向海军部群岛驶去，在亨特艇长的一份报告中，这儿被指定是拉彼鲁兹遇难的地方。

他的寻找是徒劳的。“希望号”和“探索号”甚至经过瓦尼可罗岛也没有停留，总之，这次航行非常不幸，因为它使德·昂特勒卡斯托、他的两个副手和船上的好几个水手付出了生命。

第一个找到遇难者的踪迹的，是太平洋航线的老手迪荣船长。1824 年 5 月 15 日，他的船“圣帕特里克号”经过新赫布里底群岛中的蒂科皮亚岛。一个印度水手驾着一只独木舟，靠近他，卖给他一把

银柄剑，上面有刻字。这个印度水手还说，6年前，他在瓦尼可罗岛住过，他看见两个欧洲人，是多年前在这个岛的暗礁遇难的船只上的水手。

迪荣推测，这是拉彼鲁兹的两条船，它们的失踪曾经震惊全世界。他想去瓦尼可罗岛，据印度水手说，那里有很多沉船的残骸，但是风向和水流妨碍了他前行。迪荣回到加尔各答。在那里，他设法让亚细亚公司和印度公司对他的发现感兴趣。一条名为“探索号”的船归他使用，在一个法国官员的陪同下，他们于1827年1月23日出发。

“探索号”在太平洋的几个地方停泊过，1827年7月7日，在瓦尼可罗岛停靠在瓦务这个同样的避风港，“鹦鹉螺号”此刻就在这里抛锚。迪荣在这里搜集到不少沉船遗物，有铁制的厨房用具、滑车绳索、几门臼炮、天文仪器残片等，还有一口铜钟，上面刻着“巴赞为我制造的”，这是1785年布雷斯特海军造船厂的标记。因此，不可能再有怀疑。

迪荣为了搜集到更多的情况，在出事地点待到10月。然后，他离开瓦尼可罗岛，驶往新西兰。1828年4月7日，在加尔各答停靠，再返回法国，受到查理十世的热烈迎接。但这时杜蒙·杜维尔不知道迪荣的作为，已经出发，到别的地方寻找海难地点。实际上，人们从一条捕鲸船的报告得知，在路易西亚德群岛和新喀里多尼亚岛的土著人手中找到一些勋章和一枚圣十字架。

“星盘号”船长杜蒙·杜维尔就这样出了海，在迪荣离开瓦尼可罗之后两个月，他在霍巴特城[①]停靠。在那里，他得知迪荣获得的成果，另外，他获悉加尔各答“联盟号”上名叫詹姆斯·霍布斯的大副，曾经在位于南纬8度18分、东经156度30分的一个岛上登陆，

---

① 霍巴特城，澳大利亚塔斯马尼亚的港口。

看到过这一带海域的土著使用的铁条和红色衣料。杜蒙·杜维尔相当困惑，不知道是否要相信那些不可信的报纸的报道，于是决定去追寻迪荣的踪迹。

1828年2月10日，“星盘号”出现在蒂科皮亚岛，请了一个待在岛上的逃兵当向导和翻译，驶向瓦尼可罗岛。2月12日，他们看到了这个岛，沿着暗礁航行到14日，20日才停泊在瓦努避风港防波堤内。23日，好几个高级船员在岛上转了一圈，带回来几件不太重要的遗物。土著一问三不知，拒绝带他们去出事地点。这种做派十分可疑，使人相信他们虐待过遇难者，他们也确实担心杜蒙·杜维尔是来替拉彼鲁兹和他不幸的同伴们报仇的。

但在26日，土著得到了礼物，也明白不要担心任何报复，便下了决心，带领大副雅吉诺先生去沉船地点。到了那儿，在帕库和瓦努暗礁之间三四法寻[①]的水下，躺着锚、大炮、压舱铁和压舱铅。“星盘号”的小船和捕鲸小艇划向这个地方，船员们费了好大的劲，才把一只重900千克的锚、一尊80毫米口径的铸铁炮、一块压舱铅和两门铜臼炮捞上来。杜蒙·杜维尔还从土著那里打听到，拉彼鲁兹在这个岛的暗礁上失去两条船后，造了一条较小的船，结果又沉没了……

“星盘号”的船长于是让人在一丛红树下立了一块碑，纪念这位著名的航海家和他的同伴。这是一个普通的四角锥形建筑，坐落在一个珊瑚礁座上，上面没有任何铁器会引起土著的贪婪之心。然后，杜蒙·杜维尔打算起航，可是他的船员们都染上了这些不卫生的海岸的热病，他自己也病得很重，直到3月17日才能起航。

这期间，法国政府担心杜蒙·杜维尔不知道迪荣的工作情况，将勒果阿朗·德·特罗默兰指挥的“巴约内兹号”三桅帆船派到瓦尼可

① 法寻，法国旧时的水深单位，1法寻约合1.6米。

罗，这艘船正停在美洲西海岸。“巴约内兹号”在“星盘号”出发后几个月才停靠在瓦尼可罗，但证实了土著人尊重拉彼鲁兹的陵墓。

这就是我对奈莫艇长讲述的故事的主要内容。

“这么说，”他对我说，“还不知道在瓦尼可罗岛建造的第三条船在哪里失事？”

“没人知道。”

奈莫艇长什么也没说，示意让我跟着他到大客厅。“鹦鹉螺号”潜入海面下几米的地方，舷窗板打开了。我朝玻璃窗冲过去，在覆盖着蕈（xùn）类、管状等植物的下面，我认出一些拖网无法打捞上来的残骸，所有的东西都来自遇难船只，如今长满了活生生的植物。

正当我注视着这些凄凉的残骸时，奈莫艇长用严肃的声音对我说：“拉彼鲁兹船长是在 1785 年 12 月 7 日率领‘罗盘号’和‘星盘号’出发的。他首先停泊在植物学湾[①]，访问了朋友群岛、新喀里多尼亚岛，再转向圣克鲁斯群岛，在哈帕伊群岛中的纳穆卡岛停靠。然后，这两条船来到瓦尼可罗岛无人知晓的暗礁。‘罗盘号’行驶在前面，在南岸搁浅。‘星盘号’赶来救援，同样搁浅。第一艘船几乎在瞬间被毁掉。第二艘船在下风的沙滩上搁浅，坚持了几天。土著给了遇难者相当好的款待。遇难者被安顿在岛上，他们用两条大船上的东西建造了一条较小的船。有几名水手自愿留在瓦尼可罗岛。其余人，体弱的，生病的，跟着拉彼鲁兹走了。他们前往所罗门群岛，结果在这个群岛主岛西岸的失望岬和满意岬之间船毁人亡！”

“您怎么知道的？”我大声问。

“我这里有在最后出事现场找到的东西！”奈莫艇长指给我看一只白铁匣子，上面打着法国军队的印记，已经完全被盐水腐蚀。他打

---

① 植物学湾，澳大利亚东海岸的海湾。

开匣子，我看到一捆发黄的纸，但上面的字还能看得清。这是海军部长给拉彼鲁兹的指示，旁边空白处有路易十六的御批！

奈莫艇长说：“这座珊瑚墓是一座安静的坟墓，但愿我的同伴和我永远不会有别的坟茔（yíng）！”

二十　托雷斯海峡

12 月 27 日至 28 日的夜里，“鹦鹉螺号”以高速离开瓦尼可罗的海域。它的行驶方向是西南，在三天内，穿越了 750 法里，从拉彼鲁兹遇难的群岛来到巴布亚的东南角。

1868 年 1 月 1 日，一大清早，贡塞伊就到平台上和我相会，祝我新年好，随后我们俩谈起对留在艇上的看法——我们都愿意留下。

1 月 2 日，从日本海的出发点算起，我们已经行驶了 11340 海里。“鹦鹉螺号”的艏柱前面，延伸着澳大利亚的东北海岸珊瑚海的危险海域。我们的潜艇往前行驶，离这可怕的暗礁有几海里。1770 年 6 月 10 日，库克的那些船撞上暗礁，险些失事。船之所以没有沉没，是因为被撞下来的那块珊瑚正好插进了被撞开的船身中。我渴望看看这个 360 法里长的暗礁。但这时，“鹦鹉螺号”的斜面板把我们带往深处，我根本看不到这些高耸壁立的珊瑚。

1 月 4 日，我们看到了巴布亚海岸。奈莫艇长就此告诉我，他想通过托雷斯海峡去印度洋。内德高兴地看到，这条航路使他重新接近欧洲海域。托雷斯海峡被看作危险地带，有耸起的暗礁，居住在那里的土著人常常出没在海岸上。这个海峡将新荷兰和巴布亚的一个名叫新几内亚的大岛分开。

中午，大副测量太阳高度时，我望见了阿尔法勒克斯的顶峰，高处有平地，几座尖峰收尾。这片土地是葡萄牙人弗朗西斯科·塞拉诺在1511年发现的，相继来过的人有布干维尔、库克、杜蒙·杜维尔……德·里昂齐说过："占据整个马来西亚的是黑人家庭。"我并不怀疑，这次航行说不定会把我带到可怕的安达曼人[1]面前。

"鹦鹉螺号"来到地球上最危险的海峡入口，这是连最大胆的航海家都不太敢穿越的海峡。路易·帕兹·德·托雷斯从南边的大海回来时，在美拉尼西亚[2]面对的就是这个海峡。1840年，杜蒙·杜维尔的两条三桅船在那里几乎搁了浅，船毁人亡。"鹦鹉螺号"避开了海上的一切危险，如今就要见识这些珊瑚暗礁了。

托雷斯海峡宽约34法里，但被无数的海岛、小岛、岩礁和岩石阻挡，使得航行几乎不可能。"鹦鹉螺号"在海面上航行，中速前进。螺旋桨像条鲸鱼尾巴，缓慢地拍打海水。我的两个同伴和我，利用这种局面，待在始终空无一人的平台上。我们面前突起的是舵手的驾驶室。我说没有人要么是搞错了，要么奈莫艇长大概在那里面，亲自指挥他的"鹦鹉螺号"。

我眼前有几幅非常好的托雷斯海峡图，是河海测量工程师万桑东·杜莫兰和海军中尉——如今是海军司令——库旺-德布瓦测量、绘制的。杜蒙·杜维尔最后一次环球航行时，这两个人都属于他的参谋。再加上金船长[3]绘制的那些海图，这就是弄清这个狭窄通道麻烦的最好的地图了。在"鹦鹉螺号"周围，大海怒涛翻腾。海水从东南向西北以每小时2.5海里的速度流去，拍击在这儿、那儿露出海面的珊瑚礁上。

---

① 安达曼人，居住在孟加拉湾安达曼群岛上的居民。

② 美拉尼西亚，太平洋岛屿的总称，名称出自希腊文，意为"黑人群岛"。

③ 金船长，威廉·派克·金（1793—1856），英国海员。

“这个该死的艇长，”加拿大人说，“得对航线非常有把握才行，因为我看到那边有一堆堆珊瑚礁，只要撞上了，就会把艇身撞成碎片！”

确实险象丛生，但是“鹦鹉螺号”仿佛有魔法一样，在这些峥嵘的暗礁中穿梭而过。它没有准确地按照“星盘号”和“泽莱号”的航线行驶，这条航线对杜蒙·杜维尔来说是致命的。它更往北一些走，沿着穆雷岛，又返回西南，向肯伯兰通道驶去。然后它又往西北上溯，穿过一大群不知名的海岛和小岛，朝通德岛和莫韦海峡驶去。随后，奈莫艇长第二次改变航向，笔直往西，朝格博罗阿尔岛驶去。

这时是下午3点钟。海浪汹涌，潮水近乎涨满。“鹦鹉螺号”驶近这个岛，对岛上那片引人注目的班达树林，我至今仍历历在目。我们沿岛航行不到2海里时，突然，“鹦鹉螺号”触到一个暗礁，它一动不动了，有点向左倾斜。奈莫艇长和他的大副在平台上察看潜艇的状况，用让人难以理解的方言交换了几句。

情况是这样：在右舷2海里处，是格博罗阿尔岛，岛的海岸从北到西成弧形，仿佛一条巨大的手臂一样。在南面和东面，已经因退潮而露出几处珊瑚礁头部。我们在正当中搁浅。在潮水不大的海域里，这是很令人挠头的。不过潜艇没有遭到任何损坏。但是，虽然它不会沉底，也不会裂开，却会非常危险地永远搁浅在暗礁上。

奈莫艇长走了过来。他冷漠、沉静，总是能控制自己，既不显得激动，也不显得气恼。

“一次事故？”我问他。

“不，小事一桩。”他回答我。

“不过，”我反驳说，“这件小事，也许会使您重新变成您想逃离的这片陆地的居民呢！”

奈莫艇长神态古怪地望着我，做了个否定的手势。接着他说：

“再说，阿罗纳克斯先生，‘鹦鹉螺号’并没有遇险。它还会把您载到大洋的奇妙事物中间。我们的航行才刚刚开始，我不希望这么快就失去和您做伴的荣幸。”“但是，”我又说，没有反击他嘲弄人的语气，“‘鹦鹉螺号’是在海水涨潮的时候搁浅的。太平洋的潮水不大，如果您不能减轻‘鹦鹉螺号’的负荷，我看不出潜艇怎么能脱浅。”

“太平洋的潮水是不大，您说得对，”奈莫艇长回答我，“可是，在托雷斯海峡，在涨潮和退潮之间却有1.5米的落差。今天是1月4日，过五天月圆。如果这个乐于助人的卫星不让海水升得足够高，不帮我这个忙，我会非常奇怪，我只想得到卫星的帮助。”说完，奈莫艇长又下到“鹦鹉螺号”里面。至于潜艇，则不再前行，一动不动，仿佛珊瑚虫用它们不可摧毁的胶结物，已经把它粘住了一样。

“先生，怎么样？”内德·兰德在艇长走后走近我，对我说。

“不怎么样！内德老弟，我们静等9日的海潮吧，因为看来月亮会好意让我们重新漂浮在波涛上。”

“艇长难道不会在大海里抛锚，调整导航系统，千方百计脱离险境吗？”

“因为涨潮就会足够了！”贡塞伊简简单单地回答。

加拿大人瞅着贡塞伊，然后耸耸肩。“先生，”他反驳说，“您可以相信我，这个铁家伙再也航行不了了，只能论斤卖掉。因此我想，和奈莫艇长不辞而别的时候到了。”

“内德老弟，”我回答，“我不像您那样，对这艘坚固的‘鹦鹉螺号’感到绝望，再过四天，我们对太平洋的海潮怎么回事就会心中有数了。再说，要是能够看到英国或者普罗旺斯的海岸，逃跑的建议还算是适当的，但是，在巴布亚的海域，就是另一回事了。如果‘鹦鹉螺号’不能脱浅，再采取这种极端措施，总是来得及的。”

“至少我们可以探探路吧？”内德·兰德又说，“这儿有一个岛。

岛上有树。树下有陆地动物，那么就有牛排和烤牛排，我很想大快朵颐。”贡塞伊说：“我赞成他的意见。先生能不能让奈莫艇长把我们送到陆地上去呢？哪怕是不让我们忘掉脚踏实地的习惯呢？”

“我可以去要求，”我回答，“但是他会拒绝的。”

令我大为吃惊的是，奈莫艇长同意了我的请求，且那么潇洒，甚至没有要求我答应必须回到艇上来。

第二天，1 月 5 日，小艇去掉罩，从安放它的地方取下来，投到海里。桨就在艇中，我们只消坐好位子。8 点，我们带着枪和斧头，从“鹦鹉螺号”上下来了。大海相当平静，微风从岛上吹来。贡塞伊和我坐在桨旁边，我们使劲划起来，内德掌舵，在岩礁之间的狭窄通道中间行驶。小艇很好划，速度很快。内德·兰德止不住地高兴，像个逃出监狱的囚犯，不去想他还得回去。

“有肉啊！”他一再说，“这么说我们就要吃到肉了！真正的野味！可惜没有面包！我没说鱼不是好东西，但不应该总吃鱼啊。一块新鲜野猪肉，放在炽热的炭火上烤一烤，有多好啊。”

“真馋！”贡塞伊回答，“说得我都流口水了。”

“还得了解一下，”我说，“这些树林里是不是有很多猎物，猎物是不是大得能把猎人吓跑了。”

“好吧！阿罗纳克斯先生，”加拿大人回答，他的牙齿就像磨快了的斧子刃，“要是这个岛上没有别的四条腿动物，我就吃老虎，吃老虎的腰肉。”

“无论如何，”内德·兰德又说，“凡是四条腿、没有羽毛的动物，或者两条腿、带羽毛的动物，就要吃我第一枪。你们别担心，使劲儿划吧！用不了 25 分钟，就能给您端上一盘我做的菜。”

顺利地通过环绕格博罗阿尔岛的一圈珊瑚礁以后，8 点 30 分时，“鹦鹉螺号”的小艇轻轻地停在一片沙滩上。

二十一　陆地上的几天

我踏上陆地时，心潮澎湃。内德·兰德用脚试着踩地，仿佛要把这块土地据为己有。这里有合欢树、榕属植物、柚树等，混杂在一起。在绿荫的穹顶覆盖下，在巨大的树干根部，生长着兰科植物、豆科植物和蕨类植物。但是，加拿大人不在意这些，只追求实用的。他看到一棵椰子树，打下几只椰子，砸碎了，喝里面的椰汁和吃椰子肉，那份满意是对“鹦鹉螺号”平时伙食的抗议。

“我想，”加拿大人说，“奈莫不会反对我们带些椰子回他的艇上吧？”

“我认为不会。不过，我得说一句话，兰德师傅，”我对捕鲸手说，他正准备去乱采另一棵椰子树，“椰子是好东西，但是，在装满小艇之前，确认一下这个岛是不是出产同样有用的东西，在‘鹦鹉螺号’的厨房里，新鲜蔬菜是大受欢迎的。”

“先生说得对，”贡塞伊回答，“我建议在我们的小艇里留出三个位置，一个放水果，另一个放蔬菜，第三个放野味。”

一路上，我们说说笑笑，走进了树林阴暗的穹顶下。我们如愿以偿，幸运地找到了能吃的植物，热带地区实用的产品之一——面包树，在格博罗阿尔岛比比皆是。我主要注意无籽的品种，在马来语里叫作“里马”(Rima)。

这种树不同于其他树的地方在于，树干笔直，高约40英尺。树

冠是优美的圆形，大叶子裂成几片，在马斯卡雷涅群岛上已经移植成功。从浓密的树叶中露出球形的大果实，直径有10厘米，外表凹凸不平，呈六边形。这是大自然赐予缺乏小麦的地区的一种有用植物，它不要求培植，一年中有八个月能结出果实。

内德·兰德很熟悉这些果实。他在无数次旅行中已经吃过，知道怎么去准备里面可食用的东西。因此，看到了这种果实，便激起了他的食欲，急不可耐了。他用凸透镜点燃一堆枯枝，树枝欢快地噼啪响起来。贡塞伊捧给内德·兰德有十来个。内德把果实切成一片片，放在炭火上烤起来。过了几分钟，果实放在炭火上的部分完全碳化了。里面出现白色的面团，像柔软的面包心，有一种朝鲜蓟的味道。我吃得津津有味。

“可惜，”我说，“这种东西不能长时间保持新鲜，我看用不着大量采摘到艇上去。”

“相反，先生！用果肉做成发酵面团，可以长期保存，不会腐烂。我想食用的时候，就在艇上的厨房里煮熟，尽管它的味道有点变酸，您还会感到好吃。”内德大声说。他让贡塞伊多带一些回去。

摘完面包果，我们又去寻找水果和蔬菜了。将近中午，我们摘到了大量香蕉。这种热带地区的美味产品，一年四季都有，马来人把它叫作“皮藏”，就那样生着吃。采摘香蕉时，我们还采摘了味道很突出的雅克果、美味的杧果、大得难以置信的菠萝。收获占据了我们大部分时间，不过没有什么可后悔的。捕鲸手走在前面，他穿过树林的时候，稳健地采摘美味的水果，补全他的品种。

“总之，”贡塞伊问，“内德老兄，您什么都不缺了吧？”

“哼，所有这些水果不能构成一顿饭，”内德回答，“这是饭后吃的，是尾食。可是，汤呢？烤肉呢？”

“确实，”我说，“内德答应让我们吃上牛排，我觉得很成问题了。”

“先生，”加拿大人回答，“打猎不仅没有结束，甚至还没有开始呢。耐心点嘛！咱们最终会遇到一只飞禽或者走兽，在这里碰不上，在别的地方会碰上的……”

“可是咱们应该在天黑前回去。”我说。

“现在几点啦？”加拿大人问。

“至少是2点。”贡塞伊回答。

“在坚实的陆地上时间过得真快！”内德·兰德嚷道，遗憾地叹了一口气。于是我们穿过树林往回走，顺便从树梢上采摘了棕芽。我还认出马来人叫作“阿布鲁”的四季豆和质量上乘的薯蓣（yù），正好补充我们的收获。

我们到达小艇时，已经超载了。但是内德·兰德仍然觉得采摘的东西不够。不过命运眷顾他，正当上船的时候，他看到好几棵树，属于棕榈科。这些树和面包树一样宝贵，正确地被列入马来西亚最有用的植物之中。这是西谷椰子，一种野生植物，像桑树一样，靠自身的根和种子繁殖。内德·兰德知道对待这些树的方法。他拿起斧头，使劲抡起来，不久就将两三棵西谷椰子树撂倒在地上。他开始去掉每棵树厚1英寸的一长条树皮，树皮覆盖着网状长纤维的东西，形成分不开的结，粘成一种胶状的粉末。这种粉末就是可食用的西谷米，美拉西尼亚人主要以这种东西为食。

下午5点钟，我们满载而归。半小时后，小艇停在潜艇旁边，就在当初离开的地方。我们到达时没有人出现。把东西搬上艇以后，我下到我的房间里，看到饭已经准备好了。我吃过饭后就睡下了。

第二天，1月6日，潜艇上没有什么新鲜事。我们再次回到格博罗阿尔岛。从猎人的角度看，内德·兰德的运气比昨天好，他希望去看树林的另一边。我们在日出时上路，不一会儿就到达海岛。

内德·兰德往西海岸走去，我们涉水过了几条湍急的河，来到高

处的平地，茂密的树林环绕着这片平地。几只翠鸟沿着河流盘旋，但是不让人靠近。我断定，即使这个岛没人住，至少有人常来光顾。穿过一片相当肥沃的草地后，我们来到一片小树林边上，大批鸟在这里鸣啭，飞来飞去，林子里热闹得很。可是只有普通的鹦鹉，贡塞伊对此很不感兴趣。我们穿过一片不太浓密的矮树林，又遇到一片荆棘丛生的平地。我看到一群美丽的鸟飞起来，它们的长羽毛排列特殊，不得不迎风飞翔。它们上下起伏地飞行，在空中形成优美的曲线，还有色彩的斑驳，都给人快感，令人赏心悦目。我没有费劲就认出了它们。

"极乐鸟！"我嚷道。

"鸣禽目，直肠亚科。"贡塞伊回答。

马来人用这种鸟和中国人进行大宗贸易，为了捕获这种鸟，他们有各种方法，而我们无法使用。有时，他们在极乐鸟喜欢待的树顶上下套，有时用黏性很强的粘鸟胶，能使鸟动弹不了，他们甚至在极乐鸟常去喝水的泉水中下毒。至于我们，不得不在它们飞行时射击，这使得我们难以射中它们。

将近上午11点，我们翻过这个岛中央山脉的第一道山梁，却一只鸟也没有打死。我们饥饿难忍。十分幸运的是，贡塞伊出乎他的意料，打下一只白鸽和一只野鸽，保证了我们的午餐。

"现在，内德，您还缺什么？"我问加拿大人。

"一只四条腿的野味，阿罗纳克斯先生，"内德·兰德回答，"所有这些鸽子只不过是冷盘，是满足嘴巴的小玩意儿！因此，只要我还没有打到有排骨的动物，我就不会满足！"

"我也不满足，内德，要是我逮不到一只极乐鸟的话。"

经过1个小时的步行，我们来到一片西谷椰子林。几条不侵犯人的蛇从我们脚下溜走。极乐鸟在我们走近时躲了起来，逮不到它们我

实在失望。这时，走在前面的贡塞伊突然弯下了腰，发出一声胜利的叫声，回到我身边，带来一只美丽的极乐鸟。

“啊！棒极了！贡塞伊。”我大声说。

“先生过奖了。”贡塞伊回答。

“不，小伙子，你真有本事。活捉一只极乐鸟，而且是用手捉到的！”

“因为这只鸟像鹌鹑一样醉了。”

“醉了？”

“是的，先生，它在豆蔻树下吃豆蔻吃醉了。”

我观察这只古怪的鸟。极乐鸟确实被芬芳的汁液迷醉了，处于浑身无力的状态。它不能飞，勉强能走。

这种鸟是巴布亚和附近群岛八种鸟中最美丽的一种。这是“大翡翠”极乐鸟，最罕见的一种。身长30厘米，相对来说头比较小，眼睛长在喙旁，也很小。但是色彩变化混合得极好，喙黄色，脚爪棕色，翅膀浅褐色，但尖端紫红色，脑袋和颈后淡黄色，脖子碧绿色，肚子和前胸深栗色。两根角质、毛茸茸的网状物竖在尾巴之上，轻巧的、极其精细的长羽毛拖在尾巴上，这些颜色和羽毛使这种神奇的鸟儿整体完美无缺，当地人诗意地取名为“太阳鸟”。我非常希望能把极乐鸟这种美丽的样本带回巴黎，赠送给植物园，因为园里连一只活的极乐鸟也没有。

“这确实很罕见吗？”加拿大人问，用的是极少从艺术观点去评价猎物的猎人口气。“很罕见，我正直的同伴，尤其很难逮到活的。即使死了，这种鸟仍然是很重要的非法交易物。因此，当地人想出种种办法造假，就像造假珍珠和假钻石一样。”

“什么！”贡塞伊嚷道，“有人制造假极乐鸟吗？”

“是的。在季风时节，极乐鸟尾巴周围的美丽羽毛要脱落，造假鸟的人会搜集这些羽毛，把它们灵巧地插入事先被拔掉尾巴毛的可怜的虎皮鹦鹉身上。然后将缝合的地方染色，加以粉饰，再把这种用特殊技巧制造的产品，卖给欧洲的博物馆和收藏家。”

我得了这只极乐鸟，遂了心愿，但加拿大人的愿望仍然得不到满足。幸亏 2 点左右时，内德·兰德击倒一只挺肥的野猪，当地人称为“巴里－乌唐”，让我们得到了真正的四条腿动物的肉。

我们继续打猎，两个朋友拍打灌木丛，惊起一群袋鼠。尽管这些动物逃得很快，电光雷管还是在它们逃跑途中击倒了它们。内德狂热不已。贡塞伊告诉我们，袋鼠属于无胎盘哺乳类动物中的第一目，这些动物个头小。这是一种“兔袋鼠”，习惯于睡在树洞，速度极快。

我们对打猎的成果十分满意。欢天喜地的内德提议明天再回到这个迷人的岛上，他想把全部可吃的四条腿动物吃光。但是他没想到会出事。傍晚 6 点，我们回到海滩上。内德·兰德毫不耽搁，忙着准备晚餐。野猪排在炭火上烤着，不久就散发出香味，熏香了空气……这顿饭美味可口。

我的两个同伴都有些不够清醒了。

“今晚我们不回到‘鹦鹉螺号’上，好吗？”

“我们永远不回去，好吗？”

就在这时，一块石头落在我脚旁，打断了捕鲸手的提议。

二十二　奈莫艇长的雷击

“上船！”我边说边朝海边走去。

我们且战且退，因为20来个土著带着弓箭和投石器，出现在离我们100步左右的地方。我们的小艇停在离我们10图瓦兹的地方。土著人向我们逼近，石头和箭如雨点般落下。内德·兰德不想抛弃他的食物，尽管异常危险，他一边夹着野猪肉，另一边夹着袋鼠，动如脱兔。

我们在2分钟内来到沙滩上，把食物和武器装上小艇，将它推到海里，拿好两支桨。可我们还没有划出2链远，100个土著人大喊大叫，蹚到齐腰深的水里。我观察他们的出现是不是引起了“鹦鹉螺号”平台上船员的注意。但是没有。

20分钟以后，我们登上潜艇。

我到客厅去，从里面传出琴声。奈莫艇长俯身在管风琴上，沉醉在音乐中。我将碰到土著人的事情告诉了奈莫艇长。

“阿罗纳克斯先生，”奈莫艇长说，“即使巴布亚的所有土著都聚集在这个海滩上，‘鹦鹉螺号’也丝毫用不着害怕他们的攻击！”

艇长的手指又在琴键上驰骋起来，我注意到他只弹黑色琴键，这使他的旋律带有一种苏格兰的色彩。不一会儿，他忘记了我的存在，沉入梦幻之中。我又登上平台。黑夜已经来临，我只模模糊糊看到格博罗阿尔岛。但海滩上点燃的许多火把，表明土著不想离开这个岛。

我就这样独自待了几个钟头。随着黄道带的星星再过几小时就要照耀法国，我的思绪也飞向法国。月亮在天顶的星空中熠熠放光。于是我想，这颗忠实而又取悦人的卫星后天要来到同一位置，掀起波涛，将“鹦鹉螺号”从珊瑚礁上摆脱出来。将近午夜，我看到昏暗的波涛上和岸边树丛下一切都静悄悄的，便回到我的舱室，平静地入睡。

1月8日，早上6点钟，我又登上平台。晨雾散去，岛露了出来，先是海滩，然后是山顶。土著居民始终在那里，人数比昨天更多。有些人利用退潮，前进到珊瑚礁顶上，离“鹦鹉螺号”不到2链。这是真正的巴布亚人，身材魁梧，天庭饱满，鼻子虽大，但并不扁平，牙齿雪白。蓬松的鬈发染成红色，黝黑发亮的身体与努比亚人形成对照。耳垂被割开，吊着骨串。这些野蛮人一般赤身裸体。他们中间有几个女的，从胯部到膝盖穿着草编的裙子，用一条植物腰带系着。有些首领脖子上戴着月牙形饰物和红白两色玻璃珠项链。几乎所有人拿着弓、箭和盾牌，肩上挎着一种网袋，里面装着圆石。

首领之一相当靠近“鹦鹉螺号”，他应该是地位很高的“玛多”，因为他披着一张用香蕉叶做成的席子，边上呈锯齿状，鲜艳的颜色使之显得突出。这个土著离我很近，我可以轻而易举地把他击倒，但我想，最好等待真正出现敌对的行动。

在欧洲，人和人相遇时，欧洲人不攻击，以还击为上策。在退潮的整段时间里，这些土著在“鹦鹉螺号”附近徘徊，但是他们没有闹闹嚷嚷，我听到他们经常重复的一个字“阿塞”，从他们的手势我明白，他们邀请我到陆地上去，我想还是拒绝为好。

因此，这一天，小艇没有离开潜艇，这令不能补充食物的兰德师傅大为扫兴。野蛮人在上午11点左右回到陆地，这时珊瑚礁的顶部开始消失在涨潮的波涛下面。但是我看到他们的人数在海滩上明显增

加了。他们有可能来自附近的岛，或者巴布亚本岛。可是我没有看到一条土著的独木舟。

由于没有什么更好的事可做，我就想在清澈的海水中捕捞贝类。况且，如果“鹦鹉螺号”像奈莫艇长所许诺的那样，第二天在涨潮时能漂浮起来，它在这片海域要度过最后一天了。于是我把贡塞伊叫来，他拿给我一张轻巧的小网，和捞牡蛎那种网差不多。我们俩先对野蛮人谈论了一番，贡塞伊表示野蛮人也很正直，而我认为还是要严加防范。我们卖力的捕捞进行了 2 个小时，但没有抓到任何稀罕的东西。

就在我最料想不到的时候，我的手摸到一样珍宝，我从网里取出一只贝壳，发出了一声贝类学者的喊叫。一只左旋斧蛤！这个斧蛤的螺纹不是从右向左转，而是从左向右转！

贡塞伊用颤抖的手拿起珍贵的贝壳：“我可是从来没有这样激动过！”也确有激动的理由！众所周知，右旋是一种自然规律。天体和它们的卫星，无论是公转还是自转，都是从右到左。人更多用的是右手而不是左手，因此，人的工具和器械、扶梯、锁、钟表的发条等，都是以使用起来从右到左这样一种原则制造的。除了罕见的例外，贝壳的螺纹都是右旋的。偶尔碰上螺塔左旋，收藏家会以黄金的重量来购得。

我们沉浸在观赏我们的珍宝之中，我打算用它来丰富博物馆的馆藏呢，这时，不幸的是，一块土著扔过来的石头砸碎了贡塞伊手中的宝物。我发出绝望的喊声！贡塞伊扑向他的枪，瞄准一个离他 10 米远、正在摆弄投石器的野蛮人。我想阻止他，但是他已经开枪，打碎了土著人胳膊上面吊着的护身符。

“啊！无赖！”贡塞伊嚷道，“我宁愿他打碎我的肩膀！”

贡塞伊是真心实意的，但是我不同意他的想法。这时，有 20 来

条独木舟围住了“鹦鹉螺号”。这些独木舟是用掏空了的树干制作的，这树干狭长，适宜于行驶，靠浮在水面上的两根竹子摆杆保持平衡。划船的人半裸而灵巧，看到他们划过来我不免担心。所以必须阻止这种亲近。我们的武器爆破声不大，对这些土著只能产生轻微的效果。没有雷霆的滚动声，霹雳也不怎么吓人，虽然危险是在闪电中，而不是在雷声里。这时，那些独木舟更靠近“鹦鹉螺号”了，箭如乌云般落向潜艇。

“必须通知奈莫艇长。”我说着进了舱口。

我来到客厅，找不到人。我大着胆子敲艇长的房门，里面应了一声“请进”。我走了进去，看到艇长正埋头于计算中，面前全是 X 和其他代数符号。

“我打搅了您吧？”我有礼貌地问。

“确实如此，阿罗纳克斯先生，”艇长回答我，“但我想，您有要紧的事来见我吧？”

“很要紧的事。土著的独木舟围困了我们，几分钟后，我们准定受到几百个土著人的攻击。”

“那么，先生，把舱盖关上就足够了。这再简单不过了。”

他按了一下电钮，把命令传达给值班水手。

“办妥了，先生，”过了一会儿，他对我说，“您不必害怕，连你们驱逐舰的炮弹都不能损坏的钢铁壁垒，这些先生打穿得了吗？”“打穿不了，艇长，但是仍然存在一个危险。就是，明天，在同样时间，必须打开舱盖给‘鹦鹉螺号’换空气……可是，如果这时巴布亚人占据了平台，我看不出您有什么办法阻止他们进来。”“那么，让他们上来吧。说到底，这些巴布亚人，是些可怜虫，我不希望，我来访格博罗阿尔岛，要让哪怕一个不幸的人付出生命！”

听他说完，我正要告退，但奈莫艇长留住我，请我坐在他身边。

他兴味盎然地问我到陆地探索的情况，问我们的打猎如何，好像不能明白为什么吃肉会使加拿大人那么激动。虽然奈莫艇长不比以前更好相处，却显得更亲切了。除了别的事，我们还谈到“鹦鹉螺号”的现状，潜艇搁浅的这个海峡，正是当年杜蒙·杜维尔险些出事的地方。由此引起他的一段话：

“这个杜维尔是你们伟大的，也是你们最聪明的航海家！他是你们法国人的库克船长。不幸的学者！他挑战过南极的大浮冰、大洋洲的珊瑚礁、太平洋的野蛮人，却悲惨地死在火车里！如果这个强有力的人在生命的最后时刻能够思索，您想他最后思考的应是什么？”

这样说着，奈莫艇长显得很激动，我把这种激动看作积极进取的表现。然后，我们拿起海图，重温这位法国航海家的业绩，他的环球旅行，那两次导致发现阿黛利陆地①和路易－菲利普陆地的尝试，最后是他在大洋洲主要海岛进行的水文测量。

“你们的杜维尔在海上所做的事，”奈莫艇长对我说，“我在海底下也做了，我做得更容易，比他更全面。‘星盘号’和‘泽莱号’受到风暴的不断颠簸，而‘鹦鹉螺号’是一间安静的办公室，是大海中真正的居所！”

“但是，艇长，”我说，“在杜蒙·杜维尔的两艘三桅船和‘鹦鹉螺号’之间，有一点相似之处。就是‘鹦鹉螺号’像它们一样搁浅了！”

“先生，‘鹦鹉螺号’没有搁浅，”奈莫艇长冷冷地回答我，“‘鹦鹉螺号’就是为了能够停在海床上而专门制造的。杜维尔想要让他的三桅船浮起来，必须费尽心机和竭尽所能，我却不用这样做。‘星盘

① 阿黛利陆地，在南极洲东部，杜维尔在1840年发现，后以他妻子的名字命名。

号'和'泽莱号'差点遇难，我的'鹦鹉螺号'却安然无恙。明天，在说好的日子，说好的时间，潮水会使它安然地浮起，它会重新穿洋过海。"

"艇长，"我说，"我不怀疑……"

"明天，"奈莫艇长站起来，又补上一句，"明天，下午2点40分，'鹦鹉螺号'会漂浮起来，完好无损地离开托雷斯海峡。"这句话说得很干脆，奈莫艇长微微弯一下腰，这是示意我离开，于是我回到自己的房间。我在房间里看到了贡塞伊，他很想知道我和艇长会面的结果。我告诉他：相信艇长，安心睡觉。

贡塞伊走后，我躺下睡觉，但难以入眠。我听到土著的吵闹声，他们在平台上跺脚，发出震耳欲聋的喊声。这一宿就这样过去了，船员们没有摆脱惯常的了无生气，不在乎这些野蛮人的存在，就像装甲堡垒不关心在装甲上攀爬的蚂蚁一样。

早上6点钟，我起床了。舱盖没有打开，因此潜艇内部没有更新空气，但有机会便被装满的储气罐已经启动。我在房间里一直工作到中午，也没有看到奈莫艇长。潜艇似乎没有做任何出发的准备。我又等了一会儿，然后去大客厅。挂钟指着2点30分。再过10分钟，潮水就要达到最高点，如果奈莫艇长的诺言不至于太大胆，"鹦鹉螺号"马上就要摆脱搁浅了。否则，它要离开珊瑚礁，还要等许多个月。不久，艇身可以感到震动的预兆。我听到底部珊瑚礁凹凸不平的石灰质在船壳上摩擦的吱嘎声。

2点35分，奈莫艇长出现在客厅里。

"我们就要出发了，我已下令打开舱盖。"他说。

"啊，巴布亚人呢？他们不会冲进'鹦鹉螺号'吗？"

"阿罗纳克斯先生，"奈莫艇长平静地回答，"即使'鹦鹉螺号'的舱盖开着，他们也不能轻易地进来。"

我望着艇长，说："我不明白。"

"那么，您来看看。"

我走向中央梯子。内德·兰德和贡塞伊在那里非常困惑地看着几个船员打开舱盖，而外面愤怒的喊叫声和可怕的咒骂声沸反盈天。舱盖朝外打开。二十多张凶神恶煞的脸显露出来。但是，第一个把手放在梯子栏杆上的土著，被难以形容的看不见的力量抛向后面，一面逃逸而去，一面发出可怕的喊声，乱蹦乱跳。他的十多个同伴也步了他的后尘，遭到同样的命运。

贡塞伊看得发呆。内德·兰德生性暴烈，冲向楼梯。可是，当他双手抓住栏杆时，也被掀翻了。

"真见鬼了！"他嚷道，"我遭到雷击了！"这句话使我茅塞顿开。这不再是栏杆，而是一根金属电缆，接通了潜艇上的电，通到平台。谁接触到它都会感到强烈的打击——要是奈莫艇长把潜艇上所有的电都通到这根导体上，这种打击是能致命的。真可以说，在攻击者和他之间，他张开了一道电网，谁都不会不受惩罚地通过。

惊慌失措的巴布亚人被打退了，他们恐惧万分。我们呢，半开玩笑地去安慰可怜的内德·兰德，给他按摩，他像个被魔鬼附身的人那样咒骂着。这当儿，"鹦鹉螺号"被最后的涌浪抬了起来，离开了珊瑚礁的凹槽，正好在艇长确定的 2 点 40 分。螺旋桨缓慢而稳当地拍打海水，速度逐渐加快。潜艇在洋面上航行起来，安全无虞地甩开了托雷斯海峡的危险通道。

二十三　强制睡眠

第二天，1月10日，“鹦鹉螺号”又在水面下航行了，不过速度惊人，我估计每小时不低于35海里。螺旋桨的速度快得我跟不上它的旋转。我想，这神奇的电力给予“鹦鹉螺号”动力、热和光，把它变成一个圣约柜[①]，任何冒犯它的人一触到它，无不受到电击。

我们直接往西驶去，1月11日，我们绕过位于东经135度、北纬10度的韦塞尔角。暗礁仍然很多，不过分布得比较稀疏，“鹦鹉螺号”很容易避开左舷那边的莫尼暗礁，右舷那边的维多利亚暗礁。

1月13日，到达帝汶岛海面。但帝汶岛只在中午大副测量方位时稍纵即逝。从罗地小岛开始，“鹦鹉螺号”改变航向，朝西南方行驶。这个海角面向印度洋。过了卡捷礁、海伯尼亚礁、塞林加帕坦礁、司各特礁这些陆地和海洋相争的最后据点，1月14日，我们就远离陆地了。

在这段航行里，奈莫艇长在不同深度、不同水温中做着有趣的实验。在一般情况下，即使用相当复杂的仪器获得的测量数据，也至少值得怀疑，因为温度探测器的玻璃往往在水压下会破碎，而有的仪器则根据通电流的金属抵抗的变化来测定。这样获得的结果不能充分检

---

① 圣约柜，古代希伯来人的藏经柜。

验。相反，奈莫艇长亲自到深海去测量温度，他的温度计和各层海水接触，马上准确地显出研究度数。

就这样，有时靠往储水罐注水，有时靠侧翼倾斜下沉，“鹦鹉螺号”相继下到3000米、4000米、5000米、7000米、9000米和10000米的深度，这些实验的最后结果是：在不同纬度，1000米深处的海水是恒温的，温度为4.5摄氏度。

我以最强烈的兴趣关注着这些实验。我往往寻思，他做这些观察目的何在？为了让人类利用吗？这不可能，因为有朝一日，他的工作会随着他一起葬身在不知哪片海里！除非他把实验的结果留给我。但这就得承认，我这次古怪的旅行会有一个期限，而这个期限，我还没有看到尽头。无论如何，奈莫艇长也让我知道了他所获得的数据，这些数据形成了地球主要海洋水密度的报告。从给我信息这件事中，我得出个人的教诲，这与科学无关。

1月15日上午，我和艇长在平台上溜达，他问我是不是知道海水的不同密度。我说不知道，还说，这方面科学缺乏严格的观察。

“这些观察我已经做过了，”他对我说，“我可以肯定这些观察的可靠性。”“好，”我回答，“但是‘鹦鹉螺号’是一个特殊的世界，艇上学者的秘密传不到陆地。”

“您说得对，教授先生，”沉默了一会儿以后，他对我说，“这是一个特殊世界，它和陆地格格不入，就像太阳周围和地球相伴的那些行星和地球不相干那样，地球上的人永远看不到土星或者木星上的学者们的研究。但是，既然命运把我们这两个生命连在一起，我可以把我的观察结果告诉您。”

“我洗耳恭听，艇长。”

“教授先生，您知道海水比淡水密度大，但海水密度不是处处一样的。事实上，如果我把淡水的密度用1来表示，大西洋海水的密度

就是 1.028，太平洋海水的密度是 1.023，地中海海水的密度是 1.030，爱琴海海水的密度是 1.018，亚得里亚海海水的密度是 1.029……”可以断定，“鹦鹉螺号”没有躲开欧洲船只经常往来的海域，我得出结论，他会带我们去——也许过不了多久——更加文明的大陆。我想，内德·兰德自然而然会满意地知道这个特殊情况。

有几天，我们就在各种实验中度过，有关于不同深度的海水含盐度，有关于海水带电的情况，有关于海水的颜色，有关于海水的透明度。然后，有好几天我又见不到他，重新在潜艇上孤单单的。

1 月 16 日，“鹦鹉螺号”似乎停在海面下只有几米处沉睡了。它的电器没有开动，螺旋桨一动不动。于是，我的两个同伴和我目睹了有趣的一幕。客厅的舷窗护板打开了，由于“鹦鹉螺号”的舷灯没开，海水一片朦朦胧胧。我在这种条件下观察海里，最大的鱼在我看来也是影影绰绰的。这时，“鹦鹉螺号”内部突然转到大放光明。我起先以为舷灯又点亮了。原来我搞错了。

“鹦鹉螺号”漂浮在一层被磷光照亮的海水里。它来自不可胜数的发光微生物，在闪光潜艇的金属壳上滑动，增加了亮度。于是我发现，发亮的海水中的光就像熔炉里化了的铅水，或者白热化的金属块。这样，在对比之下，某些明亮的部分在火红之中反倒显得阴暗，而一切阴暗似乎应该从火红中排除出去。这种光，你会觉得有生命！

其实，这是一群深海纤毛虫、粟粒状夜光虫，它们是真正的半透明小水母球，拥有极细的触角，30 立方厘米的水里竟能容纳 25000 个。由于水母、海星、海月水母、海笋和其他发磷光的植形动物所特有的光，光亮加倍增强。这类植形动物浸透了被海水分解的有机物油脂，或许还浸透了鱼分泌出来的黏液。

“鹦鹉螺号”几小时漂浮在这种发光的水里。看到大型海洋动物，比如蝾螈，在水里嬉戏，我们的赞赏增加了。在这片不燃烧的火中，我看到优雅而动作迅速的鼠海豚，它们是海洋中不知疲倦的丑角；有3米长的剑鱼，它们是风暴的聪明预言家，巨大的剑鳍有时触碰到客厅的舷窗玻璃。然后出现的是较小的鱼，各种鳞豚、鲭鱼、狼鱼，以及其他上百种的鱼，它们游过这片发光的水域时，划出一道道水纹。

在几米下的深度，“鹦鹉螺号”在平静的水中安然漂荡。我们这样前进，不断被新的奇景所陶醉。贡塞伊在观察植形动物、节肢动物、软体动物和鱼，并对它们进行分类。一天天很快过去，我不再计算。内德按照他的习惯，竭力改换潜艇的日常伙食。我们成了真正的蜗牛，只得待在我们的壳里。我们觉得这样的生活很清闲，很好过，我们不再想象存在一种和地球陆地上不同的生活。这时发生了一件事，使我们感到我们处境的奇特。

1月18日，“鹦鹉螺号”位于东经105度、北纬15度的海域。天气恶劣，大海风高浪急。气压计几天以来一直在下降，预示着一场风暴即将来临。

我登上平台，这时大副在测量时角。我像往常一样，等着他说出每天说的那句话。但是这一天，被另外一句话代替了，我仍然听不懂。我几乎看见奈莫艇长马上出现了，他举着望远镜，朝天际那边望去。有几分钟，艇长伫立不动，没有离开视阈（yù）封闭的那个点。随后，他放下望远镜，和大副交谈了几句话。大副似乎非常激动，他极力地克制自己，但是白搭。奈莫艇长比他能克制，仍然冷冰冰的。再说，他好像提出某些异议，大副报以确切的回应。至少，我从他们的口气和手势这样去理解。至于我，我仔细注视他们观察的方向，什么也没有发现。水天一色，清晰地混合在海平面上。

奈莫艇长从平台的这一头走到另一头，没有看我，也许是没有看见我。他步履坚定，但不像平时那样均匀。他有时停下来，双臂抱在胸前，观察着海面。在这一望无际的空间，他在寻找什么呢？“鹦鹉螺号”这时离最近的海岸也有几百海里啊!

大副又拿起望远镜，固执地瞭望天际，走来走去，不断地顿足，他的神经质般的激动和他的上司形成鲜明对照。再者，这个秘密必会真相大白，因为不久后，按照奈莫艇长的命令，机器加大了驱动力，让螺旋桨转得更快。这时，大副又把艇长的注意力吸引过去。艇长中止了走动，将望远镜对准那个指定的点。他观察了很久。我呢，受到好奇心的驱使，回到客厅，取来我平时使用的高倍望远镜。我把它靠在平台前面突出的舷灯外罩上，准备好搜索海天相接的海面。但是，我的眼睛还没有放在望远镜上，望远镜就被人从手里一下子夺走了。

我回过身来。奈莫艇长站在我前面，但我认不出他来了。他脸容大变。他的眼睛闪耀着阴沉沉的火花，深陷在皱起的眉毛下面。他的牙齿半露出来。他的身子挺直，拳头紧握，脑袋缩在肩膀之间，表现出强烈的仇恨，他整个人将这种仇恨袒露无遗。

我以为我的行为惹怒了他，但是这种仇恨不是冲着我来的，因为他没有看我，他的眼睛执着地盯住天际那个令人摸不着头脑的点。

奈莫艇长总算克制住自己，又恢复了平时的平静，他用陌生的语言对大副说了几句话，然后向我转过身来。

“阿罗纳克斯先生，”他用相当威严的口气对我说，“我要求您遵守您和我之间缔结的一个约定。现在必须把您和您的两个同伴关起来，直到我认为可以还给你们自由为止。”“您是主人，”我回答，定睛看着他，“但是我能向您提一个问题吗？”

奈莫艇长拒绝了我。我重新下到内德·兰德和贡塞伊共用的那个舱室，四名水手把我们带到我们在“鹦鹉螺号”度过第一夜的那个房间。内德·兰德提出要求，可是门在他身后关上了，算是回答。

“先生，能告诉我这是什么意思吗？”贡塞伊问我。我把刚才发生的事告诉我的两个同伴。他们像我一样惊奇，也一样莫名其妙。我陷入沉思，脑际中一直有着奈莫艇长奇怪的忧虑表情。我不能把两个合乎逻辑的想法联系在一起，我陷入了最荒唐的假设中，这时，内德·兰德的一句话让我从凝想中摆脱出来：“看！午饭都准备好了！”显然，奈莫艇长在让“鹦鹉螺号”停航时，也做出了这个吩咐。

“我们先吃午饭吧，这样谨慎点，因为我们不知道会发生什么事。”贡塞伊说。

“真倒霉，”内德·兰德说，“他们给我们吃的是艇上的老一套。”

“内德老兄，”贡塞伊顶了一句，“如果连午饭也完全免了，您会说什么呢？”这个道理把捕鲸手的非难干脆堵了回去。我们开始吃饭，大家默默不语。我吃得很少。贡塞伊总是出于谨慎，“克制着自己”，而内德·兰德不管有天大的事，照样一口也不少吃。饭吃完后，我们大家都靠在自己的角落里。

这时，囚室里那盏球形灯熄灭了，我们陷入一片漆黑中。内德·兰德很快睡着了，让我吃惊的是，贡塞伊也沉沉入睡。这时我感到自己的脑子也麻木沉重起来。我的眼睛尽管想睁开，却不由自主地闭上了。显而易见，我们刚才吃的食物里掺了催眠药！为了不让我们知道奈莫艇长的计划，把我们关起来还不够，还必须让我们睡着！

这时，我听到舱盖重新关上的声音，而使潜艇轻轻漂荡的海浪感觉不到了。我想抗拒睡意。这是办不到的。我的呼吸减弱了。我感到要命的冰冷把我沉重的、仿佛瘫痪的肢体冻住了。我的眼皮有如戴上了铅帽，盖住我的眼睛，我睁不开。充满幻觉的睡意攫（jué）住我的身体，然后，幻觉消失，我就完全一无所感了。

二十四　珊瑚王国

第二天，我醒来时头脑异常清醒。令我非常吃惊的是，我在自己的房间里。我的两个同伴大概也和我一样，在一无觉察的情况下，重新被送回他们的舱室里。这一夜发生的事，他们像我一样一无所知，为了揭开这个秘密，我指望将来能碰上机会了。

我打开门，走到纵向通道，登上中央梯子。盖板昨天已经关上，眼下是打开的。我来到平台上。内德·兰德和贡塞伊在那里等着我。我问他们，他们毫不知情。至于“鹦鹉螺号”，我们觉得像往常一样沉寂和神秘。它漂浮在海面上。艇上看来没有任何变化。

内德·兰德用锐利的眼睛观察大海，没有发现任何新东西，既没有风帆，也没有陆地。西风吹来，风刮起的长波浪使潜艇明显地颠簸。“鹦鹉螺号”更换了空气后，一直维持在水下15米的平均深度，以便能够立即返回海面。1月19日这一天，一反常态，潜艇几次这样反复运作。大副登上平台，通常那句话在潜艇内回响起来。奈莫艇长没有露面。只有那个冷漠的侍者，像平时那样准时给我送饭，一言不发。

2点钟左右，我在客厅里忙着整理笔记，这时艇长打开门走了进来，但没有说话。我重新工作，期待他也许会给我解释昨夜发生的事件。但他什么也没说，我望着他。我觉得他一脸倦容，眼睛通红，脸上显出深深的忧虑和烦恼。他走来走去，坐下又站起来；随便拿起一本书，随即放下；察看仪器，却又不像平常那样记录，似乎一刻也待不住。最后，他朝我走来，对我说："阿罗纳克斯先生，您是医生吗？"我没料到是这个问题，我盯住他一会儿，没有回答。

"您是医生吗？"他又问了一遍，"您的同事里有好几个学过医，像格拉蒂奥莱、莫坎－唐东和其他人。""确实，"我说，"我是医生，也当过住院实习医生。在进博物馆之前，我当过几年医生。"

我的回答显然令奈莫艇长满意。"阿罗纳克斯先生，"艇长对我说，"您同意给我的一名水手治疗吗？"我承认，我的心怦然跳动。我不知道为什么我看出这个水手的生病和昨天的事件之间有某种关联，而这个秘密至少和病人一样让我关心。

奈莫艇长把我带到水手舱旁边的一间舱室里。床上躺着一个40来岁的人，脸容刚毅，是典型的盎格鲁－撒克逊人。他受了伤，头上裹着被鲜血染红的纱布，枕在两只枕头上。我取下纱布，受伤的人两只大眼睛直愣愣地看着，任凭我做什么，连一声呻吟都没有。伤口很骇人。脑子既被挫伤，又受震荡。病人的呼吸缓慢，肌肉痉挛了几下，使他的脸抽搐。大脑完全呈现蜂窝织炎，导致失去感觉和无法动弹。

我给受伤者把脉。脉搏是间歇的。身体的顶端部分已经凉下来，我看到死亡临近，但我无法阻止。我给这个不幸的人缠好绷带，又整理了下他头上的纱布，朝奈莫艇长回过身来。

"他是怎么受伤的？"我问他。"这有什么关系呢！"艇长含糊地回答，"'鹦鹉螺号'撞了一下，折断了机器上的一根杠杆，砸了这个人。您觉得他的情况怎么样？"我犹豫着没说话。"您可以说，"艇长对我说，"这个人听不懂法语。"我最后看了一下受伤的人，然后回答："这个人过2个小时就要死去。"

奈莫艇长的手部肌肉收缩了一下，流下几滴眼泪，我还以为他生来不会流泪呢。

“阿罗纳克斯先生，您可以走了。”奈莫艇长对我说。

我回到自己房间，对这个场面仍然心潮难平。一整天中，我被不祥的预感弄得心神不安。夜晚，我难以入睡，梦境常常被打断，我以为听到了远方的悲歌，如同丧葬时诵唱的圣诗。难道是他们在用我听不懂的语言吟诵悼念死者的悼词?

第二天早晨，我登上甲板。奈莫艇长一看到我，便朝我走来。“教授先生，”他对我说，“今天到海底一游，意下如何？”“和我的两个同伴一起？”我问。“如果他们乐意的话。”“我们听您吩咐，艇长。”

他绝口不提那个垂死者或者已经死去的人。我去找内德·兰德和贡塞伊，并告诉他们奈莫艇长的提议。贡塞伊忙不迭地同意了，这回，加拿大人表示很愿意跟我们一同去。这时是早上8点。

8点30分，我们穿好为这次旅行准备的衣服，装备好了照明和呼吸的设备。双重门打开了，在奈莫艇长和跟随着他的12名船员的陪同下，我们踏在离海面10米深的地上。一道缓坡通到一个高低不平的底部。这个底部完全不同于我第一次在太平洋的海水里涉足时看到的海底。这里没有细沙，没有海底草地，没有深海森林。我马上看出，奈莫艇长今天让我们光顾的这个神奇地区，是珊瑚王国。

在植形动物门和海鸡冠纲里，有个柳珊瑚目，该目包括三个科：柳珊瑚科、木贼科和珊瑚科。珊瑚就属于最后这个科。它非常有趣，先后被归入矿物界、植物界和动物界。在古人那里是药物，在今人眼里是饰物。到了1694年，马赛人佩索内尔才把它最终列入动物界。

珊瑚是聚集在易碎的石质珊瑚骨上的微小动物群。珊瑚虫有个独特的生殖器官，进行无性繁殖，它们有各自的生活，同时又有共同的生活。因此，这是一种天然的社会主义。珊瑚虫在模仿树木的同时，就在矿化。

鲁姆科夫灯开始运作，我们沿着一个正在形成的珊瑚底座走去。随着时间的推移，这个珊瑚礁有朝一日会封闭印度洋的这个部分。道路两边是杂乱无章、缠在一起的小珊瑚丛，上面开满了白色花瓣的星状小花。只不过，和陆地上的植物相反，这些附在地面岩石上的树枝状结晶，是从上往下生长的。

我真想采集带有细巧触角的新鲜花冠，有的刚刚盛开，有的含苞待放。一些轻巧的鱼儿，快速地摆动它们的鳍，擦着珊瑚枝而过。但是，我的手一旦接近这些有生命的花，这些有生命的含羞草，整个珊瑚群体就立即处于戒备状态。白色的花冠会缩进红色的花套里，花便在我的注视下消逝，珊瑚丛变成了一堆圆形的石头。

我偶然来到这里，得以面对植形动物的最珍贵品种。这里的珊瑚可以和从地中海、法国、意大利、柏柏尔人地区[①]沿岸采集到的珊瑚媲美。这些珊瑚色彩鲜艳，无愧于交易市场给最美的产品所起的“血红花”“血红泡沫”等美名。珊瑚每千克可以卖到500法郎。此地的各层海水覆盖着能让整个世界采集珊瑚的人发财的珊瑚。这种宝物往往和其他珊瑚骨混在一起，形成密集得难以理清的整体，被称为“马克西奥塔”，我在上面看到一些红珊瑚的出色标本。

但不久，珊瑚丛变得更密了，树枝状结晶也变大了。真正石化了的矮林和长跨度的奇特建筑出现在我们眼前。奈莫艇长踏入一条昏暗的长廊，长廊的缓坡把我们带到100米的深处。我们的蛇形管灯光，照在天然拱顶凹凸不平的粗糙表面上和像分枝吊灯似的穹隅上，产生奇幻的效果。在矮珊瑚林中间，也有其他很有趣的珊瑚虫，如海虱珊瑚和节叉鸢尾珊瑚，然后是几丛珊瑚藻，有绿的，还有红的，这是些

① 柏柏尔人地区，19世纪初北非各国的名称，因那里的柏柏尔人而得名。

带咸石灰质硬皮的真正海藻，博物学家经过长期争论，最终把它们纳入植物界。

走了2个小时之后，我们终于来到300米左右的深处，这是珊瑚开始形成的极限深度。但那里已经再也没有孤立的珊瑚丛，也没有普通的矮珊瑚林。这是广阔的森林，是巨大的矿化植物，是变成了化石的参天大树。这些大树被美丽的羽毛披带般的花冠聚集在一起，那是一些海洋藤类植物，千变万化，倒影各异。我们从大树伸进昏暗海水的高大枝叶下随意通过，而在我们脚下，笙珊瑚、脑珊瑚、石珊瑚、星形贝和菌贝，形成分布着耀眼宝石般的鲜花毯。

真是笔墨难以形容的美景啊！这时奈莫艇长停了下来。我的两个同伴和我也停住不走。船员们在他们的头儿周遭围成一个半圆形。他们之中有四个人的肩上扛着一个狭长的东西。我们来到一片宽阔的林中空地中央，周围是海底森林的高大树枝状结晶。我们的灯在这片空间投射出一种黄昏似的光，在地上拉出极长的影子，在林中空地边缘上，又变得更加昏暗，只现出珊瑚有活力的尖脊留住的点点星光。

我观察地面，看到有好几个地方是鼓起来的，因石灰沉淀物而略微隆起，排列有序，看得出是人为的。林中空地中央，在一个被粗糙地垒起来的岩石台座上，竖起一个珊瑚十字架，两边伸得很长，好像是石化的血做成的。奈莫艇长做了个手势，他的一个手下往前走，离十字架几步远时，从腰带上取下一把十字镐，开始挖坑。

我什么都明白了！这个林中空地是一个墓地，这个坑是一座坟，这狭长的东西是夜里死去那个人的尸体！奈莫艇长和他的手下来这里，是为了把他们的同伴埋葬在这人迹不到的海底公墓中！

我的情绪从来没有这样激动过！我不愿看到眼前呈现的景象！

坟墓挖得很慢。鱼儿从它们被扰乱的隐藏地逃窜出来。我听到十字镐刨地的声音，十字镐遇到落下海底的燧石，有时冒出火星。

坑在变长、变宽，不久，深得可以容纳尸体了。

于是，用白色固着丝包裹起来的尸体，被放进潮湿的坟墓。奈莫艇长在胸前交叉抱着手臂，死者生前的所有朋友都跪下做祈祷……我的两个同伴和我，我们也虔敬地低下头。

坟墓被刚挖出来的土重新填上，形成一个不大的坟头。做完这些以后，奈莫艇长和他的手下站了起来，走近坟墓，所有人再次跪下，伸出手做出诀别的手势……于是，丧葬队伍又踏上回“鹦鹉螺号”的路，再从森林拱顶下经过，沿着矮林和珊瑚丛，一直往上爬。

1点钟，我们回到艇上。一换好衣服，我就登上平台，我受到各种想法的可怕纠缠，走去坐在舷灯旁边。奈莫艇长走过来，我站起来对他说：“这个人像我所预料的，是在夜里死去的吗？现在他是在这个珊瑚公墓里，他的同伴的旁边了？”

“是的，他被人们遗忘了，但没有被我们忘记！我们挖了坟墓，珊瑚负责把我们死去的人永远封闭在坟墓里！”艇长突然用抽搐的手掩住他的脸，徒劳地想止住呜咽，然后他又说，“那里是我们宁静的墓地，在海面之下有几百英尺！”

“艇长，您逝去的人至少在那里安眠，避免鲨鱼的侵犯！”

“是的，先生，”奈莫艇长肃然地回答，“避免鲨鱼和人的侵犯！”

（第一部分结束）

第二部分

一　印度洋

海底旅行的第二部分从这里开始。第一部分写到珊瑚墓激动人心的场面为止，这个场面给我留下了深刻印象。由此看来，奈莫艇长的生活全部是在广阔的海洋里度过的，就连坟墓他都在人们无法下探的深渊里准备好了。那里，没有一只海洋怪物去打扰“鹦鹉螺号”的主人和他朋友们的长眠，他们不论生死，都紧密地连在一起！

“也不受人的侵犯！”艇长当时补上了这么一句。

始终是对人类社会势不两立的、不可改变的不信任！

对我来说，我不再满足于使贡塞伊觉得满意的假设。这个好小伙子坚持认为，“鹦鹉螺号”的艇长只是被埋没的学者中的一个，这是个不被理解的天才，厌倦于对陆地的一再失望，不得不躲到这个人迹罕至的地方来，他天生的才能可以在这里自由发挥。但是，照我看来，这个假设只解释了奈莫艇长的一个方面。

事实上，那天晚上把我们关起来，强制睡眠的奥秘；艇长夺走我的望远镜，不让我观察海面，这样粗暴地采取的谨慎；那个水手由于“鹦鹉螺号”不知何故的撞击而受的致命伤，这一切导致我自然地有了新思路。不！奈莫艇长不仅仅是逃避人类！他的了不起的设备不仅服务于他爱自由的本性，也许还服务于一心想进行我却不知道的可怕报复。眼下，对我来说，什么都不清楚，在黑暗中我只瞥见一点亮光，可以说，我应该只限于记录事件的发展经过。

再说，没有什么把我们和奈莫艇长联结在一起。他知道从“鹦鹉螺号”上逃跑是不可能的。我们甚至不是凭口头保证而获假释的囚犯，没有任何荣誉的担保约束住我们，我们只是几个囚徒，勉强被以礼相待的几个俘虏。但是，内德·兰德没有放弃重获自由的希望。他一准儿会利用偶然提供给他的第一个机会。我无疑会像他一样做。不过，我把艇长出于慷慨让我们洞悉“鹦鹉螺号”的秘密带走，总有一点歉意！说实话，在永远抛弃他之前，我想环游海底世界。我想观察地球的海底下积聚的全部无奇不有的事物，我想看到任何人没有看到过的东西，为了满足这难以餍（yàn）足的求知需要，哪怕要付出我的生命！至今我们才越过太平洋航行了6000海里！

我清楚地知道，“鹦鹉螺号”正接近住人的陆地，一旦我们遇到逃生的机会，如果我为了追求未知事物的热情而牺牲我的两个同伴，那会是残忍的。必须紧随他们，甚至也许带领他们。我既希望有这个机会，又怕出现这样的机会。

1868年1月21日，这天中午，大副来测量太阳的高度。我登上平台，点燃一支雪茄，看着他测量。我明显觉得大副不懂法语，因为有好几次我高声说出了自己的思索，如果他听懂了，应该能够引起他不由自主的注意，但是他无动于衷，默不作声。

正当他用六分仪进行观测时，“鹦鹉螺号”的一个水手——这个孔武有力的人在我们第一次到克雷斯波岛旅行时陪伴过我们——来擦舷灯的玻璃。于是我观察这个装置，它的强度由于透镜圆片像灯塔那样安装而增加百倍，把光集中在有用的镜面上。电灯组装得能够发挥全部光能。事实上，它的光是在真空中产生的，这就保证了光的均匀和强度。真空还能节省石墨的尖端的消耗，光弧就在尖端中间释放能量。对奈莫艇长来说，这项节省很重要，因为不容易更新石墨棒。在真空状态下，石墨棒的损耗微乎其微。

当“鹦鹉螺号”准备在水下航行时，我又下到客厅。舱盖重新关上，航路直接指向西面。于是我们开始在印度洋上乘风破浪。在印度洋，“鹦鹉螺号”一般是在一两百米的深度航行，几天里都是这样。换了别人，而不是像我如此酷爱海洋，可能会觉得时间漫长而单调。但是我每天要到平台上散步，沉浸在大洋爽人的空气中；还要通过客厅的玻璃观看丰富的水景；阅读图书室的藏书；撰写回忆录，这一切占去我所有的时间，让我不感到疲累和憋屈。

我们的身体保持令人非常满意的状态。我们非常适应艇上的饮食。至于我，用不着翻新花样，而内德·兰德有抵触情绪，想方设法变换花样。再者，在这样的恒温中，甚至不用怕感冒。还有，那种在普罗旺斯叫作“海茴香”的树形石珊瑚，潜艇上也存了不少，和珊瑚虫的嫩肉放在一起，可以做出上等止咳糖浆。

几天里，我们看到大量蹼足类水鸟，有海鸥或者大海鸥。我们灵巧地打下来几只，用某种方法烹调，成了很受用的海上野味。一些大鸟，在陆地之间做长距离飞行，飞得累了，就落在水面上休息。我看到一些漂亮的信天翁，它们属长翼科，发出像驴叫一样难听的叫声。蹼足科的鸟，有飞得很快的军舰鸟，灵活地捕捉海面上的鱼；有大量的鹲（méng）或者麦草尾巴鸟，其中有麦草似的红毛鹲，大小如鸽子，白色的羽毛间以粉红色，使翅膀的黑色更突出。

“鹦鹉螺号”的拖网打上来好几种玳瑁（dài mào）属海龟，背隆起，玳瑁很值钱。这种爬行动物能轻而易举潜下水去，闭上鼻孔外边那块肉阀门，能够长时间待在水下。我们捉上来几只，它们还缩在龟壳里睡觉呢，为的是躲避海里的动物。海龟肉一般不怎么样，但是它们的蛋却是一味佳肴。

至于鱼，当我们透过打开的舷窗板，发现它们水中生活的秘密时，总是能引起我们的赞叹。我注意到好几种我至今还没有机会观察过的品种，我主要可以举出红海、印度洋和大西洋赤道附近的、美洲海岸特有的贝壳鱼，还可以举出背上长着四个小包的四边形鳞甲鱼；身体下面有斑斑白点的能像鸟一样驯养的鳞甲鱼；有三角形带针刺的鳞甲鱼，它们的针刺由骨质硬皮的延伸构成，它们因奇特的叫声得名“海猪”；然后是像单峰驼的鱼，长着个锥形大包，肉很硬，嚼不动。

我还要从贡塞伊大师每天的记录中摘录出几种鱼：这一带海域特有的单鼻豚属的动物，如特点是有三条纵纹的赤背白胸豚、身长7英寸色彩艳丽的电豚。然后是其他类型的品种，有卵形鱼，像一只黑褐色的蛋，有一条条细带子，没有尾巴；有虎鱼，这是海里真正的豪猪，身上带刺，能够鼓成一个浑身带刺的球；有各个大洋都有的海马；有会飞的海蛾鱼，长嘴，胸鳍很宽，长成翅膀形，即使不能飞，至少也能跃到空中；有尾巴上带着许多环形鳞片的扁平的鸽子鱼；有好看的大嘴巴长颌鱼，长25厘米，闪射出令人赏心悦目的彩色光芒；有脑袋凹凸不平、青灰色的美首鱼；有难以数清的、会跳的鳚（wèi）鱼，身上有黑纹，胸鳍很长，以惊人的速度在海面上滑行；有味道鲜美的帆鱼，能够将鳍像帆那样竖起，随海流游弋；有华丽的彩鱼，大自然给这种鱼施以黄色、天蓝色、银色和金色；有翅膀像许多丝的绒翼鱼；有杜父鱼，总是被污泥弄脏，发出一种咝咝声；有鲂鲋（fáng fù），它的肝被当成一种毒药；有波迪昂鱼，眼睛上长着个能活动的眼罩；最后是哨子鱼，长嘴像管子，是大洋里真正的猎手，身上有一种无论是沙斯波[①]家族还是雷明顿[②]家族都设计不出来的枪，用它来杀死昆虫，只消一滴水。

按拉塞佩德的分类，第八十九属的鱼属硬骨鱼第二亚纲，特点是

① 沙斯波（1833—1905），法国武器制造者。

② 雷明顿（1793—1861），美国实业家，制造武器、打字机等。

有鳃盖和鳃膜。我发现其中有鲉鱼，头部有刺，只有一个背鳍。这类鱼有的有小鳞片，有的没有，这取决于它是属于哪个亚属的。归入第二亚属的，有几种不同类型的怪鱼，正确地被称为“海蟾蜍”，大脑袋，有时有一条条深沟，有时膨胀得很大；身上长刺，分布着隆起的小块，耸起不规则而难看的角，身体和尾巴长满像老茧的皮。海蟾蜍的刺造成的伤很危险，这是一种令人讨厌而又可怕的鱼。

从1月21日到23日，“鹦鹉螺号”行驶了250法里，或者以每小时22海里的航速行驶了540海里。如果途中我们能够认出各种各样的鱼，这是因为鱼受到电灯光的吸引，力图和我们做伴。大部分鱼由于船速太快，不久就落在后面，但有一些鱼在一段时间里能够跟得上“鹦鹉螺号”。

24日早上，在南纬5度12分、东经94度33分，我们看到了基灵岛。这是个石珊瑚岛，上面长满婀娜多姿的椰子树，达尔文先生和菲茨-罗伊船长曾经访问过这里。“鹦鹉螺号”从离这座荒凉海岛的陡壁不远处驶过。拖网打上来许多类型的珊瑚虫和棘皮动物，以及软体动物门的有趣甲壳类动物。几个珍稀动物丰富了奈莫艇长的宝库，我又给他增加了一种星点状珊瑚，这种寄生的珊瑚骨往往固定在贝壳上。基灵岛很快消失在海平面上，潜艇朝西北方向印度半岛的南端驶去。

“这些已经文明化的土地，”这天内德·兰德对我说，“比巴布亚的那些岛强多了，在印度的这块土地上，有公路、铁路，有英国人、法国人和印度人的城市。我们走不到5英里[①]就会遇到一个同胞。哼！和奈莫艇长不辞而别的时刻还没有到来吗？”

“没有，内德，没有，”我口气坚定地说，“就像你们这些水手所说的，随波逐流吧。‘鹦鹉螺号’正在接近有人住的大陆。它朝欧洲

---

① 英制长度单位，1英里≈1.6千米。

返回，让它把我们载到那儿去。一旦到了我们的海上，我们就要看看该怎么谨慎行动了。再说，我认为奈莫艇长不会像在新几内亚的森林中那样，让我们到马拉巴尔海岸或者科罗曼德尔海岸上去打猎。”

“那么，先生，我们不能不经他允许吗？”

我没有回答加拿大人。我不想争论。我心里想的是，既然命运把我抛到了“鹦鹉螺号”上，我就要用尽机会。

从基灵岛开始，我们总的说来放慢了速度，行驶更加随心所欲，往往把我们带到很深的地方。有好几次使用侧翼斜面板时，都是艇内的杠杆操纵使潜艇与海面形成侧斜面的。我们这样到达两三千米的深处，但是从来没有查实过印度洋的深度，13000 米长的探测器没有到底。至于低层的温度，温度计总是不变地指着零上 4 摄氏度。我只观察到，在上层，水总是比大海深处的更冷。

1 月 25 日，由于洋面上白茫茫一片，“鹦鹉螺号”在海面上行驶了一天，大功率的螺旋桨拍击波涛，溅起很高的浪花。我在平台上度过四分之三的白天。将近下午 4 点钟，有一艘大汽船从西迎面而来。我想，这艘汽船属于半岛－东方公司，航行于锡兰岛与悉尼之间，经停乔治国王角和墨尔本。

傍晚 5 点，贡塞伊和我被一个有趣的景象惊呆了。按照古人的说法，遇到这种动物预示着好运。亚里士多德、阿泰纳伊奥斯[①]、老普利尼和奥皮安[②]，都研究过它的习性，对它穷尽了希腊和意大利学者的整个诗学。他们把它叫作“鹦鹉螺”或者“庞贝螺”。但是，现代科学没有认可这个名称，这种软体动物现在叫作船蛸。

软体动物门分为五个纲：第一个纲是中头足纲，有时裸露，有

---

① 阿泰纳伊奥斯，希腊修辞学教师、语法学家。

② 奥皮安，古希腊诗人。

时带壳，又包括两个科：两鳃科和四鳃科，以鳃的数目来区分。两鳃科包括三个属，船蛸、枪乌贼和乌贼，而四鳃科只有一个属，即鹦鹉螺。说了这一通术语之后，如果缺乏天赋的人还是要混同带吸盘的船蛸和有触手的鹦鹉螺，那就不可原谅了。

当时游动在洋面上的正是船蛸。我们可数出几百只。它们属于有结节状隆起的那种，是印度洋特有的。这些好看的软体动物倒着向后运动，靠的是能推动的管子，把它们吸进去的水通过管子排出。八只触手中，有六只又长又细，漂浮在水面上，而两只有蹼的圆形触手像小帆一样迎风伸出。我清楚地看到它们那螺旋形起伏的壳，居维埃将其正确地比作优美的小船。它们确是真正的船，载着往船上分泌液体的动物，而这动物并不粘着船。

“船蛸可以自由地离开它的壳，”我对贡塞伊说，“但是永远不离壳而去。”“就像奈莫艇长一样，”贡塞伊恰如其分地回答，“所以最好把他的潜艇称为‘船蛸号’。”

大约有 1 个小时，“鹦鹉螺号”漂浮在这群软体动物中间。随后，我不知道它们突然受到了什么惊吓，仿佛接到一个信号，所有的帆蓦地往回收，整个船队消失在波涛下面。这是一刹那间的事，从来没有一只船队像这样整齐划一地行动。

1 月 26 日，我们从东经 82 度处穿过赤道，又回到北半球。

这一天，一大群鲨鱼跟着我们。这是烟灰角鲨，棕色的背，灰白色的肚子，装备着十一排牙齿；眼睛角鲨，脖子上有一个被白圆圈围绕住的大黑点，酷似一只眼睛；圆吻角鲨，圆嘴，嘴上分布着一个个暗点。这些强大的动物往往冲击客厅的玻璃，用力之猛令人胆战心惊。内德·兰德于是再也控制不住。他想重新回到海面上，用鱼叉投这些怪物，尤其是嘴里长满了马赛克似的牙齿的星鲨和 5 米长的大虎斑鲨，因为它们特别坚持不懈地挑衅他。但不久，“鹦鹉螺号”加快速度，轻而易举地把这些鲨鱼中游得最快的都甩在后面。

1月27日，在宽阔的孟加拉湾入口，我们好几次遇到在海面上漂浮的尸体，真是一幅悲惨的景象！

晚上7点左右，半浮出海面的“鹦鹉螺号”航行在乳白色的海中。大洋似乎呈一望无际的乳状，是月光照成这样的吗？不是，因为月亮才露面两天，这时仍然消失在水平线下，被太阳的余晖遮住了。整个天空虽然星光闪烁，但在白色海水的衬托下，显得黑黝黝的。贡塞伊不能相信自己的眼睛，他问我是什么原因造成这奇怪的现象。“这就是所谓的乳海，”我对他说，“在安博亚纳海岸和这片海域，经常可以看到这样广阔的白色波浪。”

“但是，是什么原因产生这种现象呢？”贡塞伊问，“因为我想，这海水没有变成奶吧？”“没有，这种使你感到吃惊的白色，仅仅是由于无数的纤毛虫纲小动物造成的，这是一种发光的小虫子，外表无色，呈胶状，像头发那么细，长度不超过五分之一毫米。这些小动物互相粘连在一起，长达几法里。”

“几法里啊！”贡塞伊大声说。

“是的，不要设法计算这些小动物的数目！你做不到的，因为我没有搞错的话，有些航海家在这样的乳海上航行过40海里。”

我不知道贡塞伊是不是在考虑我的建议，但是他显然沉入深思中，无疑在竭力计算40平方海里中能容纳多少个五分之一毫米的纤毛虫。“鹦鹉螺号”的船首冲角在几小时里划破这乳白色的波浪，我注意到潜艇无声地在这肥皂般的海水中滑行，仿佛海湾的水流和逆流之间有时会出现这样的泡沫漩涡。

午夜时分，海水突然恢复平常的颜色，但在我们后面，一直到海面的尽头，天空映照出白色的海水，似乎长时间浸透了极光的朦胧光线。

二　奈莫艇长的新建议

1月28日中午，“鹦鹉螺号”在北纬9度4分处重新回到海面，可以看到西面8海里外的陆地。我首先观察到的是群山，山奇形怪状。位置测定完以后，我回到客厅。在海图上标出这个位置以后，我认出我们面对的是锡兰岛，这颗挂在印度半岛下边的明珠。

我到图书室去找有关这个岛的书籍。它是地球上土地肥沃的岛之一。我正好找到H.C.西尔先生的一本书，书名是《锡兰和僧伽罗人》。回到客厅后，我把锡兰的方位记下来。它处在北纬5度55分到9度49分、东经79度42分到82度4分之间，长度是275英里，最宽处是150英里，周长是900英里，面积是24448平方英里①，也就是说比爱尔兰稍微小些。

这时，奈莫艇长和他的大副出现了。艇长看了一眼海图，然后朝我转过身来说：“锡兰岛以采珍珠闻名于世。阿罗纳克斯先生，您有兴趣参观其中一个采珠场吗？”

“毫无疑问，艇长。”

“很好，这很容易。不过，我们能看到采珠场，却看不到采珠人。采珠季节还没有到。我吩咐靠近马纳尔海湾，夜里能到达。”艇长对

---

① 现在的锡兰（即斯里兰卡）面积约为65610平方千米。

大副说了几句话，大副马上出去。不一会儿，“鹦鹉螺号”潜回海里，气压计显示，潜艇一直在30英尺深的水中行驶。

我看着海图，寻找马纳尔海湾。我在锡兰西北海岸、北纬第九道线那里找到了。海湾是由马纳尔小岛的延伸线围成的。要到达那里，必须沿着锡兰的整个西海岸上溯。

“教授先生，”奈莫艇长对我说，“在孟加拉湾、印度海、中国海、日本海、美洲南部的海、巴拿马湾和加利福尼亚湾，都会有人采珍珠，但正是在锡兰，采珍珠取得最好的收获。我们无疑来得早了一点。采珠人要在3月才到马纳尔海湾，在30天里面，他们的300只船在这里进行这项有利可图的对海中珍宝的开采。每只船有10个划船的，10个采珠的。采珠人又分为两组，轮流下海，靠两腿间缚住的大石头，潜到12米的深度，一根绳子将石头和船拴在一起。”

“这样说，这种原始的办法始终在用？”我问。

“始终在用，”奈莫艇长回答我，“虽然这些采珠场所属于地球上最灵巧的民族——英国人，这些采珠场是根据1802年的《亚眠条约》让给英国人的。”

“但我觉得，像您使用的那种潜水服，如若采珠，会派上大用场的。”

“是的，因为这些可怜的采珠人不能长时间待在水下。英国人帕斯瓦尔旅行到锡兰时，提到一个名叫卡弗尔的人，这个人能在水里待5分钟而不浮出水面，但是我觉得这事不太可信。我知道有的潜水者能待57秒钟，身手灵巧的能待87秒钟，不过这样的人很少。回到船上以后，这些不幸的人的鼻子和耳朵里会淌下血水。我认为，采珠人能够忍受的时间平均为30秒钟，在这段时间里，他们急匆匆地把抓到的所有珠母堆在一只小网袋里。一般说，这些采珠人活不到老年，他们的视力减弱，眼睛溃疡，身上结了伤疤，甚至往往在海底发生中风。”

“是的，”我说，“这是一份十分辛苦的职业，只为了满足人的爱好。请告诉我，艇长，一条船一天能采到多少珠母呢？”

“大约四五万只吧。有人甚至说，1814年，英国政府派人为国家采珠，潜水者干了20天，采到7600万只珠母。”

“至少这些采珠人得到了足够的报酬吧？”我问。“差强人意。在巴拿马，采珠人每星期只挣1美元。最常见的是，采到一只含有珍珠的珠母，他们可得1苏[①]。而他们采回来的珠母有多少是没有珍珠的啊！”“这些可怜的人让他们的主人发财，却只得1苏啊！这也太卑鄙了！”

“因此，教授先生，”奈莫艇长对我说，“您的两个同伴和您可以参观马纳尔海底沙洲。如果碰巧有个提前来的采珠人已经在那里，那么我们就看看他怎么干活。”我同意了。可我没想到的是，奈莫艇长又说了这样一番话：“我们会带上枪，途中也许能打到一条鲨鱼。这种狩猎很有趣。就这样，明天，一大早。”

倘若有人邀请您到瑞士的山里去猎熊，您会说：“很好！明天我们去猎熊吧。”倘若有人邀请您到阿特拉斯平原去捕猎狮子，您会说：“哈哈！看来我们要去捕猎老虎或狮子了。”但是，倘若有人邀请您去海里捕猎鲨鱼，在接受邀请之前，您说不定得请求考虑一下了。

我用手抹了一下脑门，上面渗出了几滴冷汗。

我老想着鲨鱼，想到有好多排牙齿，能把人切成两段的大嘴。我已经感到腰部隐隐作痛。随后，我不能理解艇长做出这糟透了的邀请时的那种轻描淡写！我又去阅读西尔的那本书，但我只是机械地翻阅。我在字里行间看到可怕的张开的大嘴。这当儿，贡塞伊和加拿大

① 苏，法国辅币名，价值最小的钱币。

人走了进来，神态安详，甚至欢快。他们不知道等待着他们的事。

“说实话，先生，”内德·兰德对我说，“您那位奈莫艇长刚刚向我们提出一项令人高兴的建议。”

“啊！”我说，“你们知道了……”

“先生别见怪，”贡塞伊说，“艇长邀请我们明天陪先生去参观锡兰美妙的采珠场。他邀请时用词得当，举止像个真正的绅士。”

“他没有对你们再说点什么吗？”

“没有，先生，”加拿大人回答，“只说他已经和您谈过了。”

“也许有危险！”我意味深长地加了一句。

“危险嘛，”内德·兰德说，“只是到海底珠母的沙洲走走而已！”

奈莫艇长准定认为用不着在我的两个同伴的脑子里提醒想到鲨鱼。我用惶乱的目光望着他们，仿佛他们已经缺胳膊少腿似的。我应该提醒他们吗？是的，无疑应该，但是我不知道该怎样做。

贡塞伊对我说：“先生想给我们提供关于采珍珠的具体情况吗？”

“关于采珍珠，还是关于会出现事故……”我问。

“关于采珍珠，”加拿大人回答，“进入现场之前，了解一下情况是好的。”“那么，请坐，我的朋友们，我来告诉你们，英国人西尔刚刚告诉我的所有情况。”内德和贡塞伊坐在一张沙发上，加拿大人首先问我：“先生，珍珠是什么啊？”

“我的好内德，”我回答，“对诗人来说，珍珠是大海的一滴眼泪；对东方人来说，珍珠是一滴凝固的露水；对太太们来说，珍珠是一件椭圆形首饰，有透明光彩，附着一层螺钿质，她们把它戴在手指上、脖子上或耳朵上；对化学家来说，珍珠是磷酸盐和石灰碳酸盐的混合物，还带一点明胶；对博物学家来说，珍珠是某些双壳类软体动物产生螺钿质器官的一种普通的病态分泌物。”

“属软体动物门，”贡塞伊说，“无头纲，介壳目。”

“博学的贡塞伊，正是。可是，在介壳目动物中，鲍鱼、大菱鲆、砗磲和海江珧，一句话，所有分泌螺钿质，即分泌那种蓝色、淡蓝色、紫色或白色物质，把自身的瓣膜内壁覆盖起来的软体动物，都有可能产生珍珠。”

“河蚌也能吗？”加拿大人问。“也能！苏格兰、威尔士、爱尔兰、萨克森、波希米亚和法国的一些河流里的蚌，都能产生珍珠。”“好！以后在这些地方要留心点了。”加拿大人回答。

“但是，”我又说，“分泌出珍珠的最好的软体动物是珠母、乳白珠贝和珍贵的小纹贝。珍珠只是一种呈小球形状的螺钿凝结物，要么附着在牡蛎壳上，要么嵌在动物的肉褶里。内膜上的珍珠是附着在壳上的；内褶里的珍珠是可以自由活动的。但是它的核心总是一个小小的实体，要么是一颗不孕的卵，要么是一粒沙子，螺钿质在几年中围绕着它逐渐沉积下来，形成许多同心圆的薄层。”

“能在一只牡蛎中找到好几颗珍珠吗？”贡塞伊问。

“可以，有些珠母构成真正的珠宝匣。甚至可以举出一只牡蛎，里面容纳不少于150条鲨鱼，但是我对此有怀疑。”

“150条鲨鱼！”内德·兰德大声说。

“我说鲨鱼了吗？”我也急忙大声说，“我想说150颗珍珠。和鲨鱼沾不上边。”“确实是，”贡塞伊说，“先生现在能告诉我们，用什么办法把珍珠取出来吗？”

“有好几种方法，常用的方法是，附着在壳上的，采珠人用镊子夹出来。但是最常用的方法是，把珠母摊在铺满海岸的草席上。这样，珠母在自由流动的空气中死去，十天之后，珠母完全腐烂。这时，采珠人把珠母放在装满海水的大蓄水池里，然后打开珠母清洗。正是在这时，取珠的双重工序开始了。首先，要把商业上所说的‘银白’‘花白’‘黑点’等不同的螺钿质分开，装箱，每箱以125至150

千克交付出去。然后，把珠母的肉都取出来，煮沸，再用筛子筛，直至把最小的珍珠都取出来。”

“珍珠按照大小，价格不同吧？”贡塞伊问。

“不仅按照大小，”我回答，“而且按照形状，‘水色’，就是说它们的颜色，按照它们的‘光泽’，换句话说，那种闪烁的绚丽多彩的光芒，看起来要赏心悦目。最美的珍珠叫处女珠或者锦珠，它们单独在软体动物的组织里形成，白色，常常不透明，但有时呈透明的乳白色，最多的是圆形或者梨形。圆形的做手串，梨形的做耳坠。好的珍珠都是按颗卖。其他珍珠附着在牡蛎壳上，形状更加不规则，按分量卖。最后，等而下之的是小粒珍珠，称为种子珍珠，廉价卖出，特别用在教堂装饰用的刺绣上。”

“但是，按照大小来区分珍珠，这种工作应是时间很长又很难。”加拿大人说。

“不，我的朋友。干这个工作要用 11 只眼的箩或者窟窿数量不一的筛子。用 20 至 80 只窟窿的筛子筛出来的珍珠是一等品，用 100 至 800 只窟窿的筛子筛出来的珍珠是二等品，用 900 至 1000 只窟窿的筛子筛出来的珍珠是种子珍珠。”

“相当精巧，”贡塞伊说，“我明白了，珍珠的分门别类是用器械来进行的。先生能不能告诉我们，开采海底沙洲的珠母，收益如何？”

“根据西尔的书，”我回答，“锡兰采珠场的年收入是 300 万条角鲨的总数。”“是法郎！”贡塞伊纠正说。

“对，是法郎！300 万法郎，”我又说一遍，“但是我认为这些采珠场的收益没有以前多了。美洲的采珠场也是一样，在查理五世统治下，美洲采珠场年产 400 万法郎，如今正好缩减至三分之二。总之，全世界采珠的年收入可以估计为 900 万法郎。”

“但是，为什么不举出有些标价极高的名珠呢？”贡塞伊问。

“不错，小伙子。据说恺撒献给塞尔维莉亚的一颗珍珠，值到现今货币的12万法郎。”“我甚至听人说过，”加拿大人说，“古代有位夫人喝浸在醋里的珍珠。”

“是克莱奥帕特[1]。”贡塞伊回了一句，“可憎，一小杯醋值到15万法郎，价钱够瞧的。”“没娶上这位夫人做老婆，我觉得遗憾。”加拿大人说，咄咄逼人地挥了一下胳膊。

“内德·兰德想做克莱奥帕特的丈夫啊！”贡塞伊嚷道。

“但我也得结婚啊，贡塞伊，”加拿大人认真地说，“事情不成功，不是我的错。我甚至曾经给我的未婚妻凯特·唐德尔买了一串珍珠项链，但她嫁给了别人。嘿！这条项链值不到1.5美元。但是——教授先生请相信我——项链上的珍珠都是没有通过20只窟窿的筛子上的一等品。”

“好内德，”我笑着回答，“那是人工珍珠，是在珍珠液浸过的普通玻璃球。”“嘿！这种珍珠液应该价格昂贵。”加拿大人回答。“毫不值钱！那只不过是欧鲅鱼鳞上的银色物质罢了，从水里搜集起来，保存在氨水里。它毫无价值。”“也许正因如此，凯特·唐德尔嫁给了别人。”兰德师傅无奈地回答。

“但是，”我说，“再回到高价珍珠上来，我不认为哪个君主拥有的超过奈莫艇长的珍珠。”

“就是这一颗。”贡塞伊一面说，一面指着封闭在玻璃柜里的美丽首饰。

“我指定它值200万，一准儿没有搞错。”

---

① 克莱奥帕特，埃及多位王后的名字，其中一位（前69—前30）成为恺撒的情妇。

“200 万法郎！”贡塞伊紧接着说。

“是的，”我说，“200 万法郎，毫无疑问，艇长只不过费了点事，把它捡起来而已。”

“嗨！”内德·兰德嚷道，“谁说明天我们行走时不会遇到同样的珍珠呢！”“得了！”贡塞伊说，“我们在‘鹦鹉螺号’上，几百万有什么用？”“不是在潜艇上，而是在……别的地方。”

“事实上，”我说，“即使我们不能把一颗值几百万的珍珠带回欧洲或者美洲，它至少能给我们的冒险故事增加真实性和巨大价值。”

“但是，”贡塞伊说，他总是回到事情的实际方面，“采珍珠有危险吗？”“没有，”我赶紧回答，“尤其采取了措施。”

“干这行冒什么险呢？”内德·兰德问，“也就喝几口海水吧！”

“就像您说的那样，内德。对了，”我说，试图采用奈莫艇长那种不在乎的语气，“正直的内德，难道您怕鲨鱼吗？”

“我吗！”加拿大人回答，“嘲笑鲨鱼是我的职业！”

“问题是不是用旋转钩把鲨鱼钓上来，拖上甲板……”

“那么，问题是……在水里？”

“在水里。”

“确实得用一把好捕鲸叉！先生，您知道，这些鲨鱼，这些畜生有相当差劲的动作。它们必须翻转肚子才能咬人，趁这个时候……”

内德·兰德在说出“咬人”这个词时，让人脊梁骨冒凉气。

“那么，你呢，贡塞伊，你对这些鲨鱼有什么想法呢？”

“我吗，”贡塞伊说，“我对先生会坦诚相见的。”

“好极了。”我想。

“如果先生同鲨鱼搏斗，”贡塞伊说，“我看不出为什么他忠实的仆人不会和他一起搏斗！”

三　一颗价值千万的珍珠

黑夜来临。我睡下了，但辗转反侧。在我的梦里，鲨鱼扮演着重要的角色。根据词源学，“鲨鱼”（requin）一词是从“安魂曲”（requiem）一词派生出来的，我觉得既正确又不正确。

第二天，凌晨4点钟，我被奈莫艇长专门派给我的侍者叫醒。我赶快穿好衣服，来到客厅。奈莫艇长在那里等我。

“阿罗纳克斯先生，”他对我说，“您准备好出发了吗？”

“我准备好了。”

“请跟我来。”

“我的两个同伴呢，艇长？”

“他们已得到通知，在等我们呢。”

奈莫艇长带我走到中央梯子那里，拾级而上，来到平台。内德和贡塞伊已在那里，他们对这场准备好的游乐满心欢喜。“鹦鹉螺号”的五个水手手里握着桨，坐在从潜艇卸下的小艇里等待我们。

天还黑蒙蒙的。我放眼瞭望陆地那边，但是只看到一条模糊的线，封住了从西南到西北四分之三的地平线。“鹦鹉螺号”曾经沿着锡兰的西海岸上溯走，这时正停在海湾西边，或者更确切地说是在陆地和马纳尔岛形成的海湾西面。这里，昏暗的海水下面，伸展着珠母沙洲，一个取之不尽的珍珠场，长度超过20海里。

奈莫艇长、贡塞伊、内德·兰德和我坐在小艇后面。小艇奔向南面。水手们并不着急，他们的桨有力地在水里划动，每隔10秒钟才划一下，这是战船上一般采用的方法。从外海涌过来的小波涛使小艇轻轻颠簸了一下，浪尖在船头发出拍击声。

我们噤若寒蝉。将近5点30分，地平线的头一抹色彩更清晰地显露出海岸的高处。海岸东边较平缓，南边略为隆起。相隔还有5海里，海岸和雾蒙蒙的海水混同在一起。没有一条船，没有一个采珠人。正如奈莫艇长给我指出过的，我们来这片海域早了一个月。

6点钟，白日突然显现，就像热带地区特有的迅速，既没有黎明，也没有黄昏。阳光穿透东方地平线上积云的幕布，太阳喷薄而出。我清晰地看到了陆地。小艇朝马纳尔岛前进，小岛在南部呈弧形。奈莫艇长从座位上站起来，观察大海。他做了一个手势，抛下了锚，锚链只下去一点，因为水深不到1米。这个地方是珠母沙洲的最高点。小艇在大海退潮的海水推动下，马上回转一下。

"我们到了，阿罗纳克斯先生，"奈莫艇长于是说，"您看到这个港湾很狭窄，正是在这里，过一个月，要聚集大批采珠船，采珠人要大胆地下水去搜寻。这个海湾得天独厚，有利于采珠。它能避免最强的风，大海从来不会风高浪急，这就对采珠非常有利。我们现在穿上潜水服，开始水底跋涉。"

"鹦鹉螺号"上的水手没有人要陪我们参加这次新的出行。我把头伸进铜盔之前，问了一下艇长怎么不带上灯。

"这个设备我们用不着，"艇长回答我，"阳光已足够照亮我们行走。再说，把电灯带到这片海水里也不谨慎。它的光会出乎意料地吸引这片海域的危险生物。"奈莫艇长说这番话时，我朝贡塞伊和内德·兰德转过身去，但这两个朋友已戴上金属头盔。

我还有最后一个问题要问奈莫艇长："我们的武器呢？我们的枪

呢？”“枪？你们的山民攻击熊时，不都是手握匕首吗？钢刀不是比铅弹更稳妥吗？这是一把刀，别在您的腰带上，咱们出发吧。”

我看看我的两个同伴，他们像我们一样武装好了，另外，内德·兰德举着一把巨大的捕鲸叉，那是他在离开“鹦鹉螺号”之前放在小艇里的。接着，我也像奈莫艇长一样，让人把沉重的铜盔戴到头上，空气罐马上开始送气。过了一会儿，小艇上的水手把我们一个个放下水去，在 1.5 米深的地方，我们的脚踩到了平整的沙地。奈莫艇长对我做了个手势。我们跟随着他，沿着一个缓坡下行。

到了水里以后，那些纠缠着我脑子的想法便离开了我。我重新变得平静。行动自如增加了我的自信心，奇异的景象俘获了我的注意力。太阳已经把足够的光亮送到水下，最小的东西都能看得见。走了 10 分钟之后，我们来到水深 5 米的地方，地面变得几乎是平坦的了。

随着我们的脚步，就像沼泽中的一群群沙锥，升腾起成群单鳍属好奇的鱼，有的没有鳍，只有尾巴。我认识爪哇鳗，那是真正的海蛇，长 80 厘米，灰色肚子，要不是两肋有金黄的线，很容易和康吉鳗混同。在硬鳍属的鱼中，我见到色彩艳丽的燕雀鱼，身子很扁，呈椭圆形，脊鳍似镰刀，可以食用，腌制、晒干以后，就是一道叫作“卡拉瓦德”的名菜。然后是长轴属的唐格巴斯鱼，身上披着纵向八边形的鳞甲。

太阳冉冉升起，逐渐照亮深层的水。地面渐渐变化。长条圆形岩石代替了细沙，上面覆盖了一层软体动物和植形动物。在这两个门的动物里，我注意到有不均匀薄瓣膜的胎形贝，这是红海和印度洋特有的一种贝类；有环形壳的橙色满月蛤、钻状的螺旋贝；有波斯紫红贝，色彩很美，我在“鹦鹉螺号”上见过；有长角的骨螺，长 15 厘米，挺立在海里，仿佛准备抓人的手；有浑身长刺的角螺，舌形贝；有鸭科贝，这是可以食用的贝类，供给印度斯坦的市场；有略微发光的水母；有出色的扇形眼贝，是这些海洋里丰富的植形动物之一。

在这些有活力的植形动物中，在水生植物形成的绿廊下，有成群笨拙的节肢动物在爬行，特别是尖端有点呈圆形的三角外壳的长齿蟹；有这个海域特有的椰子蟹；有可怕的单性虾，样子令人不忍目睹；还有一种同样难看的动物，我见过好几次，是达尔文先生研究过的大螃蟹。大自然给这种动物本能的和必要的力气，能以椰子为食，它爬到岸边的树上，让椰子落下来，砸开了，它再用有力的钳子打开椰子。在这清澈的海水中，这种螃蟹爬行起来无比灵活；而那些无拘无束的蟹，就是经常光顾马拉巴尔海岸的那种蟹，在晃动的岩石间慢慢挪动。

7点钟左右，我们终于踏上珠母沙洲，数以百万计的珠母在这里繁殖。这些宝贵的软体动物附着在岩石上，被褐色纤维紧紧地固定在上面，不允许它们移动。它们在哪些地方不如珠蚌呢？大自然可并没有拒绝赋予珠蚌活动的能力。

杂色珠母的两片壳瓣几乎相等，呈圆形，壁厚，外面凹凸不平。其中有几只壳呈层状，有一道道淡绿色的花纹，从顶部散射出来。它们属于小牡蛎。其他珠母表面粗糙、发黑，有10年或10年以上了，大的有15厘米宽。

奈莫艇长指给我看这堆惊人的珠母，我明白，这个矿藏是取之不尽的，因为大自然的创造力超过了人的破坏本性。坚持这种本性的内德·兰德，匆匆地把最美丽的软体动物塞进他挂在身边的网袋里。

但是我们不能停下来，必须跟随着艇长，他似乎在朝只有他认识的小路走去。地势明显变高，有时人举起手臂，手臂就露出海面。过了一会儿，沙洲的地面又反复无常地低下去。我们常常在呈小金字塔形状的、细而高的岩石周围绕行。在它们昏暗的凹凸处，偌大的甲壳类动物，在高高的爪子的支撑下，仿佛战争机器一样，定睛望着我们。在我们脚下，爬行着多足的、藤须的、卷须的和环节的动物，肆无忌惮地伸长它们的触角和触须。

这时，我们的面前出现一个大洞，周围是奇形怪状的一堆堆岩石，岩石上覆盖着各种茎很高的海底植物。一开始，我觉得这个洞黑森森的，阳光似乎逐渐减弱，直至消失。奈莫艇长走进洞去，我们跟在他后面。不久，我的眼睛习惯了这相对的黑暗。我看清了扭七扭八的拱底石，宽大的天然石柱坐落在花岗岩的基础上，支撑着这些拱顶，仿佛托斯卡纳[①]式建筑的廊柱。为什么我们不可捉摸的向导把我们带到这个海底地下室呢？不多久我就明白了。

我们走下一道相当陡的坡，脚踩到一种圆形井的底部。奈莫艇长在那里站住了，指给我们看一样我还没有看见的东西。这是一只硕大无朋的珠母，一只大砗磲，简直就是一个能够容纳一大盆圣水的圣水缸，一个宽度超过 2 米的承水盘，比陈列在“鹦鹉螺号”客厅里的那只珠母还要大。我走近这只惊人的软体动物。它用吸盘附着在花岗岩的平台上，在岩洞平静的水中独自生长。我估计这只砗磲重达 300 千克。然而，这样一只有 15 千克肉的砗磲，要吃上几打，必须有卡冈都亚[②]的肚子才行。

奈莫艇长显然知道这只双壳软体动物的存在。他不是第一次看到它，我想，他带我们到这个地方来，只是想让我们看看自然界的奇观。我搞错了。奈莫艇长的兴趣是要看看这只砗磲眼下长得怎么样了。

软体动物的两片壳半张开。艇长走过去，把匕首插进贝壳中，防止它闭上。然后，他用手把形成动物外套膜边缘像流苏似的膜掀起来。在叶状褶之间，我看到一颗能活动的珍珠，像椰子核那么大。它呈球形，晶莹剔透，色泽迷人，能够做一件价值连城的首饰。我出于

---

① 托斯卡纳，意大利西北部地区。

② 卡冈都亚，法国作家拉伯雷（1483—1553）的小说《巨人传》中的巨人国王，饭量极大。

好奇，伸出手想去抓住它，掂量它，摸一摸它！但是艇长阻止了我，做了一个否定的手势，迅速地抽回了他的匕首，让两片壳突然合上。

于是我明白了奈莫艇长的意图。他要把这颗珍珠留在砗磲的套膜里，让珍珠慢慢增大。每年，软体动物的分泌物，都要增加一个同心层。只有艇长一个人知道这颗大自然的珍奇果实在那“成熟”的岩洞；只有他一个人养着它，以便有朝一日把它送到他珍贵的博物馆。他甚至会像中国人和印度人那样，往软体动物的褶里放几块玻璃和金属，逐渐覆盖上螺钿物质，由此决定这颗珍珠的长成。无论如何，和我所见过的珍珠相比，和奈莫艇长的收藏品中闪闪发光的那颗珍珠相比，我估计它的价值至少1000万法郎。

观看庞大的软体动物结束了。奈莫艇长离开了岩洞，我们又爬上珠母沙洲，来到还没有采珠人搅混的澄澈的水中。我们像闲逛的人那样，彼此分开行走。我不再担心危险，我的想象力把危险可笑地夸大了。浅滩明显地接近海面，不久，我的头就超过水面1米。贡塞伊赶上了我，把他的头盔贴住我的头盔，用眼睛和我打了个友好的招呼。但是，这个升起的平台只有几个图瓦兹长，我们一会儿又回到我们的天地里。我认为现在有权这样称呼海了。

10 分钟后，奈莫艇长蓦地停下。我以为停下来想往回走。不是。他做了个手势，命令我们蹲在他身边一个很大的坑里。他的手指着水里的一个点，我仔细看着。离我 5 米远，一个影子出现了，贴着地面。鲨鱼出现的不安想法掠过我的脑际。但是我搞错了，这回，我们仍然不和海怪打交道。

这是一个人，一个活人，可能是个印度人或黑人，总之是个采珠人，是个可怜虫，不到季节就来采珠了。我看到他的小船停在他头上几英尺的地方。他潜入水中，接着又回到水面。他夹在脚上一块被凿成糖块似的石头，有根绳将石头缚在他的船上，帮助他更快地潜入海底。这是他的全部工具。到达 5 米深的海底以后，他迅速跪下，将随意堆积的珠母装进袋里，然后浮上来，倒空口袋，再带着石头下去，重新开始这样的工作，每次持续 30 秒钟。

这个采珠人没有看到我们。岩石的阴影把我们遮住了。再说，这个可怜的人怎么会想到有人，有像他一样的人，在水中窥视着他的活动，不放过他采珠的任何细节呢！

他好几次这样浮上来，又重新沉下去。每一次沉下去，他带回来不超过 10 只珠母，因为他必须从沙洲上把它们拔下来，而珠母用它们有力的吸盘附着在沙洲上面。可他冒着生命危险得到的这些牡蛎，又有多少是没有珍珠的呢！

我全神贯注地观察他。他的操作很有规律，在半小时里，看来没有任何危险威胁着他。我对这有趣的采珠景象习以为常了，这时，突然，在他跪在地上时，我看到他做了一个恐惧的动作，站起身来，往上一蹿，回到海面上。一个巨大的黑影出现在不幸的采珠人的头顶上。这是一条庞大的鲨鱼，从斜里冲过来，眼睛火红，嘴巴张开！我吓得说不出话，动弹不得。

贪婪的动物尾巴有力地一摆，冲向印度人，他闪到一边，没让鲨鱼咬着，但是没有躲过鲨鱼尾巴的一扫，尾巴打在他的胸口上，打得他躺倒在海底。这个场面只持续了几秒钟。鲨鱼游回来，翻了个身，准备把印度人咬成两段，这时我感到蹲在我身旁的奈莫艇长猝然站了起来。他手中握着匕首，笔直地走向那怪物，准备和它展开肉搏战。正当鲨鱼要咬不幸的印度人时，它看到了新的对手，于是翻过身来，快速地冲向他。奈莫艇长的姿态我一直历历在目。他弓着身子，冷静地等待可怕的鲨鱼。当鲨鱼冲向他时，艇长以惊人的灵巧往旁边一闪，躲开冲击，把匕首插进鲨鱼肚子。一切还在未定之前，一场可怕的搏斗开始了。可以说鲨鱼怒吼了。血从它的伤口大股涌出来。海水被染成了红色，我什么也看不见。直至亮出一条清澈的海水，我看到英勇无畏的艇长抓住鲨鱼的一条鳍，和怪物进行肉搏，在他的敌人的肚子上捅了几匕首，却未能戳进鲨鱼的心脏。鲨鱼发狂地搅动海水，掀起的漩涡险些把我冲倒。我本想跑过去援助艇长。但是，我被恐惧钉在原地，动弹不了。

我惊恐地看着。我看到搏斗形势发生了变化。艇长倒在地上，他是被鲨鱼巨大的身体压在身上而翻倒的。鲨鱼的嘴巴像工厂的剪切机那样极大地张开，要不是内德·兰德手握捕鲸叉，快如闪电，冲向鲨鱼，以可怕的尖端击中它的心脏，艇长就完蛋了。

内德·兰德一击命中，怪物奄奄一息，它在可怕的痉挛中挣扎，掀起的浪冲翻了贡塞伊。内德·兰德已把艇长解救出来。艇长并未受伤，他站了起来，笔直地走向印度人，急忙割断拴住石头的绳子，把那人抱在怀里，后跟使劲一蹬，浮上了水面。我们三个人跟着他，在短暂的时间里，我们奇迹般地脱了险，来到采珠人的小船旁。

奈莫艇长第一件关心的事，是让这个不幸的人恢复知觉。我不知道他是否能成功。我希望能够，因为这个可怜虫淹在水里的时间不长。但是，鲨鱼尾巴的一击可能是致命的。幸亏在贡塞伊和艇长的使劲按摩下，溺水者逐渐恢复了知觉。他睁开眼睛，看到四个铜做的大脑袋俯向他，该是多么惊讶啊！尤其是，奈莫艇长从衣兜里掏出一小袋珍珠，放到他手里时，他会想什么呢？

艇长做了一个手势，我们重新回到珠母沙洲，按原路返回，走了半小时，我们碰到了把“鹦鹉螺号”的小艇固定在地上的锚。一到艇上，我们每个人就在水手的帮助下，把沉重的铜头盔取了下来。奈莫艇长的第一句话是对加拿大人说的。

“谢谢，兰德师傅。”艇长对他说。

“艇长，这是一报还一报啊，”内德·兰德回答，“我欠您这个人情。”艇长的嘴上泛起一丝微笑，如此而已。

小艇在波涛上飞驰。几分钟后，我们遇到漂在水面上的鲨鱼尸体。从它的鳍尖上的黑色，我认出这是印度洋里可怕的黑鲨，属于真正的鲨鱼。这种鲨鱼身长超过25英尺，大嘴占据身体的三分之一。从它上颚排列成等边三角形的六排牙齿，可以看出这是一条成年鲨鱼。贡塞伊带着纯粹科学的兴趣，望着它，我相信，他不是没有理由地把它归入软骨鱼纲，固定鳃软骨翼目，板鳃科，角鲨属。在我注视这堆无活力的东西时，有十来条这样凶恶的黑鲨突然出现在小艇周围；但是，它们没有理睬我们，而是扑向鲨鱼尸体，争夺肉块。

8点30分，我们回到“鹦鹉螺号”上。

在潜艇上，我开始思索我们在马纳尔沙洲跋涉时遇到的意外事件。不可避免地得出两个观点：一个是奈莫艇长有无与伦比的勇气，另一个是他有为人献身的精神，他是人类的一个代表，却为了逃避人，而到了海底。我把这个看法告诉了他，他用有点激动的语气回答我：“教授先生，这个印度人是被压迫国家的居民，我至今仍然是，而且直至我咽气，我都会站在这个国家一边！”

四 红 海

1 月 29 日那一天，锡兰岛从天际消失，“鹦鹉螺号”以每小时 25 海里的速度，行驶在马尔代夫群岛和拉克代夫群岛迷宫一样的航道上。我们甚至沿着基坦岛航行，这是石珊瑚岛，瓦斯科·德·伽马[①]于 1499 年发现，位于北纬 10 度到 14 度 30 分、东经 50 度 72 分到 69 度之间。至今，从日本海上的起点算起，我们航行了 16220 海里。

1 月 30 日，“鹦鹉螺号”升到海面时，再也看不到陆地。潜艇往西北偏北航行，奔向阿曼湾。阿曼湾夹在阿拉伯半岛和印度半岛之间，是波斯湾的出海口。这显然是一条死路，没有可能通出去。

加拿大人问我我们要去哪里，我说不出来：“兰德师傅，艇长异想天开，想把我们带到哪里去，我们就到哪里。”

“这次异想天开，”加拿大人回答，“不可能把我们带得很远。波斯湾没有出口，如果我们进去，很快就得返回。”

“那么，我们就返回吧，兰德师傅，从波斯湾出来以后，‘鹦鹉螺号’想去看看红海的话，曼德海峡就在那里，可以通过。”

“先生，我不必告诉您吧，”内德·兰德回答，“红海像波斯湾一样封闭，因为苏伊士地峡还没有打通，即使打通了，像我们这艘潜

① 瓦斯科·德·伽马（约 1469—1524），葡萄牙航海家。

艇，也不会贸然到被闸门切断的运河里去。因此，红海还不是把我们带到欧洲去的路。”

“所以我并没有说我们要回到欧洲啊。”

“那么您是怎么想的呢？”

“我想，看过阿拉伯半岛和埃及的有趣水域以后，‘鹦鹉螺号’又会回到印度洋，或许穿过莫桑比克海峡，或许穿过马斯卡雷涅群岛的外海，以便到达好望角。”

“一旦到了好望角以后呢？”加拿大人坚持到底地问。

“那么，我们就进入了大西洋，我们还没有去过呢。啊！内德老弟，您对这次海底旅行感到疲倦啰？您对海底奇迹不断变换的景象生厌了吧？我可不，没有多少人有机会做这样的旅行，要是现在就结束，我会非常恼火的。”

“但是，阿罗纳克斯先生，”加拿大人回答，“您知道我们被关在‘鹦鹉螺号’上快三个月了吗？”“不，内德，我不知道，我不想知道，我既不算日子，也不算钟点。”“但结论呢？”“结论到时候会来的。再说，我们对此无能为力，讨论也是白搭。我的好内德，如果您来对我说：‘我们有逃跑的机会了。’我会和您讨论一下。但眼下情况并非如此，我认为奈莫艇长不会到欧洲海域去冒险。”

从这场短短的对话里，可以看出，由于对“鹦鹉螺号”着了迷，我已经扮演了艇长的角色。至于内德·兰德，他自言自语，用这句话结束谈话：“所有这些都是千真万确的，但照我看来，哪里有拘束，哪里就不再有欢乐。”

直至2月3日，“鹦鹉螺号”都在访问阿曼湾，以不同的速度和在不同的深度航行。它好像漫无目的地行驶，仿佛犹豫不定要走哪条航路，不过，它从没有越过北回归线。离开阿曼湾时，我们有一会儿看到了马斯喀特，这是阿曼最重要的城市。我赞赏它奇特的外观，这个城市处在围绕它的黑色巉岩中间，岩石上面是白色房屋和堡垒，显得分外鲜明。我看到清真寺的圆顶、尖塔的挺拔塔尖、清新翠绿的平台。但这只是转瞬即逝，“鹦鹉螺号”不久就潜入这片海域的昏暗海水里。随后，潜艇沿着阿拉伯半岛的海岸，离马哈拉和哈德拉曼有 6 海里，继续航行。

2 月 5 日，我们终于驶入亚丁湾，这是插入曼德海峡的漏斗，把印度洋的水引入红海。

2 月 6 日，“鹦鹉螺号”航行时能看到亚丁，它坐落在一个岬角上，一条狭窄的地峡把它和大陆相连。它像不能接近的直布罗陀，英国人在 1839 年占领了它以后，重新修建了堡垒。我看到这座城市八角形尖塔的清真寺。按历史学家埃德里齐的说法，这座城市是沿岸最富庶、贸易最繁华的货物集散地。我以为奈莫艇长到达这里以后，会往回走，但是我搞错了，令我大为吃惊的是，他根本没有这样做。

2 月 7 日，我们驶入曼德海峡，在阿拉伯语里，这个名字的意思是“泪门”。海峡宽 20 海里，长只有 52 千米。对全速前进的“鹦鹉螺号”来说，穿越过去只是 1 小时的事。从苏伊士去孟买、加尔各答、墨尔本、波旁岛[①]和毛里求斯的英国和法国的汽船太多了，在这个狭窄的通道来来去去，“鹦鹉螺号”难以露面。因此它谨慎地在水下航行。

中午，我们终于在红海上破浪前进。这里几乎没有雨水，也没有大河流入，过度的蒸发不断吸干海水，每年下降的水位高达 1.5 米！这是个奇怪的海湾，如果像一个湖泊那样完全封闭起来，可能会完全干涸。这方面它不如邻近的里海或死海，里海和死海的平面，只下降到蒸发掉的水正好和它们获得的水相等的程度。

---

① 波旁岛，今称留尼汪岛。

红海长2600千米，宽度平均为240千米，在古埃及托勒密王朝和罗马帝国时代，红海曾经是世界贸易的大动脉，苏伊士地峡凿通后会恢复它往日的重要性，苏伊士铁路已经部分地体现出来了。潜艇以中速行驶，有时待在海面上，有时下潜，避免遇到船，这样我得以观看这个奇妙的海洋的上下情况。

2月8日，从黎明伊始，莫卡出现在我们面前，这座城市现今变成了废墟，只要炮声震动，城墙就会倒塌，上面有几棵稀稀拉拉的绿油油的椰枣树。这里从前是个重要城市，有6个集市，26座清真寺，城墙长3千米，由14个堡垒捍卫。

然后，“鹦鹉螺号”靠近非洲海岸，那里的海水更深。海水晶莹清澈，客厅的舷窗打开后，我们可以欣赏光彩夺目的珊瑚丛，还有披着海藻和墨角藻的美艳绿袍的大块岩石。毗邻利比亚[①]海岸销蚀的暗礁和小火山岛的景致真是千变万化，笔墨难以形容！然后，“鹦鹉螺号”很快驶向东海岸，那里的树枝状结晶争奇斗艳。这是在德哈马海岸，不仅海面下盛开着一片片植形动物，而且纵横交错，煞是好看，在海面上延伸出去有10法寻。水面上的更是恣意生长，不过色彩稍差；水面下的有水的润泽，能保持鲜艳。

在电舷灯的照耀下，我欣赏到多少动植物新品种啊！有伞形菌类、深灰色的海葵，还有形状像排箫的笙珊瑚，像笛子一样；有红海特有的贝类，生活在石珊瑚洞里，底部扭曲成短短的螺旋状；最后是我还不曾见过的千百种珊瑚骨，即通常说的海绵。

海绵纲是水螅（xī）型珊瑚虫的第一个纲，正是由这种奇特的产品构成，其实用价值不容置疑。海绵并非像有些博物学家一直认为的那样是植物，而是海绵纲里最低等的动物，比珊瑚骨还低一等。它的

---

① 原文如此，疑有误。利比亚在地中海边。

动物性没有疑问，我们甚至不能采用古人的意见，把它看作动植物之间的中介。但我应该说，博物学家对海绵的结构方式意见不一。有的认为是珊瑚骨，还有的比如米尔纳·爱德华[①] 先生，认为是单一独立的个体。

海绵动物纲包括约300个种，在大多数海域都有，甚至在某些河里也有，得名淡水软体动物。但是，海绵偏爱地中海、希腊群岛、叙利亚海岸和红海的海水。这些地方生长和繁殖的海绵是上品，每件值到150法郎，如叙利亚的金黄海绵、柏柏尔地区的硬海绵等。既然我不能希望到地中海东岸诸港——因为中间隔着不能穿越的苏伊士地峡——去研究这种植形动物，就只能满足于在红海进行观察了。

因此，正当“鹦鹉螺号”以平均八九米的深度，沿东海岸贴着所有这些美丽岩石慢慢行驶时，我将贡塞伊叫到身边。

那里生长着各种各样的海绵，有带根的，有叶状的，有圆的，有手掌状的。采海绵的人比学者更有诗意，给海绵取了一些很形象的名字，花篮啦、纺锤啦、鹿角啦、狮子腿啦、孔雀尾啦、海神手套啦。从海绵的纤维组织——上面有一层半流体的胶状物质——中不断冒出细丝般的水，这是给每个细胞带去生命的水，又被海绵用收缩动作排出体外。珊瑚虫死后，这种半流体的胶状物质，也在排出氨水的同时烂掉、消失。于是，剩下的只有这些角质或胶质的纤维，构成家用海绵，近橙红色。按照海绵的柔软性、渗透性或抗浸泡性，用途也不同。

这些珊瑚骨附着在岩石上、软体动物的壳上，甚至在水生植物的茎上，连最小的坑洼里也长满了，有的摊开，还有的竖立，或者像珊瑚石灰质凸出那样下垂。我告诉贡塞伊，这些海绵有两种采集方法，

---

① 米尔纳·爱德华（1800—1885），法国生理学家。

要么用网，要么用手。后一种方法需要使用潜水员，更为可取，因为照顾好珊瑚骨组织，可以卖高得多的价钱。

另外一些在海绵动物旁边大量繁殖的植形动物，主要有形状优美的水母；软体动物以各种各样的枪乌贼为代表，按照道比尼的说法，枪乌贼是红海特有的；爬行动物以条纹龟为代表，属龟鳖目，是餐桌上有益健康的佳肴。

至于鱼类，种类很多，而且往往令人注目，如鳐鱼、银脊鲟、奥冬鱼、海鳝鱼、松鱼、团足鱼、虾虎鱼等。

2 月 9 日，“鹦鹉螺号”在红海最宽阔的部分航行，西岸是苏阿金港，东岸是贡富达港，两岸相距 190 海里。这一天中午，测完位置以后，奈莫艇长登上平台，我待在那里。我决定至少要试探到他以后的计划，才让他下去。

他一看到我便朝我走来，潇洒地递给我一支雪茄，对我说：“教授先生，您喜欢红海吗？这里面有鱼、植形动物、遍地的海绵、珊瑚的森林，它覆盖的这些奇观，您看够了吗？您看到海岸边矗立的城市了吗？”“是的，奈莫艇长，”我回答，“‘鹦鹉螺号’极妙地提供了做这些研究的条件。啊！这是一艘构造精巧的艇！”

“是的，先生，精巧、大胆、无懈可击！它既不惧怕红海可怕的风暴、海潮，也不惧怕暗礁。”“确实，”我说，“这个海被列入最风狂雨暴的海洋，如果我没有搞错的话，在古代，它的名声就很不好。”

“教授先生，很不好。希腊和拉丁语的历史学家都不说它的好话。斯特拉彭[①]说，在地中海季风期和雨季，红海特别风大浪急。阿拉伯人埃德里齐以科尔左穆湾的名字描绘它，说是有大量的船沉没在海底沙洲上，夜里没有人敢在这里航行。他认为，这是因为红海经常有可

① 斯特拉彭，古希腊地理学家。

怕的风暴，散布着危险重重的小岛，‘什么东西也没有’，水底下没有，海面上也没有。”

“很显然，这些历史学家没有在‘鹦鹉螺号’上航行过。”

“确实如此，”艇长微笑着回答，“在这方面，现代人不比古人更往前一步。需要几个世纪才能发明强大的蒸汽机！谁知道再过 100 年，是否能看到第二艘‘鹦鹉螺号’呢！先生，进步是缓慢的。”

“不错，”我回答，“您的潜艇超前了一个世纪，也许超前了几个世纪。这样一个秘密要随着它的发明家之死而消失，是多大的不幸啊！”奈莫艇长没有回答我的话。沉默几分钟之后，他说：“刚才您对我提到，古代历史学家关于在红海航行会遇到危险的看法吧？”

“不错，”我回答，“但是他们的担心并没有夸张吧？”

“既夸张也没有夸张，阿罗纳克斯先生，”奈莫艇长回答我，我觉得他彻底了解“他的红海”，“现代的船装备齐全，构造坚固，由于蒸汽很听指挥，能掌握航向，不再有危险了，而对古代的船来说，却是有各种各样危险的。必须设想最初的航海家，坐在用棕榈绳绑在一起的木板船上去冒险，用树脂嵌填船缝，再涂一层鲨鱼油。他们甚至连测量航线的工具都没有，估摸着在不太熟悉的海洋里航行。在这种条件下，会发生海难，而且应该很多。可是，在我们的时代，那些来往于苏伊士和南海之间的轮船，就再也不用担心这个海湾的风暴了，哪怕遇到季风转换期的逆风。”

“我同意您所说的，”我说，“我觉得蒸汽机把水手的感恩之心泯灭了。但是，艇长，既然您好像专门研究过红海，您能告诉我它的名字来源吗？”“阿罗纳克斯先生，对此有许多说法。您想知道 14 世纪一位编年史家的看法吗？”

“很想知道。”

“这位别出心裁的史家认为，以色列人渡过了海，海水在摩西说完话后又重新合上，于是埃及法老就葬身波涛中，此后就有了红海的名字：海水变成红艳艳，表明奇迹已出现。除了称之为红海，其他名字难取代。”

“这是诗人的解释，奈莫艇长，”我回答，“但是我不满足。因此，我请问您的个人看法。”

“是这样。阿罗纳克斯先生，据我看来，必须在红海这个名字里看到希伯来文‘Edrom’一词的翻译，古人之所以给它取了这个名字，是因为红海的水颜色特别红。”

“但是至今我看到的海水清澈，没有一点特别的颜色。”

“毫无疑问，但往海湾里面走，您就会看到这种特殊的表面。我记得看过托尔湾是完全红色的，就像一个血湖。”

“这种颜色，您认为是由于微小的海藻的存在吗？”

“是的。这是一种红色胶状物质，是从一种叫作‘三瓣藻’的微小胚芽产生的，必须有40000个三瓣藻才占满1平方毫米的空间。我们到托尔港时，也许您能看到。”

“这样说，您不是第一次坐‘鹦鹉螺号’到过红海喽？”

“不是，先生。”

“那么，既然您刚才说到以色列人渡海和埃及人遭殃，我想问您，您是否在海底发现了这个重大历史事件的遗迹？”

“没有，教授先生，而且有一个非常好的理由。就是，摩西率领他的民众渡海的地方，如今已经淤积了泥沙，骆驼在里面也只能湿了腿。您明白，我的‘鹦鹉螺号’去不了那里，水不够深。”

“这个地方在哪儿？”我问。

“这个地方位于苏伊士上边一点，是海湾里从前的一个深水港，那时红海一直伸展到咸湖。现在，不管那次渡海是不是奇迹，以色列人仍然能通过那里到乐土，而法老的军队正是在那个地方毁灭的。因此我想，在这片沙地进行发掘，会发现大量武器和来源于埃及的工具。”

“显而易见，”我回答，“但愿考古学家早晚有一天会进行发掘，在苏伊士运河凿通之后，新城市建立在这地峡之前。不过对‘鹦鹉螺号’这样的潜艇来说，一条运河完全没用！”

“当然，可是对全世界有用，”奈莫艇长说，“古人早就明白，将红海和地中海连通起来，有利于他们的贸易。但是他们绝不想直接开掘一条运河，他们以尼罗河作为中介。根据传说，将尼罗河和红海连接起来的运河，可能在塞索斯特里[1]时代已经开始发掘。可以肯定的是，前615年，纳科斯实施了一项运河工程，通过和阿拉伯相望的埃及平原，用尼罗河来供水。这条运河要走4天，宽度能让两艘古罗马的三层桨战船并行。运河由希斯塔普的儿子大流士继续开掘，可能在普托莱梅二世[2]时期完成。斯特拉彭见过这条运河用于航行，但是，在布巴斯蒂附近的运河起点和红海之间的坡度太缓，运河一年里只有几个月可以通航。这条运河用于贸易直到安东尼时代；随后被弃之不用，泥沙淤积；然后奥马尔哈里发下令重建；阿尔·芒索尔哈里发最终在761年或者762年下令将运河填塞。远征埃及时，你们的波拿巴将军在苏伊士的荒漠中发现了这些工程的遗迹，而且他受到海潮突袭，险些丧命，几小时后回到哈德雅罗特，3300年前，摩西曾先于他驻扎在这里。”

“那么，艇长，古人不敢进行的，即把这两个海连接起来，使得从加的斯到印度的路程缩短了9000千米，德·莱塞普斯[3]先生却做了。过不了多久，他就会将非洲变成一个无比大的岛。”

---

① 塞索斯特里，古埃及第十二王朝法老。

② 普托莱梅二世，古埃及国王。

③ 德·莱塞普斯（1805—1894），法国外交家，曾开凿苏伊士运河。

“是的，阿罗纳克斯先生，您有权为自己的同胞感到骄傲。这个人为一个国家增光，超过了最伟大的船长。他像许多人一样开始时有烦恼，遭拒绝，但是后来他胜利了，因为他有超人的意志，想来也是可悲的事：这项事业，本应是国际间合作的事，足以光耀一个朝代，却由一个人的毅力来完成。因此，光荣属于德·莱塞普斯先生！”

“是的，光荣属于这个伟大的公民。”我回答，对奈莫艇长刚才说话的口气感到非常吃惊。

“可惜，”他又说，“我不能带您通过苏伊士运河[①]，但后天，我们到地中海以后，您可以看到塞得港的长防波堤。”

“到地中海？！”我嚷道。

“是的，教授先生。这让您吃惊吗？”

“让我吃惊的是，后天我们就会到那里。虽然到您的艇上以后，我应该对任何事都不吃惊！”

“可是，为什么吃惊呢？”

“因为可怕的速度。如果您绕过好望角，沿着非洲转一圈，后天就到地中海，将不得不让‘鹦鹉螺号’高速行驶了。”

“谁对您说要绕过非洲，教授先生？谁告诉您要绕过好望角？”

“可是，除非‘鹦鹉螺号’在陆地上航行，从地峡上面通过……”

“或者从地峡下面过去，阿罗纳克斯先生。”

“从下面？”

“当然，”奈莫艇长平静地回答，“今日人类在狭长的地峡上所做的事，大自然很久以前就在下面做过了。”“什么！竟然存在一条通道？”“是的，一条地下通道，我命名为阿拉伯隧道。从苏伊士下面开始，到达佩吕兹湾。”“可是，这个地峡只是由流沙组成的吧？”

---

① 苏伊士运河于1869年通航。

“只到一定的深度。但到了50米深度，就是不可撼动的岩石地层。”“您是偶然发现这个通道的吧？”我越来越惊奇了。“既是偶然，又有推理，教授先生，甚至推理多于偶然。”“艇长，我在听您说，但我的耳朵拒绝它听到的话。”

“啊！先生！‘人有耳，却听不进’这句话适用于所有时代。不仅这个通道存在，而且我利用过好几次。否则，我今天不会闯到红海这条死路上来。”“请问您是怎样发现这条隧道的？是不是有点冒失？”“先生，”艇长回答我，“在永远不应再分开的人之间，不能有什么秘密。”我没有理会他的暗示，等着奈莫艇长往下讲。

“教授先生，”他对我说，“这是博物学家的一个简单推理，它引导我发现了这个通道，只有我一个人知道这通道。我注意到，在红海和地中海，存在一定数量品种绝对相同的鱼类：海蛇、车鱼、鲫（jǐ）鱼、绞车鱼、簇鱼和飞鱼。确定了这个事实以后，我寻思，这两个海之间是否相通呢？如果相通，地下的水流必定是从红海流向地中海，只因为海面高低不同。于是我在苏伊士附近捕捞了大量的鱼，在鱼尾上套上铜环，又放回海里。几个月后，在叙利亚海岸，我抓到一些带着这种标志性铜环的鱼。于是，两海相通被我证实了。我利用‘鹦鹉螺号’寻找通道，找到之后冒险进到里面，教授先生，您也会很快穿过我这条阿拉伯隧道的！”

五 阿拉伯隧道

这部分谈话内容直接和贡塞伊及内德·兰德有关，当天我就告诉了他们。贡塞伊拍起手来，但加拿大人耸了耸肩。

“一条海底隧道！”他大声说，“两海相通！谁听说过这个？”

“内德老兄，”贡塞伊回答，“您听说过‘鹦鹉螺号’吗？没有！但是它存在。因此，不要那么轻率地耸肩，不要借口您没有听说过，就一推了之。”

“咱们走着瞧吧！”内德·兰德顶了一句，摇摇头，“总之，我乐意相信有这条通道，相信这位艇长，但愿他能把我们送到地中海。”

当天晚上，“鹦鹉螺号”在海面上航行，位于北纬 21 度 30 分，接近阿拉伯海岸。我看到吉达港，那里是埃及、叙利亚、土耳其和印度进行贸易的重要商埠。太阳已经快要落到地平线上，在城里的房子上洒满阳光，使它们的白色更加耀眼。城外，几间木屋或者茅屋表明是贝都因人的住宅区。不久，吉达港消失在夜色中，“鹦鹉螺号”又回到微微发出磷光的水底下。

第二天，2 月 10 日，好几艘船迎面驶来，“鹦鹉螺号”重新在海底航行。但到中午，在测量方位时，大海一片空寂，潜艇又回到吃水线上。我在内德和贡塞伊的陪伴下，坐在平台上。我们靠在小艇侧面，东拉西扯地聊着，这时，内德·兰德发现左前方有一团东西在蠕动。

“是另一艘‘鹦鹉螺号’吗？”贡塞伊问。

“不是，”加拿大人说，“我没有搞错，这是一只海兽。”

“红海里有鲸鱼吗？”贡塞伊又问。

“有，小伙子，”我回答，“有时可以遇到。”

“这绝不是鲸鱼，”内德·兰德又说，眼睛没有放过那显现的东西，“鲸鱼和我，我们是老相识，我不会搞错它们的动作。”

这黑黝黝的东西不久就离我们只有1海里了。它像大海里的一个大暗礁。这是什么？我还说不上来。

“啊！它在往前！它潜下去了！”内德·兰德大声说，“这头野兽可能是什么呢？它的尾巴不分叉，不像鲸鱼和抹香鲸，它的鳍像被截断的肢体。”

“这么说是……”我说。

“好，”加拿大人又说，“看它背朝下，把乳房挺在空中！”

“这是一条美人鱼！”贡塞伊嚷道，“一条真正的美人鱼，先生不会不以为然吧！”美人鱼这个名字使我恍然大悟，我明白了，这头野兽属于海洋生物目，传说为美人鱼，半是女人，半是鱼。

“不是，”我对贡塞伊说，“这绝不是一条美人鱼，而是一种奇特的生物，在红海里只剩下几头。这是一头儒艮。”

“属人鱼目，鱼形群，单子宫亚纲，哺乳动物纲，脊椎动物门。”贡塞伊回答。贡塞伊这样一说，也就没有什么可补充的了。但内德·兰德始终在看。他的眼睛看到这头野兽便贪婪得闪闪发光。他的手似乎准备好要投出捕鲸叉。他好像在等待跳进大海，向野兽发起攻击。

这时，奈莫艇长出现在平台上。他看到了儒艮，明白了加拿大人要做什么，直接对他说：“兰德师傅，如果您拿起一把捕鲸叉，手就发痒吗？”

“就像您所说的，先生。”“有朝一日您重操旧业，在您捕获的鲸类动物的记录里再添上一头，您不会不高兴吧？”“我绝对不会不高兴。”“那么，您可以试一试。只不过我建议您别错过了投中这头野兽，这是为您着想。”

“攻击这头儒艮危险吗？”我不管加拿大人耸肩，问道。

“有时是的，”艇长回答，“这头野兽会转身冲向攻击它的人，并掀翻小船。但对兰德师傅来说，用不着害怕这危险。他目光锐利，手臂投掷十拿九稳。我嘱咐他不要错失投中儒艮，是因为人们正是把儒艮当作鲜美的野味，而且我知道兰德师傅不厌恶肉香。”

“啊！”加拿大人说，“这畜生也能让人大快朵颐吗？”

“是的，兰德师傅。它的肉，是真正的肉，极其受到看重，在整个马来亚，是专门为王公们的餐桌上保留的。因此，对这美好的动物大肆追捕，就像它的同类海牛一样，变得越来越稀罕了。”

“那么，艇长先生，”贡塞伊认真地说，“如果这头儒艮凑巧是最后一头，从科学的利益出发，难道不应该放过它吗？”

“也许吧，”加拿大人回了一句，“但是从厨房的角度着想，最好还是捕杀它。”

“那就干吧，兰德师傅。”奈莫艇长回答。

这时，艇上有七个水手像往常那样，默默无言，表情冷漠，登上了平台。有一个人举着一把捕鲸叉，还有一根像捕鲸手们使用的钓鱼线。小艇从槽里被卸下，离开甲板，去到海里。六个桨手在凳上坐下，小船船长掌舵。内德、贡塞伊和我坐在后面。

小艇离开潜艇，在六支桨的划动下，飞快地朝儒艮驶去，这时儒艮在离“鹦鹉螺号”2海里的地方漂游。

到了离鲸类动物几链远的地方时，小艇放慢了速度，桨悄无声息地插入平静的水中。内德·兰德手里握着捕鲸叉，走去坐在小艇的前面。用来攻击鲸鱼的叉通常系着一根很长的绳子，当受伤的鲸鱼带着叉离去时，绳子便很快放出去。但现在绳子不到10法寻，顶端只拴着一只小桶，它漂起来可以指出儒艮在水下游动的地方。

我站起来，清晰地看到了加拿大人的对手。这头儒艮，也叫海马，非常像海牛。狭长的身体，末端是一条很长的尾鳍，两侧的鳍是它的手指。它和海牛的区别在于它的上颚长着两颗尖尖的长牙，在两边形成分开的獠牙。内德·兰德准备攻击的这头儒艮，它体型巨大，长度至少超过7米。它一动不动，仿佛睡在海面上，这是捕杀它的最佳时机。

小艇小心翼翼地靠近离儒艮3法寻的地方。桨手收起了桨。我弯着腰。内德·兰德身子有点往后仰，素有训练的手将捕鲸叉扔了出去。突然，传来了呼啸声，儒艮消失不见了。使劲扔出去的捕鲸叉可能只击中了水。"真见鬼！我没有叉着它！"内德·兰德愤怒地嚷道。

"不！"我说，"野兽受了伤，这是它的血，但是您的捕鲸叉没有留在它的身上。"

水手们又划起桨来，船长指挥小艇朝那只漂浮的小桶划去。捕鲸叉被捞了上来，小艇开始追逐那头儒艮。儒艮不时重新浮上水面呼吸。它的伤不厉害，因为它游得极快。小艇在有力的手臂的划动下，飞快地追逐它。有好几次接近了它，加拿大人准备好投掷，但是儒艮突然一个猛子扎下去，无法叉着它。

可以判断这挑起急不可耐的内德·兰德的愤怒有多大。他把英语里最犀利的咒骂扔给那倒霉的生物。而我看到儒艮挫败我们所有的诡计，并不感到气恼。我们毫不松懈地追逐了1个小时。我开始以为很难捉到它了，这时，这生物打错了报复的主意，为此后悔莫及了。它返身向小艇扑过来，轮到它进攻了。这个动作没有逃过加拿大人的眼睛。

“小心！”他说。

船长用古怪的声音说了几句话，大概是提醒他的人防卫吧。儒艮在离小艇20英尺的地方停住，突然用它宽大的鼻孔吸了口气。它的鼻孔不是开在口鼻部位的顶端，而是在上边。然后，一个冲刺，扑向我们。小艇无法躲开它的冲撞，差点被掀翻。艇内灌进一两吨水，必须舀出去。幸亏船长灵活，小艇又是斜里而不是正面被撞，所以没翻船。内德·兰德抓住船艏，另一只手一下又一下地往那庞然大物刺过去，那家伙用嵌入船舷的牙齿把小艇叼离水面，犹如一头狮子叼起一只狍子那样。我们被掀翻在船上，彼此压在身上，要不是加拿大人始终同那头畜生激烈搏斗，终于刺中它的心脏，我不知道这次冒险会是怎样的结局。

我听到牙齿咬钢板的声音，儒艮带着捕鲸叉消失了。不一会儿，小桶又浮上水面，没多久那畜生的身体出现了，肚子朝上。小艇划到它那里，把它拖在后面，朝“鹦鹉螺号”驶去。

儒艮重达5吨，用了力量很大的滑轮才终于把它吊上平台。人们当着加拿大人的面把它分割，他坚持要看全操作的所有细节。当天，侍者给我送来的晚饭里就有几块儒艮肉，是艇上的厨师精巧地烹调的。我觉得味道好极了，甚至好过小牛肉，即便不如牛肉。

第二天，2月21日，“鹦鹉螺号”的配餐室又多了一样可口的野味。一群海燕落在“鹦鹉螺号”上，这是一种埃及特有的尼罗河海燕，黑喙，灰头，尖脑袋，眼睛周围布满白点，浅灰的翅膀和尾巴，白色的肚子和脖子，红色的爪子。我们还抓到几十只尼罗河野鸭，一种味道极好的野禽，脖子和脑袋是白色的，有斑斑黑点。

这时“鹦鹉螺号”是中等速度，可以说是徐徐前进。我观察到红海的海水越接近苏伊士，盐分就越少。

傍晚5点左右，我们在北边测定了拉斯·穆罕默德角的位置。正是这个角，构成了苏伊士湾和阿卡巴湾之间的阿拉比·佩特雷的顶端。“鹦鹉螺号”进入通到苏伊士海湾的朱巴尔海峡。我清晰地看到在两个海湾之间凌驾于拉斯·穆罕默德角的一座高山。这是霍列峰，即西奈峰。

6点钟，“鹦鹉螺号”通过托尔的外海，托尔建立在海湾尽头，海水似乎染上了红色——奈莫艇长已经指出过。随后夜幕降临，四周一片沉寂，有时被鹈鹕（tí hú）和一些夜鸟的啼声、海水冲击岩石的激荡声，以及远处轮船螺旋桨拍击海水的呜咽声所打破。

8点到9点，“鹦鹉螺号”一直处在水下几米处。据我计算，我们离苏伊士很近。透过客厅的舷窗，我看到被我们的电灯光照得雪亮的岩石根基。我觉得海峡越来越小。9点15分，由于潜艇又浮出水面，我登上平台。我急不可待地想穿越奈莫艇长所说的隧道，因此无法待在原地，想呼吸夜晚的新鲜空气。不久，在黑暗中，我看到离我们1海里处闪烁着苍白的光亮，但被雾遮得朦朦胧胧。

“一盏导航灯。”我身边的人说。我转过身，认出是艇长。

“这是苏伊士的导航灯，”他又说，“我们很快就到达隧道口了。”

“进入隧道不容易吧？”

“不容易，先生。所以我的习惯是待在驾驶室里，亲自指挥操作。现在，阿罗纳克斯先生，您得下去了，‘鹦鹉螺号’就要下沉水中，要到越过阿拉伯隧道才浮上海面。”我跟在奈莫艇长后面。舱盖关上了，储水罐灌满了水，潜艇下沉了十来米。正当我准备回到我的房间里的时候，艇长把我叫住。

“教授先生，”他对我说，“您乐意在驾驶室内陪伴我吗？”

“我不敢向您提出呢。”我回答。

“那就来吧。这样您会看到在这次既是地下又是海底的航行中，所能看到的一切。”

奈莫艇长把我带往中央梯子。走到一半时，他打开一扇门，沿着上层的纵向通道走，来到了驾驶室，大家知道，它凸出于平台的末端。这是一间6英尺见方的舱室，几乎与密西西比河和哈得孙河上的汽轮驾驶室一样。屋子中间，一个竖放的轮子——咬合在那个一直通到“鹦鹉螺号”的舵链上——正在运转。四面舷窗是透镜玻璃，嵌入舱室的四壁，让舵手能看到所有方向。这个舱室很幽暗，但不久我的眼睛就习惯了，我看到舵手身体强壮，双手把住舵轮的轮辋。外面，大海看起来被舷灯照得亮晃晃的，舷灯在舱室后面，平台的另一端。

“现在，”奈莫艇长说，“寻找我们的通道吧。”

电线将驾驶室和机房相连，艇长在那里可以同时指挥“鹦鹉螺号”的航向和操作。他按了一下金属钮，螺旋桨的转速马上大大减慢了。我们此刻正沿着十分陡峭的高墙行驶，我们离石壁只有几米的距离，这样行驶了1个小时。奈莫艇长目不转睛地望着挂在舱室里的双同心圆罗盘。只要他打个手势，舵手就能随时改变“鹦鹉螺号”的航行方向。我坐在左舷窗旁，望着妙不可言的珊瑚的底层结构、植形动物、海藻和甲壳类动物。甲壳类动物舞动着大爪子，从岩石的凹处伸出来。

10点15分，奈莫艇长亲自掌舵。一条宽敞的走廊，黝黑而深邃，展现在我们面前。“鹦鹉螺号”大胆地开了进去。潜艇两侧响起了不同寻常的噪声。这是红海的海水顺着隧道的坡泻入地中海。“鹦鹉螺号”虽然让螺旋桨逆向转动，抵挡冲力，但仍然像箭一样，飞快地顺流而下。在通道的狭窄石壁上，我只能看到一束束光、一些直线和飞速行驶在电灯光下划出的痕迹。我的心怦然乱跳，我用手按着心窝。

10点35分，奈莫艇长放开舵轮，向我回过身来，对我说：“地中海到了。”“鹦鹉螺号”被激流推动着，用了不到20分钟，刚刚通过苏伊士地峡。

六　希腊群岛

2 月 12 日，旭日东升，“鹦鹉螺号”又浮上水面。我冲到平台上。在南面 3 海里处，呈现出佩吕兹的模糊轮廓。一股急流把我们从一个海送到另一个海。但是，这条隧道下行容易，逆流而上大概是不能通行的。将近 7 点，内德和贡塞伊与我相聚。

“博物学家先生，这么说，这就是地中海喽？”加拿大人用有点讥讽的语气问。

“内德老弟，我们正航行在地中海的海面上呢。”

“什么！”贡塞伊说，“昨天夜里？”

“是的，昨天夜里只用了几分钟，我们就通过了这个不能逾越的地峡。”“我不相信。”加拿大人说。“那您可错了，兰德师傅，”我接着说，“南边圆弧形的低海岸就是埃及海岸。”

“先生，对别人去说吧。”固执的加拿大人顶了一句。

“况且，内德，奈莫艇长给了我面子看他的隧道，我在他身边，待在驾驶室里，是他亲自指挥‘鹦鹉螺号’通过这狭窄的通道的。”

“您有好眼力，”我又说，“内德，您能看到塞得港的长堤一直延伸到海里。”加拿大人仔细望着。“确实，”他说，“您说得对，您的艇长了不得。我们是在地中海。好，那么谈谈咱们的事吧，但不要让别人听见。”我知道加拿大人想要说什么。无论如何，我想，既然他想说，谈谈也好。

加拿大人说：“我们来到了欧洲，在奈莫艇长任意妄为，把我们带到极地的海底，或者又把我们带回大洋洲之前，我要求离开‘鹦鹉螺号’。”

我要承认，和加拿大人的这番讨论，总是使我进退两难。我绝不愿意妨碍我的同伴们获得自由，但是，我压根不想离开奈莫艇长。靠着他，靠着他的潜艇，我每天充实了我的海底研究，而且就在海洋里修改我那本关于海底的著述。因此，在完成环球的探索之前，我不能让自己想到离开“鹦鹉螺号”。

“内德，旅行会结束的。”

“在什么地方，什么时候结束？”

“我设想，当海洋再没有什么给我们看的时候，旅行就会结束。在这个世界上，但凡有开始必定有结束。”

“我和先生一样想，”贡塞伊说，“在跑遍地球上所有的海洋以后，奈莫艇长非常可能让我们三个人远走高飞的。”

“远走高飞！”加拿大人大声说，“您是想说一顿痛打吧？”

“别夸大其词，兰德师傅，”我又说，“我们用不着惧怕艇长，但是我也不同意贡塞伊的想法。我们掌握了‘鹦鹉螺号’的秘密，所以，我并不期待艇长为了恢复我们的自由，听任我们让这些秘密在世界上不胫而走。”

“那么，您期待什么呢？”加拿大人问。“我期待六个月之后，跟现在一样，出现一些我们能够也应该利用的机会。”“唷！”内德·兰德说，“请问，博物学家先生，再过六个月，我们会在哪里？”

“也许在这里，也许在中国。您知道，‘鹦鹉螺号’跑得很快。它穿过海洋，就像燕子穿过天空，或者一辆快车穿过大陆。它绝不怕有船只来往的海洋。谁对我们说它不会接近法国海岸、英国海岸或者美国海岸呢？在这些地方，想逃跑会和这里一样容易。”

“阿罗纳克斯先生，”加拿大人回答，“您的议论错到底了。您用将来时说话：‘我们将在那里！我们将在这里！’我呢，我用现在时说话：‘我们眼下在这里，必须利用这个机会。’”

我被内德·兰德的逻辑紧紧相逼，我感到自己被打倒在地。我再也不知道有什么论据能使我变得有利。

“先生，”内德又说，“即使不可能，我们也设想一下，奈莫艇长甚至今天就给我们自由，您会接受吗？如果他再补充一句，说他今天给您的提议，以后不会再提出，您会接受吗？”

我没有回答。

“贡塞伊老弟是怎么想的呢？”内德·兰德问。

“贡塞伊老弟嘛，”这个正直的小伙子平静地回答，“无可奉告。他对这个问题绝对不感兴趣。他像他的主人，他像他的哥们儿内德，是单身汉。他没有妻子，没有父母，也没有孩子在家里等他。他伺候先生，想先生所想，说先生所说，他最大的遗憾是，不能指望他凑成个多数。这里只有两个人在场。一方是先生，另一方是内德·兰德。话说完了，贡塞伊老弟洗耳恭听，准备好了计算得分。”看到贡塞伊这样完全置身事外，我禁不住微笑。

“那么，先生，”加拿大人说，“既然贡塞伊不插入，那就只在我们两人之间讨论。我说过了，您也听到了。您怎么回答？”显然，此刻必须下结论，推三阻四也令我反感。

“内德老弟，”我说，“您反对我是对的，我的论据在您的论据面前站不住脚。不应该指望奈莫艇长发善心。但出于谨慎，我们要利用一旦出现离开‘鹦鹉螺号’的机会。只不过，有一点看法：我们逃跑必须一次成功，否则奈莫艇长不会饶过我们的。”

内德·兰德同意了我的想法，并指出了逃跑的有利时机：一个漆黑的夜晚，‘鹦鹉螺号’来到离欧洲海岸不远的地方，如果潜艇正好浮上水面，可以泅水逃走；就算潜艇离海岸较远，且在水下航行，还可以设法夺取小艇。然而我认为这个有利时机不会出现。

“为什么？”

“因为我们并没有放弃重获自由的希望，奈莫艇长对此不会视而不见，他会保持警惕，特别是在看得见欧洲海岸的海面上。”

“我们走着瞧吧。”内德·兰德回答，态度坚决地摇了摇头。

“现在，内德·兰德，”我又说，“就说到这里为止吧。您准备好了，就通知我们，我们会跟随着您。我完全信赖您。”

现在我要说，事实证实了我的预见，令加拿大人非常失望。奈莫艇长在这些船只来往频繁的海洋上，往往让潜艇保持在刚浮出水面或者待在外海。因此，我没有看到斯波拉德斯群岛中的卡尔帕托斯岛，奈莫艇长对我提到这个岛时，指着地球平面球形图上的一个点，引用维吉尔[①]的诗句说：

Est in Carpathio Neptuni guirgite vates

Caeruleus Ptoteus

（预言家普罗透斯[②]待在海神波塞冬的卡尔帕托斯岛上）

事实上，这是为海神放牧的老牧人以往的住地，如今成了卡尔帕托斯岛，位于罗得岛和克里特岛之间。透过客厅舷窗，我只能看到这个岛的花岗岩基础。

2月14日，我决定用几小时来研究希腊群岛的鱼，但不知什么原因，客厅舷窗关得严严实实的。在测定“鹦鹉螺号”的方位时，我

---

① 维吉尔（前70—前19），古罗马诗人。

② 普罗透斯，希腊神话中的海神，多变化，为波塞冬放牧海豚。

注意到潜艇往坎迪岛即原先的克里特岛前进。正当我登上"亚伯拉罕·林肯号"时，这个岛上刚刚爆发了反对土耳其暴政的起义。可是，从那时起，起义变得怎样了，我全然不知。奈莫艇长和陆地断了一切联系，也不能告诉我情况。因此，晚上我和艇长在客厅单独相处时，丝毫不触及这次事件。再说，我觉得他沉默寡言，若有所思。过了一会儿，他一反常态，下令打开客厅的两道护窗板，从这扇窗走到那扇窗，仔细观察海水。我则利用这段时间研究在我面前游过去的鱼。

其中我注意到虾虎鱼，亚里士多德提到过这种鱼，俗名"海花鳅"，在尼罗河三角洲附近的咸水里尤其能遇到。在它们旁边游动着半带磷光的大西洋鲷，一种被埃及人列为神圣的生物。这种鱼一旦在尼罗河里出现，就预示着河水要泛滥，要举行宗教仪式来祭祀。我同样要特别提一下30厘米长的屑鳞鱼，这是一种硬骨鱼，鳞片透明，青灰色，杂有红斑，由于大量吃食海洋植物，使得它们的肉很鲜美，在古罗马美食家看来非常珍贵。

另一种海洋生物引起了我的注意，使我回忆起古代的一系列事件。那是印颈鱼，它附着在鲨鱼的肚子上旅行。按古人的说法，这种小鱼附着在船体上，能使船在行进中停下来。在阿克蒂奥姆的海战中，就因为一条印颈鱼拖住了安东尼的船，才使屋大维取得了胜利。我同样观察到令人赞叹的花鱼，属鲈鱼目，对希腊人来说，这是一种神鱼，他们认为这种鱼能够把他们常去的海域所存在的海洋怪物驱除。它们不愧称为"花鱼"，身上的颜色确实绚丽多彩，红色中就包含从平淡的玫瑰红到闪闪发光的宝石红这一系列的细微差别，连背鳍上都闪烁着变化不定的光。

突然，水中出现一个腰带上挂着一个皮袋的潜水员，让我大吃一惊。他用有力的手臂划水，有时消失不见，浮到海面上呼吸，然后又马上潜下去。我向艇长回转身来，用激动的声音大声说："一个人！

一个遇难者！必须不惜一切代价援救他！”艇长没有回答我，走过来靠在舷窗上。那人靠过来，脸贴住玻璃，望着我们。令我更为吃惊的是，奈莫艇长向他做了个手势。潜水员回了个手势，马上重新浮到水面，不再出现。

“您不必担心，”艇长对我说，“这是马塔潘角的尼古拉，绰号‘勒佩斯’，他在西克拉德群岛赫赫有名。他是个大胆的潜水员，水就是他生活的场所，他待在水里比待在陆地上的时间多，不断地从一个岛游到另一个岛，一直游到克里特岛。”说完，奈莫艇长走向客厅左舷窗旁的柜子。我在柜子旁看到一只箍铁箱，箱盖上有块铜牌，上面有“鹦鹉螺号”的标记，还有那句“动中之动”的格言。

奈莫艇长不考虑我的存在，打开箱子，里面藏着大量金锭。奈莫艇长把金锭一个一个拿出来，整齐地码在箱子里，装满了箱子。我估摸箱子里装了1吨多黄金，就是说差不多500万法郎。

箱子被严密地关上了，艇长在箱盖上写了一个地址，用的文字应该属于现代希腊文。写完后，奈莫艇长按了一下电钮，按钮的电线和船员的舱室相通。四个船员出现了，他们费劲地把箱子推出客厅。然后我听到他们用滑轮把箱子吊到铁梯上的声音。

我十分困惑地回到房间。我想入睡，但是睡不着。我仔细寻找那个潜水员的出现和这个装满金子的箱子之间的联系。不久，凭着船体的颠簸和摇动，我感到“鹦鹉螺号”离开底层，回到了水面。然后，我听到平台上的脚步声。我明白有人在取出小艇，放到了海里。小艇碰了“鹦鹉螺号”的艇侧一下，就什么声音都停息了。

2个小时后，同样的声音，同样的走动声重新响起。小艇被吊回潜艇上，放回原来的槽里，“鹦鹉螺号”重新潜入水中。这样说来，这几百万法郎就转移到目的地了？

第二天，我把夜里的事告诉了贡塞伊和加拿大人听，这件事引起了我极大的好奇心。我的两个同伴的吃惊也不亚于我。

我吃过早饭后，来到客厅，开始工作。直至傍晚 5 点钟，我一直在写笔记。这时——归之于个人情绪的原因——我感到酷热，不得不脱掉我的丝质衣服。简直是不可理解，因为我们是在高纬度的地方，再说“鹦鹉螺号”潜下水，不应该感受到任何温度的升高。我看了看气压计，指出水深是 60 英尺，在这里，气温不会达到很高。

我继续工作，但是温度升高到不能忍受的地步。我正要离开客厅，这时奈莫艇长走了进来。他走近温度计，看了看，然后朝我转过身来。“42 摄氏度。”他说。“艇长，我感觉到了，”我回答，“只要温度再提高一点，我们便受不了啦。”

“噢！教授先生，温度只有在我们想让它升高时才会升高。”

“那么说，您能随意调节温度？”

“不，但是我能够离开热源。”

“那么，温度是从外面来的吗？”

“当然。我们是在沸水中航行。”

护窗板打开了，我看到“鹦鹉螺号”周围的海水完全是白色的。一股含硫黄的蒸汽在海水中翻滚，仿佛一只锅炉的水在沸腾。我把手放在一面舷窗上，烫得我只好把手缩回来。

“我们在什么地方？”我问。

“在桑托林岛[1]附近，教授先生，”艇长回答我，“正好在分开新卡蒙尼岛和旧卡蒙尼岛的海峡中。我想让您看看海底火山爆发的奇观。”“我还以为，”我说，“这些新岛的形成已经结束了呢。”

“在这片有火山活动的海域根本没有结束，”奈莫艇长回答，“地球始终在地下火的活动之中。19 年，按照卡西奥多鲁斯和普利尼的说

---

① 桑托林岛，在爱琴海的希腊海岛，火山活动频繁。

法，泰伊亚女神岛已经出现在这些小岛最近形成的同一地方，然后，沉没在海面下，到69年重新浮出水面，再一次沉没。从那时起到今日，火山活动一直处于中止状态。但在1866年2月3日，一座新的小岛，被称为乔治岛，在新卡蒙尼岛附近，从含硫黄的蒸汽中露出水面，并于同月6日和新卡蒙尼岛连在了一起。2月13日，阿佛罗埃萨岛出现了，在它和新卡蒙尼岛之间造成一个10米宽的海峡。这个现象发生时，我正好在这片海域，得以看到整个过程。阿佛罗埃萨岛呈弧形，由黑色玻璃体熔岩构成，间以长石质碎块。最后，3月10日，一座更小的岛，名叫雷卡岛，出现在新卡蒙尼岛附近，此后，这三个岛连成一片，只构成同一个岛。”

“眼下我们所在的这个海峡呢？”我问。“在这儿，”奈莫艇长回答，给我指着一张群岛地图，“您看到我标上了新的小岛。”

“但这个海峡有朝一日会被填上吗？”

“很可能，阿罗纳克斯先生，因为从1866年以来，有八座熔岩小岛出现在旧卡蒙尼岛的圣尼古拉港的对面。因此，显而易见，新旧卡蒙尼岛在不远的将来会连起来。在太平洋，是纤毛虫造出陆地，这里是由火山爆发现象造成的。先生，您看，活动则是在波涛下完成。”

我回到舷窗前，“鹦鹉螺号”不再行驶了。热得不堪忍受。大海从白色转成了红色，这是铁盐造成的颜色变化。尽管客厅是密封的，一股难以忍受的硫黄气味还是钻了进来。我汗流浃背，感到窒息，快要热死了。于是艇长下了一道命令。“鹦鹉螺号”掉头向左，离开这座火炉。一刻钟后，我们升到海面上呼吸。这时我想，如果内德选择在这片海域逃跑，我们是不能活着离开这片火海的。

2月16日，我们离开这个海底盆地，它位于罗得岛和亚历山大港之间，深达3000米。“鹦鹉螺号”经过基希拉岛海域，绕过马塔潘角，离开了希腊群岛。

七　48 小时穿越地中海

地中海，典型的蔚蓝色海洋，是希伯来人的“大海”，古希腊人的“海洋”，古罗马人的“我们的海”，周边长着柑橘、芦荟、海松和仙人掌，弥漫着香桃木的芬芳，层峦叠嶂，空气清新，但是地下火不断地活动着。这是一个真正的战场，波塞冬和普卢同曾在这里争夺世界的霸权。米什莱说，正是这儿，在地中海沿岸和海上，人类经受着地球上最严酷的气候磨炼。

但是，不管它多么美，我也只能匆匆瞥上一眼，因为地中海是被奈莫艇长要逃避的陆地所约束住的，不讨他的喜欢。我甚至未能请教奈莫艇长的个人知识，因为在这次高速穿越中，他一次也没有露面。2 月 16 日早上从希腊海域出发，18 日旭日东升时，我们越过了直布罗陀海峡。因此，我们的航速是每小时 25 海里。内德·兰德非常恼恨，不得不放弃他的逃跑计划。在这种条件下离开“鹦鹉螺号”，等于从高速行驶的快车上往下跳。再说，我们的潜艇只在夜里才浮上水面换取呼吸的空气，仅仅靠罗盘的指示和计程仪测定的方位行进。

所以，我在地中海中看到的景象，就像在特别快的车上看到的从眼前一掠而过的景色一样。不过贡塞伊和我，还是观察到了几种地中海的鱼，它们的鳍有力地划动着，能保持一段时间跟上“鹦鹉螺号”。我们隐蔽在客厅的舷窗前，我们的记录使我们能修改一下对地中海鱼类的看法。

在被电灯光照得一片雪亮的海水中，有几条1米长的七鳃鳗，这种鱼几乎能适应各种气候。有些尖嘴鳐，宽5英尺，腹部白色，背脊灰色、有斑点，随着水流往前游，仿佛宽大的披巾。另外一些鳐鱼飞快地掠过，以致我认不出它们是否配得上古希腊人所取的“飞鹰”这个称号，或者像当今的渔民所取的“老鼠”“蟾蜍”“蝙蝠”的绰号。有几条鸢鲨，长12英尺，潜水员特别惧怕它们，它们在比赛谁游得快。有些海狐，长8英尺，嗅觉极其灵敏。有些鲷属剑鱼，有的长达1.3米，像穿着银色和天蓝色衣服并裹上带子，在暗色鳍的衬托下分外醒目；这是用来祭祀维纳斯女神的鱼，眼睛镶嵌在金黄色的眉睫里；这是名贵的品种，在各种水域都能适应；这种鱼可追溯到远古，保存着当初的全部美艳。有些漂亮的鲟鱼，长9至10米，能游远距离，用有力的尾巴撞击舷窗玻璃，露出带棕色斑点的背脊；它们酷似鲨鱼，但力量不能与之相比，在所有的海洋里都能遇到它们；春天，它们喜欢上溯到大江大河里，以鲱鱼、鲭鱼、鲑鱼、鳕鱼为食；它们虽然属于软骨纲，却很细嫩；可以吃新鲜的，也可以晒干、醋渍或者腌成咸鱼。但在地中海的各种鱼中，我最能有效地观察的鱼，是硬骨纲的第六十三属，那是在“鹦鹉螺号”接近海面上的时候。这是鲭鲔，背脊蓝黑色，肚子上有银白色的鳞，辐状的背鳍闪射出金光。它们以追逐船只的航行闻名，它们追求凉快的阴影，以躲避热带的炎炎烈日。果不其然，它们陪伴着“鹦鹉螺号”。在长时间里，它们和我们的潜艇比速度。它们成三角形往前游动，就像某些成群结队的鸟儿那样，以致古人说，它们熟悉几何和策略。可是，它们根本逃脱不了普罗旺斯渔民的追捕。

地中海的鱼，有些我和贡塞伊只瞥见过，我也列举出来，仅仅是为了记录在案。其中有微白的电鳗；有康吉鳝，一种长3至4米的

海鳗，身上点缀着绿、蓝、黄三色；有无须鳕，长 3 英尺，其肝味道鲜美；有绦鱼，像细长的海带一样漂浮着；有鲂鮄，诗人称之为“琴鱼”，海员称之为“哨鱼”；有燕子鲂，游起来像燕子一样飞快；有石斑鱼，头是红的，背鳍上点缀着细丝；有西鲱，装饰着黑色、灰色、棕色、蓝色、黄色和绿色的斑点，这种鱼对银铃的声音很敏感；有色彩绚丽的大菱鲆，它们是海里的锦鸡，呈菱形，背鳍淡黄，有褐色斑点，背部和左侧一般有褐色和黄色的大理石斑纹；有成群出色的海鲱鲤，这是大洋里真正的极乐鸟。

至于海洋哺乳动物，经过亚得里亚海的出口时，我相信看到两三条长着和真甲鲸一样背鳍的抹香鲸；几条球头属的海豚，这是地中海特有的，额头上有浅白色的细纹；十多条白腹黑毛的海豹，长达 3 米。

至于贡塞伊，他似乎看到一只 6 英尺宽的海龟。没有看到这只爬行动物，我感到遗憾，因为从贡塞伊给我的描绘中，我相信这是一只棱皮龟，品种相当罕见。我呢，我只看到几只长甲龟。

至于植形动物，有一阵我可以欣赏一只橘黄色的唇形水蛭，它附着在左舷窗玻璃上。这是一条细长线，像树一样分成无数的枝条，末端形成极细致的花边，连能与阿拉克涅[①]比试的女子也绣不出来。可惜的是，我不能捕到这出色的样本。要不是“鹦鹉螺号”在 16 日晚上古怪地降低速度，地中海的其他植形动物无疑统统不能呈现在我眼前。这是因为遇到了下面的情况：

当时我们正通过西西里岛和突尼斯海岸之间。在波恩角和墨西拿海峡之间的狭窄海面上，海底几乎突然升高。那里形成了海脊，水深只有 17 米，而两侧深度达到 170 米。因此，“鹦鹉螺号”要谨慎行驶，避免撞上这道海底大坝。

---

① 阿拉克涅，在希腊神话中，她善编织。

我在地中海地图上，给贡塞伊指出这道长暗礁所在的位置。我说："它把整个利比亚海峡堵住了。而相同的坝在直布罗陀和塞塔之间也存在，在远古时代，这道坝把地中海完全封闭起来。"

"嘿！"贡塞伊说，"如果有朝一日火山爆发把这两道大坝升上海面，那还了得！""这不太可能，贡塞伊。""如果出现这个现象，德·莱塞普先生可就麻烦了，开凿地峡，他费了多大劲啊！"

"话是不错，但这种现象是不会发生的。地力的强度一直在减弱。在地球初期，火山爆发非常频繁，随后都逐渐熄灭；内热减弱，地球里层的温度每个世纪都在明显下降，这对地球有害，因为这种热是地球的生命。"

"但是有太阳……""太阳不够，贡塞伊。太阳能使一具尸体再热起来吗？""据我所知，不能。""那么，我的朋友，地球有一天就会是变凉的尸体。地球将变得不能居住，就像月球不能居住那样，月球早已失去了生命活力。"

"鹦鹉螺号"正沿海脊底部中速航行。在这里，由岩石和火山岩构成的土地上，一系列生机勃勃的植物长势茂盛，有海绵、海参、海胆等。贡塞伊特别忙于观察软体动物和节肢动物，虽然这些动物的术语有点枯燥。我不能遗漏他个人的观察，那样有损于这个小伙子。

在软体动物门里，他列举出大量的梳状扇贝，层层叠叠组成驴蹄状的大海菊蛤，三角形的水叶贝，壳是透明的黄鳍三叉玻璃贝，橙黄色的无壳侧鳃贝，布满淡绿色斑点的蛋形贝……

至于节肢动物，贡塞伊在笔记上非常准确地分为六个纲，其中的三个纲，即甲壳纲、蔓足纲和环节纲，属于海洋生物。甲壳纲下分九个目，第一目是十腕足目，即头和胸通常连在一起的动物，口腔由几对节肢构成，胸上长着四至六对腕足。贡塞伊遵循我们的导师米尔纳－爱德华的方法，将十腕足目分成三组：无尾组、短尾组和长尾

组。在短尾组里，贡塞伊举出额角上长着两根叉开长刺的阿马提无尾虾；无尾蝎——不知什么原因——在希腊人那里，这种动物象征智慧；棍状海蜘蛛和带刺的海蜘蛛，它们往往迷失在浅滩，因为通常它们生活在深海；十足蟹、矢形蟹、菱形蟹和粒状蟹——贡塞伊指出，这种蟹容易消化……长尾组又被分成五科：鳞甲、掘足、螯虾、长臂虾和足目。他提到虾肉受到女人青睐的普通龙虾、虾蛄、沿海虾和其他各种可食用的虾。但他对包括龙虾在内的螯虾科没有再细分，因为龙虾是地中海里仅有的龙虾。最后是无尾组，他指出普通的德罗西纳虾，它们藏在彼此争夺的一只被遗弃的贝壳里，还有额头带刺的同源蟹、寄居蟹、波尔塞拉纳蟹等。贡塞伊的工作就做到这里，因为过了利比亚海峡的浅滩以后，“鹦鹉螺号”又以普通速度在更深的水中航行了。此后再没有软体动物，再没有节肢动物，再没有植形动物。只有几条大鱼，像影子似的掠过。

2月16日夜里，我们进入地中海的第二个海底盆地，最深的地方达到3000米。“鹦鹉螺号”在螺旋桨的推动下，借助两侧的斜板，潜入海底。那里没有自然界的奇观，呈现在我们眼前的是许多直击人心的可怕场面。我们当时正穿过地中海的海滩集中地区。和太平洋的浩瀚洋面相比，地中海只不过是个湖，但这是个喜怒无常的湖，对那些漂浮在海天一色的脆弱的单桅三角帆船来说，今天是顺风和温顺的，而明天却是狂风怒吼，惊涛骇浪，迅猛地拍打船只，摧毁最坚固的航船。因此，在深海的这段快速航行中，我看到有很多沉船躺在海底，有的上面长满了珊瑚，有的上面只有一层锈；我看到许多锚、大炮、炮弹、铁器设备、螺旋桨叶片、机器残片、破碎的汽缸、洞穿的锅炉，还有漂在水中的船体，有的朝上，有的翻转了身。

这些沉船中，有的是互相碰撞而沉没的，有的是触到花岗岩暗礁的。“鹦鹉螺号”从沉船中间经过时，用电灯光包裹着它们，仿佛这些船挥舞旗帜向“鹦鹉螺号”致敬，并告诉它自己的船号似的！但是不是，在这片灾难之地，只有寂静和死亡！

我观察到，随着“鹦鹉螺号”接近直布罗陀海峡，地中海的底部这些不祥的沉船就堆积得越多。非洲和欧洲的海岸收紧了，在这狭窄的空间，相撞变得频繁。我看到许多铁船底和汽船残骸，有的躺着，有的直立，宛如可怕的动物。

有一条船船体裂开，烟囱弯曲，机轮只剩下轮毂，舵和艉柱分离，但还被一条铁链拖住，艉部的船名牌被海盐腐蚀，呈现出可怖的面目！不知什么原因，我突然想到，海底这艘沉船可能是二十多年前连人带货失踪了的“阿特拉斯号”，从此没有人再提起过它！但“鹦鹉螺号”无动于衷，螺旋桨飞快地转动，在这些遗骸中驶过。

2 月 18 日，将近凌晨 3 时，“鹦鹉螺号”来到直布罗陀海峡入口。这里有两股水流：一股在上层，早就被确认了，将大洋的水引入地中海；还有一股逆流在下层，它的存在今日已得到证实。事实上，来自大西洋的水，来自河流注入的水，一直不断地增加地中海的水量，应该会逐年抬高地中海的海平面，因为蒸发不足以维持进出平衡。可是，事实上并非如此。于是人们自然而然地认为，下层有一股逆流，通过直布罗陀海峡，把地中海多出来的海水注入大西洋盆地。

实际上确是如此。“鹦鹉螺号”就是利用这股逆流，从狭窄的通道迅速驶过。刹那间，我瞥见雄奇的赫拉克勒斯神庙的遗址，按照普利纳和阿维纽斯的说法，神庙是和支撑它的那座海岛一起沉没的。几分钟以后，我们漂浮在大西洋的波涛之上。

八　维戈海湾

大西洋！浩瀚的大洋，长 9000 海里，平均宽度为 2700 海里，总面积达 2500 平方海里。大西洋海岸两边蜿蜒曲折，环绕的地区地域辽阔。世界上的长河，如圣劳伦斯河、密西西比河、亚马孙河、卢瓦尔河[①]、莱茵河都注入其中！蔚为壮观的洋面，被世界各国的船只不断划破碧波，各国的旗帜迎风招展。但大洋两头是两个可怕的海角，一个是合恩角，一个是风暴角，都是令航海家望而生畏的！

“鹦鹉螺号”在三个半月内跑完了将近 10000 法里，比绕地球赤道一圈还多。如今，它又快马加鞭，乘风破浪。“鹦鹉螺号”驶出直布罗陀海峡以后，来到外海。它又浮出海面，我们也就能够天天到平台上溜达了。在距离 12 海里的地方，圣文特森角隐约可见，它形成西班牙半岛的西南端。这天刮起相当强劲的南风，大海波涛汹涌，“鹦鹉螺号”颠簸得厉害。于是我们吸了几口新鲜空气后，就下去了。

我回到我的房间，贡塞伊回到他的舱室，但是加拿大人心事重重，跟在我后面。我们快速穿过地中海，使他不能实施他的计划，他并不掩饰自己的失望。我的房门关上后，他坐下来，仔细望着我。他咬紧嘴唇，眉头紧蹙，表明被一个念头死死纠缠着。

---

① 卢瓦尔河，法国最长的河流。

我说："嗨，用不着绝望。我们正沿着葡萄牙海岸北上。法国、英国都离得不远，到那时，我们会很容易找到避难的地方。啊！如果'鹦鹉螺号'离开直布罗陀海峡后绕过南边的海角，把我们带到没有大陆的地区去，我会和您一样惴惴不安。但是，我们现在知道了，奈莫艇长没有逃避文明地区的海岸，再过几天，我相信您行动起来会安全些。"

内德·兰德定睛望着我，然后，终于开口说话了："就定在今天晚上。"我突然站了起来。我承认，我没有料到他要跟我说这件事。内德·兰德又说："今天晚上，我们离西班牙海岸只有4海里。阿罗纳克斯先生，您有言在先，我指望着您呢。"

由于我始终沉默不语，加拿大人站了起来，走近我。"今天晚上，9点钟，"他说，"我已经通知了贡塞伊。那时，奈莫艇长会关在自己的房间里，还可能睡下。无论机械师还是船员，都不会看见我们。贡塞伊和我，我们爬上中央梯子。您呢，阿罗纳克斯先生，您待在离我们不远的图书室里，等待我的信号。桨、桅杆和帆都在小艇上。我甚至搞到了一些食物放到小艇上。我弄到一把活动扳手，能旋开把小艇固定在'鹦鹉螺号'船体上的螺母。所以是万事俱备。晚上见。"

说完，加拿大人就抽身走了。我几乎惊呆了。我原来设想，如果发生这种情况，我会有时间考虑和商量。可我固执的同伴却不容我这样做。我又能说什么呢？这时，相当响的呼啸声告诉我，储水罐里装满了水，"鹦鹉螺号"潜入了大西洋海底。我待在自己的房间里，就这样度过难受的一天，夹在想恢复到能自由行动和遗憾地放弃这艘奇妙的"鹦鹉螺号"的两难之中。难熬的几小时就这样过去，我时而看到自己和同伴们安全着陆，时而不顾理智，希望出现某种意外情况，阻止内德·兰德实施他的计划。

我去了客厅两次。我想看看罗盘。我想看看"鹦鹉螺号"是带着我们接近还是离开海岸。都不是。“鹦鹉螺号”始终在葡萄牙的海域中，正沿着大西洋海岸向北航行。因此，必须打定主意，准备逃跑。我的行李不重，除了笔记，没有别的东西。

自从我们见识过桑托林岛以后，我还没有再见过艇长。我细听能不能听到他在我的隔壁房间走动的声音？任何声音都没有传到我的耳鼓里。他的房间应该没有人。这个怪人是在潜艇上吗？自从那一夜小艇离开“鹦鹉螺号”去执行一项神秘任务起，关于这个人，我的想法有点改变了。我想，不管他会说些什么，奈莫艇长大概和陆地保持了某种方式的联系。所有这些想法和其他许多念头同时向我袭来。在我们所处的奇特境遇中，猜测的范围只会是无边无际的。我感到难以忍受的不舒服。我心急如焚，时间过得太慢。

像往常那样，我在房间用餐。我心事重重，吃不下饭。7点钟，我离开了饭桌。离我要去和内德·兰德会合的时间——我在计算着——还有120分钟。我的躁动不安与时俱增。我的脉搏剧烈地跳动着。我坐立不安，来回走动。想到我们大胆的行动会落空，还不是我最忧心忡忡的；但想到离开“鹦鹉螺号”之前我们的计划暴露了，想到被带到愤怒的奈莫艇长面前，或者更糟的是，他因我的擅自离去而难受，我的心就怦然乱跳。

我想最后一次看看客厅。我从纵向通道来到陈列室，我曾在那里度过愉快而有益的时光。我看着所有这些宝物，那样子就像一个即将永远流亡，一走便再也回不来的人。这些大自然的奇珍异宝，这些艺术杰作，我就要永远抛弃它们了。我本想通过客厅的舷窗观看大西洋的海水，但是护窗板关得严严实实，一层钢板把我和这个我还不熟悉的大洋分隔开来。

我在客厅这样转了个遍以后，来到开在隅角斜面的门口，这扇门对着艇长的房间。令我非常惊讶的是，这扇门半掩着。我不由自主地后退一步。如果奈莫艇长在他的房间里，他会看到我。但是我听不到一点声响，便走近前去。房间里空无一人。我推开门，往里走了几步。里面始终像修士的房间那样简洁。

这时，墙上挂着的几幅铜版画映入我的眼帘，这是我第一次参观时没有注意到的。这是一些伟大历史人物的肖像，如柯修斯科、华盛顿、林肯等，他们毕生不断贡献给人类伟大的理想。在这些英勇无畏的心灵和奈莫艇长的心灵之间，存在什么联系呢？他是被压迫民族的捍卫者，受奴役种族的解放者吗？……

突然，钟声敲响，8 点了。我一阵哆嗦，冲出房间。我的目光停留在罗盘上。我们的航向一直是往北。航速表上指的是中速，气压表指的是约 60 英尺深。情况看来有利于加拿大人的计划。

我回到自己的房间，穿好衣服，准备停当，等待着。只有螺旋桨的震动声打破了潜艇上的一片悄无声息。我听着，竖起了耳朵。会不会突然传来一个声音，告诉我，内德·兰德的逃跑计划刚刚被发现了呢？我担心得要命。我想恢复镇定，可是做不到。

差几分钟就 9 点了，我把耳朵贴近艇长的房门。毫无声息。我离开我的房间，来到客厅，客厅半明半暗，不见人影。我打开通往图书室的门，同样光线不足，同样孤寂无人。我走过去站在开向中央楼梯间的门旁，等待内德·兰德的信号。

这时，螺旋桨的震动明显减弱，随后完全停止。寂静只被我的心跳搅乱。突然，我感到一下轻微的撞击。我明白，“鹦鹉螺号”刚刚停在了大洋底部。我的不安增加了。加拿大人的信号没有传到我这里。我想去找内德·兰德，劝他推迟计划。我感到航行不再处在平时的条件下。

这时，大厅的门打开了，奈莫艇长出现。他看到了我，开门见山地说：“啊！教授先生，我一直在找您。您知道你们那段关于西班牙的历史吗？”即使透彻了解本国历史，但在我当时所处的情况下，心里乱糟糟的，头脑昏沉沉的，我说不出一个字来。没想到艇长躺在一张沙发上，要给我讲这段历史的一个有趣插曲。

“教授先生，”奈莫艇长说，“如果您愿意的话，我们上溯到 1702 年。那时，你们的国王路易十四以为以一个专横跋扈的动作，就能把比利牛斯山缩进地底下。他把自己的孙子安茹公爵强加给西班牙人。这个王爷好歹以菲利普五世的名号进行统治，在外部，他要跟很强的对手打交道。

“实际上，前一年，荷兰、奥地利和英国在海牙签了一个盟约，目的在于摘下菲利普五世的西班牙王冠，放到一个大公的头上，并给大公取名查理三世。西班牙不得不对抗这个联盟，但是缺乏士兵。不过，要是武装商船能满载美洲的金银开进王国的港口，那是不缺钱的。将近 1702 年年末，西班牙等待着一支满载财富的船队到来——法国以沙托・勒诺海军元帅率领的，一支由 23 艘船组成的舰队——给它护航，因为盟国的海军正在大西洋巡弋。

“这支船队要回到加的斯，但是海军元帅获悉，英国舰队在这些海域巡弋，便决意开到一个法国港口。船队的西班牙船长们反对这项决定。他们想被带到一个西班牙港口，不能去加的斯，就去维戈海湾，它位于西班牙西北海岸，没有被封锁。沙托・勒诺海军元帅软下心来，听从这个意见，船队进了维戈海湾。不幸的是，维戈海湾是一个敞开的锚地，根本无法设防，因此必须趁盟国舰队到来之前，赶快把船上的东西卸下来。如果不是突然出现一个可悲的竞争问题，卸东西是来得及的。

“事情的经过是这样。加的斯的商人们享有一项特权，所有从西印度来的货物都应由他们收购，所以把船队的金锭卸在维戈港，这有损他们的权益。于是他们到马德里告状，从软弱的菲利普五世那里获

准，船队不得卸货，要待在维戈海湾锚地保管货物，直到敌人的舰队离开。然而，就在做出这项决定时，英国舰队已来到维戈海湾。沙托·勒诺海军元帅尽管力量处于下风，还是英勇战斗。他看到船队的财富就要落入敌人之手，便放火焚烧和凿沉船队，船队带着巨大的财宝沉入海底。”奈莫艇长住了口。

“然后呢？”我问他。

“然后，阿罗纳克斯先生，”奈莫艇长回答我，“我们眼下就在这个维戈海湾，要由您来揭开这件事的秘密了。”艇长站起来，请我跟着他。我已缓过劲来。客厅幽暗，但越过透明的玻璃，海水闪闪发光。

在“鹦鹉螺号”周围，半海里的范围之内，海水被电灯光照亮了。海底的沙地清晰、明亮。身穿潜水服的船员忙于在黑乎乎的沉船残骸中清理半腐烂的木桶、洞穿的箱子。从桶和箱子里散落出来金锭和银锭、瀑布般的钱币和珠宝。沙地上撒满了这些东西。然后，船员们满载这些珍贵的战利品，回到“鹦鹉螺号”上，卸下重负，又去搬运这取之不尽的金银财宝。

我明白了。这里是1702年10月22日那场海战的战场。这里甚至是满载金银财宝的船队为了西班牙政府的利益而沉没的地方。这里是奈莫艇长根据需要，将几百万的财宝装箱，给他的“鹦鹉螺号”当压载物的地方。美洲将贵金属都给了他，仅仅给他一个人。他成了从印加人和费尔南·科尔泰兹[①]的战败者那里掠夺来的珍宝的直接和唯一的继承者！

“教授先生，您知道吗，”他微笑着问我，“大海容纳了多少财富？”我回答：“知道，据估计，泡在海水里的银子有200万吨。”

---

① 费尔南·科尔泰兹（1485—1547），西班牙殖民者。

“毫无疑问，但是要提取这些银子，费用超过了利润。而这里正相反，我只要捞取别人丢失的即可。不仅在这个维戈海湾，而且在千百个发生过海难的地方，我的海图都标清楚了。现在您明白我是有几十亿的富翁了吧？”

“我明白，艇长。但是，恕我冒昧，您对这个维戈海湾的开采，只不过比竞争的公司早一步而已。”“哪一家公司？”“有一家公司，已经获得西班牙政府的授权，寻找沉没的船队。股民都被巨大的利润吸引住了，因为沉没的财富估计值5个亿。”“5个亿！”奈莫艇长回答我，“当时有那么多，现在没有那么多了。”

“确实，”我说，“因此，告知那些股民，是做了一件好事。但谁知道会不会被接受呢。赌徒尤其觉得遗憾的，通常不是输掉的钱，而是他们疯狂的希望的破灭。说到底，我不怎么同情他们，而更同情成千上万的可怜虫，那么多财富好好分配使用，本来可以获益，而他们将永远得不到收益！”

“得不到收益！”艇长激动地回答，“先生，那么您认为这些财富丢失了，而被我捡到了？据您看来，我费劲地打捞这些财富是为了我自己？谁告诉您，我没有好好利用？您以为我不知道世界上有受苦的人和被压迫的民族，有要减轻负担的穷人和要复仇的受害者？您不明白吗？”奈莫艇长说到最后停住了，也许后悔说得太多。但是我摸透了。不管迫使他到海底来寻求独立的原因是什么，他首先仍然是个人！他的心依然为人类的痛苦而跳动，他胸襟广阔的仁慈是给予受奴役的种族和个体的！于是我明白了，“鹦鹉螺号”在起义的克里特岛海域航行时，奈莫艇长送出去的几百万是给谁的。

九　消失的大陆

2月19日早晨，加拿大人走进我的房间，我在等待他来拜访。他一脸灰心丧气。我把昨天夜里发生的事告诉了他，暗地里希望他回心转意。但是我的叙述没有引起别的结果，只是让内德因不能到维戈的战场转一圈，而感到深深的遗憾。

“毕竟并非彻底无望！”他说，“这只不过是一叉没有投中！下一次我们会成功的，需要的话，今天晚上就……”

“‘鹦鹉螺号’是什么航向？”我问。

“我不知道。”内德回答。

“那么，中午我们去看看方位。”

加拿大人回到贡塞伊那边。我穿好衣服就到客厅去。罗盘显示的情况令人不放心。“鹦鹉螺号”的航向是西南偏南。我们背对着欧洲。我有点焦急地等待方位在地图上显示出来。将近11点30分时，储水罐清空了，潜艇又浮上水面，我冲向平台。内德·兰德已赶在我前面。

再也看不到陆地，只有无边的大海。是个阴天，正酝酿起风。内德气愤填膺。他还在希望，在这整片雾后面延伸着他翘首盼望的陆地。

中午，太阳露了一会儿脸。大副利用这暂时放晴的机会，测定太阳的高度。随后，大海变得更加波涛汹涌，我们下去了，舱盖重新关上。1 个小时后，我查看地图时，“鹦鹉螺号”的位置是西经 16 度 17 分、北纬 33 度 22 分，离最近的海岸 150 法里。没有办法逃走了，我将情况告诉加拿大人的时候，他的愤怒可想而知。我感到如释重负，可以相对平静地重新做我所习惯的工作。

晚上，将近 11 点钟时，奈莫艇长十分意外地来看我。他非常和蔼地问我，昨天熬了一夜，是否感到疲倦。我回答说不累。然后他邀请我去参加一次有趣的跋涉：黑夜里去看海底。我十分乐意。

到了更衣室，我看到，无论我的两个同伴，还是船员，都不跟我们去进行这次跋涉。奈莫艇长甚至没有向我提议带上内德和贡塞伊。转眼间，我们穿上了潜水服。别人把充足了气的储气罐放到我们的肩上，但没有准备电灯。我向艇长指出这一点。

“电灯对我们没有用。”他回答。

我以为他没有听清我的话，但是我无法重复我的话，因为艇长的脑袋已经消失在金属罩子中了。我穿戴完毕，觉得有人将一根铁棍放到我手里。几分钟以后，做过习惯的那套操作，我们踏上了大西洋 300 米深处的海底。

午夜临近，海水漆黑一团。不过，奈莫艇长指给我看，远处有一个淡红的点，是一大片微光，离“鹦鹉螺号”约 2 海里远。这光亮是什么？什么物质使它发光？……我说不出所以然。无论如何，它给我们照明道路，在这种情况下，我明白用不着灯。

奈莫艇长和我，我们挨近走着，直接奔向那显现的亮点。平地不知不觉升高了。我们在铁棍的帮助下，迈开大步，但总的说来走得很慢，因为我们的脚时常陷进充满海藻和扁平石块的淤泥中。

我一面走，一面听到头顶上有噼啪声。这响声有时增强，产生连续的噼里啪啦声。原来是瓢泼大雨落在海面上发出的爆裂声。我本能地想到，我要被淋湿了！我禁不住对这种怪诞的想法感到好笑。

走了半小时路之后，地面变得都是碎石。水母、微小的甲壳动物和刺胞亚门腔肠动物，以磷光微微地照亮路面。我看到一堆堆石头，上面覆盖着数以百万计的植形动物和杂乱的海藻。我的脚常常在这一片片黏糊糊的海藻上滑一下，要是没有铁棍，我会不止一次滑倒。回过身去，我还能看到“鹦鹉螺号”上淡蓝的舷灯，在远处开始泛白了。

我刚才说到这一堆堆石头，在海底有一定规律地排列着，对此我解释不了。我看到一条条巨大的海沟，伸展到远处的黑暗中，有多长无法估计。我觉得沉重的铅鞋底踩碎了一层枯骨，发出脆裂的响声。我这样走过的大片平地究竟是什么地方呢？我真想问一下艇长，但是我对他的手语一窍不通。

给我们指路的淡红亮光越来越亮。水下存在这光源使我惊诧到极点。我的脑中出现了疯狂的、令人难以接受的想法，眼前掠过的一系列奇观不断使我异常兴奋，在这种精神状态下，即使在海洋深处遇到一座奈莫艇长梦寐以求的海底城市，我也不会惊奇的！

路越来越明亮了。泛白的光在一座 800 英尺高的山顶上闪烁。不过，我所看到的只是反射光，由晶莹的海水显示出来的。光源，无法解释的光的源泉，在山的另一侧。

奈莫艇长在大西洋海底纵横交错的石头迷宫中间，毫不犹豫地向前。他认识这条昏暗的道路。无疑，他经常走这条道，不会迷路。我怀着坚定不移的信心跟着他。我觉得他像一个海里的精灵，他走在我前面时，我赞赏他的高大身材，在远处发亮的底部，映照出他黑色的身影。

凌晨 1 点钟，我们来到第一道山坡前。可是，为了到达山坡，必须冒险通过宽阔的矮林中难以穿越的小径。是的！一片枯木矮林，没有树叶，没有汁液，在水的作用下已经矿化，凌驾其上的是巨大的松树。这仿佛是仍然直立的煤，树的根部插入崩坍的土地，枝叶像黑色的精细剪纸，清晰地映照在水的天花板上。这情景令人想到哈尔茨山攀附在山腰上的森林，不过，这是沉没在水里的森林。小径上布满了海藻和墨角藻，两者之间蠕动着甲壳类动物。我往前走，爬上岩石，跨过倒下的树干、折断在树与树之间晃荡的海生藤本植物，惊动了在树枝间穿梭往来的鱼儿。我简直着了迷，不再感到疲倦。我跟着向导，我觉得他也不疲累。

多美的景象啊！真是难以言传！怎样描绘这些树木和这些岩石在水中的景象呢？下面阴森狰狞，上面被水的反射力加强了的光彩中染上了红色？我们攀登岩石，岩石随之大块地崩坍，带着雪崩似的轰鸣声。左右都是陷下去的长廊，一眼望不到边。这儿出现大片的林中空地，似乎是人开辟的，我有时寻思，这片海底地区是不是有人会突然出现在我面前。

但是奈莫艇长一直往上爬。我落在后面，大胆地跟着他。铁棍帮了我的忙。深渊两侧镂空的狭窄通道，一失足就有危险，但是我步履坚定，没有感到头昏目眩。有时我跳过一道裂缝，裂缝深不可测，要是在陆地的冰上会使我知难而退；有时我跨过架在深渊上摇摇晃晃的树干，不看脚下，眼睛只顾欣赏这个地区的野景。那儿，巍然耸立的岩石，向不规则地裂开的基座倾斜，仿佛向平衡规则挑战。树木在岩石的弯曲处长出来，好似是在巨大的压力下喷射出来的，与岩石彼此支撑着。然后是一些天然的石塔，陡峭的宽墙面仿佛两座城堡之间的护墙，倾斜的角度是陆地上万有引力的法则所不能允许的。

尽管我身穿沉重的衣服，戴着铜头盔，穿着铅底靴，我还是爬上了陡峭得难以爬上的斜坡，而且是轻巧地穿越而过。在我讲述这次水下跋涉的时候，依然感到有些不真实！其实却是不容置疑的真实的事。我是亲眼所见和亲身经历过的！

离开“鹦鹉螺号”2个小时以后，我们越过矮树林，来到山脚下。在我们头顶100英尺的地方，矗立着峭壁，对着山那边的一片光辉投下阴影。一些石化了的灌木弯弯曲曲、奇形怪状地到处浮动。成群的鱼儿从我们脚下一哄而起，像高高的草丛中受惊的鸟儿。大块岩石的凹处深不可测，深邃的岩洞，深不可测的洞穴，我听到它们的底部有可怕的东西在蠕动。当我看到一根巨大的触角挡住我的路，或者有只可怕的大螯在黑暗的洞穴里咔嚓一声合上时，我的血便涌上心脏！黑暗中有成千上万的亮点在闪烁，这是蜷缩在窝里的巨型甲壳类动物的眼睛。巨大的龙虾好像持戟的士兵，张牙舞爪，发出金属的响声；特大的蟹有如架在炮座上瞄准的大炮；令人望而生畏的章鱼，触角交错，宛若一堆活动的蛇。

但是我不能停下来。奈莫艇长同这些可怕的动物很熟悉，对它们不再留意。我们来到第一个高台，那里有别的惊奇等待着我。在那儿，我看到一些美丽如画的废墟，显露出人工痕迹，而不是出自造物主之手。一大堆又一大堆的石头，隐约可以看出城堡、庙宇的形状，上面覆盖着开花的植形动物，海藻和墨角藻取代常春藤，给石头披上植物的厚大衣。

我对这里充满了好奇，我真想问问奈莫艇长这是怎么回事。我抓住他的手臂，但是他摇摇头，给我指着山顶，好像对我说：“走！还得走！一直走下去！”我鼓足劲跟着他，几分钟之后，我爬上一座峭壁，这峭壁凌驾于那一大堆石头之上有十几米高。

我望着我们刚穿越的那一侧，山高只有七八百英尺，但是在山的另一侧，大西洋那一部分的海底要深一倍。我的目光投向远方，看到一大片被强闪光照亮的地方。实际上，这座山是一个火山。在峭壁下面50英尺处，在石块和熔岩渣如雨点般落下的地方，有一个很大的火山口，喷着岩浆，像火的瀑布那样散落在水中。这座火山处在这样一个位置，就像一把硕大无朋的火炬，照亮了下面的平地，直到视野的最边上。

我说的是海底火山口喷出岩浆，没说喷出火焰。火焰需要空气中的氧气，不会在水下生成，但岩浆本身有构成白热化的要素，能够达到白热的程度，可以有效地和水抗衡，一旦和水接触就会汽化。气流带着瓦斯迅速消散，岩浆则一直流到山脚下，就像维苏威火山喷出来的熔岩流到托雷·德尔格雷科港一样。

事实上，我眼前出现的是一座被摧毁的、落入深渊的城市，屋顶塌陷了，拱顶散架了，石柱倒在地上，但依然能从中感到托斯卡纳式建筑的坚实比例；稍远的地方，是一条巨大引水渠的遗迹；这边是一座卫城变得臃肿的增高，有着帕特农神庙漂浮的形状；那边是码头的遗迹，仿佛一个古代港口，曾在一个消失了的大洋边上庇护过商船和三层桨战船；更远的地方，是倒塌了的长条城墙，宽阔的无人的街道。奈莫艇长在我眼前复活的简直是整座沉入海底的庞贝[①]城！

我真想把困住我脑袋的铜盔摘掉。但是奈莫艇长向我走来，用手势止住了我。然后，他捡起一块白垩质石头，朝一块黑色玄武岩走去，写下这几个字：

大西洋岛[②]

---

① 庞贝，意大利古城，因维苏威火山爆发而被埋，后被挖掘出来。

② 大西洋岛，传说中在大西洋的岛，据柏拉图所说，约9000年前，在一次地壳剧变中沉没，这个传说引发了许多故事和诗歌。而近代的发现，认为这个岛是爱琴海的桑托林岛的遗址。

一道闪光掠过我的脑际！大西洋岛，泰奥蓬波斯笔下的梅罗皮德，柏拉图笔下的大西洋岛，但奥里热纳斯、波尔菲里奥斯、德·安维尔、洪堡……却否认其存在，他们把它的消失当成传说，而老普林尼、泰尔图利安、恩格尔、图尔纳富尔、布封……都信其有。它就在我的眼前，仍然为那场灾难提供不容置辩的证据！

在自己的著述里记下英雄时代丰功伟绩的历史学家，就是柏拉图本人。他的《泰迈奥斯和克利迪阿斯对话录》，可以说是受诗人和立法者梭伦的启迪写成的。

有一天，梭伦和萨伊城的几位智叟交谈。萨伊城已经有 800 年的历史，正如城中庙宇里的圣墙上镌刻的年表所证明的。其中有一位老人谈到有另外一座更早了 1000 年的城市。这是雅典的第一座城市，有 900 个世纪的历史，曾被大西洋岛人侵占，并且有些部分被毁灭。他说，这些大西洋岛人占据着一个比非洲和亚洲合在一起还要大的广袤大陆，覆盖的面积从北纬 12 度到 40 度。他们的统治甚至延伸到埃及。他们想一直统治到希腊，但是在希腊人不屈不挠的抵抗下，不得不撤退。几个世纪过去了，地壳发生剧变，洪水和地震接连不断，一天一夜这个大西洋岛就被毁灭了。而它最高的几个山峰，即马德拉群岛、亚速尔群岛、加那利群岛[①]和佛得角群岛，仍然露出海面。

奈莫艇长写下的字令我激动，使我脑子里回想起历史。命运真是离奇，我竟然踏上了这个大陆的一座高山！我用手去触摸远古时期的遗迹！我走在先民曾经走过的地方！我踩在笨重靴子下面的是传说时代的动物骸骨，如今已经炭化的树，当年曾为这些动物遮阴！

啊！为什么我缺少时间！我本想沿着这座山陡峭的山坡下去，跑遍这整个广袤的大陆，它可能连接非洲和美洲。我本想参观这些挪亚

① 加那利群岛，属西班牙，气候温和，有幸运群岛之称。

时代大洪水以前的大都城。那里，在我目力所及之处，伸展着的说不定就是尚武的马基莫斯城邦和虔诚的于兹贝斯城邦，这些城邦的巨人居民生活了几个世纪，力大无穷，垒起这些能够抵挡海水侵蚀的巨石。也许有一天，火山喷发现象会使这些沉没的废墟重新浮出海面！在大洋的这部分地区，已经发现许多海底火山，很多船只在经过这动荡的海底时，都感受过异乎寻常的震动。有的船听到过沉闷的响声，表明海水剧烈的激荡；还有的船搜集到喷出海面的火山灰。这片土地，直到赤道，仍然受到地下岩浆力量的推动。谁知道在遥远的将来，通过火山喷发物的堆积，通过岩浆的一层层堆积，火山顶就不会冒出大西洋海面呢！

此时，奈莫艇长靠在一块长满苔藓的石碑上，一动不动，默然地沉醉其中，仿佛石化了一样。我猜想着他在思考什么。我们在这个地方足足待了1个小时。

月亮透过海水露出来了，苍白的月光投射到沉没的大陆上。艇长站了起来，最后看一眼这广阔的平原，然后做了个手势，让我跟随着他。我们迅速下了山。刚走过石化的森林，我就看到“鹦鹉螺号”的舷灯，像一颗星星那样闪耀。艇长笔直地向前走去，当最初的晨曦照亮了海面时，我们回到了潜艇上。

十　海底煤矿

2 月 20 日，我很晚才醒过来。我迅速穿好衣服，急于了解“鹦鹉螺号”的航向。仪器向我表明，始终往南行驶，航速为每小时 20 海里，下潜深度 100 米。贡塞伊进来了。我给他讲了夜里的跋涉，由于客厅的护窗板是打开的，他能看到一部分沉没的大陆。

“鹦鹉螺号”确实只在离海底 10 米的地方贴着大西洋岛的平原行驶。近景从我们眼前掠过，那是形状怪异的岩石，是从植物界过渡到矿物界的森林。石林凝然不动的树影，在水下怪模怪样。还有一堆堆石块，上面盖着一层地毯似的轴形草和银莲花，耸起直立的长条水生植物。然后是奇形怪状的、歪歪扭扭的熔岩，表明火山爆发曾来势汹汹。

正当这些奇景在我们的电灯光下光彩四射的时候，我给贡塞伊讲述大西洋岛人的历史，这段纯属想象出来的历史，给巴伊[①]启迪了如许的迷人篇章。我给贡塞伊讲述这些勇敢的民族的征战。作为不再怀疑的人，我谈论着大西洋岛的问题。但是贡塞伊心不在焉，原来，有很多鱼吸引了他的目光。在这种情况下，我只有跟在他后面，和他一起继续我们的鱼类学研究。

---

① 巴伊（1736—1793），法国天文学家、政治家。

大西洋的鱼和我们至今观察到的鱼没有明显的不同。这儿的鳐鱼个头巨大，有5米长，肌肉强有力，能使它们跃出海面；角鲨的种类很多，有一种海蓝色的角鲨，15米长，长着三角形的锋利牙齿，全身透明，在海水里几乎分辨不清；有褐色的萨格尔鱼……

在硬骨鱼中，贡塞伊记录的有：淡黑的帆船鱼，3米长，上颚长着一把利剑；龙螣（téng），色泽鲜艳，在亚里士多德时代以海龙的名字闻名，脊上有刺，抓的时候非常危险；美丽的地中海剑鱼……

但是，在观察各种各样的海洋动物的同时，我仍然没有停止研究大西洋岛的漫长平原。有时，地面的起伏不平迫使“鹦鹉螺号”减慢速度。如果这个迷宫错综复杂，潜艇便会像汽艇一样升高，越过障碍后，再在离海底几米的地方快速行驶。这样的航行令人赞叹，也很迷人，让人想到乘汽艇的操作，不同的是，“鹦鹉螺号”完全服从舵手的控制。

将近下午4点钟时，一般由厚厚的淤泥和矿化的树枝组成的海底，逐渐变化，成了更加满布碎石、砾岩和玄武凝灰岩，还有散落的熔岩和含硫的黑曜岩。我想，山区很快要代替平原，果然，在“鹦鹉螺号”的位置变换中，我看到南面的尽头被一片峭壁堵住，似乎封住了一切出口。峭壁顶部显然超过了海平面。这应该是一片大陆，或者至少是一座岛。由于没有测过方位——也许是故意的——我不知道我们的位置。无论如何，我觉得这样的峭壁表明大西洋岛到了尽头。但总的来看，我们只经过了大西洋岛的一小部分。

黑夜并没有打断我的观察。此时只剩下我一个人。“鹦鹉螺号”放慢速度，航行在海底朦胧的岩石之上，时而触碰到乱石，仿佛想停在上面，时而又任意地浮出海面。我透过晶莹的海水，看到一些明亮的星星，正是黄道带那五六颗星，拖在猎户星座的尾巴上。

护窗板又关上了，否则我会更久地待在窗前，欣赏大海和天空的美景。这时，“鹦鹉螺号”来到峭壁脚下。我回到我的房间。“鹦鹉螺号”停下不动了。我躺下了，决意睡几个小时就起来。但是第二天，我来到客厅时已经是8点钟。我看了看气压计，气压计告诉我，“鹦鹉螺号”浮在海面上。另外，我听到平台上有脚步声。可是潜艇没有晃动，说明海上风平浪静。

我登上舱口，舱口开着。但是，不是我所期待的白天，我看到周围是一片漆黑，对此感到莫名其妙。艇长告诉我，我们在地底下。“在地底下！”我嚷道，“‘鹦鹉螺号’还漂浮着吗？”“潜艇总是漂浮着的。”“但是我不明白是怎么回事。”“请等一下，我们的舷灯就要打开。”

我踏上平台，等待着。周围黑得我甚至于看不到奈莫艇长。但看看正对我头顶上的天空，我似乎看到了一线模糊的光，一种充满一个圆洞的微光。这时，舷灯突然亮了，强烈的光线使微光消失了。

电灯光很刺眼，我把眼睛闭了一会儿，然后才睁开。“鹦鹉螺号”停靠着，漂浮在一个设置得像码头的岸边。此刻承载着潜艇的海面，是个被峭壁围成的圆圈所禁锢的湖，周长为6海里。水面高度——气压计显示——只能和外边的海面高度一样，因为这个湖和海必定相通。峭壁倾斜，拱顶是圆形，像一个倒扣的巨大漏斗，高度有五六百米。顶部有一个圆形的开口，通过它，我刚才看到了微光，显然是阳光射进来的。

“我们在什么地方？”我问。“在一个已经熄灭的火山的正中心，”艇长回答我，“由于地壳的剧烈变动，海水侵入了火山内部。教授先生，就在您睡觉的时候，‘鹦鹉螺号’通过开在大洋下面10米处的天然通道，钻进了这个泻湖。这里是‘鹦鹉螺号’的船籍港，安全、方便、神秘，能躲避狂风肆虐！您能给我在各个大陆或者海岛的岸边找到一个锚地，比得上这个能抵挡狂风暴雨的避风港吗？”

“确实，”我回答，“奈莫艇长，您在这儿是安全的。谁能在一座火山的中心追到您呢？不过，顶上看到的不是一个开口吧？”

“是的，是火山口，从前充满岩浆、蒸汽和火焰，如今成了个通道，让我们呼吸的新鲜空气进来。”

“这座火山究竟是怎么样的呢？”我问。

“它属于这片海上星罗棋布的小岛中的一个。对过往的船来说是个普通的暗礁，对我们来说是巨大的岩洞。我偶然发现了它。”

“但是，不能从火山口的圆洞下来吗？”

“不行，就像我不知道怎样爬上去一样。火山内壁从底部至100英尺以下可以攀登，但在上面，峭壁直立，这个坡度无法越过。”

“但是，何必要这个避风港呢？‘鹦鹉螺号’不需要港口。”

“不，教授先生，但是它需要电力启动，需要燃料发电，需要钠产生燃料，需要煤生产钠，需要煤矿采煤。而正是在这里，海底下有整片的森林，这些森林在地质时期就埋在泥潭里，如今已经矿化变成了煤，成了我取之不尽的一座煤矿。”

“艇长，您手下的人在这里当矿工喽？”

“正是。这些海底煤矿范围宽广，和新南威尔士的煤矿一样。我手下的人正是在这里，身穿潜水服，手拿十字镐去采煤。我烧煤生产钠的时候，烟就从这个火山口出去，给人这是一座活火山的表象。”

“我们看看您的同伴们干活的情景吧？”

“不，至少这次不行，因为我急于环游海底世界，因此，我只满足于提取我需要储存的钠。装船的时间，就是说仅仅一天，我们便继续赶路。所以，阿罗纳克斯先生，如果您想在这个岩洞里兜一下，在泻湖上转一圈，就利用今天吧。”

我谢过艇长，然后去找我的两个同伴，我请他们跟随着我，但没有告诉他们是去哪里。他们登上了平台。贡塞伊对什么都不惊奇，认为在水下睡了一觉，醒来是在一座山下，这是一件非常自然的事。内德·兰德有不同的想法，他只想知道这个岩洞有没有出口。将近10点钟，吃过早饭，我们上了岸。

在火山内壁山脚和泻湖的水之间，有一片沙岸，最宽的地方有500英尺。在这片沙滩上，可以自由自在地绕泻湖走一圈。不过，峭壁底部的土地起伏不平，上面堆满了大块火山岩和巨大的浮石，煞是好看。所有这些一堆堆的解体石块，在地下火的作用下，覆盖了一层光滑的釉质，在舷灯光的照射下，熠熠生辉。岸边含云母的尘土，被我们的脚步扬起，像一片火星那样飞舞。

随着离开岸边，地势明显升高，我们很快来到弯弯曲曲的长山坡，这是一个斜坡，逐渐升高，但走在这些没有被水泥固定住的砾石上必须小心，在这些由月长石和石英构成的玻璃质的粗面岩上，脚会打滑。这个巨大岩洞的火山岩性质到处都得到证明。我向我的两个同伴指出这一点。

“你们设想一下吧，”我问他们，“当这里充满沸腾的岩浆，白热的熔岩升到上面的山口，就像冶炼炉里的铁水满到炉口一样时，这个漏斗该是什么样子？”

“我完全想象得出，”贡塞伊回答，“但先生能不能告诉我，这个‘大铁匠’为什么中止了操作？那个大铁炉怎么搞的，被平静的水波所代替？”

“贡塞伊，很可能是因为地壳的急剧变动，造成了在大洋表面之下用作‘鹦鹉螺号’通道的开口，于是大西洋的海水就冲进火山内部。在水火之间有过可怕的搏斗，而以海神的胜利结束。不过，自此好多世纪过去了，被淹没的火山变成了平静的岩洞。”

“很好，”加拿大人回了一句，“我接受这个解释，但从我们的利益考虑，我很遗憾，教授先生所说的这个开口不是产生在水平面之上。”

“不过，内德老兄，”贡塞伊反驳说，“如果这个通道不在海底，‘鹦鹉螺号’就不能通过！”

“兰德师傅，我要补充说，如果海水不是从火山下面涌进来，火山仍然是火山。因此，您的遗憾是多余的。”

我们继续往上走。山坡越来越陡峭和狭窄，有时一些深沟切断道路，必须跨越过去；还有直上直下的大石块也要绕行，要爬过去，要匍匐而行。但是，倚仗贡塞伊的灵巧和内德·兰德的力气，所有障碍都被克服了。

到了大约30米的高度时，地质情况改变了，但并没有更不好走。黑色的玄武岩代替了砾岩和粗面岩。玄武岩一片片铺开，上面凝结着气泡；砾岩和粗面岩形成有规则的棱柱，排列得像廊柱一样，支撑着这个巨大拱顶，不让垂下来，这是天然建筑的杰作。在玄武岩之间，冷却的熔岩迤逦而行，上面镶嵌着沥青的条纹，有些地方铺展着宽阔的硫黄地毯。从上面火山口射进来的更强的阳光，在永远被掩埋于死火山喷出物的上面，投下一道朦胧的光。

但不久在大约250英尺的高度，我们被不可逾越的障碍挡住了。拱顶曲线垂直下降，攀登不得不改成盘旋而上。在这个最后的坡度，植物界开始和矿物界竞争。几棵小灌木，甚至有些树，从峭壁的凹陷处长出来。我认出几棵大戟属植物，流出有腐蚀性的汁液。天芥菜已经很难辨清它们的名字，因为阳光永远照不到它们，它们忧郁地垂下失去一半颜色、尚有香味的花序。在病恹恹的长叶子的芦荟脚下，胆怯地生长着一些菊花。在一条条岩浆之间，我还发现了一些小朵紫罗兰，依然透出微香，我承认，我惬意地呼吸着。芳香是花朵的灵魂，而海洋中的花朵，这些艳丽的水生植物，却没有灵魂！

我们来到一簇粗壮的龙血树脚下，粗大的树根已经把岩石撑裂。这时内德·兰德喊道：“啊！先生，有个蜂巢！”我做了一个完全不

信的手势，然后走过去，想弄个明白。在一棵龙血树的树洞口上，确实有几千只灵巧的昆虫，在整个加那利群岛，这种昆虫是那样普遍，那里的蜂蜜尤其上乘。

加拿大人自然而然想储存一些蜂蜜，我反对的话会不讲情面。一堆混杂了硫黄的枯叶被他用打火机点燃了，他开始用烟熏蜜蜂。嗡嗡声逐渐停止，被掰开的蜂巢流出几磅芳香的蜂蜜，内德·兰德装满了他的军用背囊。

我们继续这次有趣的跋涉。在我们沿着小径走的几处拐弯处，能看到湖的全貌。潜艇舷灯把整个平静的湖面都照亮了，湖面没有涟漪。“鹦鹉螺号”保持纹丝不动。它的平台上，湖岸上，潜艇船员正在忙碌，黑乎乎的人影在明亮的背景中清晰地显现出来。

这时，我们正绕过支撑拱顶的前排岩石的最高处，于是我发现蜜蜂并非这座火山内部动物界的唯一代表。有些猛禽在暗影中翱翔、盘旋，或者从它们筑在岩石突出处的巢里飞出逃走。这是一些白肚的雀鹰和叫声尖利的红隼。几只美丽而肥硕的大鸨也在斜坡上迈着长腿迅速逃走。看到这美味的猎物，加拿大人想用石头代替枪弹，几次尝试失败之后，终于打伤了一只艳丽的大鸨。

我们不得不下坡，朝湖边走去，因为山脊无法攀爬。在我们的上方，张开的火山口就像一口大井，从那里可以相当清晰地看到天空。我看到西风卷起的乱云掠过，把雾蒙蒙的云片搁在山巅上。很显然，这些云彩不高，因为火山不超过海拔 800 英尺。

在加拿大人大有所获之后半小时，我们回到了火山内部的湖边。那里的植物有代表性的是海马齿，像宽阔的地毯，这是一种花序成伞形的植物，很适于糖渍。它有好几种名字：虎耳草、海茴香。贡塞伊采集了几把海马齿。至于动物，有几千种各式各样的甲壳类动物，有龙虾、黄道蟹、瘦虾、加拉提亚虾等，还有数量多得惊人的贝壳类动物，如宝贝、骨螺和帽贝。

这地方有一个很美的岩洞，我们乐陶陶地躺在洞中的细沙上。火将有釉光和亮闪闪的洞壁烧得很光滑，上面撒满了云母粉。内德·兰德敲了敲洞壁，想探测有多厚。我禁不住微笑。于是谈话落到他老放在嘴上的逃跑计划。我相信不用太费口舌，就能给他这个希望：奈莫艇长南下，仅仅是为了补充钠的储存。因此，我希望如今他会返回欧洲和美洲的海岸，这就使加拿大人能再次尝试失败过的企图，更有成功的希望。

我们在这个迷人的岩洞里躺了1个小时。此时我们有了一点睡意。由于我看没有任何理由硬挺着不睡，就让自己沉沉入睡。我做了个梦——不能选择做梦——梦见自己成了无性繁殖的软体动物，我觉得这个岩洞成了我的两瓣甲壳……突然，我被贡塞伊的声音唤醒。我站起来。海水像急流一样涌进我们栖身的地方，既然我们不是软体动物，那就必须断然逃走。转眼间，我们已经安全地来到岩洞的顶上。

“发生了什么事？”贡塞伊问，“是什么新现象啊？”

“不是的！朋友们，”我回答，“这是涨潮，只不过是差点把我们淹没的海潮，就像沃尔特·司各特[①]的主人公所遭遇的那样。大洋在外面涨潮了，根据平衡的自然法则，湖水同样升高。咱们只不过洗了半个澡而已，回到‘鹦鹉螺号’去换衣服吧。”

三刻钟以后，我们结束了环湖漫步，回到潜艇上。这时，水手们已经把要储存的钠搬到潜艇上，“鹦鹉螺号”随时可以起航。但是，奈莫艇长没有下任何命令。

第二天，“鹦鹉螺号”离开它的船籍港，航行在远离陆地的海洋上，潜入大西洋海面以下几米深的水里。

---

① 沃尔特·司各特（1771—1832），英国历史小说家、诗人。

十一　马尾藻海

“鹦鹉螺号”的航向没有改变。因此，返回海岸的一切希望应该暂时成了泡影。奈莫艇长保持朝南的航向。

这一天，“鹦鹉螺号”越过大西洋一个奇特的地区。没有人不知道存在一股巨大的暖流，名叫墨西哥湾暖流。这股暖流从佛罗里达海域流出以后，奔往斯匹次卑尔根群岛。但在进入墨西哥湾之前，靠近北纬 44 度的地方，暖流一分为二，变成两股，大的一股流向爱尔兰和挪威海岸，小股折向南面流到亚速尔群岛，然后，抵达非洲海岸，画了一个偏长的椭圆形，再回到安的列斯群岛。

这小股暖流用它的暖水圈把大西洋的这部分水域围了起来，这部分水域冰冷、平静、凝然不动，人们称之为马尾藻海。这是大西洋中的一个湖泊，暖流的水围着马尾藻海转上一圈，不少于三年。

严格地说，马尾藻海覆盖了大西洋岛所有的沉没部分。甚至有些作者认为，这片海里散布的大量水草，都是从那个旧大陆的草原上拔下来的。但更有可能的是，这些海草——海藻和墨角藻——从欧洲海岸和美洲海岸夺取过来，被墨西哥湾暖流一直带到这个地区。这是促使哥伦布设想存在一个新大陆的理由之一。当这位大胆的探索者的船队到达马尾藻海时，在海草中航行不是没有困难，海草阻挡行进，令船员们惊慌失措，他们费了漫长的三个星期才穿越这片海草。

“鹦鹉螺号”眼下来到的就是这个地区，这是一片真正的草原，由海藻、墨角藻等编织成的毯子，非常厚，非常密集。因此，奈莫艇长不想让螺旋桨缠在这片海草中，坚持在海面下几米深的地方航行。

马尾藻这个名字来自西班牙文“sargazzo”，意为海藻。这种海藻——漂浮藻或者多汁藻，主要构成了这一大片东西。按照学者、《地球自然地理学》的作者莫里的说法，这些水生植物聚集在大西洋这片平静的水域，原因如下：

“如果将木塞或者随便什么漂浮的东西放到一只容器里，再让容器里的水循环转动，就会看到散乱的碎片成堆聚集在水面的中心，就是说聚集在最平静的那一点上。在和我们相关的现象里，容器就是大西洋，环流是墨西哥湾暖流，马尾藻海就是漂浮物聚集的中心点。”

我同意莫里的看法，我可以在船只很少进入的这个特殊地方研究这个现象。在我们的上方，漂浮着来自各地的物体，堆积在淡褐色的海藻中间。有朝一日还会证明莫里的另一个看法，就是几个世纪以来这样堆积起来的物质，在水的作用下矿化，于是会形成一个取之不尽的煤矿。那是在人类竭尽陆地上的矿藏以后，准备的珍贵储藏。

在海藻和墨角藻理不清的堆积中，我注意到一些迷人的玫瑰色海鸡冠，拖着长触须的海葵，绿色、红色、蓝色的水母，特别是居维埃提到的巨大根足水母，淡蓝色的伞状膜镶着紫边。

2 月 22 日这一整天，在马尾藻海度过。喜欢吃海洋植物和甲壳类动物的鱼，在这里找到了丰富的食物。第二天，大洋已恢复了平常的面貌。从这时起，19 天中，即从 2 月 23 日到 3 月 12 日，“鹦鹉螺号”待在大西洋之中，以每昼夜 100 法里的不变速度，带着我们航行。奈莫艇长显然想完成他的海底航行计划，我不怀疑，绕过合恩角以后，他想再度返回南太平洋海域。

这样，内德·兰德就有理由担心了。在这没有海岛的宽阔海洋中，再也谈不上试图离开潜艇，也再没有任何方法对抗奈莫艇长的意志。唯一的主意就是顺从，但是，不应该再期待用力量和计谋获得东西，我宁愿想，可以用说服的办法得到，只要发誓永远不泄露他的存在。我们会信守这个誓言的。但是必须和艇长谈这个奥妙的问题。

在上面提到的19天里，旅途中没有发生任何特别的事。我很少见到艇长。他在工作，我在图书室里时常看到他摊开的书，尤其是博物史的书。我那本关于海底的著作，他翻阅过，在页边空白处写满了批注，有时反驳我的理论和体系。但艇长只满足于这样使我的著作变得更精练，却很少和我争论。有时，我能听到他的管风琴忧郁的琴声。他弹琴时激情满怀，不过只是在夜里，在神秘莫测的黑暗里，"鹦鹉螺号"沉睡在茫茫一片的大洋中。

在这段旅途中，我们整天在海面上航行。大海好似被人抛弃了，只有几艘帆船，运货到印度，驶往好望角。有一天，我们受到一条捕鲸船派出的几条小艇的追逐，它可能把我们当作一条有很高价值的大鲸鱼了。但是奈莫艇长不想让这些勇敢的人白费力气和时间，他潜入水下，结束了追捕。

这段时间里，我和贡塞伊观察到的鱼类，和我们在其他纬度研究过的鱼区别不大。主要有可怕的软骨鱼属，也有一些大鲨鱼游过，据说这是一些贪吃的鱼。

一群群优雅而淘气的海豚，跟了我们好几天。它们五六条一群，像田野里的狼，捕猎时也成群结队。再说，我相信哥本哈根一个教授的说法，它们不亚于鲨鱼贪食。这位教授从一头海豚的肚子里掏出过13条鼠海豚和15头海豹。其实那是一条逆戟鲸，属于已知的最大动物，有的长度超过24英尺。这一科的海豚包括六个属，我看到的海豚列入逆戟属，以口鼻面极度狭长著称，是颅骨的4倍，身长3米，背脊黑色，粉白色的肚子上分布着零散的小斑点。

我还要在这片海域举出棘鳍目和石首科奇特的鱼。某些作者认为，这些鱼唱歌悦耳，它们的声音合在一起，形成一场合唱，人组成的合唱队也比不上。我不说反对意见，但是在我们经过时，这些石首鱼没有给我们唱任何小夜曲，我感到遗憾。

最后，为了收尾，贡塞伊给一大批飞鱼分了类。海豚以绝妙的准确捕食飞鱼，没有什么比看这个更加有趣的了。不管飞鱼飞得多远，不管它画出怎样的飞行轨迹，甚至越过“鹦鹉螺号”，倒霉的飞鱼总是遇到海豚的嘴。这是些海贼鱼，或者鸢形鲂鮄，有着发光的嘴。夜里，这些飞鱼在空气中划出一道道亮光，像流星一样潜入暗黑的水里。

直到3月13日，我们一直在这样的环境中航行。这一天，“鹦鹉螺号”被用来当作探测器，使我非常兴奋。从太平洋海域出发起，我们已经航行了大约13000法里。我们的方位是南纬45度37分、西经37度53分。这里是“先驱号”船长德纳姆[①]当年探测过的海域，他把探测器下到14000米，也未能探到底。美国“国会号”驱逐舰的帕克中尉在这里探测到15140米，也未能探到海底。

奈莫艇长决意让“鹦鹉螺号”潜入最深的地方，以便查对一下不同的探测数据。我准备好记录试验的所有结果。客厅的护窗板打开了，操作开始。这样想是对的：问题不在于灌满储水罐再下沉。也许储水罐无法使“鹦鹉螺号”足够地增加到特殊的重量。再说，上浮时要排除多余的水，水泵力度不够，无法承受外面的压力。奈莫艇长决定沿着一条足够长的对角线，靠和潜艇吃水线成45度角的侧翼斜板，下潜到洋底。然后，螺旋桨以最高的速度旋转起来，四个叶片用难以描述的力量拍打着海水。“鹦鹉螺号”在这样强大的推动下，船体像

---

① 德纳姆（1786—1828），英国航海家，曾发现乍得湖。

铮铮响的琴弦一样颤动着，循序渐进地潜入水中。

艇长和我守在客厅，我们注视着气压计迅速转动的指针。不久，就越过了大部分鱼类平时生活的区域。倘若有些鱼只能生活在大海或者河流的上层，那么另外一些鱼，没有那么多，就得待在相当深的水里。后面这一种，我观察到有六个呼吸口子、类似鲨鱼的鱼类，眼睛极大的“望远镜”鱼，带甲的马拉马鱼——前胸长着灰色的鳍，后胸是黑色的鳍，淡红色的骨质护胸甲，还有长尾鳕。长尾鳕生活在1200米深的海里，它要承受的压力是120个大气压。

我问奈莫艇长，他是否见过生活在更深处的鱼。“鱼吗？”他回答我，“少之又少。但在科学的现阶段，怎样推测呢？谁知道呢？”

“事情是这样的，艇长。据悉，接近大洋深处，植物比动物消失得快；在还能见到动物的地方，水生植物已经不再生长；姥鲨和牡蛎生活在2000米深的水中，北冰洋探险英雄迈克·克林托克从2500米的深处打上来一只海盘车；英国皇家海军军舰‘牛头犬号’上的水手从2620法寻的深处打上来一只海星。但是，奈莫艇长，也许您还要对我说，我们一无所知吧？”

“不，教授先生，”艇长回答，“我不会这样不礼貌。可是，我想请教您，您怎样解释生物能够生活在这样的深海里？”

“我有两个理由来解释，”我回答，“首先，由于海水的含盐度和密度不同，造成垂直的水流，所产生的运动足以维持海百合类和海星的基本生命。其次是因为，如果氧气是生命的基础，要知道，海水里氧气的含量是随着水深增加而增加的，并非会减少，而且深水层的压力有助于把氧气压在那里。”

“啊！人们知道这个？”奈莫艇长回答，口气有点吃惊，“那么，教授先生，知道这个很对，因为这是事实。其实我还可以补充，从海面上打上来的鱼，鱼鳔里氮气比氧气多，相反，从深海中打上来的鱼，鱼鳔里的氧气比氮气多。这表明您那一套在理。但是，让我们继续观察吧。”

我把目光又投向气压计。气压计指出的深度是 6000 米。我们已经下潜 1 个小时。“鹦鹉螺号”靠侧翼滑动，一直下沉。空荡荡的海水晶莹剔透，透明度难以描绘。1 个小时以后，我们到达 13000 米，但仍然感觉不到海底。不过，到 14000 米，我看见一些从海水中突现出来的黑色山峰。但这些山也许是像喜马拉雅山或者勃朗峰那样的高山，甚至更高，这些深渊的底部难以估计。

虽然“鹦鹉螺号”承受着巨大的压力，却仍然在下沉。我感到潜艇钢板在螺栓衔接的地方颤动，栅栏在弯曲，墙板在嘎吱响，客厅的舷窗玻璃在水的压力下向里鼓凸了。如果不是像艇长所说的那样，这坚固的潜艇能够像实心物体那样抵挡压力，它无疑会瘪掉了。

贴着水下岩石斜坡，我还看到一些贝壳、龙介、活旋螺，还有一些海星。但不久，动物生命的这些最后代表也消失了，在 3 法里以下，“鹦鹉螺号”超过了海底生命的极限，就像气球升到了可以呼吸的大气层之上的高空。我们达到了 16000 米的深度——4 法里——“鹦鹉螺号”的侧部这时受到的压力为 160 个大气压，就是说，潜艇表面每平方厘米承受的压力为 160 千克！太可怕了！生命无法生存了！我太激动了！奈莫艇长建议我拍一张这片海底地区的照片。

我来不及表达这个新提议引起我的惊奇，在奈莫艇长的招呼下，一架照相机就拿到了客厅里。舷窗的防护板大开着，水被灯光照得雪亮，亮光分布均匀。我们的人造光没有一丝阴影，也没有一点减弱。照这幅相，阳光也不见得更好。“鹦鹉螺号”在螺旋桨的推动和侧翼斜板的控制之下，一动不动。照相机瞄准了大洋底部这片景色，几秒钟之后，我们得到了一张非常清晰的底片。

我在这里展示的是冲洗出来的照片。可以看到这些原始的岩石从来没有见过天日，构成地球强大基础的这些底层花岗岩，这些岩石上深邃的洞穴，这些底色在黑色中突现出来的、无比清晰的画面，仿佛出自某个佛兰德画家的笔下。远处，尽头是群山，连绵起伏，构成背景。我无法描绘这平滑、光洁的黑色岩块，没有一点苔藓，没有一个斑点，奇形怪状，稳固地坐落在地毯似的沙地上，沙子在电灯光的照射下闪闪发亮。

最后，我们离开了这里，"鹦鹉螺号"像一只气球被带到空中一样，快如闪电地升起。在 4 分钟内，它穿越了与洋面相隔的 4 法里，像一条飞鱼似的，使波浪溅出惊人的高度，再落下来。

十二　抹香鲸和长须鲸

3 月 13 日的夜里，“鹦鹉螺号”又朝南驶去。它究竟要到哪儿去呢？

曾几何时，加拿大人不再和我谈他的逃跑计划。他变得不那么喜欢言笑，几乎沉默寡言。我觉得他身上在积聚愤怒。当他遇到艇长时，他的眼睛闪射出阴沉的怒火，我始终担心他天生的火暴脾气使他走极端。

3 月 14 日，贡塞伊和内德到我的房间里来找我。我们探讨起“鹦鹉螺号”上到底有多少人。

贡塞伊说：“既然先生知道潜艇的容积，因此，也知道它容纳的空气数量；另外，由于知道每个人一天要消耗多少空气，将这个结果和‘鹦鹉螺号’每隔 24 小时就要上浮比较一下……”贡塞伊的话没有说完，我便明白他话里的意思。

“这样计算，”我回答，“每个人 1 小时要消耗 100 升空气里的氧气，即 24 小时里要消耗 2400 升空气。因此，需要寻求‘鹦鹉螺号’容纳多少倍 2400 升空气。”

“然而，”我又说，“由于‘鹦鹉螺号’的容积是 1500 桶空气，每桶是 1000 升，所以潜艇可以容纳 150 万升空气，用 2400 来除……得出的商数是 625。这就等于说，‘鹦鹉螺号’的空气足够 625 个人用

24 小时。”

“不过，有一点可以肯定，”我补充说，“不论船员也好，水手和高级船员也好，我们只占这个数字的十分之一。”

“不管怎样，”贡塞伊说，“奈莫艇长不可能总是往南走！他必须停下来，哪怕是到了冰山脚下，他也必须回到已经被开发了的海洋里来！这时，就到了重新实施内德·兰德的计划的时候。”加拿大人摇摇头，用手摸了一下额角，一言不发，抽身走了。这个可怜的内德，对他来说，潜艇上的单调生活该是无法忍受的，能使他激动的事情太少。可是，这一天，一件意外的事使他回忆起捕鲸手的美好日子。

将近上午 11 点钟时，“鹦鹉螺号”遇到一大群鲸鱼。这次相遇不令我惊奇，因为我知道，这类动物遇到过分的追逐，便躲避到高纬度的海底盆地。正是鲸鱼，带着追捕它的人——先是巴斯克人，然后是阿斯蒂里人、英国人和荷兰人——使他们敢冒大洋的危险，从地球的一端到另一端。它们对地理发现所起的影响是巨大的。鲸鱼喜欢去南极和北极的海洋。古老的传说甚至认为，这些鲸类动物把渔民一直带到离北极只有 7 法里的地方。追逐鲸鱼一直来到北极和南极地区，人类会到达地球上从未到过的地方。

我们坐在平台上，海上风平浪静。高纬度的 10 月，秋高气爽。正是加拿大人——他不会弄错——发现东面天际有一条鲸鱼。

“啊！”内德喊道，“如果我在一条捕鲸船上，这次遭遇会使我乐开了花！这是个大家伙！看看它的鼻孔喷出的水柱和气体有多大的劲啊！”“什么！内德，”我回答，“您还没有忘掉捕鲸的旧念头吗？”“先生，捕鲸手怎么能忘掉自己的老本行呢？怎么会厌倦这样追逐的大快人心呢？”“内德，您从来没有在这片海域里捕过鱼吗？”“先生，从来没有。只在北冰洋的白令海峡和戴维斯海峡捕过鲸鱼。”

“那么，您还不熟悉南极的鲸鱼。至今为止，您捕过的鲸鱼都是

露脊鲸，这种鲸鱼不会大胆越过赤道的温水区的。”

“这是什么话啊！1865年，我在格陵兰附近捕到过一条鲸鱼，腹部还带着白令海峡一个捕鲸手投出的鱼叉。但是，我问您，一条在美洲西部被叉到的鲸鱼，要是不绕过合恩角或好望角，再穿过赤道，怎么会在格陵兰东面被杀死呢？”贡塞伊也点头表示同意。

“朋友们，不同种类的鲸鱼都局限在一定的地区，不离开某些海洋。如果有一条鲸鱼从白令海峡来到戴维斯海峡，仅仅是因为在美洲海岸或者亚洲海岸，存在连接两个海峡的一条通道。”

“既然这样，”加拿大人说，“由于我从来没有在这片海域捕过鲸鱼，我就根本不了解在这里出没的鲸鱼了？”

“我已经对您说过这话了，内德。”

“那就更需要熟悉它们。”贡塞伊回了一句。

看着海面上的鲸鱼，内德跺着脚。他的手颤抖起来，举起一把想象中的捕鲸叉。“这些鲸鱼和北冰洋的鲸鱼一样大吗？”他问。“差不多大小，内德。”“因为我见过大条的鲸鱼，长达100英尺！我甚至听人说，

阿留申群岛的乌拉莫克鲸和乌姆加利克鲸，有时长度超过150英尺呢。”

“我觉得这好像夸张了，”我回答，“那不过是鳁鲸，有背鳍，和抹香鲸一样，通常比露脊鲸要小。”

内德又接过话头：“您说抹香鲸像一头小动物啊！但有人说是巨大的动物。这是聪明的鲸类动物。据说有些抹香鲸用海藻和墨角藻盖住自己，让人当成小岛，在上面支起帐篷，待在那里，生起了火……”

“在上面盖房屋？”贡塞伊说。“是的，爱耍花样，”内德·兰德回答，“然后，有一天，这头动物潜入海里，把所有的居民带到海底。”

“就像《水手辛巴德[①]历险记》中说的那样。”我笑着回了一句，“啊！兰德师傅，看来您喜欢奇异的故事！您的抹香鲸神乎其神！我希望您不去相信！”

“博物学家先生，”加拿大人严肃地回答，“关于鲸鱼，什么都得信！——这条鲸鱼游得多快！它躲开了！——据说这种动物半个月能绕地球一圈。您大概不知道的是，在混沌初开的时候，鲸鱼游得比现在还要快。”

“啊！内德，我确实不知道！为什么会这样呢？”

“因为那时鲸鱼的尾巴像鱼一样，是竖直的，就是说尾巴是被垂直压扁的，可以左右击水。但是造物主发现鲸鱼游得太快，所以把它们的尾巴拧了过来，从此，它们从上到下击水，影响了速度。”

“好，内德，”我说，“非得相信您的话吗？”

“倒不要太相信，”内德·兰德回答，“如果我对您说，有一种鲸鱼，长300英尺，重50000千克，您就不必相信。”

“这确实是太大了，”我说，“不过，应该承认，有些鲸类动物长得非常大，因为，据说一头鲸鱼能提供120吨鱼油呢。”

---

① 辛巴德，《一千零一夜》的故事《水手辛巴德历险记》中的主人公。

“这个，我是见过的。”加拿大人说。

“我乐意相信您见过，内德，就像我相信有些鲸鱼有100头大象那样大。想想看，这样的庞然大物全速冲刺，会产生什么效果啊！”

“它们能撞沉船，是真的吗？”贡塞伊问。

“我不相信能撞沉船，”我回答，“不过有人说，1820年，正是在南部海域，一条鲸鱼撞击‘埃塞克斯号’，使之以每秒4米的速度往后倒退。海水从船尾灌进去，‘埃塞克斯号’几乎立即沉没了。”

内德以嘲弄的神态望着我。

“至于我，”他说，“我被鲸鱼的尾巴扫过一下——当然，我待在小艇里。我的同伴们和我，我们被甩出去6米高。但要和教授先生的那条鲸鱼相比，我这条鲸鱼只不过是鲸鱼仔了。”

“这种动物活得长吗？”贡塞伊问。“能活1000年。”加拿大人毫不迟疑地回答。“您怎么知道的，内德？”“因为有人这样说。”“为什么这样说？”“因为有人知道。”

“不，内德，不是知道，是推测。400年前，渔民第一次捕捉鲸鱼的时候，这些动物超过今日捕捉到的个头。于是有人相当合乎逻辑地推测，现在的鲸鱼之所以小，是因为它们来不及达到完全发育。布封说鲸鱼能够，甚至应该活1000年，根据的就是这个。”内德·兰德没有听明白，他不再听下去。鲸鱼始终在靠近。他用眼睛死盯住它。

“啊！”他嚷道，“不止是1条鲸鱼，是10条、20条，整整一群！却什么事也不能做！手脚都被捆住了！”

“但是，内德老兄，”贡塞伊说，“为什么不请求奈莫艇长允许捕鱼呢？……”贡塞伊还没有说完话，内德·兰德就从舱盖滑下去，跑去找艇长。过了一会儿，他们俩重新出现在平台上。

“这是南极鲸，”奈莫艇长说，“能让一个捕鲸船队发财了。”

“那么，先生，我能去捕鲸吗？”加拿大人问，“哪怕是为了让我别忘了捕鲸手的本行。”

“何必呢，”奈莫艇长回答，“捕杀仅仅为了毁灭！我们在潜艇上拿鲸鱼油来干吗呢？”

“但是，先生，”加拿大人又说，“在红海，您曾经允许我们去追捕一头儒艮啊！”

“那时是要给我的船员弄到鲜肉。现在，是为了捕杀而捕杀。我很清楚，这是人类的一项特权，但我不允许这种残杀的消遣。兰德师傅，您的同行毁灭南极鲸和露脊鲸这类无害而善良的动物，犯下应受谴责的行为。他们就是这样使巴芬湾的鲸鱼逐渐减少，并终将毁灭这种有益的动物。因此，让这些不幸的鲸类动物安生吧。您不插手，它们就有不少抹香鲸、箭鱼和锯鳐这些天敌了。”

对一个捕鲸手讲这样的道理，那是白费唇舌。内德·兰德看着奈莫艇长，明显地不理解他想对自己说的话。可是，艇长是对的。捕鱼者野蛮的、欠考虑的行为，总有一天会使大洋里最后一头鲸鱼销声匿迹。内德·兰德吹起他的“Yankee doodle”[①]，双手插进口袋，对我们转过背去。奈莫艇长对我说：“我刚才这样认为是对的：不算人，鲸鱼已有足够多的其他天敌。不要多久，它们就要遇到强大的对手。您能看到吗，在下风8海里的地方，有一些黑点在沉浮？”

“是的，艇长。”我回答。“那是抹香鲸，一些可怕的动物，我有时遇到成群的抹香鲸，有两三百头！至于这种作恶多端的残忍动物，倒是应该灭绝的。”听到最后这句话，加拿大人猛地回过身来。

“那么，艇长，”我说，“还来得及，即使是为了那些鲸鱼……”

“教授先生，冒险没有意义。‘鹦鹉螺号’足以驱散这些抹香鲸。我想，潜艇拥有钢冲角，抵得上兰德师傅的捕鲸叉。”加拿大人不以

---

① 英文，《扬基歌》，美国独立战争时流行的一首歌曲。

为然地耸耸肩。“等一等，阿罗纳克斯先生，”奈莫艇长说，“我们会让您看一场您不曾见过的捕杀。别可怜这些凶恶的抹香鲸，它们只不过牙尖嘴大！”

牙尖嘴大！描述这些长着畸形大头的抹香鲸，不能更贴切了。有时抹香鲸长达 25 米，大脑袋几乎占去三分之一。它们比鲸鱼装备得更好，鲸鱼上颚只有鲸须，而抹香鲸拥有 25 颗圆柱形、顶部呈圆锥形的大牙齿，长 20 厘米，每颗重 2 斤。就是在这个大脑袋上，在被软骨分隔开的巨大脑腔里，那种所谓“鲸蜡”的宝贵油脂多达三四百千克。按弗雷多尔的意见，抹香鲸是一种丑陋的动物，不像鱼类，更像蝌蚪。它的构造不佳，可以说它整个左边的骨架有“缺陷”，几乎只用右眼看东西。

那群怪物始终在靠近。抹香鲸已经看到长须鲸，准备好去攻击。事先可以料到，抹香鲸获胜，不仅因为它们比没有进攻能力的对手长得结实，便于攻击，而且因为它们能时间更长地待在水里，不用回到水面上呼吸。正来得及去救长须鲸。“鹦鹉螺号”潜入水里。贡塞伊、内德和我坐在客厅的玻璃窗前。奈莫艇长到舵手身边去了，像操作毁灭武器那样操作他的潜艇。不久，我感到螺旋桨的拍打加快，潜艇的速度提高了。

“鹦鹉螺号”到达时，抹香鲸和长须鲸之间的战斗已经开始。潜艇的行动方式是切断这群畸形大头动物。它们先是对看到新怪物参加战斗不去理睬。但不久，它们不得不防备这头怪物的攻击。

真是一场惊心动魄的搏斗！连内德·兰德也激动了，最后鼓起掌来。“鹦鹉螺号”成了艇长手中挥舞的一把可怕的捕鲸叉。潜艇冲向这一团团肉，横穿而过，所过之处，留下两团攒动的半截动物尸体。抹香鲸可怕的尾巴猛击潜艇，潜艇丝毫感觉不到。它产生的撞击也不见得力量更大。一条抹香鲸消灭了，它冲向另一条，原地转身，不错过它的猎物，忽前忽后，服从着舵的指挥，随着抹香鲸潜入深水层而下潜，随着抹香鲸上浮水面而上浮，从正面或者从斜刺里攻击抹香鲸，拦腰斩断或者撕裂，从各个方向，忽快忽慢，用它可怕的冲角洞穿抹香鲸。

这场令人难以置信的屠杀持续了1个小时，畸形大头怪物在劫难逃。有好几次，十来头抹香鲸集合起来，试图把“鹦鹉螺号”压在它们的身体底下。从舷窗前能看到它们布满牙齿的大嘴，凶光毕露的眼睛。但是“鹦鹉螺号”的螺旋桨加力，将它们连拖带拉到海面，既不在乎它们巨大的重量，也不在乎它们狠命地紧夹。

终于，一大群抹香鲸变得稀稀拉拉。海水恢复了平静。我感到我们浮上了洋面。舱盖打开了，我们冲上了平台。

我们漂浮在这些庞大的躯体中间，抹香鲸的背脊是淡蓝色的，肚子微白，全身隆起一些大疙瘩。有几条吓坏了的抹香鲸逃到天边。好几海里的海面上，波涛被染红了，“鹦鹉螺号”航行在血海中。

奈莫艇长和我们会合。

“怎么样，兰德师傅？”他问。“不怎么样，先生，”加拿大人回答，他的热烈劲已平息，“这确实是一个恐怖的场景。不过，我是一个捕鲸手，不是屠夫。”“屠杀的是为非作歹的动物，”奈莫艇长回答，“‘鹦鹉螺号’不是一把屠刀。”“我更喜欢我的捕鲸叉。”加拿大人回驳了一句。“人各有自己的武器。”艇长一面回答，一面盯住内德·兰德。

我担心内德会发火动粗，后果就不堪设想了。这时，他看到一条鲸鱼正靠近“鹦鹉螺号”，怒气被转移了。

这条鲸鱼没能逃过抹香鲸的牙齿。我认出这是一条南极鲸，脑袋扁平，全身黑色。在解剖学上，南极鲸和北极鲸、诺尔－卡佩鲸不同，不同在于它的七截颈椎的连接方式，而且比它的同类多了两根肋骨。这条可怜的鲸鱼侧躺着，肚子上有一些被咬穿的洞，已经死了。

在它被咬伤的鳍上还吊着一条幼鲸，母鲸未能从屠杀中救它出来。母鲸张开的嘴任凭海水通过鲸须，像激浪一样汩汩地进出。

奈莫艇长将“鹦鹉螺号”驶近鲸鱼尸体。他的两个手下爬上鲸鱼腹部，我多少有点惊讶地看到他们从鲸鱼乳房里挤干所有的乳汁，足有两三桶之多。艇长给了我一杯还热乎乎的奶。我禁不住向他表示对这种饮料的反感。他向我保证，这种奶是上好的，和牛奶毫无区别。我尝了一口，同意他的说法。因此，鲸奶就成了有用的储备，因为，从奶中提炼出咸味的黄油或者奶酪，应该给我们的日常饮食提供了可喜的新花样。

从这天起，我不安地注意到，内德·兰德对奈莫艇长的情绪越来越坏，我决意密切监视加拿大人的行为和举动。

十三　大浮冰

“鹦鹉螺号”又沿着西经5度线，以极快的速度，坚定不移地朝南面驶去。

3月14日，我看到南纬50度处有浮冰，但还都只是20至25英尺的灰白色普通碎块，构成冰礁，被海水冲击着。“鹦鹉螺号”维持在洋面上。内德·兰德在北冰洋上捕过鲸鱼，已经熟悉这种冰山景色。贡塞伊和我，我们是第一次欣赏到。

在南面的天际，伸展着一道耀眼的白带。英国捕鲸手将这道白带称之为“炫目冰带”。不管云层多厚，也无法使它变暗。冰带预示着浮冰群或者大浮冰的存在。果然，不久，更大块的浮冰出现了，浮冰的光彩随着雾气的变化而变化。有的浮冰呈现出绿色条纹，宛若硫酸铜溶液在上面留下的起伏的痕迹。还有的浮冰像巨大的紫晶石，被阳光渗透进去。有些在它们水晶体的千百个面反射出光线，而另外一些具有石灰石的强烈光泽，足以建造一整座大理石城市。

我们越往南去，这些漂浮的岛就越多、越大。成千上万只极地的鸟在上面筑巢。那是海燕、海鸽和剪水鹱（hù），它们的叫声震耳欲聋。有些鸟将“鹦鹉螺号”当成鲸鱼的尸体，落在上面，用喙去啄钢板，发出当当的响声。

在浮冰当中航行的时候，奈莫艇长往往待在平台上。他仔细地观察这片人迹罕至的海域。我看到他平静的目光有时兴奋起来。但他一动不动，只是在他的操作者本能占上风时，才回过神来。他异常灵活地操纵着“鹦鹉螺号”，巧妙地避开大浮冰的撞击。天际往往被大浮冰完全遮住。在南纬60度，通道全部消失。但奈莫艇长仔细寻找，不久找到了狭窄的开口，便大胆钻了进去，而他明知这开口会在他身后合拢。

“鹦鹉螺号”被这只灵巧的手操纵，就这样越过所有的冰块。对精确性痴迷的贡塞伊，根据冰块的形状和大小，进行分类：冰山，望不到边的冰原，漂浮的冰碛，破碎的浮冰群，环形的叫冰圈，长形的叫冰川。

气温相当低。放在外面的温度计，指着零下2摄氏度到零下3摄氏度。但我们穿着皮袄，很暖和，海豹和海熊献出了它们的毛皮。“鹦鹉螺号”里面有电器不时供暖，多冷都不怕。再说，只要下潜几米，就可以找到能忍受的温度。我们早两个月来到这个纬度，就能享受到极昼。但如今黑夜已经有三四个小时，稍后，在这片环极地区，应有半年的黑夜。

3月15日，我们通过纽舍特兰群岛和南奥克尼群岛的纬度。艇长告诉我，从前这里的土地上生活着许多海豹群，但是英国和美国的捕鲸手嗜杀成性，屠杀成年海豹和怀孕的母海豹，那本是生机勃勃的地方，他们留下的却是一片死寂。

3月16日晨8时左右，“鹦鹉螺号”沿着55度经线，切入南极圈。浮冰从四面八方围住我们，封闭了我们的视野。但奈莫艇长在通道中穿行，潜艇不断地被海水和冰抬起来。坦率地说，我会承认，这样的冒险旅行，我可一点不讨厌。这个新地区的美景使我惊奇到什么程度，我无法描绘。

正当这些冰山破裂、失去平衡的时候，“鹦鹉螺号”在水下潜行，响声轰轰然地在水中传播，大冰块的坍塌产生的可怕漩涡，一直达到海洋深处。于是“鹦鹉螺号”就像一艘任凭狂风吹打的船摇摆、颠簸。它常常在再也看不到任何通道的时候，根据最轻微的迹象发现新通道。

可是，3 月 16 日这一天，冰原彻底挡住了我们的道路。“鹦鹉螺号”像楔子一样冲进这易碎的冰原，发出可怕的咔嚓声，冰原裂了。碎冰溅起老高，如冰雹般落在我们周围。只靠着自身的冲力，我们的潜艇就为自己开辟出一条通道。有时，潜艇被冲力带到冰原上面，又以自身的重量把冰原压碎，或者有时钻到冰原下面，仅仅颠簸一下，便产生很宽的裂缝，把冰原分开。

这几天，冰雹猛烈地攻击我们。在浓雾中，从平台的这一端到另一端看不见人。风使得罗盘在各个点突然跳动。堆积的雪冻得那么硬，只得用镐去刨。只消零下 5 摄氏度，“鹦鹉螺号”表面的各个部分就覆盖了冰。如果是帆船，就不可能操作了，因为所有的绳索都会被冻在滑轮槽里。只有这艘没有帆、不用烧煤、以电为动力发动的潜艇，才能对抗这样高的纬度。

最后，到了 3 月 18 日，在多少次无效的冲击之后，“鹦鹉螺号”最终不能动弹了。这不再是冰圈、冰川、冰原，而是连接在一起绵延不断的、岿然不动的冰山。

对所有人来说，这是不可逾越的障碍。将近中午，太阳露了一会儿脸，奈莫艇长获得一次相当准确的观察，测出了我们的位置在西经 51 度 30 分、南纬 67 度 39 分，已经是南极地区靠南的一个点了。

我们眼前，再没有海，没有流动的海水。在“鹦鹉螺号”的冲角下面，伸展着由乱冰块结成的参差不齐、杂乱无章的广大冰原，那种凌乱无序，就像巨大的冰块解冻之前河流的表面一样。目力所及之处是尖锐的山峰，像一根根细针，耸起 200 英尺高。稍远些是连续不断的、发灰的悬崖峭壁，像巨大的镜子，反射出半隐蔽在雾中的几缕阳光。在这片荒凉的自然界，一种旷野的沉寂，仅仅被海燕和剪水鹱拍打翅膀的声音打破。此刻一切都被冻住，甚至连声音也被冻住了。探险的“鹦鹉螺号”不得不在这片冰原中停住。

确实，不管做出什么努力，不管用什么高招，“鹦鹉螺号”仍然动弹不得。一般说，不能往前走，从原路返回不就得了。但是这里，返回和往前同样不可能，因为我们身后的通道已经结冰封上了，只要我们的潜艇稍微停留一下，很快就会被封死。我不得不承认，奈莫艇长的行为太不谨慎了。

这时我在平台上。艇长观察了一会儿情况之后，询问我的想法。

“我想，我们既不能前进，不能后退，也不能从旁边走。”

“这样说，阿罗纳克斯先生，您认为‘鹦鹉螺号’不能摆脱出来了？”

“很难，艇长，因为季节已经太晚，解冻是没指望了。”

“啊！教授先生，”奈莫艇长用嘲讽的口吻回答，“您总是老样子！您只看到障碍！我呀，我向您断言，‘鹦鹉螺号’不仅能脱身，而且还能走得更远！”“更往南吗？”我问，望着艇长。“是的，先生，能走到南极。”“走到南极！”我大声说，禁不住做了个不相信的动作。

“是的！”艇长冷冷地回答，“到南极，到汇集了地球上所有的经线、不为人知的点上去。”简直是太疯狂了！

这时我突然想到问奈莫艇长，他是否已经探索过人类的足迹还没有踏上过的南极。

“没有，先生，”他回答我，“我的‘鹦鹉螺号’还从来没有航行到南极海[1]这么远的地方。但我对您再说一遍，它还要航行得更远。”

---

① 当时有人还认为南极像北极一样是一片海洋。

“我愿意相信您，艇长，”我用有点嘲讽的口气又说，“咱们往前走吧！让我们撞碎这大浮冰！让我们炸掉它，如果它炸不开，就让‘鹦鹉螺号’长出翅膀，从上面越过去吧！”

“从上面？教授先生，”奈莫艇长从容地回答，“绝不是从上面，而是从下面。”艇长的计划一披露，我便恍然大悟。我明白了。“鹦鹉螺号”绝妙的性能，在这件非凡的壮举中将再次为他效力！

“教授先生，我看到我们开始互相心领神会了，”艇长对我说，莞尔一笑，“您已经看到这个尝试的可能性，普通的船办不到的事，对‘鹦鹉螺号’来说是轻而易举的。如果有一块大陆出现在南极上面，潜艇会在这块大陆前面停下；如果相反，是自由的大海浸没南极，潜艇就会驶到南极那里！”

“确实，”我说，被艇长的话拖着走，“如果海面被冰封住，它的下层还是能自由来往的，因为有一条定律：密度最大的海水要比结冰点高出1度。如果我没有搞错，大浮冰淹没在水下的部分，和露出水面部分之比是3∶1吧？”

“差不多，教授先生。冰山露出海面1英尺，就有3英尺在下面。既然这些冰山在水上不超过100米，沉没的部分便只有300米。但300米对‘鹦鹉螺号’算不了什么！唯一的困难是，要下潜好几天，不能更换空气储备。”

“只有这个困难？”我问，“‘鹦鹉螺号’有大储气舱，我们可以充满空气，就能供应我们所需要的氧气。”

“设想很好，阿罗纳克斯先生，”艇长微笑着回答，“可是，我不想让您指责我鲁莽，我让您事先说出对我所有的异议。”

“您还有什么疑问？”

“只有一个。如果南极有海，很可能海上完全结了冰，因此，我们就不能返回水面！”

“好，先生，您忘了‘鹦鹉螺号’拥有可怕的冲角吗？我们不能把冲角沿着对角线冲击冰原，在撞击之下，冰原就会裂开吗？”

“况且，艇长，”我更加兴奋，接着说，“怎见得南极就不像北极一样是能自由来往的大海呢？寒冷的极地和地球的极点不能混同，在南半球不行，在北半球也不行。直至发现相反的证据，人们应该设想，地球的这两个点，要么是一个大陆，要么是没有冰封的海洋。”

我不知道怎么回事，竟然大胆地说服起奈莫艇长来了！好像是我把他带到极地！我走在他前面，把他落下了……

可是，他一刻也没有耽搁。听到一声招呼，大副出现了。这两个人用我听不懂的语言迅速交谈，要么大副事先得到通知，要么他觉得计划可行，他没有露出任何惊讶的表情。

但是，不管他怎样冷漠，也没有贡塞伊表现得更加彻底的冷漠。在我对这个正直的小伙子宣布我们要直达南极的意图时，我得到的是“随您的便”，我只得以此为满足。至于内德·兰德，倘若有人肩膀耸得老高，那就是这个加拿大人了。

这项大胆计划的准备工作已经开始进行。“鹦鹉螺号”强有力的泵在往储气舱里灌气，并用高压储存。将近 4 点钟时，奈莫艇长向我宣布，平台的舱盖即将关闭。我朝我们就要通过的大浮冰看了最后一眼。天气晴朗，空气相当纯净，寒冷凛冽，是零下 12 摄氏度；不过由于风已停息，这温度似乎不是令人太受不了。

十来个拿着铁镐的水手登上“鹦鹉螺号”的两侧，把船身周围的冰砸碎，不久潜艇就摆脱出来了。这个工作很快完成，因为新结的冰还不厚。我们大家都回到艇内。常用的储水罐装满了吃水线处没结冰的海水，“鹦鹉螺号”随即下沉。

我和贡塞伊坐在客厅里。通过打开护板的玻璃窗，我们望着南冰洋底层的海水。温度计的水银柱在上升，气压计的指针在表盘上移

动。正如奈莫艇长所预料的那样，到了大约 300 米深的地方，我们就能在连绵起伏的大浮冰下面航行了。但是“鹦鹉螺号”下沉得更深，一直到 800 米深的地方。水里的温度是零下 12 摄氏度，潜艇里不到零下 11 摄氏度，已经升高近 2 摄氏度。不用说，由于有供暖设备，“鹦鹉螺号”的温度维持得很高。所有的操作都完成得异常准确。

在畅通无阻的海里，“鹦鹉螺号”直接开向南极，不离开西经 52 度线。从南纬 67 度 30 分到 90 度，还有 22 度 30 分的行程，就是说，还要行驶 500 多法里。“鹦鹉螺号”的航速平均为每小时 26 海里，这是特快列车的速度。如果保持这个速度，用 40 个小时就足以抵达南极。

夜里有一部分时间，新奇的景象把我和贡塞伊吸引住了，我们一直待在客厅的舷窗前。大海在舷灯光的照射下，闪闪发亮，但是空空荡荡。鱼类不栖息在封闭的海水里，它们只在这里找到一条通道，从南冰洋到南极自由畅通的海水中。我们行驶得很快，从潜艇的长条形钢壳的震动中可以感觉出这一点。约莫在凌晨 2 点钟，我想去休息几个小时。贡塞伊陪着我。穿过纵向通道时，我没有碰到奈莫艇长。我猜想他待在驾驶室里。

3 月 19 日，早上 5 点钟，我来到客厅，电动测速仪显示“鹦鹉螺号”放慢了速度。它谨慎地浮向水面，慢慢地排空储水罐里的水。我的心怦然跳动。我们就要浮上水面，重新呼吸到极地的自由空气吗？

不是的。一声撞击告诉我，“鹦鹉螺号”撞上了大浮冰的底部，从声音的沉浊程度，可以判断冰层还很厚。用航海术语来说，我们确实“搁浅”了，不过是反方向，在水下 1000 英尺的地方。就是说，我们头顶上的浮冰有 2000 英尺厚，露出水面的部分有 1000 英尺[①]。那

① 原文如此，阿罗纳克斯计算有误。

么，这块大浮冰高于我们曾经测到过的大浮冰。形势令人担忧。

这一天，“鹦鹉螺号”反复这样试了好几次，总是撞到上面的墙一样的天花板。有几次是在900米深的地方撞到的，显示出大浮冰的厚度有1200米，其中200米[①]露出水面。这是“鹦鹉螺号”当初下潜时大浮冰高度的2倍。我仔细记录这些不同的厚度，这样就获得了连绵不断的大浮冰在水下延伸的侧面图。

傍晚，我们的情况没有出现任何改变。大浮冰总是在400至500米之间的海水深处。厚度明显减少，但是，在我们和洋面之间，冰层仍然很厚！8点钟，按照潜艇平时的习惯，4小时前就应该换空气了。但我不太难受，虽然奈莫艇长还没有提出动用储气舱里的氧气。

这一宿，我辗转反侧，希望和恐惧轮番占据我的脑子，我起来好几次。“鹦鹉螺号”继续在摸索。将近凌晨3点钟，我观察到，遇上大浮冰底部时，水深只有50米。这时我们距离水面是150英尺。大浮冰逐渐变成冰原。高山又变成平原。

我目不转睛地看着气压计，我们始终沿着一条对角线上浮。在电灯光照射下，发亮的水面闪烁着。大浮冰的厚度在水面上和水面下都沿着斜坡在减少，1海里又1海里地变薄。

3月19日是个值得纪念的日子，早上6点，客厅的门打开，奈莫艇长出现了。

“海上没有结冰！”他对我说。

---

①　有误，应为300米。

十四　南　极

我冲向平台。是的，自由通行的大海。海面上只有零星的冰块，一些浮动的冰山；大海伸展到远处；天空中有成群的鸟，水里有不可胜数的鱼；深浅不同的海水，从湛蓝转向橄榄绿。温度计指着零上3摄氏度。有大浮冰挡着，相对来说仿佛是春天。大浮冰遥远的一大块在北边的天际显示出轮廓。

在南面，离“鹦鹉螺号”10海里处，有一座孤零零的小岛，耸起200米高。我们朝小岛驶去，但小心翼翼，因为这片海域可能布满暗礁。

1个小时以后，我们到达小岛。又过了2个小时，我们绕了小岛一圈。小岛周长4至5海里。一条狭窄的水道把它和一大片陆地分开，也许那是大陆，我们看不到尽头。

“鹦鹉螺号”由于担心搁浅，停在离沙滩3链远的地方，壮观的层层叠叠的岩石耸立其上。艇长、他的两个带上工具的手下、贡塞伊和我，我们上了小艇。时间是上午10点钟，我没有看见内德·兰德。加拿大人大概不肯承认面对的是南极。划了几下，小艇就来到沙滩上，在那里搁浅。正当贡塞伊要跳下地的时候，我拉住了他。第一个踏上这片还没有人留下足迹的土地的荣誉应该属于奈莫艇长。

艇长轻捷地跳到沙滩上，异常的激动使他的心扑扑乱跳。他攀登到一个小岬角顶端的陡峭岩石上，在那里两手交叉着抱在胸前，目光炽热，一动不动，仿佛占有了这片南极的土地。他这样心醉神迷，待了5分钟，然后朝我们转过身来。

“先生，您下来吧。”他朝我喊道。我下了地，贡塞伊跟着我，两个水手留在小艇里。这长条的土地上面是淡红色的凝灰岩，仿佛是用捣碎的红砖铺成的。地面上布满了火山岩渣、流出的熔岩、浮石，可以看出都是火山喷发出来的。有些地方，一些散发出硫黄气味的轻微火山气体，证明火山内部的烈火还保存着爆发的能量。可是，爬上一个高高的悬崖以后，在方圆几海里的范围内，却看不到任何火山。众所周知，在南极地区西经167度、南纬77度32分处，詹姆斯·罗斯[①]曾经发现过正在活动的埃雷比斯火山和泰罗尔火山的火山口。

在这片荒芜的大陆上，植物极其稀少。黑色的岩石上延伸着一些松萝属地衣。某些微小生物的胚芽，如退化了的硅藻，像蜂房一样分布在两个含石英的贝壳中间；粉红色和深红色的长条墨角藻，挂在小小的鱼鳔上，被海浪投掷到岸边。这个地区植物贫乏，只有这些。

海岸上散布着软体动物、小贻贝、帽贝、甲壳光滑的心形贝，特别是膜贝，长方形的身体有一层膜，头由两个滚圆的瓣膜组成。我也看到数不胜数的北极的膜贝，长3厘米，鲸鱼每口能吞下成千上万只。这种迷人的翼足类动物，是真正的海蝴蝶，使海边自由激荡的海水生机勃勃。

至于植形动物，浅滩上有几株乔木状的石灰质珊瑚，还有一些小海鸡冠，以及大量的海盘车和海星，散布在地上。

但是，天空中却生机盎然。成千上万只各种各样的鸟儿在翱翔、盘旋，鸣叫声使我们震耳欲聋。还有些鸟聚集在岩石上，望着我们走

---

① 詹姆斯·罗斯（1800—1862），英国航海家。

过，毫不害怕，亲密地簇拥在我们脚边。这是企鹅，在岸上笨拙、沉重，而在水里轻巧、灵活，有时被错认是迅捷的金枪鱼。企鹅发出古怪的叫声，成群结队，动作少，不惮吵吵闹闹。

鸟类之中，我还看到涉禽科的白鸻（héng），大小如鸽子，白色，短喙，呈圆锥形，眼睛周围镶有红圈。贡塞伊捉了几只，因为这种飞禽如果烹饪得法，会是一道可口的菜肴。天空中有煤灰色的信天翁飞过，这种鸟的翅膀有 4 米的幅度，被形象地称为大洋里的秃鹫。海燕中，有拥有拱形的翅膀的大海燕，嗜食海豹；有一种背部黑白相间、像小鸽子似的鸽燕；还有各种各样的海燕。

走了半英里以后，地上出现很多洞，那是企鹅窝，是为了下蛋的，从里面跑出来很多企鹅。它们发出驴的叫声。这些动物有鹅的大小，身体呈板岩的灰色，肚子是白的，脖子上有一圈柠檬色，任人用石块砸死，也不寻求逃走。

雾一直不散去，11 点了，太阳还没露面。没有太阳，就无法测量方位。我走近奈莫艇长的时候，看到他默默地倚在一块岩石上，望着天空。他看起来焦虑和气恼。

中午到了，太阳一会儿也没有露面。甚至无法确定太阳在雾障后面的什么地方。不久，雾突然化成了雪。“明天再说吧。”艇长简单地对我说，我们在大雪纷飞中回到“鹦鹉螺号”。

我们不在艇上的时候，拖网被放下去了，我兴味盎然地观察刚打上来的鱼。南极海域是大量洄游鱼的避居地。洄游鱼为了逃避纬度不那么高的地区的风暴，说实话，却落到鼠海豚和海豹的牙齿下。我举出几条 10 厘米长的南极杜父鱼，这是一种灰白色的软骨鱼，带有深灰色的横纹，配备着刺；还有南极银鲛，身子长长的，有 3 英尺，白色的皮，光滑、银闪闪的，圆圆的头，有三个脊鳍，嘴末端是个吻管，弯向嘴巴。虽然贡塞伊对这种鱼非常欣赏，但我尝过之后，感到淡而无味。

3月20日，风雪停止了，冷得更加刺骨，温度计指的是零下2摄氏度。雾消散了，我期望这一天能够进行观测。奈莫艇长还没有露面，贡塞伊和我坐上小艇踏上了陆地。地质情况依旧，是火山岩。到处是岩浆、岩渣、玄武岩的遗迹，我却看不到喷发这些东西的火山口。这里和那边一样，数不清的鸟儿使这片极地大陆生机盎然。

不过，这个鸟的王国是与大群的海洋哺乳动物共享的，它们用温柔的目光望着我们。这是不同种类的海豹，有的躺在地上，有的躺在漂流的冰块上，有的从海里出来，或者正回到海里。在我们接近时，它们并不逃跑，可能因为从来没有跟人打过交道。我估计这些海豹能装满几百艘船。贡塞伊感叹幸亏内德·兰德没有一起来。

“毫无疑问，贡塞伊。不过，你告诉我，你是不是已经把这些美丽的海洋动物分了类？”

“先生很清楚，我在实践上不很内行，”贡塞伊回答，“先生要是早告诉我这些动物的名字……”

“这是海豹和海象。”

“这是两个属的动物，都属于鳍脚科，”博学的贡塞伊赶紧说，“食肉目，趾甲群，单子宫动物亚纲，哺乳动物纲，脊椎动物门。”

“很好，贡塞伊，”我回答，“但是，海豹和海象这两个属又分成几个种，如果我没有搞错的话，我们在这里会有机会看到这些种。咱们往前走。”

这时是早上8点钟。直到我们能够有效地观测太阳时，我们还有4个小时可以利用。我朝一个宽广的海湾走去，海湾成凹形，岸上是花岗岩峭壁。

在那里，我可以说，极目远望周围，陆地和浮冰上布满了海洋哺乳动物，我不由自主地用目力去搜寻老海神普罗透斯——神话中的牧羊人——为涅普图努斯看管着这广大的畜群。特别多的是海豹。它们明显地分为雌雄两群，雄海豹看守家，雌海豹奶崽儿。已经长得很壮实的年轻海豹，自由自在地待在几步以外的地方。这些哺乳动物想挪地方时，便收缩它们的身体，一蹦一跳的，用不完善的鳍相当笨拙地帮助自己。在它们的同类海牛身上，这鳍就发展成了前肢。应该说，海是它们得天独厚的地方，这些动物的脊柱能够活动，骨盆狭窄，毛短而密，长着蹼足，游起来灵活自如。在陆地上休息时，姿态也极其优雅。因此，古人看到它们面容温柔、眼神生动——女人最美的眼神也不如它们的生动——目光清澈、姿态迷人，以他们的方式把海豹诗意化，雄的变成特里同[①]，雌的变成美人鱼。

我告诉贡塞伊，这种聪明的鲸类动物脑叶十分发达。任何一类哺乳动物，除了人类，都没有这么多的脑灰质。因此，海豹能够接受一些训练，很容易驯化，我和一些博物学家认为，只要训练得法，这些动物就能像猎犬一样为我们效劳。

大部分海豹都在岩石上或沙地上睡觉。严格说来，这些海豹没有外耳——这一点不同于海狗，海狗的耳朵是凸出的——其中我看到几种狭嘴海豹，身长 3 米，白色的毛，脑袋像牛头犬，每个颚各有十颗牙，上下各有四颗门齿，有两颗呈百合花状的犬齿。海象从这海豹中间滑过去，这是一种长着灵活短鼻的海豹，这一种类中的巨型动物，身长 10 米，体围 20 英尺。在我们走近时，它们一动不动。

2 英里以外，我们被一个岬角挡住了，这个岬角为海湾挡住南面的风。岬角笔直地落到海里，惊涛拍岸，激起浪花。远处响起巨大的呼啸声，仿佛一群反刍动物产生的吼叫。

---

① 特里同，半人半鱼的海神，在古代诗人笔下，特里同长着人鼻，巨口，兽牙，绿发，耳下有鳃。

“好，”贡塞伊说，“是公牛在合唱吗？”“不是，”我说，“是海象在合唱。”“海象在打架？”“在打架或者在闹着玩。”“先生不在意的话，应该去看看。”于是我们越过浅黑色的岩石，有的出乎意料地崩塌了，有的结了冰，非常滑。我不止一次摔倒，扭伤了腰。贡塞伊更加谨慎，或者更加结实，几乎没有失足，他把我扶起来说：“如果先生乐意把腿分开，就能更好地保持平衡。”

来到岬角顶上时，我看到一片广阔的白色平原，上面躺满了海象。这些动物在嬉戏，发出的是欢乐的而不是愤怒的吼声。从身体形状和四肢分布来看，海象和海豹相似，但海象的下颚没有门齿和犬齿，而上颚的犬齿是两根 80 厘米的长牙，牙槽周长有 33 厘米。这两颗牙质地细密，没有条痕，比大象的牙还要结实，而且不容易变黄，非常珍贵。因此海象受到滥杀，不久会濒临灭绝，因为狩猎者不加区分地屠杀怀孕的雌海象和小海象，每年捕杀 4000 多头。

在这些奇特的动物身边经过时，我可以从容地观察，因为它们纹丝不动。海象的皮厚而粗糙，颜色发黄，接近红棕色，毛短而稀少。有几头海象长达 4 米。它们比北极的海象安静，也不那么胆小，绝不派出选择好的哨兵守卫营地。观察过这座海象的城池以后，我想按原路返回。已经 11 点了，如果奈莫艇长处在有利的测量条件下，我想在他测量时在场。可是我没想到这一天不出太阳。天际浓云密布，似乎这有忌妒心的星体不愿意给人类揭示地球上这难以接近的点。

我们沿着悬崖顶上一条狭窄的斜坡往下走。11 点 30 分，我们到达了下船的地方。靠岸的小艇已经将艇长放到陆地上。我看到他站在一块玄武岩上，仪器放在他身旁。他的目光盯住北边的天际，太阳此刻在那边附近划出一条长弧线。我站到他身边，一言不发地等待着。中午到了，像昨天一样，太阳没有露面。这是一种天意。如果明天不能完成观测，就必须最终放弃测定方位。

事实上，今天恰好是3月20日，明天，21日，是春分，如果不把折射光算在内，太阳就要在地平线下消失半年了，漫长的极夜就要开始。自从9月的秋分以来，太阳从北面的地平线上出现，沿着延长的螺旋线上升，一直到12月21日。到北半球夏至的时候，太阳才开始回落，明天太阳要洒下最后几缕余晖了。

我把自己的看法和担忧告诉奈莫艇长。他对我说："如果明天测不到太阳的高度，半年之内我就不能再进行测量。但是，也正因为我们在3月21日偶然航行到这个海域，测量会十分容易，只要太阳在中午露面就行。"

"为什么，艇长？"

"因为在太阳划出的螺旋线如此长的时候，很难准确地测定它在地平线上的高度，仪器有可能出现严重误差。"

"那么您怎样进行测量呢？""我只用精密时计，"奈莫艇长回答我，"明天，21日，考虑到折射光，如果太阳的圆盘正好被北面的地平线切开，我就到了南极。"虽然有误差，但我们不需要非常准确。

奈莫艇长返回艇上。贡塞伊和我，我们一直待到下午5点，在海滩踱步、观察和研究。除了一枚大得出奇的企鹅蛋，我没有捡到任何有趣的东西。收藏家会出1000法郎以上。它的颜色是灰黄色的，上面的装饰条纹和印记仿佛象形文字，能成为一件稀有的玩意儿。我把它交到贡塞伊的手里。小伙子脚步稳健，像捧着一件中国的珍贵瓷器那样，完好无损地捧回"鹦鹉螺号"。我把这枚罕见的蛋放进陈列室的玻璃柜里。晚饭时，我津津有味地品尝了一块海豹肝，那味道令人想起猪肉。然后我睡觉了，像个印度教徒那样，祈求太阳保佑。

3月21日，早上5点，我登上平台，在那里看到奈莫艇长。"天有点放晴，"他对我说，"我满怀希望。早饭后我们到陆地上选择一个观测点。"事情说妥后，我去找内德·兰德。我本想带他一起去。固执的加拿大人拒绝了，我看得很清楚，他的沉默寡言像暴躁脾气一样，与日俱增。在这种情况下，我毕竟对他的执着并不遗憾。说白了，陆地上海豹太多，用不着让这个鲁莽的捕鲸手去承受这种诱惑。

吃完早饭，我来到陆地上。“鹦鹉螺号”在夜里又行驶了几海里，此刻停在外海，离海岸足足1法里远，岸上有一座四五百米高的山峰。小艇载着我、奈莫艇长、两名水手、仪器——精密时计、一架望远镜和一个气压计。

摆渡时，我看到很多鲸鱼，都属于南极海域特有的三个种：露脊鲸，没有脊鳍；座头鲸，即鳁鲸，肚子平滑，灰白色的鳍宽大；长须鲸，浅黄褐色，鲸类动物中最活跃的一种。这强有力的动物能喷出非常高的水汽柱，活像滚滚浓烟，从老远就能听到声音。这些不同种的哺乳动物成群结队，在平静的海水里嬉戏，我看得很清楚，南极这片海域如今成了被捕猎者穷追不舍的鲸类动物的避难地。我同样看到一些樽海鞘，这是一种成群的软体动物，长着灰白色长须细带；还有一些大个的水母，在波涛的浪花中游动。

9点钟，我们靠了岸。天放晴了，云朵向南方飘逝。雾离开了寒冷的水面。奈莫艇长径直向峰顶走去，无疑想把那里当成观测点。脚下是尖锐的熔岩和浮石，空气中弥漫着火山气体的硫黄味，往上爬十分艰难。艇长已经是个不习惯在陆地上行走的人，但他在爬最陡峭的山坡时，那种灵活和敏捷，我不能相比，连追捕比利牛斯岩山羊的猎人都会羡慕。

我们需要用2个小时，才能到达这一半是斑岩、一半是玄武岩的峰顶。从那里我们能饱览浩渺的大海，往北延伸直到天边。我们脚下是白得耀眼的原野，头上是拨开云雾的苍白的蓝天。北边，太阳的圆盘像火球一样被地平线切去了一角，从海水中升起千百束美丽的霞光。远处，“鹦鹉螺号”犹如一头睡着的鲸类动物。我们身后，南面

和东面，是广袤的陆地，杂乱地堆积着岩石和冰块，一望无际。奈莫艇长来到山顶，用气压计仔细地测出山的高度，因为他在观测中要考虑山的高度。

12点差一刻，只通过反射光看到的太阳，像个金盘，把最后的光线洒向这荒芜的大陆，洒向这人迹不到的大海。奈莫艇长带着一架有十字丝的望远镜，能够用镜子矫正反射光，观测正沿着一条很长的对角线逐渐沉入地平线的太阳。我拿着精密时计，心跳得厉害。如果那半个太阳的消失正好和精密时计上的午时吻合，我们就是在南极。

“中午到！”我嚷道。

“南极！”奈莫艇长用庄重的声音回答，同时把望远镜递给我，通过望远镜可以看到太阳正好被地平线分割成相等的两部分。我望着罩住山顶的太阳的余晖，阴影逐渐爬上山坡。

这时，奈莫艇长用手扶住我的肩膀，对我说：“先生，1600年，荷兰人杰里特克被海流和风暴带到南纬64度，发现新设得兰群岛。1773年1月17日，大名鼎鼎的库克沿着西经38度线，到达南纬67度30分；第二年1月30日，他又沿着西经109度线到达南纬71度15分。1819年，俄国人别林豪森到达南纬69度；1821年，他又沿着西经111度线到达南纬66度。1820年，布伦斯菲尔德在南纬65度受阻；同年，美国人莫雷尔沿着西经42度线南下，在南纬70度14分处发现没有结冰的海，不过，他的叙述值得怀疑。1825年，英国人鲍威尔未能越过南纬62度线；同年，英国一个名叫韦德尔的捕海豹的普通渔民，沿着西经35度线南下，一直到达南纬72度14分，后来又沿着西经36度线直达南纬74度15分。1829年，英国船‘雄鸡号’船长福斯特在南纬63度26分、西经66度26分的南极大陆靠岸。1831年2月1日，英国人比斯科埃在南纬68度50分处发现恩德比地；1832年2月5日，他又在南纬67度发现阿德莱依德地，2月21

日在南纬 64 度 45 分发现格雷厄姆地。1838 年，法国人杜蒙·德·于维尔在南纬 62 度 57 分遇到大浮冰，发现路易 - 菲利普地；两年之后，1840 年 1 月 21 日，他又在南纬 66 度 30 分发现一个新海角，命名为阿德利地；8 天之后，他又在南纬 64 度 40 分发现克拉里海岸。1838 年，英国人威尔克斯沿着西经 100 度线到达南纬 69 度。1839 年，英国人巴尔尼发现南极圈边上的萨布里纳地。最后，1842 年 1 月 12 日，英国人詹姆斯·罗斯率领‘黑暗号’和‘恐怖号’，沿着东经 171 度 7 分到达南纬 76 度 56 分，发现维多利亚地；同月 23 日，到达南纬 74 度线，这是至今人类到过的最高纬度；27 日到达 76 度 8 分，28 日到达 77 度 32 分，2 月 2 日，到达 78 度 4 分。现在，我呀，奈莫艇长，于 1868 年 3 月 21 日到达南纬 90 度的南极，占据了占地球已知大陆六分之一的土地。”

“以谁的名义呢，艇长？”

“以我自己的名义，先生！”

说完，奈莫艇长展开一面黑旗，在纺绸上有一个盾形的金色 N 字。然后，他转向海面上泛着余晖的太阳，喊道：“再见，太阳！消失吧，光芒万丈的星体！睡在这片能自由航行的海面下吧，让半年的漫漫长夜在我的新领地投下阴影！”

十五　大事故还是小事故

3月22日，早上6点钟，“鹦鹉螺号”开始做出发准备。晨曦最后的光辉融化在夜色中。寒冷彻骨。星星闪烁着惊人的明亮。灿烂的南十字星座[①]在头顶上闪光，它是南极地区的南极星。

储水罐已经装满，“鹦鹉螺号”慢慢下沉。到达1000英尺的深度时，潜艇停了下来。螺旋桨拍打海水，以每小时15海里的速度笔直向北驶去。傍晚时分，“鹦鹉螺号”已经航行在大浮冰广阔的冰壳下面。

出于谨慎，客厅的护窗板关上了，因为“鹦鹉螺号”的船壳可能碰上沉在水里的大冰块。因此，我靠整理笔记度过这一天。我的头脑完全在回忆南极的遭遇。我们漂浮的车厢仿佛在铁轨上滑行，毫不疲劳地、毫无危险地到达这个无法接近的地方。如今，返回真正开始了。自从命运把我们抛到这艘潜艇上来，已经过去了五个半月，我们航行了14000法里，在这次比环绕地球赤道一周[②]还要长的行程中，有多少稀奇或者恐怖的事使我们的旅行迷人啊：在克雷斯波海底森林打猎，在托雷斯海峡搁浅，珊瑚墓，锡兰采珠场，阿拉伯隧道，桑托

---

① 南十字星座，南半球星座，有两颗星指向南极。

② 14000法里相当于56000千米，赤道一周约40000千米。

林火山，维戈湾的几百万财富，大西洋岛，南极！

凌晨3点，我被一下猛烈的撞击惊醒。我从床上坐起，在黑暗中倾听，这时，我突然被抛到房间中央。显然，“鹦鹉螺号”撞上什么东西以后，倾斜得厉害。

我靠在板壁上，拖着脚步，从纵向通道走到客厅。客厅天花板上的灯还亮着。家具都倒了。幸亏玻璃柜被座脚牢牢地稳住，没有倾倒。右舷墙上的画幅垂直移位，贴在地毯上，而左舷墙的画幅底边离开墙1英尺，悬空挂着。因此，“鹦鹉螺号”是向右倾斜，而且完全不能动了。

我听到潜艇里有脚步声、模糊的说话声。奈莫艇长没有露面。正当我离开客厅时，内德·兰德和贡塞伊走了进来，加拿大人认为“鹦鹉螺号”搁浅了。

我看了看气压计。大大出乎我的意料，气压计指的深度是360米！

我们离开客厅去找奈莫艇长。图书室里没有人，中央楼梯那里没有人，船员舱室里也没有人。我估计奈莫艇长守在驾驶室里。最好的办法是等待。我们三个人又回到客厅。我默默地听着加拿大人的一通指责，他发脾气是处于有利地位，我让他尽情发泄，没有回答他。

我们就这样待了20分钟，并且竭力捕捉“鹦鹉螺号”内部发出的轻微响声，这时，奈莫艇长走了进来。他似乎没有看见我们。他的面容显出有些不安。他默默地观察罗盘和气压计，手指按着地球平面球形图上南极海域的一个点。

我不想打断他。只不过，在几分钟以后，他朝我转过身时，我用他在托雷斯海峡使用过的一句话反过来问他：“是个小事故吧，艇长？”“不是，先生，”他回答，“这次是大事故。”“‘鹦鹉螺号’搁浅了吗？”“是的。”“这次搁浅怎么来的？……”

“来自大自然的任性，而不是来自人的缺乏经验。操作上没出一点差错。但是，我们不能阻止平衡规律产生作用。我们可以无视人类的法则，却不能抵挡自然法则。”

奈莫艇长竟然选择在这古怪的时候，进行这番哲理思考。总之，他的回答没有告诉我任何东西。

“先生，我能知道这次事故发生的原因吗？”我问他。

“巨大的冰块，整座冰山翻了过来，”他回答我，“冰山底部被温度更高的水侵蚀，或者被反复撞击，重心上移。这时，冰山就大部分转了过来，翻了个身。这就是我们遇到的情况。其中一大块冰塌下来，砸在水下航行的‘鹦鹉螺号’上。然后，冰滑到潜艇下面，以无法抗拒的力量把潜艇托上来，带到密度较小的水层里，潜艇就侧躺在那里了。”

“但我们不能把储水罐的水排干，让‘鹦鹉螺号’脱身，恢复潜艇的平衡吗？”

“眼下正在这样做，先生。您可以听到水泵在运转。您看看气压计，气压计显示，‘鹦鹉螺号’正在上浮，但是冰块和它一起上浮。在遇到障碍止住冰块上浮之前，我们的处境不会有变化。”

“鹦鹉螺号”确实始终不变地向右倾斜。自从冰山倾倒以来，“鹦鹉螺号”已经上升了150英尺左右，但是倾斜的角度一直没有变化。

突然，艇身轻轻一震。“鹦鹉螺号”明显地挺直了一点。客厅里悬挂的东西明显地恢复了正常状态。我们谁也不说话，大家都激动地观察着，感到艇身在挺直。我们脚下的地板也重新呈水平状态。

10分钟过去了。

艇长走了出去。不久，我发现他已经下令停止让“鹦鹉螺号”上浮。确实，潜艇很快就会碰上大浮冰的底部，最好还是让潜艇待在海水的中间。

这当儿，护窗板打开了，外面的光通过没有遮挡的舷窗投射进来。

就像我刚才说的，我们是在海水中，“鹦鹉螺号”两边10米开外，矗立着炫目的冰墙。上下都是冰墙。上面是因为大浮冰的底部，就像广阔的天花板一样展开。下面是因为翻了个身的冰山逐渐滑下去，在两侧的冰墙上找到两个支撑点，使潜艇保持这个处境。“鹦鹉螺号”被困在一个真正的冰隧道里，隧道宽20米左右，充满了平静的水。所以，潜艇前进或后退都很容易从这隧道里出来，然后往下潜几百米，在大浮冰底下重新找到一条自由通道。

天花板上的灯熄灭了，但是客厅仍然被强光照得闪闪发亮。这是因为冰墙把舷灯的一片光强烈地反射进来。我无法描述电灯光在随意裂开的大冰块上造成的效果，冰块的每个角，每个棱，每个面，都按冰里纹理走势的性质不同，反射出不同的光，就像一座令人眼花缭乱的宝石矿，尤其像一座蓝宝石矿，将蓝光和祖母绿的绿光交相辉映。在钻石般的明亮、亮得令人睁不开眼的炽热光点中，无比柔和的不同的乳白色四处流转。舷灯的亮度提高了百倍，就像一流的灯塔上通过凸透镜射出来的光一样。太美了！

突然，贡塞伊叫了一声，使我回过身来。

“请先生闭上眼！请先生别看！”贡塞伊一面说一面赶紧用手捂住眼睛。

“你怎么啦，小伙子？”

“我的眼睛花了，看不见了！”

我的目光不由自主地转向玻璃舷窗，但是我忍受不了像要把舷窗吞噬的火光。我明白所发生的事了。“鹦鹉螺号”刚刚高速行驶起来，冰墙上静止的光于是都变成闪光，无数的钻石光亮聚集起来。“鹦鹉螺号”在螺旋桨的推动下，在光筒中航行。

这时，客厅的护窗板又关上了。我们仍然捂着眼睛，眼睛里充满了这种在视网膜飘浮的聚光，就像阳光过于强烈地袭击眼睛时那样。必须等待一会儿，才能平息我们视力的混乱。

我们的手终于放了下来。

“说实话，我简直无法相信。”贡塞伊说。

“而我呢，我到现在还是不相信！”加拿大人回了这一句。

“等回到陆地上，”贡塞伊接着说，“我们对大自然那么多奇迹都看得腻烦了，以后对那些可怜巴巴的大陆景致和出自人手工的小作品会做何感想呢！不！住人的世界已不再配得上我们了！”这样的话出自一个冷漠的佛兰德人口中，足见我们的热情已到了沸腾的程度。但是，加拿大人不会错过对此泼冷水的机会。

“住人的世界！”他摇着头说，“贡塞伊老弟，放心吧，我们回不到那里去了！”

当时是早上 5 点钟。就在这时，“鹦鹉螺号”的前部发生了撞击。我明白它的冲角刚撞上了冰块。这应该是操作不当造成的，因为这海底隧道有冰块阻塞，航行不易。因此我想，奈莫艇长会改变航道，绕过障碍，或者沿着隧道蜿蜒而行。无论如何，往前开绝对不会受阻。然而，出乎意料的是，“鹦鹉螺号”做了一个非常明显的后退动作。

“我们在往后退？”贡塞伊问。

“是的，”我回答，“隧道的这一边一准儿没有出路。”

“怎么办呢？……”

“操作非常简单，”我说，“我们会原路退回，从南面的口出去。如此而已。”这样说话时，我想显得比实际那样更有把握。

“鹦鹉螺号”后退动作加速，螺旋桨倒转，把我们高速带走。

“这会耽误时间。”内德说。

“早几个小时或晚几个小时都没关系，只要能出去。”

“是的，只要能出去！”内德·兰德再说一遍。

我在客厅和图书室之间踱了一会儿步。我的两个同伴坐在那儿一声不吭。不久，我也歪倒在沙发上，拿起一本书，机械地浏览着。一刻钟后，贡塞伊走近我，对我说：“先生看的书确实有趣吗？”

“非常有趣。”我回答。

“我相信是。先生看的是自己的书！”

“我的书？”我手里确实拿着《海底世界》。我居然没有意识到。我合上书，又开始踱步。内德和贡塞伊站起来要出去。

“朋友们，留下，”我把他们叫住，“驶出这个死胡同之前，咱们待在一起吧。”“听先生的。”贡塞伊回答。

几个小时过去了。我不时观察挂在板壁上的那些仪器。气压计显示，“鹦鹉螺号”一直维持在300米的深度；罗盘显示始终往南；测速计显示潜艇航速为每小时20海里，在这样一个狭窄的地方，这是过高的速度。但是奈莫艇长知道，他不能太仓促，而且这时候，几分钟等于几个世纪。

8点25分，发生了第二次撞击。这回是在船的后部。我的两个同伴走近我，我抓住了贡塞伊的手。我们用目光互相询问。这当儿，奈莫艇长走进客厅。我朝他走去。

“南面的路堵住了？”我问他。

“是的，先生。冰山翻转身，把所有出路都封死了。”

“我们被封锁了？”

“是的。”

十六 缺 氧

这样，“鹦鹉螺号”周围都是穿不透的冰墙。我们被大浮冰困住了！“鹦鹉螺号”已一动不动。

“先生们，”艇长用平静的声音说，“在我们所处的情况下，有两种死法。”这个捉摸不透的人物，神态就像一个数学教师，在给学生们演算题目。“第一种是被压死，”他接着说，“第二种是被憋死。我不提饿死的可能，因为‘鹦鹉螺号’的储备肯定比我们的生命延续得更久。因此，我们考虑的是被压死还是被憋死。”

“艇长，说到憋死，”我回答，“用不着担心，因为我们的储气舱装得满满的。”

“不错，”艇长接着说，“但只够供两天的空气。而且我们在水中已经待了 36 个小时，‘鹦鹉螺号’空气混浊，需要换气了。再过 48 个小时，我们的储备就会用完。”

“那么，艇长，我们就在 48 个小时之前脱身啊！”“我们至少要试一下，把围住我们的冰墙凿穿。”“从哪一面凿呢？”我问。“这要测量一下才能知道。我将把潜艇搁浅在下面的冰块上，让我的手下穿上潜水服，去凿最薄的冰墙。”“能打开客厅的护窗板吗？”

“没有什么不妥，反正我们不再航行。”奈莫艇长出去了。不一会儿，呼呼声告诉我，水开始灌进储水罐。“鹦鹉螺号”慢慢下沉，停在 350 米深处的冰块上，下面的冰块就沉到这个深度上。

“朋友们，”我说，“形势严峻，但是我所指望的是你们的勇气和毅力。”“先生，”加拿大人回答我，“眼下不是用指责来麻烦您的时候。我准备好为了共同得救竭尽绵薄之力。”

我把加拿大人带到“鹦鹉螺号”的水手穿潜水服的那个房间。我把内德的建议告诉了艇长，艇长接受了。加拿大人穿上潜水服，和他的工作伙伴们一样准备好了。他们每个人都背着一个卢凯罗尔储气罐，里面灌满了纯净的空气。对“鹦鹉螺号”的储备来说，他们用去的空气很可观，但这是必不可少的。至于鲁姆科夫灯，在电灯光照射的明晃晃的水里，变得用不着了。

内德穿好衣服以后，我回到客厅，舷窗已经打开。我坐在贡塞伊旁边，观察承载着“鹦鹉螺号”的周围的水层。过了一会儿，我们看到十来个水手站在冰块上，其中有内德，奈莫艇长和他们在一起。

在挖墙之前，他先让人进行测量，以保证干活方向正确。长长的探测针插进旁边的冰壁，但插进 15 米以后，探测针仍然停留在厚冰壁中。头顶上的冰用不着探测，因为这是大浮冰本身，超过 400 米的厚度。奈莫艇长于是叫人探测底下的冰层。这里 10 米的冰层把我们和海水隔开。这是冰原的厚度。因此，凿开的冰要和“鹦鹉螺号”吃水线周围那一圈面积大小相等。这大约要凿掉 6500 立方米的冰，以便挖出一个洞，使潜艇沉到冰原底下去。

立即开始干活，以不知疲倦和坚忍不拔的劲头进行下去。在“鹦鹉螺号”周围开凿，难度更大，奈莫艇长让人在潜艇左舷后半部 8 米处的地方画了一条巨大的沟。然后，他的手下就在这条沟的周围的好几个点同时开凿。不久，大块的冰被凿了下来。由于存在一种特殊重力的有趣作用，这些比水轻的冰块，可以说飞到了隧道顶上，底层的冰薄了多少，顶上的冰就厚了多少。不过没有关系，只要底层的冰薄

了就行。

卖命地干了2个小时以后，内德·兰德回来时已筋疲力尽了。他们那一伙人被新的一伙人换下，我和贡塞伊加入其中。“鹦鹉螺号”的大副带领着我们。我觉得水特别冷，但是抡起镐来很快就暖和了。虽然顶着30个大气压的压力，我仍然活动自如。

干了2个小时后，回来吃点东西和休息，这时我才发觉，卢凯罗尔储气罐的纯净空气，和“鹦鹉螺号”内已经充满碳酸气的空气，真有莫大的不同。已有48个小时没换气了，艇内有生命力的空气质量已大大降低。但是，在12个小时里，在画出的面积上，我们凿下来的冰的厚度只有1米，也即600立方米。就算每12个小时都能完成同样的工作量，这个工程要圆满完成也还得四天五夜。

“四天五夜！”我对我的两个同伴说，“而我们储气罐里的空气只够用两天。”

“还不算这个呢，”内德驳了一句，“即便从这个该死的囚牢出去，我们还是被禁锢在大浮冰下面，无法换气！”

这个考虑是对的，形势咄咄逼人。虽然每个人都正面考虑过这种形势，但大家还是决心把自己的义务尽到底。

同我预计的一样，夜里，又凿掉了1米厚的冰层。但是，早上我穿着潜水服走在零下六七摄氏度的水里时，我发现两侧的冰墙在逐渐靠近；远离这个坑的水层，由于人们干活和工具的挥舞产生不了热量，有结冰的趋势。这会把“鹦鹉螺号”的板壁像玻璃一样挤爆的。

我没有将这新危险告诉我的两个伙伴。他们正满怀热情，投身于这艰苦的求生劳动中。但是，当我回到艇上时，我给奈莫艇长指出这种棘手的情况。奈莫艇长认为唯一的获救机会，是干活的速度比结冰的速度更快，要跑在前面，如此而已。

跑在前面！我不得不习惯于这种说话方式！这一天，我艰苦卓绝地挥镐干了好几个小时。再说，干活意味着离开“鹦鹉螺号”，能直接呼吸储气罐提供的纯净空气。

傍晚时分，坑里的冰又被挖掉1米。我回到艇上时，几乎被空气里饱含的碳酸气窒息。啊！难道我们没有化学手段把这种毒气清除吗？我们不缺氧气。水里就含有大量的氧气，用强力电池可以把氧气从水中分解出来，水会给我们释放出有生命力的气体。这件事我想了很久，但是何必呢？我们呼吸产生的碳酸气已经弥漫到潜艇的各个部分。要想把碳酸气吸收掉，就必须在一些容器里装满苛性钾，并且要不断地摇动容器。然而，艇上没有苛性钾，而且什么也不能代替它。

这天晚上，奈莫艇长不得不打开储气罐的阀门，往“鹦鹉螺号”内放送一些纯净空气。不采取这项措施，我们就会醒不过来了。

3月26日，我又去干矿工的营生，开始挖第五米深处的冰。隧道两侧和大浮冰的底部都变厚了。很明显，在“鹦鹉螺号”最终脱身之前，冰层就会汇聚到一起。绝望一时攫住了我，镐头几乎从我的手中滑落下来。

这时，领导这项工作且亲自劳动的奈莫艇长经过我身边。我用手碰了他一下，指给他看我们这个牢狱的墙壁。右舷的冰墙距离“鹦鹉螺号”的艇身前进了4米左右。艇长明白我的意思，做了个手势，让我跟他走。我们回到艇上。我脱下潜水服以后，陪伴他来到客厅。

“阿罗纳克斯先生，”他对我说，“必须尝试大胆无畏的办法，否则我们就要被水结成的冰封起来，就像封在水泥里一样。”

“是的！”我说，“但是怎么办呢？”

“啊！”他大声说，“如果我的‘鹦鹉螺号’足够牢固，能承受得住压力，而不被压碎，那会怎样呢？”

“会怎样呢？”我问，不明白艇长的想法。

“您不明白吧，”他接着说，“水的凝结会帮助我们啊！您没有看到，水结成冰以后，会把禁锢着我们的冰原迸裂，就像水在冻结时把最坚硬的石头迸裂一样！您没有感到，水非但不是一种毁灭的因素，反而是一种拯救的因素吧！”

“艇长，也许是这样。但是，不管‘鹦鹉螺号’抗压的力量有多大，它也顶不住这种可怕的压力，会被压成一块铁板。”

“这我知道，先生。因此我们不能依靠大自然的救助，而是依靠我们自己。必须阻止水结冰，必须防止发生故障。不仅两边的冰壁在夹紧，而且在‘鹦鹉螺号’的前后，只有不到10英尺的水了。冰从各个方向朝我们逼近。”

“艇上储存的空气还能让我们呼吸多久？”我问。

艇长正面看着我。“后天储存就会用光！”他说。

我吓出一身冷汗。3月22日，“鹦鹉螺号”是在南极能自由通行的海上下潜的！今天是26日，五天以来，我们都靠艇上储存的空气生活！剩下的清新空气，必须留给干活的人。此刻我在记叙这件事时，我的感受依然是那样强烈，以致不由自主的恐惧占据了我的全身，似乎我的肺里缺少空气！

但奈莫艇长在默默地、一动不动地思索。显然他的脑际掠过一个念头，但是看来他又把这个念头推开。他对自己做出了否定的回答。最后，他脱口而出这句话：“沸腾的水！”

他接着说：“从‘鹦鹉螺号’的水泵喷出沸腾的水，难道不能提高这里的气温，延缓水结冰的速度吗？”

“必须试一下。”我坚决地说。

温度计指出当时外面的温度是零下7摄氏度。奈莫艇长把我带到厨房，巨大的蒸馏器在运转，通过蒸馏提供饮用水。蒸馏器装满了水，电池发出的电热，通过泡在水里的蛇形管往外散发。几分钟后，水就达到100摄氏度。开水被导向水泵，又有水随之替代。电池发出的热量非常高，从海里吸进来的冷水通过蒸馏器，到水泵里已经沸腾了。

开始喷水了，3个小时后，温度计指出外面是零下6摄氏度，提高了1摄氏度。又过2个小时，温度计指的是零下4摄氏度。夜里，水温升到零下1摄氏度。喷水已经不能把水温提得更高。不过由于海水要到零下2摄氏度才结冰，我终于对结冰的危险放下心来。

3月27日，冰坑里的冰已被挖去6米，只剩下4米，还得干48个小时。"鹦鹉螺号"内部的空气不能再更新。因此，这天的情况越来越糟糕。难以忍受的沉重感压抑着我。将近下午3点时，这种不安感达到强烈的程度。哈欠连连，把我的上下颚都要分离了。我气喘吁吁。精神麻痹攫住了我。我浑身无力地躺下，几乎没有知觉。我忠实的贡塞伊，同我一样的症状，忍受同样的罪，不离开我。他抓住我的手，鼓励我。

我们在潜艇里难以忍受，我们是多么急匆匆地、多么高兴地轮到自己穿上潜水服去干活啊！冰层上，镐头乒乒乓乓地响成一片。胳膊累了，手磨破了，但是，累点算什么，磨破皮算什么！活命的空气到了肺里啊！我们吸啊！吸啊！

不过，没有人在水里多待，待的时间不超过在水中干活所规定的时间。任务完成后，每个人就把储气设备交给喘不过气来的同伴，让生命流入他们的体内。奈莫艇长以身作则，带头遵守这项严格的纪律。时间一到，他立即把自己的设备让给别人，回到空气混浊的艇上。他总是镇静自若，始终一贯，不发牢骚。

这一天，大家更有劲地完成平时的活儿。冰坑的整个表面只剩下2米需要挖掉。但是储气舱也几乎空了。剩下的一点储备应该留给干活的人。"鹦鹉螺号"上是一点也不能给了！

回到潜艇上以后，我处于半窒息状态。这样的痛苦是笔墨难以形容的。第二天，我的呼吸受到压抑，昏眩使我变成一个醉汉似的。我的两个同伴感到同样的症状。有几个船员发出嘶哑的喘气声。这一天是我们被困的第六天，奈莫艇长觉得用锹和镐干得太慢，决定把那层将我们和水隔开的冰层压碎。这个人保持了镇静和毅力。他靠精神力量克制肉体痛苦。他在思索，他在策划，他在行动。

根据他的命令，潜艇减轻负荷，就是说，通过改变特殊重力，使潜艇离开冰面。潜艇漂浮起来时，大家就拖它，设法把它拖到根据它的吃水线挖出的大坑上面。然后，把它的储水罐装满，潜艇套入并降到大坑里。

这时，船上所有的人都回到艇上，沟通内外的双重门关上了。于是“鹦鹉螺号”停在冰层上，这层冰不到 1 米厚，而且已经被凿得百孔千疮。所有储水罐的阀门完全打开，100 立方米的水直往里灌，使“鹦鹉螺号”的重量增加了 100 吨。我们等待着，倾听着，忘却了痛苦，满怀希望。我们拿自身的得救一搏，就在此一举。

尽管我满脑子是嗡嗡的响声，不久，我还是听到了“鹦鹉螺号”底下的震颤。潜艇倾斜了，冰发出古怪的碎裂声，就像撕碎纸一样，“鹦鹉螺号”沉了下去。

我紧紧地抓住贡塞伊的手。

突然，由于可怕的超重，“鹦鹉螺号”像一颗炮弹似的沉入水里，就是说，它跌了下去，仿佛落到真空中！这时，所有的电力都用到水泵上，立即开始抽掉储水罐里的水。几分钟后，沉落止住了。甚至不久，气压计就显示潜艇在上升。螺旋桨全速转动，使艇身——甚至螺栓——颤动，把我们带往北面。但是，还要在大浮冰下面航行多长时间，才能到达能自由航行的大海呢？还要 1 天？在这之前，我会死去！

我半躺在图书室的一张沙发上，感到窒息。我的脸发青，嘴唇发紫，官能不起作用。我什么也看不见，什么也听不到。时间概念从我脑中消失了。我的肌肉不能收缩。

时间就这样流逝，我估计不出过了多久。但我明白我要死了……

我突然清醒过来，几口新鲜空气进到我的肺里。我们已经浮上水面了吗？我们越过了大浮冰吗？

没有！是我那两位正直的朋友内德和贡塞伊为了救我而牺牲了自己。储气罐底还剩下一点空气，他们没有吸，留给了我。可他们也感到窒息，却把生命一点又一点地输进我的身体！我想把储气罐推开。他们按住我的手，我畅快地呼吸了一会儿。

我把目光投向挂钟，是上午11点，应该是3月28日。“鹦鹉螺号”航行的速度快得惊人，每小时40海里。它在水中疾驰。

这时，气压计显示，我们离海面只有20英尺。把我们和大气隔开的是普通的冰原。我们不能把冰原砸碎吗？

也许能！无论如何，“鹦鹉螺号”要尝试一下。果然，我感到它采取倾斜的姿态，尾部下沉，冲角扬起。注入一点水就足以打破它的平衡。随后，在强大的螺旋桨的推动下，潜艇像巨大的羊角撞锤那样，从下方向冰原发动攻击。逐渐凿穿冰原，回身一退，再全速冲向冰原，冰原裂开了，最后，潜艇猛力一冲，冲到冰原表面，将冰原压碎。

舱盖打开了，可以说被一掀而开，清新的空气流进了“鹦鹉螺号”的各个部分。

十七　从合恩角到亚马孙河

我说不清自己是怎么到了平台的。也许是加拿大人把我背了上去。我贪婪地吸着海上的清新空气。我的两个同伴在我身旁，陶醉在这新鲜空气中。我们的力气很快恢复了。我扫视周围，没有一个船员。甚至没有艇长。“鹦鹉螺号”的古怪水手们只满足于艇内流动的空气，没有一个人跑到新鲜空气中来陶醉一下。

我说出的第一句话是感谢我的两个同伴。在漫长的垂死挣扎的最后时刻，是内德和贡塞伊延长了我的生命。我怎么感激也不能回报这样的献身精神。

“鹦鹉螺号”行驶得很快，不久就越出南极圈，朝合恩角驶去。3月31日，晚7点，我们到达美洲南端附近。这时，我们以往的一切痛苦都被忘却。我们只想着未来。奈莫艇长不再出现。大副测到的方位，每天都标在地球平面球形图上，让我得知“鹦鹉螺号”的准确方向。这天晚上，令我非常满意的是，我们明显是途经大西洋，往北而上。我把我的观察结果告诉加拿大人和贡塞伊。

4月1日，“鹦鹉螺号”在正午之前几分钟浮出水面，我们看到西面是海岸。这是火地岛[1]，最早的航海家看到土著人的茅屋多处升起

① 火地岛，群岛，位于南美的最南端，被麦哲伦海峡与大陆分开。

烟雾，就起了这个名字。火地岛是个很大的群岛，长30法里，宽80法里，处于南纬53度到56度、西经67度50分到77度15分之间。我觉得海岸很低，但是远处耸立着高山。我甚至以为看到了海拔2700米的萨米恩托山，一座页岩的金字塔形山峰。内德·兰德告诉我，山峰有没有雾“就预示着天气是好是坏”。

“我的朋友，这是了不起的晴雨表。”

“是的，先生，天然的晴雨表，当我经过麦哲伦海峡时，它从来没有骗过我。”

此刻，这座山峰映衬在天空的背景中，轮廓清晰，这是好天气的预兆，果然如此。“鹦鹉螺号”又潜入水里，靠近海岸，只离开几海里行驶。通过客厅的舷窗，我看到长条的藤本植物和巨大的墨角藻，南极未冰封的海里也有这种植物。这种墨角藻的丝条黏糊糊的，很光滑，长达300米，是真正的绳索，比大拇指还粗，柔韧，常用作船上的缆绳。另外一种草，叫维尔普，叶子长4英尺，粘满珊瑚黏糊糊的分泌物，像地毯似的铺在海底，成了无数的甲壳类动物和软体动物，如蟹和乌贼的窝和食物。海豹和海獭正按英国人的方式，把鱼肉和海里的蔬菜卷在一起，供作美餐。

“鹦鹉螺号”在这土地肥沃、植物茂盛的海底飞快地掠过。傍晚时分，潜艇接近圣马洛群岛，第二天，我看到群岛上陡峭的山峰。海水不深。因此，我不无理由地想，这两个被大量小岛环绕的大岛，以前是麦哲伦地的一部分。圣马洛群岛可能是著名的约翰·戴维斯发现的，他给这个群岛取名为南戴维斯群岛。后来，理查德·霍金斯把它称作处女岛。18世纪初，这些岛被称作圣马洛群岛。

我们的拖网在这片海域打上来一些好看的海藻，特别是有些根部爬满贻贝的墨角藻，贻贝是世界上最鲜美的食物。成群的海鹅和海鸭落在平台上，一会儿就钻进艇上的配餐室。鱼类里，我观察到的主要是属于虾虎鱼类的硬骨鱼，尤其是长20厘米、身上长满黄白斑点的布尔罗鱼。

我同样欣赏大量的水母，其中最好看的是茧形水母，这是圣马洛群岛海域的特产。这些水母靠四条叶状臂游动，任凭丰满的触须漂浮在水里。我本想保留这些精巧的植形动物做标本，但它们一旦离开生存的水，只不过是些云雾、影子和表象，化解和蒸发了。

当圣马洛群岛的峰巅从天际消失后，“鹦鹉螺号”下潜到水下20至25米之间，沿着美洲海岸航行。奈莫艇长还没有露面。

直到4月3日，我们一直没有离开巴塔哥尼亚海域，有时在水下，有时在海面。“鹦鹉螺号”越过拉普拉塔河的宽阔河口，于4月4日来到乌拉圭附近，不过在外海，离开50海里之遥。行驶方向保持往北，沿着南美洲漫长的曲折海岸行驶。

从日本海登上潜艇起，我们这时已航行了16000法里。

将近上午11点，我们沿西经37度线越过南回归线，从外海绕过弗里奥岬角。令内德·兰德极为不悦的是，奈莫艇长不喜欢接近巴西有人居住的海岸，因为潜艇以令人眩晕的速度行驶。即便游得最快的鱼，飞得最快的鸟，也跟不上我们。

高速行驶保持了好几天，4月9日晚，我们看到了南美洲最东面的圣罗克角。但是，“鹦鹉螺号”这时重新拐开，到深海中去寻找圣罗克角和非洲海岸塞拉利昂之间下陷的一个海底峡谷。这个峡谷在安的列斯群岛附近分岔，在北边以一个9000米的巨大深沟结束。在这个地方，直到小安的列斯群岛，大洋的地质剖面显示的是一面6000米长的峭壁，直上直下。在佛得角附近，也有另一面同样可观的峭壁，两处峭壁就这样封闭了沉没的大西洋岛这片大陆。这巨大峡谷的底部连绵起伏着高山，为海底设置了美景。我所说的地质情况，主要根据是“鹦鹉螺号”图书室收藏的地图手稿，这些地图显然出自奈莫

艇长之手，是他根据自己的观察绘制的。

潜艇利用侧翼斜面板，在这片茫茫的深海中航行了两天。“鹦鹉螺号”沿着漫长的对角线航行，可以到达海洋的各个深度。但4月11日，它突然浮出水面，陆地重新出现在亚马孙河的河口。宽阔的河口水量非常大，把几法里范围的海水都淡化了。

越过赤道了。西面20海里处是法国属地圭亚那，在那里我们很容易找到一个栖身地。但风大浪高，普通的小艇对付不了。内德·兰德无疑也明白，因为他什么也没对我说。至于我，我只字不提他的逃跑计划，因为我不想怂恿他去做必然失败的尝试。

既然计划推迟，我从有趣的研究中很容易得到补偿。在4月11日至12日这两天中，“鹦鹉螺号”没有离开海面，拖网少有地打上来一些植形动物、鱼和爬行动物。

有些植形动物以前拖网也打上来过。大部分是美丽的茎须海藻，属菟葵科；在其他种类的海藻中，有一种须形藻，是大西洋这片海域的特产，短小的圆柱形枝干上，点缀着垂直的线条和红色斑点，顶部的触须美妙地散开。至于软体动物，我已经观察过，有锥螺；有橄榄形斑岩斧蛤，条纹规则地交叉，红棕色的斑点鲜明地突出在肉色的底壳上；有古怪的蜘蛛螺，活像吓呆的蝎子；有透明的玻璃贝、船蛸、味道鲜美的墨鱼；有几种枪乌贼，古代博物学家把它们归入飞鱼类，主要作为钓鳕鱼的鱼饵。

这片海域的鱼，有的我还没有机会研究过，我记下不同的品种。软骨鱼中，有化石花斑鱼，这是一种鳗鱼，长15英寸，淡绿色的头，紫色的鳍，蓝灰色的背脊，银褐色的肚子上面布满了鲜艳的斑点，眼睛虹膜周围镶着一圈金边。这种奇特的鱼大约是被亚马孙河带到海里来的，因为它们是淡水鱼，有身上疙疙瘩瘩的鳐鱼，尖鼻口，尾长而散开，长着一根锯齿形的长刺；有仅长1米的小角鲨，灰白色的皮，牙齿排成几行，向后弯曲，俗称拖鞋匠鱼；有蝙蝠鲛鲸，一种淡红色、半米长、呈等腰三角形的鱼，胸肌是肉质的延长，以致样子像蝙蝠，但它们鼻孔旁边长着带角的延伸部分，使它们多了个独角鲸的外号；还有几种鳞豚，一种是身体两侧有金光闪闪斑点的鲰豚，一种是淡紫色、像鸽子咽喉一样绚丽多彩的刺豚。

术语有点枯燥，但非常准确，我以一组我观察到的硬骨鱼结束：帕桑鱼，归入无鳍属，口鼻圆钝形，洁白如雪，身体呈美丽的黑色，长着一条多肉的、长而细的带子；带刺的牙鱼；3 厘米长、银光闪闪的沙丁鱼；一种长着两个肛鳍的鲭鱼；一种外号叫中脊黑人的鱼，全身皆黑，捕捉时要点起火把它们引过来，这种鱼身长 2 米，肉肥、雪白、扎实，新鲜的味道像鳗鱼，晒干了味道像熏鲑鱼；隆头鱼，身体一半是红的，只在脊鳍和肛鳍的周围有鳞；金银鳞鱼，身上金银色和红宝石、黄玉的颜色相辉映；金尾鲷，肉味极鲜美，由于身上有鳞光，在水中容易暴露；橙色波纹鲷，舌头纤细，身体橙黄色；长着黑色硬鳍的金尾石龙鱼；苏里南岛的突眼鱼；等等。

虽然说了“等等”，我还是禁不住再举一种鱼，贡塞伊对之久久不能忘怀。其中有一网鱼，打上来一条 20 千克重的很扁的鳐鱼，如果把尾巴剪掉，就会形成一个完美的圆盘。鱼底下雪白，上面粉红，身上带着深蓝色的大圆斑点和黑圈，尾鳍裂成两半。它躺在平台上挣扎着，想以痉挛的跳动翻身，竭力以最后一跳蹦回海里。但贡塞伊想要这条鱼，便向鱼扑去，在我阻止他之前，他已用双手抓住了鱼。

他马上身体翻倒，两脚朝天，半身麻木，大叫起来：“啊！主人！主人！您快来拉我一把。”这是可怜的小伙子头一次不用“第三人称”对我说话。加拿大人和我把他扶起来，用力给他摩擦身体，待他恢复了知觉，这个不忘本行的分类学家用断断续续的声音喃喃地说：“软骨纲，板鳃亚纲，固定鳃软鳍目，鳐鱼科，电鳐属！我会报

这条鱼伤害我的仇。”

倒霉的贡塞伊碰到的是最危险的一种电鳐，叫伞鳐。这种古怪的动物，放电器官非常大，两个主要放电器官的面积不小于 27 平方英尺，在水这样的导体中，能把几米内的鱼电死。

4 月 12 日，白天，“鹦鹉螺号”接近荷兰[①]海岸，驶向马罗尼河的河口。有好几族海牛在那里生活，它们和儒艮、海马一样，属于海牛目。这些好看的动物，温驯、不伤人，长六七米，至少重达 4 吨。我告诉内德·兰德和贡塞伊，有预见的大自然给这类哺乳动物安排了一个重要角色。确实，正是它们像海豹一样，吃掉了海底牧场上的草，这样就把堵塞热带江河河口的杂草清除了。

“你们知道，”我又说，“自从人类把这种有益的动物几乎完全消灭了，所产生的结果吗？那就是腐烂的草毒化了空气，被毒化的空气使黄热病在这些美好的地方肆虐。有毒的植物在这些炎热地区的海里繁殖，黄热病从拉普拉塔根深叶茂的里奥河口，势不可挡地蔓延到佛罗里达！”

照图斯奈尔的说法，比起鲸鱼和海豹灭绝以后，我们的后代会遇到的灾难，这灾害是小巫见大巫罢了。到那时，海里充斥着章鱼、水母和枪乌贼，将会变成广大的污染源。

“鹦鹉螺号”的船员虽然并不藐视这种理论，还是捕获了六头海牛。实际上这是为了给食品储藏室配备一些上等的肉，这种肉胜过牛肉和小牛肉。这种捕杀没有意思。海牛任人攻击，不作自卫。好几吨肉要准备晒干，被储存到艇上。

这一天，我们还进行了一次别开生面的捕捞，要进一步增加“鹦鹉螺号”的储备，因为这片海域的猎物是那么多。拖网打上来有一批

---

① 指荷兰属地圭亚那。

鱼，后脑袋长着一块厚肉，像个椭圆形小盘，这是印颈鱼，属于软鳍目第三科。这种鱼的扁平小盘由活动的横软骨组成，在横软骨中间可以制造真空，使之像吸盘一样附着在其他物体上。

我在地中海见到过的印颈鱼也属于这一类。不过这里的印颈鱼是软骨的，为这片海域所特有。水手抓到的时候，把这些鱼放到盛满水的大桶里。捕鱼结束以后，“鹦鹉螺号”靠近海岸。在这个地方，有些海龟睡在海面上。很难抓到这些珍贵的爬行动物，因为一点响动就会把它们惊醒，它们结实的背还能顶住捕鲸叉。但是，用印颈鱼能捕获海龟，而且十拿九稳。这类动物确实是一种活鱼钩，即使不会钓鱼的人也会幸运地得到发财机会。

“鹦鹉螺号”的水手在印颈鱼的尾巴上拴个足够大的环，不影响鱼儿活动，环上系一条长绳，绳的另一头系在艇上。

印颈鱼被扔到海里以后，便立即扮演它们的角色，把自身吸附在海龟的腹甲上。它们坚忍不拔，宁肯撕裂身体，也不会松开吸附。水手把鱼拉上来，也就把吸附着它们的海龟带了上来。

我们这样抓到了好几只卡库阿纳海龟，宽达 1 米，重 200 千克。它们的甲壳带有黄白两色斑点、透明中带褐色的大块角质薄片，使这种海龟十分珍贵。另外，从美食的角度看，它们也是佳肴，就像甲鱼一样味道鲜美。钓完海龟后，也就不再在亚马孙河出口的海域逗留，入夜时，“鹦鹉螺号”又回到外海。

十八 章 鱼

"鹦鹉螺号"在几天中始终远离美洲海岸。显然，它不想出入于墨西哥湾或者安的列斯群岛海域。这里的海域水很深，平均深度是1800米，适合于"鹦鹉螺号"航行，但海岛星罗棋布，有汽船来往，对奈莫艇长来说可能不合适。

4月16日，我们看到约30海里处的马提尼克岛和瓜德罗普岛。有一会儿我还看到岛上的高山。加拿大人本来打算在墨西哥湾里实施逃跑计划，如今感到很尴尬。如果内德·兰德瞒着奈莫艇长搞到小艇，在海湾里逃跑是十分可行的，但是在大洋中，那就是痴心妄想了。

加拿大人、贡塞伊和我，我们对此议论了相当久。我们被囚禁在"鹦鹉螺号"上已经半年，航行了17000法里。正如内德·兰德所说的，没有理由说这要结束了。因此他给我提了个建议，是我没有意料到的，就是毫不含糊地向奈莫艇长提出这个想法。

这样的措施令我反感。据我看来，这不会达到目的。再说，曾几何时，艇长变得更加阴沉，更加不肯露面，更加不爱交际。看来他是在躲避我。以前，他很乐意向我解释海底的奇迹；如今，他任由我做我的研究，不再到客厅里来。

于是我请内德让我考虑一下再行动。我说如果这次行动毫无结果，会引起他的怀疑，使我们的处境更加困难，妨碍加拿大人的计划。我还说，我绝对不能拿我们的身体当说辞。除了在南极大浮冰下那次艰苦的磨难以外，无论内德、贡塞伊，还是我，我们的身体从来没有这样好过。有利于身体的食物，有利于健康的空气，有规律的生活，恒常的温度，这一切不让疾病侵袭我们。对一个绝不留恋陆地往事的人来说，对奈莫艇长这样的人来说——他是在自己家里，想去哪儿就去哪儿——他达到了自己的目的。这是通过对别人来说是秘密的通道，而对他本人来说不是秘密的通道来实现的。我理解这样的生活。但是对我们来说，我们没有和人类断绝关系。至于我，我不想让我这样有趣、新奇的研究和我一起葬身海底。如今我有资格写作关于海洋的真正的书了，我想让我的书能够出版，越早越好。

在安的列斯群岛海域，海面之下 10 米，我通过客厅打开的护窗板，看到有很多有趣的海产品要记入我的日常记事本！植形动物中，有一种叫僧帽的深海水母，好像椭圆形的大气囊，有螺钿的光泽，在风中伸出体膜，让蓝色的触须像丝线般飘拂，看起来是迷人的水母，摸上去分泌一种腐蚀性液体，是真正的海葵。节肢动物中，有一些属于环节动物门的动物，长 1.5 米，有一根玫瑰色的吻管，拥有 1700 个运转器官，在水里蜿蜒而行，一路上洒下七彩的光。鱼类动物中，有蛇鲆鱼，软骨，是长 10 英尺、重 600 磅的庞然大物，胸鳍呈三角形，脊背中央有点隆起，眼睛固定在脑袋前面的边缘上；有美洲鳞豚，大自然赋予它们的只有黑白两色；有虾虎鱼，长条，多肉，黄色的鳍，上颌隆起；有鲭鱼，长 16 厘米，牙短而尖，身披小鳞片，属于白鲭；随后，来了黑压压的一群羊鱼，从头到尾布满了金色条纹，这是从前奉献给狩猎女神狄亚娜的珠宝杰作，富有的罗马人刻意追求，他们有一句谚语说：“打鱼的人吃不到羊鱼！”最后还有金黄色苹果鳍鱼，装饰着碧绿的带子；有刺鲷，胸鳍快速舞动，一下闪开；有鲱鱼，15

英寸长，全身包裹着鳞光；有鲻鱼，用多肉的大尾巴拍打海水；有红鱤，好像在用锋利的胸鳍切割波浪；有银色的月亮鱼，它们跃出海面，活像银光闪闪的月牙儿。

要不是“鹦鹉螺号”逐渐下潜到深海，我还会看到许多其他神奇而新颖的动植物！深海处只有海百合、海星、马蹄螺等动物。

4月20日，我们上升到平均1500米的深度。这时，离我们最近的陆地是巴哈马群岛，那里耸立着很高的海底峭壁，好像安放在宽大的地基上用粗糙石块垒成的陡峭墙壁，一些黑洞深陷在峭壁之间，潜艇的电灯光照不到底。这些岩石上覆盖着高高的草、巨型的昆布、巨大的墨角藻，堪称提坦[①]巨人世界的贴墙而长的水生植物。

11点左右，内德·兰德叫我注意，在大型海藻中间出现了可怕的攒动景象。我以为是章鱼洞穴，但是，兰德老弟大概搞错了，因为我什么也没有看到。“那就遗憾了，”贡塞伊接了一句，“我真想正面看看其中一只章鱼，我多次听人说起过，这种章鱼能把船拖到海底。这种动物叫海妖……”

“谁也不能使我相信有这样的动物存在。”内德·兰德说。“为什么没有呢？”贡塞伊回答，“我们就信过先生所说的独角鲸。”“我们信错了，贡塞伊。”“当然！但是别人大概还在相信。”“有可能，贡塞伊，但是至于我，除非我把它们开膛破肚，否则我打定主意不接受这种怪物存在。”“这样说，先生也不相信有巨大的章鱼了？”贡塞伊问我。

“很多人信。”我说。

“渔民不信。也许有学者信！”加拿大人大声说。

“对不起，内德。渔民和学者都会信。”

---

① 提坦，天神和地神的子女，共12个，6男6女。

“我对您说吧，”贡塞伊一本正经地说，“我完全记得，一条不小的船被章鱼的触手拖进海里。”

“您亲眼看见过吗？”加拿大人问。“亲眼看见过。”“请问在哪里？”“在圣马洛。”贡塞伊沉着地回答。“在港口？”内德·兰德讥讽地问。“不，在教堂里。”贡塞伊回答。“在教堂里啊！”加拿大人嚷道。“是的，内德老哥。是一幅画这样描绘章鱼的！”

“好啊！”内德·兰德说，哈哈大笑起来，“贡塞伊先生给我开空头支票啊！”

“说到这一点，他是对的，”我说，“我听说过这幅画。不过，所画的题材是根据一个传说而来的，您知道，应该怎样看待博物史方面的传说！况且，关系到怪物，就会胡思乱想。不仅有人认为这种章鱼会把船只拖走，而且有个叫奥拉于斯·马格努斯的，谈到一只1英里长的章鱼，更像一个岛，而不像一头动物。也有人说是尼德罗斯主教有一天在一块巨大的岩石上设祭坛，做完弥撒以后，岩石活动起来，回到海里去。岩石实际上是只章鱼。”

“讲完了吗？”加拿大人问。

“没有，”我回答，“另一个主教，贝格赫姆的彭托皮丹，同样谈到一只章鱼，在它身上可以操练一团骑兵！古代的博物学家提到一些怪物，它们的嘴就像一个海湾，因为太大，不能通过直布罗陀海峡。”

“但是，在所有这些叙述中，有没有真实的成分呢？”贡塞伊问。

“朋友们，丝毫没有，至少在那些超过了真实限度、成了神话传说的东西中，丝毫没有。不过，在讲故事的人的想象中，即使不是事出有因，至少也是有所凭据的。不能不说存在非常大型的章鱼和枪乌贼，不过比鲸类动物要小些。亚里士多德确认过一条枪乌贼长3.1米。渔民常见的枪乌贼超过1.8米。的里雅斯特和蒙彼利埃的博物馆，保存着2米长的章鱼躯壳。再有，根据博物学家的计算，一只仅长6英尺的章鱼，触角会有27英尺长。这足以把它看成一头可怕的怪物了。”

“今日有人捕捉章鱼吗？”内德·兰德问。

“即使没有人捕捉，水手至少看得到。我在勒阿弗尔的一个朋友，保尔·博斯，常常对我断定，他在印度洋碰到过这样的大怪物当中的一个。但是，最令人吃惊，也让人无法再否认这种巨大动物存在的事实，是几年前，即1861年发生的。”

“这是怎么回事？”内德·兰德问。

“事情是这样的。1861年，在泰内里夫的东北，差不多就是在我们眼下所处的纬度上，近海警卫舰‘阿莱克顿号’的水手发现一条怪物般的枪乌贼在附近的水域游动。舰长布盖指挥靠近这动物，用捕鲸叉和枪攻击它，都没有什么效果。经过几次不见成效的尝试以后，水手终于用活结套住这只软体动物的身体。这个活结一直滑落到尾鳍才停止。他们试图把怪物拖到舰上，但是它的重量太大，在绳索的牵引下，它的尾巴和身体分离了，没有了尾巴的章鱼消失在水中。”

“这总算是一件事。”内德·兰德说。“好样的内德，一件无可争辩的事实。因此，有人建议把这只章鱼叫作‘布盖枪乌贼’。”

“它的长度是多少？”加拿大人问。“它不超过6英尺吧？”贡塞伊说，他坐在舷窗前，重新观察峭壁下的深洞。“正好是。”我回答。

“它的头上是不是有八根触角，像一窝蛇似的在水里舞动？在头顶上的眼睛是不是发育得很大？它的嘴是不是真像鹦鹉的喙，但是大得可怕？”“确实如此，贡塞伊。”

“那么，先生别介意，”贡塞伊平静地回答，“如果这不是布盖枪乌贼，至少这是它的一个兄弟。”

我望着贡塞伊。内德·兰德冲向舷窗。“多么恐怖的动物啊！”他嚷道。我也走过去看，忍不住做了个恶心的动作。在我面前活动着一头骇人的怪物，可以列入畸形动物的传说中。

这是一条体形巨大的枪乌贼，有 8 米长。它倒退着，极其敏捷地向“鹦鹉螺号”游过来。它用海蓝色的呆滞大眼睛望着我们。长在头上的八根触角——或者不如说八只腕足，所以属于头足纲动物——发育得比身子长 1 倍，像复仇三女神[①]的头发卷曲着。可以清楚地看到，触角内侧有 250 个像半球形包膜的吸盘。这些吸盘有时贴在客厅的舷窗上，形成真空。这怪物的大嘴——角质的喙长得和鹦鹉的喙一样——垂直张开与合拢。舌头也是角质的，上面长着几排尖利的牙齿，伸出来时像大剪子一样颤动着。

真是大自然的奇思怪想！在动物身上长着鸟喙！身子是纺锤形的，中间部分鼓起，形成一大堆肉，该有两吨到两吨半重。颜色不固定，受到刺激时变色极快，相继从铅灰色变成红褐色。这种章鱼真是怪物，造物主赋予它们多大的生命力啊，它们的动作多么有力量啊，因为它们有三颗心脏！

我们凑巧碰到这条枪乌贼，我不想失去仔细研究这种头足纲动物的机会。我克服了它的外观使我引起的厌恶，拿起一支铅笔开始把它画下来。

其他章鱼也出现在舷窗旁边，一共有七只。它们护送着“鹦鹉螺号”，我听到它们的喙在啄艇体的橐（tuó）橐声。我们是它们求之不得的美餐呢。我继续绘画。这些怪物在水里保持的速度十分准确，似乎一动不动。况且，我们正以平衡的速度行驶。

突然，“鹦鹉螺号”停住了。一次撞击使整个艇体都在震动。

“鹦鹉螺号”在漂浮着，但是不再行进。螺旋桨的叶片没有拍打海水。1 分钟过去了。奈莫艇长走进客厅，后面跟着大副。我已经有一段时间没有见到他。他的脸色显得很阴沉。他不对我们说话，也许

---

① 复仇三女神，母系亲族的保护神，手执鞭子，头缠毒蛇。

没有看到我们，径直朝舷窗走去，望着章鱼，对大副说了几句话。

大副出去了。不久，护窗板重新关上。天花板上的灯打开了。

我走向艇长。“集中了那么多章鱼，真有意思。”我对他说，用的是一个爱好者站在水族馆的玻璃面前那种从容的口气。

“确实如此，博物学家先生，”他回答我，“可是我们要跟它们进行肉搏。螺旋桨不转了。我想，其中一条枪乌贼的角质颌骨卷进了叶片中。这样我们就走不了啦。”奈莫艇长打算浮出水面，用斧头去攻击它们。

“还可以用捕鲸叉，先生，”加拿大人说，“如果您不拒绝我的帮助的话。”

我们一起走向中央梯子那边。那里已经有十来个人，手持太平斧，准备随时动手。贡塞伊和我，我们各拿起一把斧头。内德·兰德抓起他的捕鲸叉。“鹦鹉螺号”这时已浮上水面。螺丝一拧开，舱盖发出极响的一声，打开了，显然是被章鱼的一条腕足的吸盘吸起来的。一条长长的腕足旋即通过开口像蛇一样滑进来，还有二十条腕足在舱口上面舞动着。奈莫艇长一斧子砍断这可怕的触角，触角在梯级上扭动着滑下来。

正当我们互相挤着，要登上平台时，另外两条腕足拍打着空气，落在处于奈莫艇长前面的水手身上，以不可抗拒的猛力把水手提了起来。奈莫艇长大叫一声，冲到外面。我们随着他一冲而出。

多么惊心动魄的场面啊！那个不幸的人被腕足抓住，贴在吸盘上，巨大的吸管随意地将他在空中甩来甩去。他发出嘶哑的喘气声，喊道：“救命啊！救命啊！”话是用法语说出来的，使我大为震惊！这样说，我有一个同胞在艇上，兴许有好几个呢！

奈莫艇长冲向章鱼，一斧头下去，又砍断一条腕足。大副同其他爬上“鹦鹉螺号”艇体上的怪物激烈搏斗。水手们一斧头又一斧头地

砍去。加拿大人、贡塞伊和我，我们把武器砍进这一堆堆肉中，一股强烈的麝香味在空气中弥漫，令人毛骨悚然。

它的八条腕足中有七条被砍断了，只剩下一条，仍在把受害者像羽毛一样在空中挥舞着，扭来摆去。但正当奈莫艇长和大副扑向它的时候，这动物从腹部的袋子里喷出一股黑乎乎的液体。我们就什么也看不见了。等到这层黑雾散去，我那不幸的同胞也随之消失了！

于是，我们气愤难平，扑向这些怪物！这些像蛇一样的肉段，在平台的血水中和墨汁中颤动，我们在当中左右乱踩。这些黏糊糊的腕足仿佛像九头蛇的脑袋一样又活了过来。内德·兰德的捕鲸叉每一下都刺进枪乌贼天蓝色的眼睛。可是我大胆的同伴躲避不及，突然被怪物的腕足掀翻在地。

枪乌贼可怕的喙向内德·兰德张开了。奈莫艇长赶在我之前将斧头砍进了它巨大的颌骨中间，加拿大人奇迹般地获救了，把他的捕鲸叉一直插入章鱼的心脏里。

这场战斗持续了一刻钟。怪物战败了，肢体被分割，死去了，最后，战场上只留下我们，其他怪物都消失在水中。奈莫艇长浑身被血染红了，在舷灯旁边一动不动，望着吞噬了他一个伙伴的海水，大滴的泪珠从他眼里滚落下来。

十九　墨西哥湾暖流

4月20日那可怕的场面，我们全都刻骨铭心。我在强烈激动的印象中写下这件事。但我的伙伴们认为内容不够精彩。描述这样的场面，必须要有我们最著名的诗人、《海上劳工》[①]的作者那支生花之笔。

我说过，奈莫艇长望着海水哭泣。他痛彻心扉。自从我们到艇上以后，这是他失去的第二个伙伴。死得多么悲惨啊！

这个可怜的法国人，忘记说约定的语言，重新说起他的母语，发出呼救的喊声！在“鹦鹉螺号”中，身心与奈莫艇长相连，像他一样逃避人群的船员中间，有我的一个同胞啊！

奈莫艇长回到他的房间，在一段时间里我再没有见到他。不过，他是这艘潜艇的灵魂，潜艇接受他所有的印记，我根据这点来判断，他此时应该是悲哀、绝望、犹豫不决的！“鹦鹉螺号”不再保持既定的航向。它漂来漂去，就像一具尸体随海浪的摆布而漂浮。螺旋桨已经清理过了，但几乎不使用。潜艇随意漂流，无法从最后一次搏斗的舞台，从吞噬了它的一个成员的大海摆脱出来！

10天就这样过去了。直到5月1日，望到巴哈马海峡口的卢卡亚以后，“鹦鹉螺号”才重新直接走北边的航路。于是我们随着最大

---

① 《海上劳工》描写过主人公和巨大的章鱼搏斗并战胜它的情景。

的一股海流往前，这股海流有自己的边界、自己的鱼和温度。我称之为“墨西哥湾暖流”。

这实际上是在大西洋中自由流动的一条河，它的水和大洋的水并不混同。这是一条咸水河，比周围的海水更咸。它的平均深度是3000英尺，平均宽度为60海里。在某些地方，它的流速是每小时4千米。流量不变，比地球上所有河流的流量都大。

莫里船长测到的墨西哥湾暖流的真正发源地——如果你愿意的话，是它的出发点——位于比斯开湾。墨西哥湾暖流在那里开始形成，水温较低，颜色较浅。它南下之后，沿着赤道非洲流去，在炎热地区的阳光照射下，水温升高，穿过大西洋，抵达巴西海岸的圣洛克岬角，一分为二，其中一股还要吸收安的列斯海域的热量。于是，墨西哥湾暖流承担平衡温度的责任，使热带海水和北极海水混合，发挥调节器的作用。暖流在墨西哥湾温度升至最高点，往北向美洲海岸流去，一直到纽芬兰，在戴维斯海峡冷水流的推动下，沿着地球较大的圈子之一的等角线，重新奔向大西洋，在北纬43度附近分成两股，其中一股在东北信风的推动下，又回到比斯开湾和亚速尔群岛，另一股在爱尔兰和挪威沿岸减温之后，一直流到斯匹茨卑尔根群岛，它的水温跌到4摄氏度，造成北极不结冰的海域。

这时，“鹦鹉螺号”航行在大西洋的这股暖流上。在巴哈尔海峡——14法里宽、350米深——的出口，墨西哥湾暖流以每小时8千米的流速向前。随着向北前进，这种速度有规律地递减。但愿递减持续，因为，正如有人指出的那样，如果流速和流向发生变化，欧洲气候就会出现突变，后果难以估量。

中午时分，我和贡塞伊待在平台上。我让他知道墨西哥湾暖流的相对特点。我解释完了以后，我请他把手伸到暖流中去。贡塞伊照办了，对感觉不出水的冷热感到吃惊。

“这是由于，”我对他说，“暖流从墨西哥湾流出以后，温度和身体血液的温度差别不大。这股墨西哥湾暖流是一个大热水汀，使欧洲海岸常年披绿。如果相信莫里的说法，把这股暖流的热量完全利用起来，就可以提供足够的热量，使得像亚马孙河或者密西西比河那样大的铁水河融化。”

此时，墨西哥湾暖流的流速是每秒 2.25 米。暖流和周围的海水分得一清二楚，被挤压的暖流高出海面，和周围的冷水不在同一平面上。况且暖流水色深，富含盐分，纯净的靛蓝色在周围的绿色海水衬托下，分外突出。分界线异常清晰，以致“鹦鹉螺号”行驶到加罗林群岛附近时，潜艇的冲角劈开墨西哥湾暖流的波浪，而螺旋桨拍打的仍然是大西洋的海水。

这股暖流夹带着大量生物。地中海那种非常普通的船艄，成群结队在游弋。软骨鱼类中，最引人注目的是鳐鱼，还有小角鲨等；在硬骨鱼中，我记录的有灰隆头鱼、黑三棱鱼、鹦鹉鱼、淡蓝色的无鳞菱形鱼；一种两栖鱼，身上覆盖着一条像希腊字母“t”的黄带；美国高鳍石首鱼，披挂着各种勋章和五颜六色的绶带，而这个国家中，勋章和绶带不被人重视……

5 月 8 日，我们还在穿越北卡罗来纳附近的哈特拉岬角。墨西哥湾暖流在这里的宽度是 75 海里，深度为 210 米。“鹦鹉螺号”继续随意漂流，潜艇上似乎没有人值班了。我承认，在这种情况下，逃跑能够成功。有人居住的海岸上，确实到处都很容易找到藏身地。大海上，往返于纽约或波士顿和墨西哥湾之间的轮船川流不息；在美国海岸的各个点上进行贸易的小型双桅纵帆帆船，日夜穿梭往来。因此，尽管“鹦鹉螺号”离美国海岸有 30 海里，却仍然是逃跑的有利时机。

但是，恶劣的天气绝对不利于加拿大人的计划。我们接近的这个海域，风暴频繁，是龙卷风和飓风的发源地，这两种风暴都是由墨西

哥湾暖流产生的。坐在一条经不起风浪的小艇上，和往往波涛汹涌的大海对抗，那是自寻死路。

“先生，”这天内德对我说，“应该有个了结了。您的奈莫避开陆地，正在往北而去。但是我对您实说吧，我对南极已经受够了，我不会跟着他到北极。”

“内德，既然此刻逃跑实现不了，怎么办呢？”

“我回到我的想法，必须对艇长明说。几天以后，‘鹦鹉螺号’就要去到新苏格兰附近，那里靠近新纽芬兰，有一个宽阔的海湾，圣劳伦斯河流入这个海湾，这是我的河，我出生之地魁北克的河。想到这一点，愤怒就升上我的头部，我的头发直竖。嘿，先生，我宁愿投到海里！我不会待在这里！我会憋死的！”

加拿大人显然是忍无可忍了。我能感受到他忍受的痛苦，因为我自己也怀念起家乡来。近七个月过去了，我们没有一点陆地的消息。再者，奈莫艇长喜爱孤独，尤其和章鱼搏斗以来脾气也改变了，沉默寡言，这一切都使我从不同的角度来看待事物。我不再感到一开始的那种热情。只有像贡塞伊那样的佛兰德人才接受这种局面，待在鲸类动物和海洋生物栖息的地方。

内德再一次要求我以他的名义去问奈莫艇长打的是什么主意，他步步紧逼，我没有理由可以推脱，于是答应他今天就去问奈莫艇长。既然决定去问，我决意立刻把事情了结。我回到房间，听到奈莫艇长的房间里有走动的声音。不该失去这个碰到他的机会！于是我去敲他的门，没有回应。我再敲门，接着拧了一下门把手，门打开了。我走了进去。艇长在房间里，他趴在办公桌上，没有听到我进来。我决心不问过他就不走出去。他突然抬起头来，皱紧眉头，相当生硬地对我说：“您来啦！找我有什么事？”

“艇长，找您谈谈。”

奈莫艇长显得很不耐烦，这样的接待不能令人感到鼓舞。但是我决定什么话都讲，该怎样回答就怎样回答。“先生，”我冷冷地说，“我要和您谈一件事，不允许我耽搁。”“先生，什么事？”他嘲讽地回答，“您发现有东西给我漏掉了吗？大海给您显示新秘密了吗？”

我们俩是南辕北辙。但在我回答之前，他指给我看摊在桌子上的一份手稿，严肃地对我说：“阿罗纳克斯先生，这是一份用几种语言写成的手稿，包含了我关于海洋研究的述要，但愿这份手稿不要和我一起消逝。手稿署了我的名，还附有我的传略，装在一个不会沉没的小容器里。‘鹦鹉螺号’上最后一个幸存的人，将把这个容器扔进大海，它将随着波浪载沉载浮。”

署上这个人的名字！他自己写的传略！他的秘密有朝一日会大白于天下？但此刻，我在这番交谈里只看到进入本题的话头。

“艇长，”我回答，“您这样做的想法，我只能赞成。您研究的成果不应失传，但是您使用的办法令我觉得原始。谁知道风会把这个容器吹到哪里去，它会落到谁的手里呢？您找不到更好的办法吗？您，或者您手下的一个人不能……”

“绝不能，先生。”艇长赶紧打断我。

“但我呢，我的两个同伴呢？如果肯给我们自由，我们准备保存这份手稿……”

“阿罗纳克斯先生，”奈莫艇长站起来说，“今天我给您的回答和七个月前的回答一样：谁登上‘鹦鹉螺号’，就永远不得离开。”

“先生，”我对他说，“重提这件事既不是您所愿意的，也不是我所愿意的。但是，既然我们开始谈到，就让我们说清楚。我对您再说一遍，事情关系到的不仅仅是我个人。对我来说，研究是一种解救，一种有力的消遣，一种训练，一种热情，能够使我忘却一切。我像您一样，是个只求默默无闻的人，小小的希望是有朝一日把我的研究成

果放在一个防水的容器里，付与风浪，留给后人。我能赞赏您，兴趣盎然地跟随您，扮演一个某些地方理解您的角色。但是，您的生活中还有一些地方使我们觉得被谜团和神秘所包裹，我的两个同伴和我，只有我们一无所知。甚至当我们的心能为你们而跳动，被你们的痛苦所感动，为你们的精神或者勇敢而激动时，我们不得不压抑自己，一点也不表示看到善和美使心中产生的好感，不管这是来自朋友还是来自敌人。唉！我们与令您激动的事格格不入，正是这种感情使我们的处境变得难以忍受，即使对我也是不能为继，尤其是对内德·兰德难以为继。所有人，仅仅因为他是个人，都值得别人思念。您扪心自问过热爱自由、憎恨奴役，在像加拿大人那样的本性中，会产生怎样的复仇计划吗？他会想些什么？想干什么？尝试干什么吗？……”

我住了声。奈莫艇长站了起来。

“内德·兰德想些什么，想干什么，尝试干什么，和我有什么关系？不是我把他找来的！我把他留在艇上不是兴之所至！至于您，阿罗纳克斯先生，您属于明白事理的人，我对您再也无话可说了。您这是第一次谈这个话题，就让这第一次成为最后一次吧，因为第二次，我甚至不会听您说话。”

我抽身走了。从这天起，我们的局面变得非常紧张。

天气变得越来越糟糕。暴风雨临近了！

5 月 18 日白天，正好“鹦鹉螺号”来到长岛附近，离开纽约的航道几海里时，暴风雨爆发了。我可以描述这场暴风雨，因为奈莫艇长出于不可解释的任性，想在海面上和风暴对抗，而不是躲避到海的深处。风从西南方向吹来，开始时是强风，就是说风速为每秒钟 15 米，到下午 3 点钟转到每秒钟 25 米。这是暴风的风速。

奈莫艇长待在平台上，在狂风中岿然不动。他把腰部拴在平台上，以抵挡席卷而来的可怕浪涛。我也登上平台，拴好自己，既欣赏

这场风暴，也欣赏这个和风暴对抗的无与伦比的人。大块乌云浸入波浪中，横扫波涛汹涌的大海。我再也看不到在波谷中形成的间隔小浪。只见煤烟色的长浪，浪涛那样密集，波峰竟然展不开。“鹦鹉螺号”时而侧倒，时而如桅杆般直立，可怕地晃动和颠簸。

将近5点钟，下起滂沱大雨，又是狂风大作，浊浪滔天。飓风以每秒钟45米的速度卷来，也就是每小时接近40法里。在这样的情况下，飓风能吹倒房屋，把屋顶的瓦片吹进门里，把铁栅栏吹散架，把24厘米口径的大炮移位。但是，在风暴中的“鹦鹉螺号”，听从驾驭，机动灵活，没有缆绳，没有桅杆，都毫无损伤地顶得住风暴的肆虐。

我仔细地观察狂涛巨浪。巨浪高达15米，宽度为150至170米，推进速度是风速的一半，即每秒钟15米。其体积和力量随着水的深度而增加。于是我明白，海浪的作用是把空气卷起来，再压到海水中，把生命和氧气送到海里。据计算，浪涛的极大压力，每平方英尺高达3吨。在赫布里底群岛，这样的浪涛移动了一块重达84000磅的岩石。1864年12月23日的那场暴风雨，也是这种浪涛，在摧毁了日本东京城的一部分之后，以每小时700千米的速度在当天抵达美洲。

随着夜晚到来，风暴更加猛烈了。像1860年在留尼汪岛那次一样，狂风中气压计降到710毫米。天色将尽的时候，我看到天际有一艘大船艰难地挣扎着经过。这大概是一艘来往于纽约和利物浦或者哈瓦那航线的轮船。它很快消失在暮色中。

晚上10点，天空一片火红，划过明晃晃的闪电。我忍受不了亮光，而奈莫艇长直面闪电，仿佛心中在吸取风暴的灵魂。可怕的声音充满空中，这是混合的声音，有海浪打得粉碎的轰隆声、风的怒吼和雷鸣。风转向天际的四面八方，从东面出发，经过北面、西面和南面，又折向东面，和返回南半球的回旋风暴方向相反。

啊！这股墨西哥湾暖流！它有风暴之王的名称真是名副其实！这

可怕的飓风就是它产生的，是由于暖流上空形成的重叠气层温度不同造成的。

随着大雨而来的是火。雨滴转变成羽饰般的电闪雷鸣。奈莫艇长好像想让雷电劈死，死得其所。在一阵可怕的颠簸中，“鹦鹉螺号”将钢冲角像避雷针似的挺起空中，爆出长长的火花。

我筋疲力尽，趴着爬向舱盖，将舱盖打开，下去回到客厅。这时风暴达到最强烈的强度。在“鹦鹉螺号”里也不可能站立住。奈莫艇长在午夜时分返回。我听到储水罐逐渐灌满了水，“鹦鹉螺号”慢慢地沉到水下。透过打开的舷窗，我看到一些惊惶的大鱼像幽灵一样，在被闪电照得火红的水里掠过。有几条在我眼前被雷电劈死！

“鹦鹉螺号”一直下潜。我本想在15米深处会重新找到平静，不行，上层的水搅动得太厉害了，必须到大海50米的深处去寻找平静。那里多么平静，多么安静，多么宁谧啊！谁会说此刻洋面上正刮着可怕的风暴呢？

二十　北纬47度24分、西经17度28分

暴风雨过后，我们已被抛到东边，因此，逃跑上岸的希望成了泡影。有好几天，潜艇时而在水面游弋，时而下潜，海面上是令航海家感到恐惧的浓雾。有多少船只在这片海域失事啊！

因此，这里的海底呈现的是战场的景象，大洋所有的战利品仍然躺在那里。在统计资料中，这片海域的下列各点被指明是危险地：拉斯岬角、圣保罗岛、美丽岛海峡、圣劳伦斯河口。仅仅几年的时间，在海难的年鉴中就增加了一些失事船只，包括皇家轮船公司、英曼公司、蒙特利尔公司的航线，有“苏尔威号”“彩虹号”“汉堡号”等，都是触礁沉没的；还有“阿尔蒂克号”和“里昂号”，是相撞沉没的；“总统号”“和平号”“格拉斯哥城号”的失事原因不明。

5月15日，我们到达纽芬兰浅滩的南端。这片浅滩是海洋冲积的产物，有一大堆有机物垃圾，也堆积着淌凌时带来的漂砾，亿万的鱼、软体动物和植形动物葬身在那里。在纽芬兰浅滩，水不深，至多深几百法寻。但靠南边突然出现一块洼地，是个3000米的深坑。墨西哥湾暖流在这里变宽。水面宽广，流速和温度都降低，变成了一片海。

“鹦鹉螺号”驶过时惊起许多鱼，如硬鳍海兔；大个的于内纳克鱼，这是一种绿得像翡翠的海鳝；卡拉克斯鱼；等等。拖网也打上来

一种鱼，大胆、勇猛、强壮、肌肉发达，头上和鳍上都有刺的武器，身长两三米，这是真正的鲉鱼，是鳚鱼、鳕鱼和鲑鱼的死敌。这是北方海域的杜父鱼，褐色的身体疙疙瘩瘩，鳍是红色的。捕捉这种鱼费了一番周折，因为这种鱼鳃盖的构造保留着和空气直接接触的呼吸器官，离开水以后还能活一段时间。

当“鹦鹉螺号”从密集的鳕鱼群中开辟出一条通路时，贡塞伊忍不住发表见解。“这就是鳕鱼啊！”他说，“我原以为鳕鱼和黄盖鲽，或者和鳎（tǎ）鱼一样是扁的呢！”

“真幼稚！”我大声说，“鱼店里的鳕鱼才是扁的！店里的人开膛破肚后将其摊在那里。但在水里，鳕鱼和鲻鱼一样，都是流线型的，完全适合在水里游动。如果没有伊豆鲉和人类这些天敌，鳕鱼还会更多！你知道一条雌鳕鱼身上有多少卵吗？”

“咱们好好算算，”贡塞伊说，“50 万吧。”

“1100 万，我的朋友。”

“1100 万！这我绝不相信，除非我亲自数过。”

“那么你数吧，贡塞伊。但是，相信我的话，要比你数来得更快。再说，法国人、英国人、美国人、丹麦人和挪威人都是成千上万地捕捉鳕鱼，鳕鱼的消耗量大得惊人，要不是这种鱼惊人地繁殖，很快就会在大海里绝迹。就是这样，仅英国和美国就有 5000 条船、75000 人从事捕捉鳕鱼的工作。每条船平均捕捉 40000 条鳕鱼，就是 2500 万条[①]。挪威沿岸也是同样的结果。”

“很好，”贡塞伊回答，“我相信先生的话。我就不数了。”

“但是，我要指出，如果每一只卵都孵化出来，四条鳕鱼就够供给英国、美国和挪威了。”

---

① 原文如此，计算有误。

在我们贴着纽芬兰浅滩海底航行的时候，我清晰地看到那些长钓鱼线，每条线上有两百来只鱼钩，每条船都伸出来十几条线。每条线的一端被一只小四脚锚拖到水里，水面上那部分靠固定在一个软木做的浮漂索拖住。“鹦鹉螺号”在这海底的网中不得不灵活地穿行。况且，潜艇不会在这片船只来往频繁的海域中长时间停留。它一直上行到北纬 42 度。纽芬兰的圣约翰港和哈茨康坦特港都在这个纬度上，哈茨康坦特港是越洋电缆的终端。

“鹦鹉螺号”不再向北走，而是转向东面，仿佛想沿着上面铺着电缆的海底高原行驶。多次测量已经极其准确地测到这片海底高原的地形。

5 月 17 日，在离哈茨康坦特约 500 海里、水深 2800 米的海底，我看到躺在地上的电缆。贡塞伊把电缆当成一条巨大的海蛇，准备按照通常的方法进行分类。但是我让这个好样的小伙子醒悟过来，为了平息他的失望，我告诉他铺设电缆的各种特殊情况。

第一条电缆是 1857 年至 1858 年间铺设的，但是在传送了大约 400 份电报以后，电缆不再起作用。1863 年，工程师建造了一条新电缆，长 3400 千米，重 4500 吨，是由“大东号”轮船运载的。这次尝试又失败了。

5 月 25 日，“鹦鹉螺号”潜至 3836 米的深处，正是在这里，当年电缆发生断裂，事情功亏一篑。这里离爱尔兰海岸 638 海里。那天午后 2 点，发现和欧洲的通讯中断了。船上的电气技师决定把电缆切断，再把电缆捞上来。晚上 11 点，损坏的那部分电缆被捞上来了，重新对接好后又放回海底。但是几天以后电缆又断了，无法再从海底捞起来。

美国人没有泄气。铺设海底电缆的大胆倡导者塞勒斯·菲尔德，孤注一掷，把他的全部财产用来发起新的认购，很快就认购完了。另

一条电缆在更好的条件下建成了。集束的导线放在古塔橡胶的套管里，以装在金属板片里的织物衬垫来保护。“大东号”于1866年7月13日再次出海。

铺设工作进展顺利，可是出了一些事端。在拉电缆的时候电工们多次发现，有人在电缆上打进去一些钉子，目的在于损坏电缆的芯线。安德逊船长、他的几个高级船员和工程师们，汇聚起来讨论，派人贴出告示，罪犯一旦在船上查获，不经审讯，就扔进海里。此后，就再没有发生这种事。

7月23日，就在“大东号”离纽芬兰不到800千米的时候，有人从爱尔兰发来电报，告知在萨多瓦战役①之后，普鲁士和奥地利媾（gòu）和的消息。27日，“大东号”在浓雾中测定了哈茨康坦特港的位置。铺设电缆的工程顺利结束，年轻的美洲通过这条电缆，向古老的欧洲发出了第一封电报。

我没有期待看到一条原来状态的电缆，就像从制造车间出来时那样。这条长蛇般的电缆，覆盖了贝壳的碎片，裹上了一层黏糊糊的石质硬皮，保护它不受会钻孔的软体动物的侵袭。电缆静静地躺着，不受海水激荡的影响，况且海水的压力对电讯的传导有利，从美洲到欧洲只需要0.32秒。这条电缆的寿命可能是无限的，因为有人观察到，古塔橡胶的套管经过海水浸泡，变得更柔韧了。

再说，在这个选得很好的高台上，电缆所沉入的深度不会使其断裂。“鹦鹉螺号”沿着高台行驶，直到最底部，深度是4431米，电缆在那里仍然不受拉力的任何影响。然后，我们接近1863年发生事故的地方。那里的海底形成一个宽120千米的峡谷，把勃朗峰放在那里，山峰也不会露出海面。这个峡谷的东面被一座2000米高的峭

---

① 指1866年7月3日普鲁士在捷克一个村庄萨多瓦打败奥地利的战役。

壁封住。我们在 5 月 28 日到达那里，“鹦鹉螺号”离爱尔兰只有 150 千米。

让我大吃一惊的是，艇长重新往南，返回欧洲海域。在绕翡翠岛行驶时，我有一会儿看到克利尔岬角和法斯特奈的灯塔，这座灯塔是从格拉斯哥或者利物浦驶出的成千上万艘船的指路明灯。“鹦鹉螺号”始终往南走。

5 月 30 日，潜艇从英国尽头和索林格群岛之间经过，在右舷能看得见兰兹岬角。

5 月 31 日一整天，“鹦鹉螺号”在海上转了许多圈，令我十分困惑。它似乎在寻找一个地方，这地方要找到很费劲。中午，奈莫艇长过来亲自测量。他没有对我说话。我觉得他脸色分外阴沉。

6 月 1 日，“鹦鹉螺号”保持原来的航行路线。显然，它想认出大洋中的一个准确地点。奈莫艇长像前一天一样，来测量太阳的高度。大海风平浪静，天空碧蓝如水。在东面 6 海里处的天际，出现一艘大汽船。船上没有悬挂国旗，我认不出它的国籍。

在太阳经过子午线之前几分钟，奈莫艇长拿起六分仪，极其精确地进行观测。水波不兴，有利于工作。“鹦鹉螺号”一动不动。这时我在平台上。观测结束以后，艇长只说了这句话：“就在这里！”他通过舱口又下去了。

我回到客厅。舱盖关上了，我听到往储水罐里灌水的声音。“鹦鹉螺号”开始垂直下沉，因为螺旋桨没有开动，不再让它转动了。几分钟以后，潜艇停在 833 米的深处，落在海底。这时，客厅天花板上的灯灭了，护窗板打开。我透过舷窗看到，半海里的范围内，海水被舷灯照得亮晃晃的。我朝左舷望去，只看到无边无际的平静海水。

从右舷看，在海底，显出一个巨大的突起的东西，吸引了我的注意。好像是残骸，被黏糊糊的淡白色贝壳覆盖着，仿佛披上一层雪。

仔细看这堆东西，我认出是一条变得臃肿的船，桅杆没有了，大概是船头先沉的。这次海难准定是年代久远了。沉船上结了那么厚一层水垢，在海底待的年头不少了。

这是怎样一条船？为什么“鹦鹉螺号”来拜谒它的坟墓？难道是海难把这艘船沉入水中的吗？

我正在沉思默想的时候，听到奈莫艇长在我身边缓慢地说：

“这艘战舰从前叫‘马赛人号’，有74门大炮，1762年开始服役。1778年8月13日，在普瓦普－韦尔特里厄指挥下，勇敢地对抗‘普雷斯顿号’。1779年7月4日，它和海军元帅德·埃斯坦的舰队一起，参加了攻占格拉纳达的战斗。1781年9月5日，它在切萨皮克湾参加了由格拉斯伯爵指挥的战斗。1794年，法兰西共和国给它改了名字；同年4月16日，它在布列斯特加入维拉雷－儒伊厄兹的舰队，负责为舰队运小麦的船护航，小麦是在海军元帅冯·斯塔贝尔指挥下从美国运来的。共和二年牧月[①]11日和12日，这支舰队和英国舰队遭遇。先生，今天是牧月13日，公历1868年6月1日。整整74年之前，就是在这里，在北纬47度24分、西经17度28分，同一个地方，这条战舰经过英勇的战斗，三根桅杆都折断了，海水涌进舱里，三分之一的水兵失去战斗力，但是全舰356名水兵宁愿葬身海底也不投降，把国旗钉在船艉，高喊着：‘共和国万岁！’卷入海中。”

“是‘复仇者号’！”我嚷道。

“是的！先生。是‘复仇者号’！一个叫得响的名字！”奈莫艇长喃喃地说，一面抱起手臂。

---

① 牧月，法兰西共和历的9月。

二十一　大屠杀

我两眼盯住艇长。他将手伸向大海，目光炯炯地凝视着光荣战舰的残骸。也许我永远也不可能知道艇长是何许人，从哪里来，到哪里去，但是我越来越看清这个人摆脱学者的面貌。把奈莫艇长和他的伙伴们封闭在“鹦鹉螺号”中，并不是一般的愤世嫉俗，而是一种时间也不能磨灭的深仇大恨，这种仇恨要么是骇人听闻的，要么是崇高的。

“鹦鹉螺号”慢慢地浮出水面，我看到“复仇者号”的模糊形状逐渐消失。不久，潜艇轻轻摇晃一下，向我表明，我们漂浮在自由的空气中。这时，传来一声沉闷的爆炸声。我看看艇长，艇长一动不动。我登上平台。贡塞伊和加拿大人已经先到那里。内德·兰德告诉我刚才是声炮响。我朝刚才看到的汽船方向看去。汽船在靠近“鹦鹉螺号”，可以看到，它在全速前进，离我们6海里。

“内德，这是什么船？”

“从索具来看，从它的低桅杆的高度来看，”加拿大人回答，“我敢打赌，这是一条战舰。”

“内德，告诉我，您能认出这条船的国籍吗？”我问。

“看不出来，先生，”他回答，“我认不出它属于哪国的。它没挂国旗。但是我能够确定这是一艘军舰，因为主桅杆上飘扬着一面狭长形小旗。”

我们继续观察这艘向我们开过来的大船，有一刻钟之久。但我认为它在这样远的距离不会认出“鹦鹉螺号”，更不会知道这艘潜艇是什么东西。不久，加拿大人向我宣称，这条船是一艘大战舰，有冲角，是一艘有双层甲板的铁甲舰。它的两个烟囱冒出浓浓的黑烟，收紧的帆和一排横桁混在一起，斜桁上没有任何国旗。因为距离远，还看不出像细长丝带一样飘扬的狭长形小旗的颜色。这艘船行驶很快。如果奈莫艇长让它靠近，我们就有得救的机会。

这时，战舰前面冒出一股白烟。随后，过了几秒钟，一样重物坠落在水中，溅起了“鹦鹉螺号”后面的水花。不久，一声爆炸声震响了我的耳鼓。竟然向我们开炮了！确切地说，应该是向“独角鲸”开炮！

我脑子里全亮堂了。大概如今人们还在追逐这可怕的毁灭性武器！

如果像人们可能设想的那样，奈莫艇长利用“鹦鹉螺号”进行一场报复，那确实是可怕！在印度洋上，他把我们关在一间小屋子里那一夜，他是否在攻击一艘船？……事情应该如此。奈莫艇长神秘生活的一部分显露出来了。即便他的身份还未真相大白，至少现在各国联合追捕的不再是一个虚幻的东西，而是和他们有不共戴天仇恨的人！

炮弹越来越多地落在我们周围。有几颗落到水面上，像打水漂一样消失在很远的地方。不过没有一颗炮弹打中“鹦鹉螺号”。

铁甲战舰这时离我们只有3海里远。尽管炮声隆隆，奈莫艇长还是没有出现在平台上。

这时，加拿大人对我说：“先生，我们应该不惜一切试图摆脱这困境。咱们发信号吧！他们兴许会明白我们是好人！”于是内德·兰德掏出手绢，要在空中挥舞。可是，他把手绢刚摊开，就被一只铁钳似的手抓住，尽管他膂力惊人，还是被摔倒在平台上。

“混蛋！”艇长喊道，“你想在‘鹦鹉螺号’撞击那艘船之前，先把你钉在潜艇的冲角上吗？”听到奈莫艇长说话的声音已经很吓人，看到他的模样就更加可怕。他的瞳孔吓人地收缩。他不是在说话，而是在吼叫。他身体前倾，扭住加拿大人的肩膀。

然后，他丢下加拿大人，回过身来面向战舰，炮弹像雨点般落在他周围。于是奈莫艇长在平台前面展开一面黑旗，和他已经在南极插上的那面旗帜一模一样。

这时，一发炮弹斜着击中“鹦鹉螺号”的艇身，没有造成损伤，从艇长身边弹跳过去，消失在海里。奈莫艇长耸了耸肩。然后，向我转过身来，命令我们都下去，他要击沉这艘战舰。

加拿大人、贡塞伊和我，我们只能服从。“鹦鹉螺号”的 15 个水手围着艇长，怀着不共戴天的仇恨，望着这艘朝他们驶来的战舰。我们感到，同仇敌忾激励着所有人的心灵。

我下去时，又一发炮弹擦到“鹦鹉螺号”的艇身，我听到艇长喊道：“打吧，疯狂的战舰！浪费你无用的炮弹吧！你逃脱不了‘鹦鹉螺号’冲角的撞击。不过，你不该在这里葬身！我不愿意让你的残骸和‘复仇者号’的残骸混在一起！”螺旋桨发动起来，“鹦鹉螺号”迅速远离。追逐在继续。

下午 4 点左右，我忍不住折磨着我的焦急和不安，又回到中央楼梯那儿。舱盖开着，我大着胆子登上平台。艇长还在那里焦躁不安地踱步。他望着下风五六海里远的战舰，像招惹一头猛兽那样绕着它转圈，把它引向东面，让它追击自己。但是他没有攻击。

我想最后干预一下。但是我刚和艇长打招呼，他就让我别说话。

“我是法律，我是正义！”他对我说，“我是受压迫者，而这就是压迫者！我所喜欢、热爱和尊敬的一切，祖国、父母和妻儿，我眼睁睁地看到一切被它毁灭！我仇恨的一切就在这里！免开尊口！”

我朝全速行驶的战舰望了最后一眼。然后，我和内德及贡塞伊会合。“咱们逃走吧！”我大声说。“好的，”内德说，“这艘战舰是哪个国家的？”

“我不知道。但不管怎样，它会在天黑以前沉没。无论如何，和它一起毁灭，比成为报复的同谋要好。我们不能判断这种报复是否公正。”“这也是我的看法，”内德冷静地回答，“等待天黑吧。”

黑夜来临。潜艇上笼罩着一片深深的岑寂。罗盘指明“鹦鹉螺号”没有改变航向。我听到螺旋桨迅速而有节奏地拍打海水的声音，潜艇保持在水面上航行。

我的两个同伴和我，我们决定在战舰离得相当近时逃走，要么让他们听到我们的叫喊声，要么让他们看到我们，因为此后三天都应该是满月。一旦登上战舰，即使我们不能预料威胁着它的打击，至少我们能使用情况允许我们尝试的所有办法。有好几次我以为“鹦鹉螺号”准备好发起攻击了，但是它仅仅让对手靠近一些，过了一会儿，它又恢复逃跑。

前半夜就这样过去，没有发生什么事。我们窥伺着逃跑的机会。内德·兰德想跳到海里，我逼着他等待。

凌晨3点，我不安地登上平台。奈莫艇长在前边那面旗子旁边站着，他的眼睛盯住战舰，目光炯炯有神，似乎在吸引它，迷惑它。这时月亮经过中天，木星在东方升起。我思忖大自然的万籁俱寂，和隐没不见的“鹦鹉螺号”艇内孕育的愤怒相比，我感到全身在战栗。

战舰离我们2海里。它重新靠近，始终追着这片磷光，这表明“鹦鹉螺号”的位置。我看见战舰上红绿两色的航行灯和挂在前桅主索上的白色信号灯。模糊的反光照亮了战舰的帆缆索具，表明它已开足火力。一束束火星，一块块燃烧的煤渣，从烟囱中窜出，在空中映出星星点点。

我这样待到早晨6点，奈莫艇长好似没有看到我。战舰离我们只剩下1.5海里，随着晨曦出现，又开始炮轰。“鹦鹉螺号”攻击敌手的时刻不会很远了，我的两个同伴和我，我们要永远离开这个人了。

我正准备下去通知他们俩，这时大副登上平台，好几个水手伴随着他。“鹦鹉螺号”已经做了可以称之为“战斗准备”的措施。措施很简单，平台周围形成栏杆似的支索被放了下来；同样，舷灯罩和驾驶室缩进了艇身，仅仅露出一点点。我回到客厅。“鹦鹉螺号”始终漂浮着。可怕的6月2日来到了。5点钟[①]，航速表指明“鹦鹉螺号”中速前进。我明白，它是为了让战舰靠近。炮声更响地传来，炮弹落入周围的水里，发出古怪的咝咝声。

“朋友们，”我说，“这个时刻来到了。握一下手吧，愿上帝保佑我们！”内德·兰德态度坚决，贡塞伊很平静，我呢，神经紧张，勉强能够控制住自己。我们走进图书室。就在我推开通到中央楼梯小间的那扇门时，我听到上面的舱盖突然关上了。加拿大人冲向楼梯，但我把他拽住。一声熟悉的呼啸声告诉我，水正灌进潜艇的储水罐里。确实，不一会儿，“鹦鹉螺号”潜入水面下几米处。

我明白潜艇下沉的操作，采取行动已经为时已晚。“鹦鹉螺号”不想攻击双层甲板战舰难以穿透的铁甲，但在吃水线以下，没有金属外壳保护舰身。我们重新受到囚禁，被迫成为即将发生的惨剧的见证人。我们藏身于房间内，面面相觑，默不作声。我的脑袋麻木不仁了。思维活动在我身上停止了。我处在这样难受的状态中：在等待可怕的炮弹爆炸声。我在等待、倾听，我的生命只剩下听觉！

可是“鹦鹉螺号”的航速明显加快了。它要这样获得冲击力。整个艇身都在颤动。突然，我叫了一声。撞击发生了，不过相对较轻。

① 原文如此，有误。

我感到钢铁的冲角的穿透力，我听到了摩擦和相刮的声音。“鹦鹉螺号”受到强大的动力推动，穿透战舰，就像帆篷工人手中的针穿过帆布一样！我控制不住了，我发狂了，失魂落魄地冲出我的房间，奔到客厅。奈莫艇长在那里，一言不发，脸色阴沉，气愤难平，通过左舷窗向外望着。

一个庞然大物在水中下沉，为了一点不漏掉它的垂死挣扎，“鹦鹉螺号”也跟着它下潜到海底。离我 10 米远处，我看到开裂的舰身，海水带着雷鸣般的响声涌进去，随后看到两排大炮和舷栏。甲板上站满了在挣扎的黑压压的人影。水在上升。那些不幸的人冲向支索，攀住桅杆，在水中扭来扭去。这是被海水侵袭的蚁穴中的人蚁！

恐惧、不安使我吓呆了，我的身子僵硬了，头发直竖，眼睛睁得老大，呼吸不畅，说不上话，我也那样望着！一股不可抗拒的引力把我贴在舷窗玻璃上！

巨大的战舰在慢慢地下沉。“鹦鹉螺号”跟着它，观察着它所有的动作。突然，发生了爆炸。受压制的气浪掀飞了战舰的双层甲板，仿佛燃油舱起火了。海水把“鹦鹉螺号”推得改变了方向。

那艘不幸的战舰沉得更快了。挤满受难者的桅楼出现了，然后是被一串串人压弯了的桅杆横臂，最后是主桅杆顶部。接着，黢黑的庞然大物消失了，随之而去的是被可怕的漩涡席卷一空的全体船员的尸体……

我向奈莫艇长转过身去。这个可怕的伸张正义者，真正的复仇大天使，始终在观看。一切结束时，奈莫艇长朝他的房门走去，开门走了进去。我的目光跟随着他。

在房间最里面的板壁上，在他那些英雄的肖像下面，我看到一个还很年轻的女人和两个孩子的画像。奈莫艇长对他们凝视了一会儿，向他们伸出双臂，跪了下来，呜咽着泪流满面。

二十二　奈莫艇长的最后一句话

吓人的场面结束以后，护窗板关上了，但是客厅的灯没有打开。“鹦鹉螺号”内部一片昏暗和寂静。潜艇离开了这个悲凉之地，在水下100英尺的深处以惊人的速度航行。他要去哪里？是南方还是北方？这个人在这场可怕的复仇之后，要跑到哪里去？

我回到自己的房间，内德和贡塞伊默默地坐在那里。我对奈莫艇长感到一种难以抑制的厌恶。不管他在世人那里受过何种痛苦，他也没有权利这样惩罚人。即使他没有把我变成同谋，至少把我变成了他复仇的见证人！这太过分了。

11点，电灯亮了，我到客厅去。里面空无一人。我看看仪表，“鹦鹉螺号”以每小时25海里的速度向北面逃逸而去，有时在海面，有时在水下30英尺。我在地图上查出，我们通过了英吉利海峡的入口，以无可比拟的速度向北极海域驶去。

到晚上，我们已经在大西洋里穿行了200法里。黑幕降临，在月亮升起之前，大海被黑暗笼罩了。我回到自己的房间。我不能安眠，被噩梦纠缠。战舰毁灭的可怕场景，在我的脑海里反复出现。

从这一天起，“鹦鹉螺号”始终以难以估计的速度航行！始终在极北地区的浓雾中！时间流逝，我再也无法估计潜艇在哪里。潜艇上的钟已经停摆，就像在极地一样，日夜不再有规律地交替。我觉得自已被带到一个古怪的地域，爱伦·坡过度的想象力可以在那里任意驰骋。我时刻都像虚构的人物戈顿·皮姆[①]一样，期待看到“那张戴着面纱的人脸，这张脸比世界上任何人的脸都大得多，横放在水帘中央，守住极地入口”！

我估计——但我也许搞错了——我估计，“鹦鹉螺号”这次冒险航行，持续了15至20天，要不是那场灾难中止了这次航行，我不知道还会延续多久。奈莫艇长没有露面，大副就更不用说，艇上连个人影也看不见。“鹦鹉螺号”几乎不断地在水下航行，当浮到水面上换气时，舱盖自动打开和关闭。地球平面球形图上再没有标记，我不知道我们是在哪里。

我还要说，加拿大人已经筋疲力尽，失去耐心。贡塞伊从他那里掏不出一句话来，担心他在精神错乱或者思乡过度时会轻生，因此，时刻忠心地守护着他。须知，在这种条件下，局面难以为继了。

一天早上——是哪一天，我说不清——约在天亮前几小时，我处于半睡状态，这是难受的病态的入睡。醒来时我看见内德·兰德俯下身对着我，他低声对我说：“咱们逃走吧！”我坐了起来。“什么时候逃走？”我问。“今天夜里。‘鹦鹉螺号’上的警戒好像都撤了，艇上好像一片麻木。先生，您能准备好吗？”

“能。我们眼下在什么地方？”“今天早上我透过浓雾看到了陆地，在东面20海里的地方。”“这陆地是什么地方？”“我不知道。但是，不管是什么地方，我们可以躲在那里。”“是的！内德·兰德。好，咱们今夜就逃，哪怕大海把我们吞没了！”“大海波涛汹涌，风力很猛，不过，坐在‘鹦鹉螺号’的轻型小艇里走20海里，并不使我害怕。我可以瞒着艇上的人，搬过去一些食物和几瓶水。”“我跟您

① 爱伦·坡的中篇小说《亚瑟·戈顿·皮姆历险记》中的主人公。

去。”“再有，”加拿大人继续说，“如果我被抓住，我就自卫，会被人杀死。”“咱们死在一起，老弟。”

我决定义无反顾。我来到平台上，天气很恶劣，但由于在浓雾中能看到陆地，还是必须逃跑。我回到客厅，既担心又希望遇到奈莫艇长，既希望看到又不想再看到他。我要对他说什么呢？我能掩藏住他使我引起的不由自主的厌恶吗？不能！最好还是不要和他面对面相遇！最好是忘掉他！但是忘得了吗？

我在“鹦鹉螺号”上要度过最后一天了，但这一天多么漫长啊！我是独自一人。内德·兰德和贡塞伊避免和我说话，担心会暴露。

6点钟，我开始吃晚饭，但我不饿。我强迫自己吃饭，因为不想体衰力弱。

6点30分，内德·兰德走进我的房间，对我说：“咱们出发之前不要再见面。10点钟，月亮还没有升起来，咱们要利用黑暗走。您到小艇边，贡塞伊和我在那里等您。”加拿大人不等我回答就出去了。

我想核实“鹦鹉螺号”的航向，于是来到客厅。我们正以惊人的速度在50米深的水里朝东北偏北方向航行。我朝堆积在这间陈列室里的大自然珍品和丰富藏品望了最后一眼，这批无与伦比的收藏，有朝一日要和收藏者一起沉没海底。我想在脑子里留下一个最美好的印象。我这样待了1个小时。

然后，我回到房间里，换上结实的航海服。我归拢笔记本，小心地夹紧在身上。我的心剧烈地跳动，控制不住脉搏。

我在艇长的房间门口侧耳细听。我听到脚步声，他每走一步，我都觉得他就要在我面前出现！我感到惊慌不已。于是我躺在床上，平息一下心中的激动。我的神经平静了一点，但是脑子过于兴奋。自打我从“亚伯拉罕·林肯号”上失踪以来，所有的往事，不管好坏，都掠过我的脑际。

已经9点30分。我紧闭双眼，不再思索。还要等半小时。半小时的一场噩梦会使我发疯啊！这时，我听到管风琴的模糊声音，如泣如诉。我屏气凝神，全神贯注地倾听，像奈莫艇长一样，沉醉在使他神游化外的音乐中。

随后，突然有个想法使我吓了一大跳：奈莫艇长已经离开了他的房间，他在我逃跑必定要经过的客厅里。

但是，快要10点了，和我的两个同伴会合的时间到了。即使奈莫艇长出现在我面前，也没有什么可游移的了。我小心翼翼地打开房门，但我觉得，门发出可怕的响声。我匍匐而行，穿过“鹦鹉螺号”幽暗的纵向通道，每爬一步都停一下，让心跳平息下来。

我来到客厅的边门前，轻轻地打开门。客厅漆黑一片。管风琴声音微弱，奈莫艇长在里面，他没有看见我。他完全陶醉在音乐里了。

我在地毯上爬行，避免发出一点响声。需要5分钟，才能到达尽头那扇通向图书室的门。我正要开门，奈莫艇长的一声叹息使我定在原地。我甚至看到了他，他双手交叉抱着手臂，朝我走来，默默无言，宁可说是在滑行，而不是走路，仿佛一个幽灵。他受压抑的胸脯因啜泣而起伏。我听到他喃喃地说话——这是他传到我耳里的最后一句话：“万能的主啊！够了！够了！”

我发狂地冲进图书室，登上中央楼梯，沿着上层的纵向通道，来到小艇旁，从入口钻进去，我的两个同伴已经通过这个入口进去了。

在“鹦鹉螺号”钢板上开出的那个洞，事先被封闭了，内德·兰德用带来的扳手把螺丝拧开。小艇的出口同样被封闭了，加拿大人开始卸下把小艇固定在潜艇上的螺丝。突然，潜艇内传来声音，说话声在热烈地应对。怎么回事？他们发现我们逃跑了吗？我感到内德·兰德将一把匕首塞到我手里。

“好的！”我低声说，“咱们就拼个你死我活！”

加拿大人停止了干活。但一个词，重复了很多次，一个可怕的词，使我明白了在“鹦鹉螺号”上蔓延开来的骚乱原因，船员们怨恨的不是我们！

“迈尔大漩涡[①]！迈尔大漩涡！”船员们喊道。

迈尔大漩涡！难道我们是在挪威海岸的这片危险海域里吗？众所周知，涨潮时，拥挤在弗罗埃群岛和洛弗顿群岛[②]之间的潮水，水流湍急，形成一个漩涡，惊涛骇浪从天际的四面八方涌来。这个漩涡被称为“大洋的肚脐”真是恰如其分，漩涡的引力扩展到周围15千米的距离。被吸进漩涡的不仅有船，还有鲸鱼，也有北极的白熊。

“鹦鹉螺号”被艇长——无意地或者也许有意地——拖进去的就是这个漩涡。潜艇画着螺旋形的圈子，圈子越画越小。仍然挂在潜艇一侧的小艇，和潜艇一样，也被带着以令人昏眩的速度旋转。我们处在惊慌失措之中，恐惧到了极点，像垂死的人全身冒冷汗！在我们这条脆弱的小艇周围，响声多么可怕啊！几海里之外都有海浪咆哮的回声！海水砸碎在海底尖礁石上的哗啦声令人胆战心惊，最坚固的物体撞上礁石也会粉碎，树干在礁石上磨来磨去，照挪威人的说法，变成了“毛皮上的绒毛”。

“必须顶住，”内德说，“必须再拧紧螺丝！挂在‘鹦鹉螺号’上，我们还能得救……”

他还没有说完话，只听咔嚓一声，螺丝掉了，小艇离开了艇槽，宛若投石器抛出的一块石头，飞向漩涡中间。

我的脑袋撞到一根铁杆上，在猛烈撞击之下，我失去了知觉。

---

① 迈尔大漩涡，在挪威洛弗顿群岛的一条航道中由海流造成的漩涡，著名而吓人，爱伦·坡关于这个漩涡写过一篇小说。

② 洛弗顿群岛，在挪威西北面的外海。

二十三 尾 声

现在到了这次海底之行的尾声了。那天夜里发生的事，小艇是怎样摆脱可怕的迈尔大漩涡的，内德·兰德、贡塞伊和我，我们怎样逃出漩涡的，我说不清楚。不过，我苏醒过来之后，是躺在洛弗顿群岛一个渔民的小屋里。我的两个同伴安然无恙，守在我旁边，紧紧握着我的手。我们激动地拥抱。

当下，我们还不能考虑返回法国。从挪威北部去南方，交通工具很少。从诺尔岬角出发，半个月才有一班汽船，因此，我们不得不耐心地等待。

就是在那里，在收留我们的正直人中间，我把这次冒险经历的记叙又看了一遍。记得很准确，没有遗漏一件事，也没有夸大一个细节。在人类难以到达的海底进行这次匪夷所思的探险，这是真实的记录。有朝一日，科学的进步会使海底变通途。

有人相信我所写的吗？我不得而知。不过，这无关紧要。现在我能确定的是，我有了谈论海洋的资格，在不到十个月[①]的时间里，我穿越了20000海里。我也有了谈论环游海底世界的资格，经过太平洋、印度洋、红海、地中海、大西洋、南极海和北极海的时候，海底

① 事实上是七个月（1867年11月至1868年6月）。

世界向我展示了目不暇接的奇观!

但是,“鹦鹉螺号”的下落呢？它顶住了迈尔大漩涡的拥抱了吗？奈莫艇长还活着吗？他是在海洋下进行可怕的报复呢，还是在最后一场大屠杀之后就住手了呢？海浪会有一天送来容纳他全部生活史的手稿吗？我最终会知道他姓甚名谁吗？那艘沉没的战舰会通过它的国籍，告诉我们奈莫艇长是哪国人吗？

这些我都想知道。我同样希望他那动力强大的潜艇，在最恐怖的漩涡中战胜海洋。我还希望“鹦鹉螺号”在何其多的船遇难的地方绝处逢生！如果真是这样，如果奈莫艇长始终住在大洋这个他选中的祖国里，但愿仇恨在他凶狠的心中平息下来！但愿观赏到那么多的奇迹使他的复仇思想泯灭！但愿伸张正义的他隐退，但愿身为学者的他继续进行平静的海洋探索!

他的命运奇特，但是这命运也是崇高的。我不是通过自身了解了他吗？我不是也经历了十个月超自然的生活吗？因此，对6000年前《传道书》中提出的这个问题：“谁能探测到洋底的深度？”如今，世人中有两个人具备了回答的资格，就是奈莫艇长和我。

知识考点

1.《海底两万里》的作者是______国科幻小说家__________，被公认为“________________”，他的作品形象地反映了19世纪人们征服自然、改造世界的幻想。

2.《海底两万里》是凡尔纳三部曲中的第二部，还有两部是《__________》《__________》。

3.《海底两万里》中主要出现的人物有艇长________、教授__________、捕鲸手______以及仆人______。

4. 在“鹦鹉螺号”上，人们穿的衣服是用__________织成的，睡的床是用______铺成的，用来写字的笔是用_______做的。

5.《海底两万里》主要讲述的是艇长等人在海洋中探险的故事，书中包含了大量有关______、______、______、______、______等的科学知识。

6. 阿罗纳克斯教授起初认为造成“斯科蒂亚号”事件的是（　）。

A. 一艘潜水艇　　B. 一只独角鲸　　C. 一块大礁石

7. 奈莫艇长的图书室里藏书丰富多样，唯独没有（　）这一类书籍。

A. 政治经济学　　B. 科学　　C. 文学

8. 在孟加拉湾海域，“鹦鹉螺号”遇到了乳白色的海水，这是因为（　）。

A. 月光照在了海面上

B. 海里被倒入了大量的牛奶

C. 海里有许多发亮的纤毛虫

9. 贡塞伊因为手上的一件珍品被打碎了，非常生气，这件珍品是（　）。

A. 珊瑚骨　　B. 左旋斧蛤　　C. 海盘车

10. 奈莫艇长和阿罗纳克斯教授等人交流时，用的是（　）。

A. 法语　　B. 英语　　C. 德语

11. 根据书中的描述，并结合世界地图，概括一下“鹦鹉螺号”的航行路线。

____

____

____

____

12.《海底两万里》是一部科幻小说，而其中的许多幻想今天已经变成现实。说一说这本书最吸引你的地方是哪里，并且谈一谈通过阅读本书，你对科学与幻想的关系有什么样的认识。

____

____

____

____

参考答案

1. 法　儒勒·凡尔纳　科幻小说之父

2. 格兰特船长的儿女　神秘岛

3. 奈莫　阿罗纳克斯　内德·兰德　贡塞伊

4. 贝壳动物的足丝　大叶藻　鲸须

5. 地理　历史　物理　生物　气象

6. B

7. A

8. C

9. B

10. A

11. 太平洋—印度洋—红海—地中海—大西洋—南极海域—大西洋—北冰洋附近。

12. 最吸引人的地方略。　关系示例：科幻小说是科学与幻想的巧妙结合，书中的幻想都有一定的科学依据，并且促进着科学的发展。